LES RESCAPÉS DU STYX

DU MÊME AUTEUR

Niagara
Maurice Nadeau, 1991
et « Points », 2005

Ciel changeant
Maurice Nadeau, 1993

La Foudre et le Sable
Albin Michel, 1995

Verre de tempête
L'Instant même, 1997

Le Peintre du lac
Albin Michel, 1998

Les Amants de pierre
Éditions des Deux Terres, 2005
et « Points », 2006

Jane
URQUHART

LES RESCAPÉS DU STYX

Traduit de l'anglais (Canada)
par Anne Rabinovitch

Traduit avec le concours
du Centre national du livre

ÉDITIONS DES 2 TERRES

Titre original :
A Map of Glass
Éditeur original :
McClelland & Stewart Ltd, Toronto, Canada

ISBN original : 0-7710-8727-6
Pour la traduction française :

ISBN : 978-2-84893-040-4

www.les-deux-terres.com

Pour A. M. à l'ouest de moi
et A. M. à l'est de moi.
Ils m'ont encouragée et inspirée.

« Quand on élabore un diagramme, un plan au sol d'une maison, un plan de ville pour repérer un site ou une carte topographique, on dessine une "image logique à deux dimensions". Un "dessin logique" diffère d'un dessin naturel ou réaliste en ce qu'il ressemble rarement à la chose qu'il représente. »

Robert SMITHSON, *The Collected Writings*.

C'est un homme vieillissant qui marche dans l'hiver. Et il le sait. Tout est blanc autour de lui, et il règne une curieuse odeur presque acide, que ceux qui ont passé leur enfance dans un pays du Nord associent avec la neige fraîchement tombée. Il reconnaît l'odeur, mais ne parvient pas à se rappeler le mot « acide ». Au mieux lui viennent à l'esprit la « neige », la « marche », l'« hiver » – ces quelques mots – et puis le mot « vieillissant », lié à l'« effort ». L'effort, c'est ce qu'il fait : l'effort de poser un pied devant l'autre, l'effort nécessaire pour continuer d'avancer, pour avancer vers l'île. Il y a plus d'une heure, peut-être, il s'est rappelé, puis a oublié, le mot « île ». Mais même maintenant, bien que le mot « île » se soit envolé, il est convaincu de se diriger vers un endroit connu. Il a une carte du littoral dans la tête ; ses docks et ses bâtiments de bois délabrés, quelques arbres qui ont poussé au siècle dernier. Retrouve-t-il le mot pour arbres ? Parfois oui, mais le plus souvent non. Il a la mémoire plus sûre quand il s'agit de la configuration du relief. « Île » est un mot qui reste plus longtemps que les autres – bien qu'il ait disparu à cet instant précis ; « île », « péninsule », « colline », « vallée », « moraine », « escarpement », « fleuve », « lac » sont tous des mots qui lui ont traversé l'esprit au cours de la matinée, avec, de temps à autre, l'ébauche hésitante, fragmentée, de son nom qui ne lui est revenu que par bribes, d'abord la syllabe *an*, l'article indéfini, selon ses critères d'avant, puis la conjonction *and*.

Les larmes ruissellent sur ses pommettes, mais la cause en est le soleil qui l'éblouit, non le chagrin. Le chagrin et le mot pour chagrin ont disparu quelques mois plus tôt. La terreur est la seule émotion qui le visite aujourd'hui, souvent accompagnée d'un voile d'or aveuglant, mais par bonheur cette image même demeure fugace et se dissipe souvent avant qu'il ne l'ait reconnue. Il ne se rappelle pas le mot « or ». Il ne se souvient pas qu'autrefois il voyait les vraies couleurs du monde.

Il perçoit une forme inhabituellement confuse dans son environnement immédiat : une « clôture », c'est ainsi qu'il l'aurait appelée autrefois. Elle lui aurait évoqué les « maîtres cantonniers » et les arpenteurs du passé, mais à présent il ne l'appréhende que comme une chose qui n'a pas jailli de la terre, et qui l'empêche d'avancer. Tandis qu'il se tient face au grillage, décontenancé, il regarde les ombres entrecroisées qui se reflètent sur la neige, et le mot « enchevêtrement » se glisse dans son esprit. Il franchit le fouillis des ombres, mais ne parvient pas à se frayer un chemin à travers les mailles de la clôture.

Il ne sait plus comment aborder une barrière, comment l'escalader, la traverser, la dépasser, mais son corps prend la décision de courir, de s'élancer tête la première dans la confusion, et cela semble avoir été la bonne solution, car il se retrouve projeté de l'autre côté, et atterrit d'abord sur une épaule, puis sur le ventre, le visage enfoui dans la neige. La neige, pense-t-il, puis marcher, car c'est ce qu'il doit faire pour atteindre l'île. Il cherche le mot « île », et l'a presque conquis quand il se remet debout. Mais avant qu'il n'en ait saisi le sens, la forme et le son lui échappent encore, et une bribe de phrase le remplace, « là où l'eau baigne la terre ».

Il sait que l'île était le commencement – il le sait d'une manière vague, car les mots lui manquent. Il doit atteindre l'endroit où l'eau baigne la terre parce que, sans le point de départ, il ne peut pas comprendre ce moment dans le temps, cette marche dans la neige, l'air qui pénètre dans sa bouche et en ressort par petites bouffées, tels les fantômes de tous les mots qu'il ne parvient plus à se rappeler. S'il réussit à revenir au début, il croit qu'il se souviendra de ce qui est né ici, de ce qui a existé après, et encore après, et encore après – un théorème qui pourrait le conduire à l'instant présent de l'effort et de la neige.

Il se remet en route. Il se heurte souvent aux arbres, mais cela ne l'inquiète pas car il sait qu'ils sont censés être là, et le resteront après son passage. Comme un animal, il s'oriente d'instinct au milieu des pins, branche par branche, l'odeur de sa destination planant à la limite de sa conscience. Tandis qu'il marche à travers la forêt, la vision d'un énorme radeau en bois flotte dans son imagination et se raccorde, l'espace d'une seconde, au mot « verre », qui à son tour s'associe fugitivement aux mots « salle de bal ». Dans ce rêve éveillé, des hommes avec des perches sont debout sur le radeau. Quelquefois ils dansent. Ou bien ils sont agenouillés et prient.

Quand il accède à une clairière, il est intrigué par l'espace dégagé qui se déploie à gauche et à droite. Puis, d'une manière très soudaine, inexplicable, il se souvient d'un fait à propos des rivières en hiver, et de leurs affluents qui gèlent et sont recouverts de neige. Certaines des choses naturelles auxquelles il avait l'habitude de penser lui reviennent momentanément à l'esprit. Il énonce d'une voix très claire les syllabes des mots « ligne de partage des eaux », puis il redresse les épaules, attentif, avec un bref soupçon de méfiance, au son profond de sa propre voix, qui évoque le timbre d'une cloche.

Il marche quelque temps sur la rivière pâle, durcie,

frôlant parfois de la manche gauche les rameaux enneigés des pins. Enfin son corps prend conscience de son épuisement et décide de s'allonger dans la blancheur moelleuse. Le soleil a maintenant disparu ; c'est une nuit de plein hiver, d'une grande clarté et d'une infinie beauté. Il voit des points lumineux qui sont des étoiles, il le sait, et pourtant il a oublié le mot « étoiles ». Quand il roule la tête à gauche, puis à droite, les branches noires, dénudées, des arbres sur la rive bougent avec lui, se détachant contre le ciel qui s'assombrit. « Affluents », chuchote-t-il, et le mot l'emplit de réconfort, et aussi d'un sentiment plus vaste qui, s'il était capable de le reconnaître, ressemblerait à de la joie.

Il dort longtemps. Et quand il se réveille, il s'aperçoit qu'un monceau de blancheur douce et glacée a recouvert son corps. Le monde sans nom lui paraît à présent si beau qu'il est conscient de laisser derrière lui de vastes territoires oubliés, certains visages, et un orchestre de sons qu'il a aimés. Avec une énorme difficulté, il soulève le haut de son corps de la rivière gelée, couverte de neige, et laisse ses bras reposer sur la congère devant lui. Les paumes de ses mains gantées sont ouvertes vers le ciel comme s'il demandait en silence que le monde revienne vers lui, que les connexions interrompues entre son cœur et son esprit soient rétablies, que le langage et la connaissance d'un lieu aimé pénètrent à nouveau dans son conscient. Il reste en éveil quelques instants, mais sa colonne vertébrale se relâche enfin, sa tête tombe et il dit : « J'ai tout perdu. »

C'est sa première phrase complète depuis plus d'un mois. Ce sont les dernières paroles qu'il prononce. Et personne n'est là pour entendre sa voix, absolument personne.

LES RÉVÉLATIONS

À l'extrémité nord-est du lac Ontario, vers l'embouchure du large fleuve Saint-Laurent, commence à apparaître un grand nombre d'îles. Certaines sont assez grandes pour accueillir plusieurs fermes, un réseau routier, peut-être un village, et sont encore desservies toute l'année par une modeste flottille de ferries qui font la navette avec le port de Kingston. Une ou deux îles mineures, qui, depuis toujours, sont des terrains de jeux d'été plutôt que des lieux de travail, sont totalement désertées en hiver. Il existe pourtant une petite île d'accès difficile, une île où, un siècle plus tôt, il y avait pléthore de bateaux et de bois d'œuvre, qui est devenue aujourd'hui un lieu de retraite pour les plasticiens, et dont l'unique bâtiment du XIXe habitable – une voilerie – a été, pour cette raison, rénové et transformé en atelier afin de permettre à un artiste d'y vivre et d'y travailler, seul, durant une période donnée.

Pendant la dernière étape du trajet entre son atelier de Toronto et cette voilerie, Jerome McNaughton avait tourné le dos à la vue du continent, préférant regarder grossir sur l'île, à mesure que s'approchait le bateau, les arbres squelettiques, les constructions grises penchées, et, au-delà, s'élargir la forêt vert foncé plus floue, comme un nuage noir immobile. Il avait choisi la période de l'équinoxe vernal pour sa résidence sur l'île, à cause de la fugacité qu'il associait à la neige lourde, profonde, aux glaçons dégoulinants de la saison. Il avait aussi été attiré par la difficulté d'accéder à l'île quand la glace était instable, ou se brisait carrément – par l'isolement forcé causé par ces inconvénients.

Il avait quitté le port de Kingston à bord d'un brise-glace de la garde côtière, entassant sur le pont une réserve de bois de chauffage, assez de provisions pour tenir au moins deux semaines, deux bouteilles de vin, du whisky, du matériel photographique et un sac à dos rempli de vêtements d'hiver. Deux kilomètres à peine séparaient l'île de la ville, mais les hommes à bord l'avaient jugé inconscient d'y partir seul en cette saison. Ils avaient été un peu rassurés, cependant, quand il avait admis posséder un mobile. « Vous ne tarderez pas à vous en servir, avait hasardé le capitaine. À cette époque de l'année, c'est plutôt lugubre là-bas. »

C'était précisément ce que recherchait Jerome. L'ambiance lugubre, l'incertitude, la difficulté d'accès – un ermite dans un décor hivernal, la silhouette compacte, minuscule, se détachant contre les bleus laiteux, les blancs et les gris qui composaient l'atmosphère du paysage, la saison.

D'ordinaire, les bourses de résidence n'étaient pas accordées pendant les mois d'hiver, mais les fonctionnaires du Conseil des arts connaissaient son travail, sa réputation, et savaient, par sa série *Lignes de clôture*, qu'il préférait travailler avec la neige. Une jeune femme, dont la voix indiquait qu'elle était impressionnée par sa ferveur artistique, avait pris les dispositions nécessaires auprès de la garde côtière et accéléré la procédure habituelle pour faire accepter sa candidature. Quelques jours plus tard, il s'était retrouvé sur le pont de ce navire, son corps tout entier vibrant à l'unisson du vrombissement des moteurs, puis tremblant avec la carcasse du bateau quand l'éperon fendait la glace. Le vent lui fouettait sans arrêt le visage, et le soleil de la fin mars n'était pas très chaud, mais Jerome avait préféré rester sur le pont afin de dissiper l'impression que quelque chose chez lui, une odeur peut-être, évoquait la nostalgie, la dépendance.

Pourtant le capitaine avait raison, car il ne tarderait pas à utiliser son téléphone pour appeler Mira. Il lui fallait reconnaître qu'il désirait faire plaisir à la fille qui, depuis près de deux ans, avait miraculeusement gardé une place dans sa vie, qu'il se préoccupait d'elle et devait honorer l'affection qu'elle lui portait. De cette façon il était parvenu jusqu'ici à esquiver aisément la troublante vérité de ses propres sentiments, le plaisir qu'il éprouvait quand il pensait à elle, et la facilité avec laquelle il était resté avec elle. Il pensait presque toujours à elle.

Pour l'instant, cependant, il se concentrait sur son voyage, intrigué par le chemin sombre, dentelé, que le bateau laissait dans son sillage à mesure qu'il avançait dans la glace. Ce serait, savait-il, une brèche temporaire que la chute de la température nocturne comblerait sans doute, aussi il retira son appareil de son étui, puis s'appuya contre le bastingage et photographia le passage irrégulier creusé dans la glace. L'eau ainsi découverte évoquait une balafre de peinture noire sur une toile blanche tendue. « La fracture du fleuve ». Le son lui plut et il penserait à noter l'expression dans son carnet quand il serait installé dans l'atelier.

Lui-même ne serait jamais peintre, se considérant plutôt comme un genre de chroniqueur. Il voulait exposer une série d'environnements naturels transformés par les caprices du long hiver. Il voulait saisir le moment de la métamorphose, où une chose cessait d'être ce qu'elle avait été par le passé. Il était attiré par les débris de tout matériau à l'abandon : la peinture écaillée, les surfaces décrépies, les couleurs dévorées par le soleil, la rouille, la pourriture, les effets d'une moisissure prolongée, ainsi que les changements plus importants, dus à l'érosion, aux intempéries et aux saisons. L'île était située à l'embouchure du grand fleuve qui se déversait du lac Ontario, puis coupait à travers la vaste province du Québec avant de se fondre dans la mer. L'idée de se retrouver près de l'endroit où l'eau du large pénétrait dans l'estuaire l'excitait, et l'appel de l'île n'en était que plus fort.

Maintenant, deux jours après son arrivée, alors qu'il se tenait près du rivage, son appareil accroché au cou, une pelle à neige à la main, les mots « la fracture du fleuve » résonnaient encore dans son esprit, et il avait décidé que ce serait le titre de la première série qu'il achèverait sur l'île. En observant les éclats de glace le long de la côte, il remarqua qu'en effet le fleuve était cassé par l'île. C'était sans doute vrai même en été, puisque l'île interrompait le courant, qui devait alors la contourner de chaque côté. Mais c'était la glace qui intéressait Jerome, la façon dont elle se dressait sur la rive telle une espèce préhistorique cherchant à se débarrasser de son passé aquatique. Il planta le manche de la pelle dans une congère voisine, où elle resta droite comme un panneau de signalisation tout noir. Puis il s'éloigna et se mit à fouiller les environs en quête de branches mortes de la taille appropriée.

Il en ferait des piquets qui lui serviraient à délimiter le périmètre du site d'une vingtaine de mètres carrés, comprenant un arbuste, une petite aubépine, une zone assez étendue de neige profonde, et la glace le long du rivage. La semaine prochaine s'y produiraient beaucoup de changements, en partie dus à la nature, et en partie causés par ses activités. Une fois les piquets en place, il commença à photographier le site, d'abord une vue d'ensemble, puis les détails, réduisant la profondeur du champ par étapes pour capter enfin une épine du petit arbuste, une cosse grise et craquelée de laiteron où s'accrochait une dernière graine, et le sommet plumeux d'une haute tige qui avait réussi à ne pas succomber au poids de la neige. Il aimait ces exercices visant à parfaire l'intimité, et se sentit réconforté par l'idée qu'il pourrait rester pendant un certain temps à proximité des références naturelles qui l'inspiraient. Il appréciait aussi les vestiges d'architecture abandonnée qu'il avait vus ici et là sur l'île, la manière dont ces structures affaiblies avaient résisté en dépit du temps, de la pourriture et de l'assaut d'un siècle d'hivers.

Quand Jerome était tout petit, sa famille avait quitté le Nord, et ils avaient d'abord vécu dans une maisonnette de banlieue, puis dans un immeuble perché sur une hauteur surpeuplée de Toronto, loin de l'architecture désordonnée des remises à outils, poulaillers et écuries. Pourtant son père, si solennel d'habitude, et souvent en colère, pouvait se laisser gagner par une brève excitation lorsqu'il s'agissait de réaliser des projets tels que la construction de cerfs-volants, de chariots, de cabanes dans les arbres ou de forts dans des terrains vagues destinés à l'urbanisation. L'ingénieur en lui, croyait aujourd'hui Jerome, cette partie de lui-même à laquelle il avait dû renoncer quand la mine avait fermé, pouvait refaire surface miraculeusement, quoique de façon artificielle, grâce à un geste aussi simple que la pose d'une poutre porteuse dans un arbre. Bientôt son enthousiasme se dissipait, ainsi que celui de son fils, et ces projets restaient presque toujours inachevés, se détériorant peu à peu aux abords de la propriété, jusqu'au jour où Jerome y revenait, avec un regain d'intérêt pour leur construction et leur restauration finale. Après l'horrible mort de son père, il avait repensé aux structures édifiées sur les terrains désormais résidentiels, et s'était aperçu qu'il arrivait à se souvenir presque exactement de la manière dont le vent faisait craquer une cabane dans un arbre, une planche disjointe cognant contre un tronc, ou de l'aspect des gros clous dans la paume de son père, dans sa bouche, et des mêmes clous au bout d'un an, exposés à l'air, rouillant pendant le déclin de l'hiver. Devenu un jeune adulte, Jerome avait arpenté un jour l'ensemble immobilier à loyer modéré qui occupait l'ancien terrain vague, cherchant l'arbre proche d'un ruisseau boueux où l'un de ces projets avait commencé à prendre forme. Mais le torrent et le caniveau avaient tous les deux disparu. Il ne restait rien pour étayer les quelques bribes de souvenirs qu'il avait conservées. Son premier travail artistique avait donc été une tentative pour reconstruire ce qu'il considérait comme les rares bons moments de son enfance, et avait pris la forme de structures provisoires et inachevées – un genre de cabanes pour enfants – qu'il fabriquait lui-même avec du plastique déchiré, des bouts de bois et des objets cassés récupérés dans des décharges.

Il se souvint d'un voyage qu'il avait fait en train quelques années auparavant, un voyage qu'il ne pouvait se remémorer aujourd'hui qu'à travers les images recueillies en regardant par la fenêtre du compartiment. Les trains disparaissaient de cette vaste province froide et roulaient souvent à moitié vides, leurs passagers étant trop pauvres pour s'offrir le genre de voitures qu'il voyait sur l'autoroute où s'était reflétée la voie ferrée, pendant une partie du trajet. Il avait pensé aux jours anciens, aux vacances passées dans un parc régional ou un autre à l'époque où la santé de son père était encore assez bonne, à la famille entassée sous une tente achetée dans un surplus de l'armée. Il se souvenait de l'allure menaçante de cette tente fixée sur la galerie du véhicule bringuebalant avec la bicyclette que son père lui avait donnée et qu'il enfourchait rarement. Il se rappelait aussi les feux de camp que son père lui avait appris à faire, dont les configurations portaient le nom de « tipi » ou de « cabane en rondins ». Des années après, il se rendit compte que la combustion de ces édifices, élaborés de façon à permettre à l'air de circuler plus librement et au bois de brûler mieux, plus vite, était une façon de brûler l'histoire du pays en miniature, un genre d'exercice pour oublier d'abord les Amérindiens, et ensuite les colons dont l'arrivée avait signifié la mort de ces peuples, et qui avaient porté en eux le potentiel de sa propre existence.

Il se rappelait les matins froids de ces épisodes pas-tout-à-fait-réels de son enfance, les lambeaux de brume qui s'effilochaient au-dessus du lac (il avait oublié lequel), son père qui, sur un élan d'enthousiasme, l'entraînait pour un bain à l'aurore. À mesure que la journée avançait, le brouillard se dissipait, d'autres campeurs émergeaient dans le paysage avec leurs hot dogs et leurs radios, et l'humeur de son père devenait irritable. Il commençait à dénigrer le lieu, le comparant à la vie qu'il avait connue dans le bush à l'époque où la mine était encore en exploitation. « Où aller ? » avait-il sifflé une fois entre ses dents, juste avant de faire des reproches à la mère de Jerome à propos de la nourriture qu'elle avait apportée, de sa récente coupe de cheveux, de son allure en maillot de bain. Et tout ce qui concernait le voyage – le terrain de camping, le climat tendu du repas pris devant un feu mourant, sa mère debout près de l'eau, silencieuse, exposant sa chair imparfaite – apparaissait sous un jour sordide, embarrassant, et il se hâtait de chasser ces images de son esprit et de sa mémoire. Il réagissait toujours ainsi aux sautes d'humeur de son père, il savait que toute tentative pour créer de la joie dans la famille se détériorait sous l'effet de la désapprobation, de la colère ou de l'indifférence paternelles.

C'était cette indifférence que Jerome s'efforçait d'intégrer dans sa propre nature : le mélange d'un bref engouement suivi d'un manque d'attention apparemment désinvolte. Cela, et une solide connaissance de la nature changeante d'un monde qui s'était dissous autour de lui avant qu'il n'eût pleinement saisi ce qu'il essayait d'être, ce qu'il avait été.

Quand la voie ferrée s'était éloignée de la route, Jerome avait pris conscience de l'existence des clôtures qui défilaient derrière la vitre du compartiment. Il lui avait semblé que ces démarcations émoussées, faites de planches de cèdre en décomposition, de pierres sèches, de barbelés rouillés et de buissons, étaient les seuls traits caractéristiques d'un paysage d'hiver par ailleurs totalement neutre. Les derniers survivants, avait-il pensé, apercevant les mouvements irréguliers des érables rabougris de Manitoba et les pieux de bois penchés. *(Où aller ?)* Le tout dans un état d'abandon déchirant, destiné à devenir l'étendue d'asphalte, de béton qu'il associait avec le paysage de la fin de son enfance. Il avait pris son carnet de croquis, dessiné une série de lignes entrecroisées sur trois ou quatre pages, jeté quelques notes sur la manière dont ces traits pouvaient se transformer en une structure à trois dimensions à l'intérieur d'une pièce rectangulaire, et il avait éprouvé pendant le reste du trajet l'excitation fébrile qui annonçait souvent le début d'une nouvelle conception.

Rapidement obsédé par les clôtures en ruine, il avait emprunté un véhicule quelques semaines plus tard, était sorti de la ville, et avait commencé à chercher des vestiges de planches, de blocs et de souches, marchant des heures à travers les marécages et les broussailles, suivant une rangée de piquets pourrissants ou un sentier indiqué par des grillages rouillés et cassés. Il s'était mis à considérer les clôtures comme des situations plus que comme des structures. Tel un acte divin ou un soulèvement politique, elles lui paraissaient marquer les limites des événements et non des territoires. Et il sentait que, comme les événements, ces clôtures avaient résulté d'un grand déploiement d'énergie, s'épanouissant à la lisière des cultures pendant quelques décennies de dur labeur, pour s'écrouler ensuite sur un sol dont l'unique ressource était aujourd'hui un demi-hectare de mauvaises herbes balayées par le vent.

Lisant tout ce qu'il pouvait trouver sur le sujet, il s'était instruit sur les coins et les pieux, et sur la longue souche de cèdre dont chaque rondin produisait six bonnes planches. Il avait appris que les planches reposaient sur des « traverses » encochées et qu'on les maintenait en place avec du fil de fer. Que les clôtures solides résistaient à l'assaut des taureaux, mais que des barrières fragiles avaient permis à des troupeaux entiers de s'engouffrer dans la luzerne d'un voisin. Il avait regretté un temps de ne pas être né au XIXe siècle et de n'avoir pas fait partie d'une équipe d'« inspecteurs de clôtures » officiels.

Il avait tenté de reconstituer les frêles vestiges des palissades en désuétude sur la moquette intérieure et extérieure d'une galerie d'art de la ville, traînant dans l'espace blocs, grillages, branches et planches en décomposition, fabriquant six rangées qui partaient de l'entrée et rejoignaient le fond de la salle. Peu enclin aux explications verbeuses, il n'avait pas punaisé aux murs les envolées lyriques habituelles, de telle sorte qu'à part le titre *Lignes de clôture* affiché par le galeriste sur la vitrine de devant ne figurait aucun semblant de commentaire de l'exposition. Les photographies en noir et blanc de ce qu'il appelait en secret « structures identiques dans la nature » avaient été vendues à des collections privées et, dans quelques cas, à de petites collections publiques, et avaient fait sa réputation de jeune artiste montant. Le sentiment de perte qu'il éprouvait face au délabrement, à la disparition, n'avait été ni remarqué, ni évoqué par les critiques. Pourtant c'était cette perte qu'il avait emportée avec lui lors de son récent voyage à Kingston, sur le lac gelé, dans l'embouchure étranglée par la glace de l'énorme fleuve, jusqu'aux rives de l'île Timber.

Jerome se tenait à l'extrême bord de l'île, regardant la glace, songeant à l'œuvre de Robert Smithson *Map of Broken Glass*, le légendaire artiste qui avait transporté des morceaux de verre sur un emplacement particulier du New Jersey, les avait empilés en vrac, puis avait attendu que le soleil se levât pour insuffler à l'ensemble la vitalité qui, savait-il, jaillissait de la fusion du verre brisé et de la clarté aveuglante. À l'époque, Smithson s'intéressait principalement aux miroirs, et pourtant il avait préféré le verre, comme s'il avait décidé d'exclure et non de refléter le monde naturel. Selon un article que Jerome avait lu, cependant, Smithson en était arrivé à croire que la structure en verre qu'il avait créée était modelée comme le continent englouti de l'Atlantide. Peut-être cela expliquait-il son besoin d'utiliser un matériau évoquant la transparence de l'eau. Mais Jerome était attiré par la brillance et l'impression de danger qui émanait de la pièce : la désintégration de l'expérience et le sentiment qu'on ne peut pas jouer avec la vie sans se couper ni se blesser. Le spectacle offert par la glace à cet instant et à cet endroit, son envolée sur le rivage de l'île, le désordre des constructions arbitraires créées par sa fissuration et sa migration firent l'effet d'un don à Jerome, comme si, de l'intérieur de la terre, une matière chargée d'électricité envoyait des signaux à la surface de tout ce qu'il regardait.

La température s'était nettement radoucie pendant la semaine précédant son arrivée, et la neige profonde gagnait en densité et en plasticité. Les pas de Jerome s'y incrustaient, formant de petites flaques bleues au milieu des congères détrempées, traçant des chemins semi-durables d'un endroit à l'autre, et les herbes et les branches d'arbustes transperçaient la carapace blanche, leurs ombres se déployant comme des cartes fluviales esquissées sur une feuille de papier blanc. Les arbres, dont la sève ne tarderait pas à monter, étaient admirablement disposés, leurs branches se détachant sur la neige et le ciel, les nids abandonnés d'oiseaux et d'écureuils visibles à l'œil nu. Un arbre en particulier retint son attention – un énorme chêne avec un tronc épais d'où partait une quantité de branches tordues.

C'était la fin de l'hiver, presque le printemps, mais la lueur douce de l'après-midi finissant avait un éclat chaleureux, légèrement automnal. Une fine brume emplissait l'air et donnait une apparence malléable à des formes qui un mois plus tôt eussent été si figées et immuables que toute interprétation eût été impossible. Cette cuspide d'une saison sur le déclin, qui se raccrochait non seulement à elle-même, mais aussi aux brindilles, aux tiges et aux cosses noircies, aux ossements des années passées, éveillait chez Jerome la même excitation que la découverte d'une tombe ancienne. Pourtant ce n'était pas l'accélération de la nature qui l'intriguait, mais plutôt l'idée de la mémoire de la nature et la façon dont ce fleuve instable au cours interrompu s'était brièvement reconstruit sous une autre forme, avant de se conformer de nouveau à ce qu'on attendait de lui.

Quand il en eut terminé avec les premières prises, Jerome coinça l'appareil dans la fourche de l'aubépine, puis il rit en s'apercevant que son étrange apparition à cet endroit lui inspirait le désir de le photographier. Il retira la pelle de la congère afin de commencer la première des séances pratiques du projet. Avec le bord de la pelle il dessina sur la neige vierge une forme rectangulaire longue environ de deux mètres quarante et large d'un mètre, puis reprit son appareil afin de photographier les lignes ainsi tracées, qui en cet instant étaient magnifiquement exagérées par l'angle du soleil bas. Il rangea de nouveau l'appareil dans l'arbre et se mit à creuser sur les côtés en plantant sa pelle profondément dans la neige, pour créer un mur intérieur ; puis, avec de larges mouvements de bras, il projeta la neige superflue loin du centre du rectangle afin de dégager l'espace alentour. Ce n'était pas tâche facile : les tempêtes de pluie verglaçante de l'hiver et les croûtes successives avaient formé une série de couches résistantes – comme les strates d'un rocher –, et il était souvent obligé de retourner la pelle pour se servir du manche comme d'un pic ou d'une gouge. Quand il approcha de la surface gelée de la terre, il lâcha son instrument afin de s'accroupir et de travailler de manière plus méticuleuse avec ses mains. Ce qu'il mettait au jour était demeuré intact depuis la première chute de neige, et il voulait qu'il le restât. Au contraire de certains artistes qui avaient dénudé des racines d'arbre, il n'appellerait pas ce travail une

« exposition », mais se référerait plutôt au processus comme à une révélation, aussi donnerait-il aux photographies qu'il prendrait de cette partie du site le titre de *Révélations*. Tandis qu'il réfléchissait à ce titre, une ombre se faufila le long des petits saules sur la berge, glissant à la lisière de sa vision périphérique, et il se rassit sur ses talons pour scruter l'extrémité du terrain. Il vit alors le petit ange sculpté jailli de la neige telle une sculpture de glace et franchit les trois cents mètres immaculés qui l'en séparaient. Une vieille pierre tombale, comprit-il en s'approchant, dont la plus grande partie était encore enfouie. Peut-être un modeste cimetière attendait-il d'être révélé par la fonte de printemps. L'ange ressemblait à un enfant solennel, perdu dans sa contemplation et entouré d'un cercle d'empreintes de pattes toutes fraîches. Il n'était pas venu à l'esprit de Jerome qu'il pouvait y avoir des animaux sur une île d'à peine un kilomètre et demi de long et de huit cents mètres de large, mais il supposa que ces traces étaient celles d'un rat musqué ou d'une loutre, un habitant du bord de l'eau provisoirement tiré de son hibernation par le soleil et la chaleur de la journée. Quel qu'il fût, il avait eu raison de sa concentration, lui faisant prendre conscience de la lumière pâlissante et de l'humidité de ses gants, aussi il repartit vers le site, planta de nouveau la pelle dans la congère et ramassa son appareil. Quand il atteignit la porte de la voilerie, il se retourna vers le rivage et photographia le site de loin.

Puis il pénétra à l'intérieur et gravit avec précaution les marches jonchées d'une collection de vieilles boîtes de conserve dont certaines contenaient des pigments desséchés, abandonnées, supposa-t-il, par le résidant précédent.

Chaque fois qu'il pénétrait dans le loft, il était stupéfait par l'immensité de l'espace qui l'environnait, par la largeur et la longueur des énormes lattes de plancher en pin, par la hauteur du plafond en bois incliné. Le bâtiment avait les dimensions d'une grange ou d'un grenier médiéval, mais sans la rusticité de la première ni la maçonnerie du second, bien que le rez-de-chaussée eût des fondations en pierre, une odeur d'étable, et servît à stocker toutes sortes d'outils et d'équipements ; certains anciens, peut-être d'origine, d'autres sans doute acquis récemment par le Conseil des arts pour l'usage des résidants. Le mur orienté au sud comportait une large fenêtre qui avait peut-être été autrefois une porte par laquelle on poussait les voiles sur les chariots qui attendaient. Jerome avait lu la brochure historique laissée sur la table afin d'édifier les artistes en visite qui, comme lui, n'avaient aucune véritable connaissance du passé de l'île, et il savait que les voiles stockées, raccommodées et parfois fabriquées dans ces lieux étaient destinées aux bateaux construits dehors, dans ce qu'on appelait le « chantier », et mis à la mer près de l'endroit où le navire de la garde côtière l'avait déposé. L'unique quai restant n'était guère représentatif de l'espace et de la présence humaine qu'avaient exigés ces mammouths du XIXe siècle. Il se souvenait qu'enfant il avait essayé de copier des illustrations de ces vaisseaux, mais il lui avait fallu tant de temps pour rendre chaque cordage, chaque espar, chacune des innombrables voiles des différents mâts, qu'il s'était découragé et avait laissé les dessins largement inachevés. Pensant à ces choses, il se rendit compte que la disparition de ces gigantesques vaisseaux du port de Kingston et des quais de l'île Timber avait dû provoquer une absence considérable, au point de se transformer en une sorte de présence. Rassemblés près des docks, les hauts mâts faits de pins à crochets se balançant dans le vent, les bateaux avaient dû apparaître comme une image rémanente des forêts éradiquées dans le pays. Et lorsque les derniers des grands arbres avaient disparu, cette image rémanente diffuse s'était évanouie avec eux.

Il traversa le loft jusqu'au plan de travail où étaient posés une plaque chauffante, une bouilloire électrique et un four à micro-ondes. Il versa de l'eau dans la bouilloire, la brancha et fouilla dans son sac à dos jusqu'à ce qu'il eût trouvé le thé vert que Mira, soucieuse de son bien-être, lui avait donné avant son départ de la ville. Il l'appellerait dès qu'il serait prêt, pour lui dire qu'il buvait son thé et pensait à elle.

Il acheva cette tâche mais ne téléphona pas tout

de suite. Au lieu de cela, il resta à la fenêtre, face à l'étendue neigeuse, regardant en direction du lac gelé et se demandant s'il était possible, en été, d'apercevoir les vestiges des vieux schooners dans les eaux de Back Bay, où se trouvait le cimetière de bateaux. Les épaves étaient indiquées sur la carte de la brochure par des taches noires qui avaient la forme d'un pont de schooner. Le caractère obsolète de ces formes plates, géométriques, sautait aussitôt aux yeux, de même que le rectangle qu'il creusait dans la neige, s'il y réfléchissait bien, évoquait une tombe humaine. Il jouait avec l'idée de procéder à ses fouilles en suivant le tracé d'un pont de schooner quand il remarqua de nouveau des petites empreintes de pattes dans la neige. L'animal qui en était l'auteur était sorti de la broussaille près des fondations d'une maison de bois abandonnée, à une quinzaine de mètres de la voilerie, il s'était avancé vers l'ouest, puis avait changé d'avis et décrit une boucle en direction des genévriers, à côté de la porte d'un autre bâtiment inhabité que Jerome identifia comme l'ancienne poste. Une bataille avait manifestement eu lieu à cet endroit, et il se persuada que même sous cette lumière déclinante et à cette distance il pouvait déceler les traces ensanglantées d'un carnage.

La neige était une merveille ; le moindre changement de direction, le moindre caprice et même la contrainte de la faim s'y imprimaient le temps d'une brève saison, comme la mémoire. Il raconta tout cela à Mira quand il l'appela, mais oublia de mentionner le thé vert qui lui faisait penser à elle.

Cette nuit-là Jerome fut réveillé par le tintement d'une boîte de conserve qui rebondissait lentement dans l'escalier, suivi par un bruit sourd, régulier. Quand il ouvrit la porte de l'escalier, il découvrit en face de lui les yeux verts d'un gros chat roux au poil hirsute et à l'expression hostile. L'animal fit le gros dos et cracha furieusement, puis il pénétra d'un pas tranquille dans l'immense loft et disparut. Trop ensommeillé pour croire tout à fait à cette apparition, Jerome retourna à son lit de camp d'un pas chancelant, ne rouvrit les yeux qu'au matin et, se sentant observé, tourna la tête pour croiser de nouveau le regard agressif de l'animal. « Bonjour, minou », dit-il, salué en retour par un grondement sourd. Il tendit la main et le chat essaya aussitôt de le mordre, en dépit du fait qu'il n'avait visiblement nulle intention de quitter son chevet, et se désintéressa de lui quand il se leva et s'habilla. Pourtant il ne refusa pas le bol de lait que Jerome lui offrit pendant qu'il préparait son petit déjeuner.

Il prit son portable dans sa poche et rappela Mira.

« Je bois ton thé, dit-il, et je pense à toi.

– Parfait.

– Et il y a un chat qui s'est introduit dans le loft. Roux sale. Je crois qu'il est sauvage, il gronde tout le temps.

– Un chat sur une île déserte ? s'exclama Mira d'un ton presque sceptique.

– Je suppose que les résidants de l'été l'ont laissé là et qu'il est livré à lui-même depuis moins d'un an. Il doit lui rester des souvenirs de sa vie d'animal domestique.

– Et il se rappelle aussi qu'il a été abandonné. »

Jerome se tut.

« Le lion, dit brusquement Mira. Saint Jérôme dans la nature avec son lion. »

Mira avait glissé dans ses bagages, avec une minuscule statuette en plâtre de Krishna, une petite reproduction du *Saint Jérôme dans un paysage* par Joachim Patinir, peintre du XVIe siècle, une image qu'elle tenait toujours à lui faire emporter quand il disparaissait dans ce qu'elle appelait la « nature », qui, à ses yeux, se situait n'importe où en dehors des limites de la ville. Élevée dans la religion hindouiste, elle était fascinée par les saints chrétiens et leurs vies, qui lui paraissaient aussi lointaines et irrésistiblement exotiques que l'étaient pour lui les nombreux dieux et guerriers hindous. Lorsqu'ils avaient commencé à mieux se connaître, elle avait été enchantée de découvrir que son père et sa mère lui avaient donné le nom d'un saint célèbre, bien qu'il eût protesté que la religion était le dernier des soucis de ses parents.

Après avoir étudié l'image un moment, ils avaient fini par comprendre que les minuscules lions du paysage de Patinir vert et bleu vif qu'ils aimaient tant – chaque lion absorbé par une activité particulière : chassant les loups, pelotonné aux pieds du saint, fraternisant avec un âne ou dans un champ plein de moutons –, que ces lions n'en représentaient qu'un seul et que le tableau avait un caractère épisodique, dépeignant un certain nombre d'événements de la vie du saint. Dans le lointain, on voyait le lion en train de converser avec un groupe de gens ou de se préparer à les attaquer. Mira penchait pour la première hypothèse. Jerome se ralliait toujours à la deuxième. Elle avait demandé comment il pouvait être aussi sûr qu'il s'agissait d'un mâle puisque l'animal était si petit qu'il était impossible de le savoir. Jerome répliquait que le lion n'aurait pas été autorisé à vivre dans le monastère en compagnie de saint Jérôme s'il n'avait pas été un mâle de l'espèce. Mira avait adoré cette expression, « un mâle de l'espèce », et avait commencé à l'utiliser elle-même peu après cette discussion, souvent en référence à Jerome. « Parce que tu es un mâle de l'espèce... », commençait-elle.

Jerome éclata de rire et regarda le chat.

« Cet animal est aussi féroce qu'un lion, de toute manière.

– Dresse-le, proposa Mira, et ramène-le en ville. »

Il ne lui avait pas indiqué clairement quand il comptait revenir. Il refusait de se laisser piéger de cette manière, et désirait conserver à la fois une marge de manœuvre et le contrôle de la situation.

« Je pense que c'est peu probable, répondit-il.

– C'est peu probable que tu le ramènes en ville ?

– Non, reprit-il, pas exactement. Je ne crois pas

qu'il accepte de coopérer pour le dressage. On dirait qu'il a repris sa liberté depuis un bon moment. Il ne va pas accorder sa confiance si facilement, à mon avis. Il va peut-être éprouver le besoin de se protéger. »

Le chat garda ses distances, mais il suivait Jerome partout. Pendant qu'il travaillait, l'animal s'installait sur un haut talus de neige, observant ses efforts avec un léger dédain, ou se promenait de long en large dans les zones qu'il creusait, la tête haute, émettant un grondement hostile dès qu'il s'approchait trop. Dans l'esprit de Jerome, ces tranchées prenaient la forme d'un pont de bateau. Quelquefois, quand il avait tracé le contour de l'une d'elles sur la neige, le chat se couchait au milieu de la zone qu'il espérait dégager et refusait de s'en aller, crachant et remuant la queue lorsqu'il essayait de le chasser en douceur. Une fois, Jerome se mit en colère, enfonça sa pelle sous l'animal et le projeta avec un tas de neige sur un talus voisin, où le chat se rassit à grand-peine et, l'air mauvais, ne bougea plus. Deux ou trois fois par jour, sans prévenir, il filait vers le taillis, à l'extrémité est de l'île. Il revenait toujours, cependant, et Jerome fut une fois interrompu, alors qu'il photographiait une fouille, par un bruit de grignotement qui montait de l'une des tranchées derrière lui, où le chat était tapi au-dessus du corps d'un oiseau qui disparaissait rapidement dans son gosier. Plus tard, alors qu'il photographiait les reliefs de son repas, Jerome conclut, à la vue des bribes de plumage noir et roux vif, que la victime avait sans doute été un rouge-gorge, le signe avant-coureur du printemps.

Maintenant la banquise, dans le fleuve comme dans le lac, commençait à se fissurer entièrement : l'eau montait et les glaces flottantes qui passaient le long du rivage ressemblaient à des chars exhibant de la sculpture non figurative. Tard un après-midi où la lumière était particulièrement intense, Jerome photographia plusieurs de ces formes de glace avec une pellicule couleur. Puis, le chat sur ses talons, il retourna au loft par le chemin qu'il avait tracé avec l'animal. Dans l'escalier le chat le frôla de si près qu'il eut l'impression qu'un tourbillon de laine orangée enserrait ses chevilles. À cause de la fluidité silencieuse des mouvements de l'animal, il décida de le baptiser « Lion ».

« Lion, dit-il alors, tu as faim ? », et en prononçant ces mots il se rendit compte qu'il avait commencé à parler au chat depuis quelque temps déjà, lui expliquant son travail, le grondant et lui adressant parfois des paroles affectueuses. « Alors voilà ce que ça fait, la solitude, déclara-t-il à l'animal quand il reparut, on se met à parler à des chats hostiles. »

Lion gronda en réponse et s'échappa.

Cette nuit-là il se mit à neiger et, comme dans un tableau, Lion s'assit près de la large fenêtre, regardant les flocons tomber à travers les faisceaux lumineux de l'unique lampe extérieure dans la cour. Jerome lui avait donné – il avait décidé qu'un chat de cette taille devait être un mâle castré – une portion du thon en boîte qu'il avait mangé au dîner, et cela semblait avoir inspiré à l'animal une humeur plus placide. Pour sa part, Jerome était loin d'être placide, et il arpentait furieusement le sol du loft, jetant de temps à autre des coups d'œil irrités à la neige, préoccupé par l'idée qu'elle s'accumulait dans ce qu'il appelait maintenant ses *Neuf Révélations de la navigation*. Il craignait, s'il ne se résolvait pas à en gratter l'intérieur à la pelle, de devoir passer des heures à retravailler à la main la base de chaque forme pour lui rendre son apparence antérieure. Mais n'ayant jamais auparavant entamé la surface de la terre au cours de son travail, il ferait de son mieux pour éviter la perturbation qu'une pelle risquerait de créer dans ce qu'il considérait comme la pureté des brindilles éparpillées et des feuilles noircies.

Finalement, il cessa de marcher de long en large et tourna son attention vers le chat. Quelle bête galeuse, mal entretenue ! Les chats n'étaient-ils pas censés se laver ? Une idée lui vint. Il alla chercher son propre peigne, enfila ses gants de cuir et s'approcha avec méfiance de l'animal, qui, bien qu'il grondât, l'air soupçonneux, ne se retourna pas. L'attrapant doucement mais avec fermeté par le milieu du corps, il enroula une serviette autour de ses pattes. Puis, plaçant le genou sur son flanc afin de garder une main libre, il commença à passer le peigne dans la fourrure emmêlée. Le chat miaula, renversant la tête en arrière, et s'efforça par tous les moyens de mordre les gants importuns, mais il finit par céder et se soumit au toilettage.

Il ne fallut pas longtemps à Jerome pour repérer la blessure près de la queue. Lion cracha et miaula plus fort quand le peigne atteignit la lésion, et Jerome écarta la fourrure gris-jaune pour explorer le problème. La chair entaillée était visiblement infectée et la profusion de poils sales qui la recouvrait n'arrangeait en rien les choses. Il lâcha l'animal et alla chercher l'antiseptique et la paire de ciseaux qu'il avait remarqués dans un tiroir de la cuisine. Après les avoir pris, il lui fallut un bon moment pour retrouver le chat, mais il le découvrit enfin, tapi derrière le rideau de la douche dans la salle de bains. Il ferma la porte et fit couler de l'eau chaude sur un linge propre. Il immobilisa de nouveau la bête, coupa la fourrure autour de la plaie infectée avec les ciseaux et tenta de nettoyer la chair à vif. Lorsqu'il fut évident que malgré ses grondements continuels Lion supportait ces soins, Jerome appliqua l'antiseptique. Quand il eut terminé, le chat traversa lentement la pièce, se coucha et s'endormit.

Le lendemain matin, un front chaud gagna l'île, faisant fondre à la fois les précipitations du soir précédent et une partie de la vieille neige qu'elles avaient recouverte, et Jerome fut heureux de constater que ses jalons faisaient une impression plus vive encore que la veille. Les feuilles d'érable noircies, les brindilles et les herbes aplaties semblaient avoir été collées sur le sol des fouilles par la fonte, et la brume qui s'élevait radoucissait à nouveau l'atmosphère. Jerome avait apporté son carnet de croquis, quelques crayons à mine et un tabouret pliant : il avait aujourd'hui l'intention de dessiner ce qu'il avait exposé. Il sourit quand il songea à certains de ses contemporains qui jugeaient dépassée cette manière traditionnelle d'explorer le paysage, car il avait beaucoup de plaisir à reproduire ainsi les détails du monde matériel. Il avait presque achevé le troisième dessin lorsqu'il entendit un son peu familier, celui d'un miaulement sonore, affligé et répétitif qui venait d'un endroit proche du bord de l'eau. Se rendant compte que c'était la première fois que Lion émettait ce cri si fréquent chez les félins, et percevant l'urgence du ton, son insistance, il se leva, posa le carnet et les crayons sur le tabouret, et se dirigea vers les hautes herbes graciles de la rive.

Il fallut à son esprit un certain temps pour interpréter l'information visuelle transmise. Certains des petits icebergs s'étaient rapprochés de l'île pendant la nuit et étaient à présent alignés près du rivage comme des canots à quai. Il s'émerveilla à nouveau de leurs formes irrégulières, mystérieuses, mais cette fois il y avait autre chose. Durant leur voyage dans les torrents et les rivières, les icebergs avaient récolté et intégré dans leur structure des brindilles et des branches, comme s'ils créaient consciemment leurs propres squelettes. Jerome, intrigué par ce spectacle, était sur le point de sortir son appareil de sa poche quand il remarqua une grosse masse de glace contenant un ballot flou de vêtements qui semblait à la fois y être enfermé et en émerger. Se demandant si la glace avait trouvé le moyen d'emprisonner un édredon en patchwork ou une collection de chiffons, il se rapprocha, l'appareil à la main, espérant saisir une image intéressante. Le bloc de glace se heurta à la rive et bougea légèrement. Ce fut alors que Jerome vit les mains tendues, la tête courbée, les mèches gelées de cheveux gris, et il entendit sa propre voix annoncer la découverte. « Un homme ! » cria-t-il à l'air, au chat tout proche, à lui-même. « Un homme ! » cria-t-il encore. Puis il prononça le mot « mort », juste avant de se détourner pour vomir dans la neige.

Un an plus tard, cinquante kilomètres plus loin, dans une petite ville au bord du lac, une femme se réveilla de bonne heure. Aucun bruit ne montait de la rue. L'obscurité était encore dense derrière les fenêtres de sa chambre.

Son mari dormait et ne bougea pas quand elle se glissa hors du lit, traversa la pièce et longea le couloir jusqu'à la salle de bains, où elle avait déposé ses vêtements la veille : le tailleur de lainage noir et le chemisier de soie gris, le rang de petites perles, le collant noir, les dessous blancs et la combinaison crème d'usage, la tenue sombre qui, croyait-elle, était la garantie que personne ne la regarderait ou, du moins, ne la fixerait très longtemps. Elle ne prit aucune précaution particulière en se lavant et en s'habillant, faisant couler l'eau et ouvrant les tiroirs comme n'importe quel autre matin. Malcolm avait été appelé en pleine nuit pour une visite et n'était pas rentré avant trois heures. Il devait dormir profondément et ne se réveillerait pas avant un bon moment. Elle serait alors dans le train, la moitié du parcours derrière elle.

Elle resta un instant devant l'armoire à pharmacie ouverte, considérant les différentes fioles en plastique qui contenaient ses médicaments. Puis elle ferma la porte et se contempla dans la glace. Ses cheveux blonds, en partie grisonnants, étaient tirés en arrière, ses traits lisses, à son grand soulagement, ses yeux gris limpides. Elle ne pouvait pas dire si le visage qui lui rendait son regard était attirant. Quelqu'un lui avait dit une fois qu'elle était ravissante, il n'y avait pas si longtemps, mais elle savait que ses traits, son expression s'étaient altérés depuis.

Le matin précédent, après le départ de Malcolm pour la clinique, elle avait rempli une vieille valise avec des bas, une jupe et un cardigan bleus, des dessous, quelques produits de beauté, deux carnets en cuir vert très usagés, un sac en plastique contenant des carrés de feutre, des bouts de laine et de tissu, un album ancien et un livre relié défraîchi. Puis elle avait soulevé le sac du lit où elle l'avait posé pour le remplir et l'avait rangé dans la penderie inutilisée de la chambre d'amis. L'intérieur de la valise était rose, avec, sous le couvercle tapissé de satin, des compartiments en tissu élastique où, à une époque ou une autre, une femme morte depuis longtemps avait rangé ses brosses à cheveux et à habits, et peut-être un flacon rempli de détergent liquide pour laver ses bas de soie. Cette femme pouvait fort bien avoir été sa propre mère, mais elle ne pouvait en être sûre car, pour autant qu'elle sût, sa mère n'avait jamais été une voyageuse. Les gens qui vivaient dans ce comté rural restaient chez eux. Année après année, génération après génération. La géographie du comté décourageait les velléités de départ ; les trains ne ralliaient plus aucune des agréables bourgades de la péninsule où elle avait passé toute son existence. Elle devrait faire une heure de route pour atteindre Belleville, un gros bourg du continent, où elle prendrait le train qui la conduirait à la ville. Le mot « ville » avait résonné dans son esprit toute la semaine, d'abord sous la forme d'une idée, puis d'une possibilité et enfin, à cet instant, d'une destination certaine.

Après s'être lavée et habillée, elle se rendit dans la chambre d'amis, prit la valise dans la penderie et la transporta en bas de l'escalier de derrière éteint, puis dans la cuisine, où elle la posa sur la table. Sur un bureau, face à la large fenêtre de la cuisine, se trouvait la carte tactile qu'elle avait fabriquée pour son amie Julia, avec ses diamants fantaisie, ses clinquants et ses morceaux de papier d'aluminium plié, étincelant sous l'unique lampe allumée. À côté étaient disposés avec soin les différents schémas et dessins qu'elle avait faits de l'endroit que Julia souhaitait visiter ensuite :

un phare abandonné sur une route rarement empruntée, à l'extrême pointe du comté. Elle regarda la carte, puis jeta un coup d'œil sur la cour en partie illuminée par la lampe de la cuisine. C'était le milieu d'un mois d'avril glacial, et le dégel n'avait commencé pour de bon que très récemment. À cet instant, tout semblait pleurer dehors ; des gouttelettes s'accrochaient à sa corde à linge, brillaient sur les branches, et des glaçons qui s'étaient détachés de l'avant-toit s'étaient incrustés, telles des épées, dans les restes de neige tassée contre les fondations de cette maison, où elle avait passé sa vie. C'est le jour anniversaire du chagrin, songea-t-elle – tout était humide, éphémère, tout se liquéfiait, disparaissait.

Son amie Julia, qui avait elle aussi toujours vécu dans la même demeure, disait qu'elle sentait dans sa ferme les prémices de la fonte de printemps longtemps avant le moment où les voyants s'en apercevaient. Elle sentait aussi l'approche des orages les jours d'été sans nuages, et la présence des cerfs cachés au fond du bosquet de cèdres, derrière la grange. Elle admirait tant cela chez Julia, cette prescience sensorielle ; cela, et le calme qui inondait le coin de la pièce où elle se tenait, comme une lumière douce.

C'était Julia qui avait perçu son chagrin, Julia qui lui avait suggéré de faire ce voyage à la ville. Durant l'année qui s'était écoulée depuis la parution de l'article de journal, elle ne l'avait mentionné qu'à deux reprises d'un ton neutre, déguisant parfaitement le besoin d'énoncer le fait terrible qu'il contenait. La première fois, Julia avait simplement secoué la tête comme elle le faisait souvent quand on lui présentait de tristes faits divers à propos d'inconnus. La fois suivante, cependant, au milieu de son récit, Julia s'était brusquement redressée sur son siège et avait tendu la main dans l'espace qui les séparait. « Il y a là quelque chose, Sylvia, avait-elle dit. Quelque chose de profond, d'intime et d'important. Je pense que tu devrais rencontrer ce jeune homme. »

Sylvia n'avait rien ajouté, mais, dans le silence qui avait suivi la déclaration de Julia, l'idée d'emporter son histoire à la ville avait pris racine.

Elle ouvrit de nouveau sa valise et rangea à l'intérieur la carte, les croquis, deux récipients rectangulaires en plastique – l'un rempli d'un assortiment de fils, de papier granité et de plusieurs cartes d'état-major, l'autre de ficelle, de cordonnet, de paillettes et de diamants fantaisie. Puis, une fois encore, elle referma le couvercle sans bruit, se servant de ses pouces pour ajuster les fermoirs. Elle emporterait son matériel et continuerait de travailler à la carte. De cette façon, elle conserverait le lien avec Julia.

En enfilant son manteau, elle se demanda si elle devait laisser un mot, et se décida enfin à le faire. Elle prit un stylo dans son sac et écrivit la phrase « J'ai un engagement » au dos d'un ticket d'épicerie. Une question lui vint alors à l'esprit, celle de l'endroit où placer ce mot. Où les gens laissaient-ils ce genre de messages : près du téléphone, sous un aimant du réfrigérateur, sur la table de l'entrée ? La cuisine, conclut-elle, n'était pas le lieu où afficher un pareil bout de papier, une déclaration aussi formelle, donc, après avoir pris la salière sur la table et l'avoir glissée dans une de ses poches, elle longea le couloir et entra dans le bureau de son mari, sa bibliothèque. Choisissant deux volumes qui traitaient de syndromes médicaux, elle les mit l'un sur l'autre au centre du bureau, puis jeta un coup d'œil au mot posé dessus. « J'ai un engagement », sourit-elle. Elle saisit le stylo de son mari et ajouta dessous : « Ne prends pas la peine d'appeler Julia, elle ne sait pas où je suis. »

Pour gagner la porte d'entrée, elle devait passer par la salle à manger, et, en la traversant, elle se souvint qu'à la fin de l'après-midi, lorsque le reste de la maison s'assombrissait, la lumière basse qui pénétrait dans la pièce par la fenêtre ouest faisait toujours briller le large ovale de la table comme un lac, un lac avec deux bougeoirs en argent flottant à sa surface. Elle avait observé ce phénomène presque tous les jours de sa vie, aussi loin qu'elle s'en souvînt, et cela continuerait de se produire quand elle ne serait plus là : une table abandonnée retenant la clarté et elle au loin, absente de la cérémonie.

Dehors, elle déverrouilla sa voiture, hissa la vieille valise sur le siège avant, s'installa derrière le volant et recula sans heurts, avec prudence, tandis que ce meuble continuait de luire absurdement dans son esprit.

La route qui la conduisait hors du comté était bordée des maisons de certains des tout premiers colons de la province. Il faisait encore trop sombre pour bien voir, mais elle se rendait compte que la plus grande partie de cette vieille architecture était triste, négligée ; certaines des propriétés étaient à l'abandon. Quelques demeures du comté avaient cependant été restaurées par des gens de la ville recherchant ce genre de charme, et lui semblaient toujours pimpantes et propres à un point anormal, comme si le passé en avait été éliminé par un grand ménage et jeté négligemment dans la rue, tel un seau d'eau souillée. Elle connaissait les histoires des anciens colons aussi bien que son propre corps. Mieux, sous certains aspects. Elle connaissait les escabeaux à trois pieds appuyés contre les arbres dans les vergers en automne, l'arrivée à la porte des granges des charrettes pleines de foin, les traîneaux en hiver, les soupers servis en plein air sur des tables recouvertes de nappes, les querelles à propos du bornage des terrains, la politique, la propriété familiale, l'arrivée de la première automobile, le premier téléphone, le départ des jeunes gens à la guerre, les processions funéraires quittant les salons en façade. Elle connaissait aussi ces choses, comme si elles avaient un impact de poids dans sa propre vie, vécue derrière les murs de brique d'une maison située à l'intérieur de la ville.

Un cimetière défila par la fenêtre près de son épaule droite, des stèles délabrées, abîmées, où étaient gravés des noms encore courants dans son comté. Ces tombes se dressaient nues et pâles dans la lumière du petit matin, qui se réverbérait sur la neige noire de suie autour des stèles et dans les petits creux éparpillés çà et là dans les champs. Les arbres se détachaient contre le ciel qui s'éclaircissait, plus sombres qu'au milieu de l'hiver, où une couche de givre les recouvrait souvent. Elle aimait les arbres, leur fiabilité, le fait qu'ils avaient toujours été là, au bord des champs ou le long des routes. Elle aimait certains blocs pour la même raison. Et il restait des cairns, rappel tangible du passé. C'étaient les jalons dont Andrew avait parlé. Les anciens colons, lui avait-il raconté une fois, n'avaient rien laissé, excepté la preuve de leur labeur, excepté une biographie de pierres.

La voix d'Andrew, lui répétant ces choses encore et encore, résonnait presque constamment dans sa tête à présent. Autrefois elle s'était penchée pour écouter son chuchotement, elle l'avait entendu chanter à une ou deux reprises, et vers la fin elle avait été saisie par le bruit terrible de ses pleurs. Une bande-son de ses intonations passait en boucle dans sa mémoire, mais lui échappaient la forme de son visage, le contour de ses jambes, de ses bras et de ses mains, la manière dont son corps occupait un siège ou traversait une pièce vers l'endroit où elle se tenait, ainsi qu'elle l'avait fait chaque fois, attendant d'être touchée par lui. Elle n'avait jamais dit à Andrew qu'avant lui tout contact était une catastrophe pour elle, et qu'une fois cet obstacle franchi il deviendrait une partie d'elle – à son insu –, que l'idée de lui serait quelque chose qu'elle transporterait avec elle, comme un animal, ou un bébé, ou un cartable, ou, peut-être, un objet aussi simple et essentiel que le sac posé sur le siège passager de la voiture en marche.

Après, elle se levait, s'habillait, traversait le verger, regagnait son véhicule et parcourait les terres, encore imprégnée de son odeur qu'elle souhaitait garder sur elle le plus longtemps possible, ne se lavant que quelques minutes avant le retour de Malcolm du dispensaire.

Puis venaient les jours d'éloignement, où elle ne voulait pas, ou ne pouvait pas, habiter son propre corps, comme si elle avait pris la décision d'accompagner Andrew partout où il allait, comme si elle se trouvait dehors, en train de dresser le plan des maigres fondations de maisons abandonnées par des colons disparus, ou de suivre le tracé indistinct d'une vieille route désaffectée, bien que dans son imagination elle ne vît pas ces choses. Puis, peu à peu, elle sentait son vrai moi revenir timidement, tel un invité désireux de ne pas prendre trop de son temps, et une odeur ou un goût particuliers la reliaient un instant au présent : cela ou, par exemple, la vue des feuilles de peuplier frémissant dans la brise invisible derrière la vitre de la fenêtre de la cuisine. Si c'était l'hiver, elle pouvait fixer son attention sur le mouvement de la flamme, le craquement des brindilles de cèdre, puis la satisfaction ressentie lorsqu'une bûche finit par se désagréger sous l'effet inéluctable de la combustion.

C'était la voix d'Andrew qui alimentait à présent le moteur de cette voiture, sa voix qui appuyait sur l'accélérateur, qui choisissait la distance, la vitesse, la direction.

Elle dormit dans le train, comme cela lui arrivait souvent quand elle était confrontée au bruit et à l'inconnu, et désirait s'isoler des stimuli jusqu'à ce qu'un voile obscur et sans rêves engloutît le monde extérieur. Environ une heure plus tard, elle ouvrit les yeux dans un compartiment bringuebalant pour découvrir les abords délabrés de la ville sous un ciel bleu glacial. Le soleil perçait la vitre poussiéreuse, baignant ses mains et ses genoux, et, engoncée dans son bon manteau de lainage, chaussée de ses bottes d'hiver, elle éprouva une sensation de chaleur inconfortable. Derrière elle, on froissait un journal. De l'autre côté de l'allée, quelqu'un boutonnait la veste d'un enfant qui se tortillait. Un homme en uniforme traversa le wagon à toute allure, criant le nom de la ville comme si, sans cette annonce, personne ne l'eût remarquée, la laissant passer sans la voir. Elle ne pourrait certainement pas agir de la sorte. Elle devrait entrer dans la ville. Elle serait obligée de se débrouiller.

Après avoir longé d'un pas raide le quai en béton, son sac dans une main, sa valise dans l'autre, elle descendit un escalier en marbre, remonta une longue rampe jusqu'au grand hall d'Union Station, se souvenant que, petite fille, sa mère l'avait entraînée dans ce monde écrasant pour une série de rendez-vous au cœur de la ville, et que l'enfant d'alors avait souvent refusé de franchir l'énorme salle avant d'avoir lu, en haut de ses murs, tous les noms gravés d'endroits qui ne figuraient pas sur les cartes de son comté. Vancouver, Saskatoon, Winnipeg : des noms inconnus à la consonance étrangère qui, dans son esprit, étaient restés à jamais associés à la dérangeante cacophonie des trains et au ton feutré, à l'atmosphère solennelle et policée des consultations.

À l'hôpital des Enfants-Malades, il y avait dans le bureau du médecin une maison de poupées habitée par trois personnages avec lesquels il voulait la faire jouer. « Pourquoi ne pas appeler la dame "maman", avait-il proposé, et le monsieur "papa" ? Et toi, tu seras la plus petite poupée. » Tout cela l'avait troublée et désorientée. Elle n'avait jamais aimé les poupées et ne comprenait pas pourquoi cet homme lui demandait de s'imaginer que les figurines représentaient ses parents ou elle-même. Elle avait trouvé des moyens de s'abstraire pour échapper au médecin, à sa mère, à la maison de poupées : elle pensait aux chevaux en porcelaine, par exemple, ou à l'atlas du comté qu'elle avait mémorisé, ou bien elle égrenait une succession de vers dans sa tête. Elle avait fini par apprendre à ne pas tenir compte de l'énorme hôpital, ni de tous les enfants en pyjama qui y demeuraient. « Les Enfants-Malades », entendait-elle sa mère dire au téléphone. « Robert espère que le docteur des Enfants-Malades pourra faire quelque chose », déclarait-elle, ajoutant d'un ton inquiétant mais presque avec espoir : « Il va peut-être falloir la faire admettre à l'hôpital. »

Elle avait toujours cru que cette admission avait un rapport avec la confession, qu'il faudrait énoncer sa vérité, qu'elle devrait entendre des aveux, ou avouer elle-même avoir commis tel ou tel crime. Et, en effet, dès qu'elle se trouvait en présence du praticien, ses questions pleines de douceur ressemblaient toujours à un interrogatoire, à une tentative pour lui extorquer une obscure révélation. Cependant elle était restée résolument muette ; elle n'avait rien admis, sachant pourtant que son châtiment serait la colère de sa mère, son refus de la regarder pendant tout le trajet de retour en train. Et plus tard, allongée dans sa chambre, face au mur, elle avait entendu la discussion des adultes, et son nom qui voltigeait dans la pièce entre son père et sa mère, une bonne partie de la nuit.

Elle avait maintenant cinquante-trois ans et ne s'était jamais retrouvée seule dans une ville auparavant. Pourtant, depuis l'enfance, elle était experte dans l'art de lire les cartes, et, après avoir déniché le nom et l'adresse dans l'annuaire de la bibliothèque municipale et marqué l'emplacement sur un plan, elle s'était convaincue d'être suffisamment préparée, au moins pour s'orienter dans la ville. Bien sûr, chaque année de sa vie d'adulte, elle avait de temps en temps passé une journée dans l'une des plus grandes villes du comté et s'était rendu compte confusément que les gens se hâtaient dans les rues, vaquant à leurs affaires. Maintenant qu'elle était là, tout lui paraissait exagéré, amplifié, et le vacarme faillit la décourager. Elle serra dans son poing la salière qu'elle avait glissée le matin dans sa poche, baissa la tête et compta les trois pâtés de maisons qu'elle devait longer vers l'ouest, à partir d'un carrefour central qu'elle avait repéré d'abord sur la carte, et maintenant dans le monde.

« Me voici dans le monde », chuchotait-elle aux carrés de béton qui défilaient sous ses pas.

Elle se retrouva dans une allée. Sur le mur de brique, à gauche, il y avait une liste de mots, et certains numéros avaient été peints grossièrement. Le nom qu'elle cherchait figurait sur cette liste, accompagné d'un titre ou d'une explication : *Fragments conceptuels*. Les yeux fixés sur ce mur, elle prit conscience de l'image qu'elle offrait, une sensation qu'elle avait rarement connue dans le passé, sachant combien elle devait paraître étrange avec son bon manteau de lainage, ses bottes garnies d'une collerette de fausse fourrure, sa vieille valise et le grand sac à main en cuir noir qu'elle serrait sous son coude droit. Soudain un jeune homme aux cheveux bizarrement teints surgit par l'une des portes au milieu de l'allée et passa devant elle à toute allure, tournant à gauche après lui avoir lancé un bref coup d'œil. « Salut, m'an », dit-il en riant, avant de s'élancer dans la rue. Elle sut d'instinct qu'il n'était pas celui qu'elle cherchait, mais que le garçon en question pouvait fort bien être du même genre.

Cette pensée lui enleva le courage de pénétrer dans l'allée, du moins pour le moment. De toute manière, elle avait une tâche à accomplir. Elle entreprit de descendre la rue et quand elle trouva une boîte aux lettres, elle tira de son sac une enveloppe timbrée adressée à son mari, qui contenait les clés de sa voiture. Au dos de l'enveloppe elle avait écrit « à la gare de Belleville ». Rien d'autre. Elle se demanda combien de temps il mettrait à récupérer le véhicule, puisqu'il en possédait un lui-même. Et ce ne serait pas son premier souci. Il serait dans tous ses états, savait-elle, et organiserait des recherches. Peut-être même ferait-il appel à la police, suggérant qu'elle était incapable de s'occuper d'elle-même, et trop fragile pour survivre dans le monde du dehors. Mais ils ne la retrouveraient pas avant quelque temps. Elle n'avait prévenu personne de son départ. Elle n'avait pas même confié à Julia qu'elle avait l'intention d'entreprendre ce voyage.

Quand elle revint dans l'allée, elle lut les mots et les numéros peints à la bombe, et finit par retrouver le nom qu'elle cherchait. Puis elle glissa un coup d'œil dans le passage bordé, voyait-elle à présent, par une série d'entrées d'usines, avec ici et là une rébarbative porte de garage en acier. Chacune était ornée d'un numéro et d'une masse de gribouillis et de tortillons colorés qui devait porter le nom de « graffitis », d'après ce qu'elle avait lu dans les magazines. Gagnée par la confusion, elle se détourna de ce spectacle, mais ne quitta pas l'endroit et se surprit presque aussitôt à examiner la texture de la peinture écaillée sur le tuyau en métal fixé au mur près de son épaule. Plusieurs volutes de bleu foncé, et une traînée de rouille qui recouvrit ses doigts de pollen orangé quand elle y posa sa main gantée. Elle se souvint du pollen d'un sous-bois qui, un jour très ancien, avait saupoudré les jambes de son pantalon. « De l'anémone, avait dit Andrew lorsqu'elle s'était penchée pour enlever la poudre d'or du coton. Tu l'aides à se reproduire. »

Plus près de l'asphalte la peinture tenait mieux, et pourtant les différentes couches émergeaient telles de petites îles de couleur. Elle s'absorba un moment dans leur contemplation, étudiant les motifs, jusqu'à ce que l'idée des îles la ramenât à la réalité. Elle était ici à cause d'une île. Elle ne rentrerait pas chez elle. Elle commença à avancer, franchissant les vieilles plaques de glace souillée – ressemblant aussi à des îles –

qui jonchaient le sol jusqu'à la porte où était inscrit le numéro 5.

Il n'y avait pas trace de sonnette, aussi elle frappa plusieurs fois le métal de sa paume. Elle entendit du bruit à l'intérieur, des pas précipités, puis le silence. Le soleil plongea subitement dans l'allée et éclaira un monticule de glace créé par les fuites des canalisations, juste devant le seuil. Attention, songea-t-elle, c'est dangereux. Elle tripotait nerveusement la salière dans sa poche.

« Un instant ! cria une voix d'homme à l'intérieur. Attendez ! »

Elle attendit.

D'après ce que voyait Sylvia, c'était une porte qu'on ne pouvait pas ouvrir de l'extérieur. Tandis qu'elle formulait cette pensée, la porte pivota largement, révélant un pâle jeune homme de vingt-cinq ou trente ans, peut-être, qui se tenait sous le rayon de soleil. Il était vêtu d'une vieille chemise en flanelle et d'un pantalon ample couvert d'une quantité de boucles et de sangles. Ses cheveux bruns se dressaient sur sa nuque comme si on venait de le tirer de son sommeil, mais ses yeux marron étaient vifs et intelligents, et sa peau blanche était lisse. Il la dévisagea avec une pointe de méfiance, puis posa les yeux sur sa valise, l'air intrigué.

Elle avait préparé son discours d'introduction.

« Je m'appelle Sylvia Bradley. Je m'excuse de vous

déranger, commença-t-elle, mais je suis une amie… j'étais une amie… d'Andrew Woodman et j'espérais…

– L'homme qui est mort, dit le jeune homme.

– Oui, répondit-elle, sachant qu'elle commençait à trembler, j'étais son amie, et je voulais parler à quelqu'un, à Jerome… » Elle s'interrompit, soudain incapable de retrouver le nom de famille.

« Jerome McNaughton, acheva-t-il. Je suis Jerome McNaughton. Vous faites partie de sa famille ? »

C'était donc lui qu'elle cherchait. « Non, non », dit-elle. Elle considéra quelques minutes le sol mouillé où un arc-en-ciel huileux se déplaçait sur une petite flaque. Puis, sans lever les yeux, elle ajouta doucement : « J'ai fait tout ce chemin pour vous parler. Puis-je entrer ? »

Jerome resta silencieux, la main encore sur la porte, et pendant cette pause Sylvia commença à penser que sa requête serait rejetée. À ce moment-là, une fille mince au teint mat, habillée tout en noir, se glissa derrière lui. Elle s'était tenue dans son ombre, une silhouette si floue que le cerveau de Sylvia avait à peine enregistré sa présence.

« Fais-la entrer », déclara ce fantôme.

Au début, Sylvia se demanda si elle parviendrait à affronter l'espace caverneux où les deux jeunes gens l'avaient introduite. Une étrange musique résonnait et, pire encore, plusieurs rangées de tubes fluorescents rivalisaient avec les sons. Elle s'était toujours crue capable d'entendre le bruit de la lumière artificielle et, par conséquent, ne s'était aventurée qu'une seule fois dans un grand magasin, où le son discordant et grinçant de la lumière avait été trop pour elle. Ici, cependant, il s'agissait seulement d'un bourdonnement sourd, d'une sorte d'accompagnement musical. Des chaises empilées étaient disposées au hasard dans la pièce, il y avait un long bar écorné avec un évier incorporé et, posé dessus, un grille-pain, une table basse où traînaient quelques tasses sales, un réfrigérateur antique qui grommelait dans un coin et un vieux canapé enveloppé d'une couverture pleine de poils de chat roux. Dans une pièce plus éloignée, séparée par une cloison, elle apercevait un matelas sur le sol et la faible lueur d'un ordinateur calé contre le mur opposé. À l'extrémité de l'espace où elle se tenait, elle vit une porte rouge au milieu d'un mur en blocs de ciment. Les mots *Fragments conceptuels* y étaient inscrits.

La fille avait suivi son regard. « C'est son atelier, expliqua-t-elle. C'est là que Jerome travaille. » Elle tendit le bras et prit doucement la poignée de la valise de Sylvia, qu'elle posa à côté du canapé. « Moi, c'est Mira. Vous voulez vous asseoir ? »

Pensant à son manteau, aux poils de chat, Sylvia choisit une chaise. Le jeune homme et la fille s'installèrent sur le canapé. Pour la première fois, Sylvia remarqua le bijou incrusté au coin du nez parfait de la jeune femme. Elle faillit se laisser absorber par son scintillement et par les traits ravissants de ce visage, mais se rappela l'objet de sa visite et chassa de son esprit la pièce, la fille, la lumière, pour tourner son attention vers Jerome.

« Je veux vous parler d'Andrew Woodman, commença-t-elle encore, d'un ton très formel. J'ai lu que c'était vous qui l'aviez découvert.

– Il a des cauchemars, intervint la fille. Peut-être qu'il ne voudra rien dire. » Elle se rapprocha du jeune homme d'un air protecteur et effleura le sommet de son crâne, ses cheveux. Jerome s'écarta légèrement et regarda Sylvia. « Non, Mira, répliqua-t-il. Laisse. Tout va bien. »

Sans se démonter, elle glissa son bras sous le sien et frotta sa joue contre son épaule.

Ce geste éveilla un écho dans l'esprit de Sylvia. Une chambre, la tiédeur de la peau, une bouche mouillée au creux de son bras, de longues avenues paisibles de paroles intimes s'entrecroisaient en permanence dans sa mémoire. Dans la texture de sa pensée s'entremêlaient ces souvenirs ineffaçables de tendresse, des souvenirs qui aujourd'hui ne lui procuraient que de la souffrance. Aucune issue ne s'offrait à elle désormais, dans le confort de son univers familier, et moins encore dans des intérieurs inconnus, désorientants. Ces jeunes gens avaient une expression grave, presque choquée, et elle savait comment ils la voyaient : une femme d'un certain âge, bien habillée, en manteau de lainage marron, perchée au bord de sa chaise avec son sac à main en équilibre sur les genoux, un foulard de soie autour du cou, les bottes ridicules, garnies d'une collerette de fausse fourrure.

« Oui, je l'ai trouvé, dit Jerome. J'essayais de faire quelques croquis et j'étais tout près du rivage, mais en fait c'est le chat qui m'a attiré vers l'endroit. Si je n'avais pas été là à ce moment particulier, je n'aurais sans doute rien vu. En tout cas j'ai voulu photographier la glace, et parce que le chat…

– Jerome, laisse-la parler », dit doucement la fille.

Il se pencha vers Sylvia. « Désolé, dit-il. Prenez votre temps. Rien ne presse. »

Elle s'aperçut qu'elle était incapable de réagir, qu'elle se sentait déconcertée par ce signe de sympathie.

La fille fut la première à rompre le silence inconfortable. Elle se leva du canapé et disparut à l'autre bout de la pièce, dans ce qui devait être une salle de bains dont elle émergea quelques secondes plus tard, le chat roux sur les talons, avec un mouchoir à la main. « Tenez », dit-elle en le lui tendant. Puis elle jeta un coup d'œil à la valise. « Vous venez de loin ?

– Je suis mariée avec un médecin, répondit Sylvia, et je vis dans le comté de Prince Edward. J'en suis partie ce matin.

– L'est de l'Ontario, intervint Jerome, pas loin de…

– Oui, pas loin de l'île Timber, pas loin du tout.

– Je m'y trouvais pour mon travail, lui expliqua-t-il. Le moment entre les saisons, la nature en transition, riche en possibilités… »

Au-dessus de leurs têtes, un réseau compliqué de tuyaux et de fils serpentait vers chacun des quatre murs. Certaines canalisations descendaient jusqu'au sol, où elles se raccordaient à deux radiateurs qui avaient été peints en blanc. Les yeux de Sylvia suivirent un instant le parcours des tuyaux, puis se posèrent sur plusieurs diagrammes encadrés sur le mur du fond. Elle crut pouvoir identifier une face de rocher dans les dessins, et peut-être les feuilles et les branches d'un arbre, mais une quantité de mesures gribouillées au crayon semblaient occuper presque tout l'espace. Quand elle était petite, elle avait elle-même été, une période, très attachée aux mesures. Elle se souvenait d'un vieux mètre à ruban qui avait appartenu à son grand-père et qu'elle aimait transporter de pièce en pièce, et quelquefois même quand elle s'aventurait au-dehors. Elle avait fini par dresser une liste des mesures de presque tout ce qu'il y avait dans la maison et autour de la maison dans une série de carnets qui ressemblaient à celui qu'elle gardait sur elle à présent. Un été, elle avait mesuré la cour, la pousse des buissons d'une semaine à l'autre, le diamètre des fleurs apparues dans la nuit. Si un changement devait se produire, un changement qu'elle ne pouvait contrôler, elle voulait du moins en être consciente et connaître la forme qu'il prenait. Elle se souvenait d'une petite manivelle en cuivre qui, quand on la tournait, retirait les centimètres, afin de stopper l'opération de mesure. Quand avait-elle pris cet objet essentiel dans un tiroir pour la dernière fois, puis l'y avait replacé ? Quand avait-elle cessé de mesurer ?

Le chat était assis en face d'elle, la considérant d'un œil fixe mais neutre. Elle espéra qu'il ne tenterait pas de sauter sur ses genoux. Elle ne savait pas ce que pensait Jerome, mais, comme le chat, il l'observait en silence.

« J'ai vécu, reprit-elle, toute ma vie dans la même maison. Et les parents de mon père y ont habité avant moi. » Une image de la table ovale lui traversa l'esprit. La lumière de la fin d'après-midi l'éclairait à cet instant, et elle n'était pas là pour le voir.

Jerome la regarda avec intérêt. « Vraiment ? dit-il. Alors vous êtes établie, continua-t-il, vous êtes une pionnière. » Il se tourna vers la fille à son côté. « Ça ne fait pas deux ans que nous vivons ensemble, et nous avons déménagé trois fois. »

Sylvia ne pouvait imaginer ce genre de choses, cette errance d'un endroit à l'autre. Qu'avaient-ils laissé derrière eux ? se demanda-t-elle.

« C'est très dur, reprit Mira. Très dur de trouver un espace correct pour un atelier. » Elle agita la main en direction de la porte rouge que Sylvia avait remarquée plus tôt. « Ç'a été un coup de chance en fait, ça et le bouche à oreille. Quand on entend parler de quelque chose, il faut faire vite. »

Le son d'une sirène transperça la pièce et Sylvia prit

conscience alors de l'immensité de la ville, de la conversation des gens – le « bouche à oreille » –, des projets faits et réalisés, des accidents qui survenaient, des événements qui se déroulaient pendant qu'elle était assise dans une pièce blanche en compagnie de deux jeunes gens qu'elle n'avait jamais rencontrés auparavant. La multiplicité des lieux et des relations intervenant dans la vie d'autrui était un sujet auquel elle s'efforçait de ne pas penser, jugeant cela cruel, car arbitraire, et impossible à contrôler. Elle se sentit écrasée par le poids de cette interaction, et, une seconde ou deux, elle dut combattre le désir de retourner à la gare et de monter à bord du train qui la ramènerait chez elle. « Je vais prendre une chambre dans le quartier, dit-elle, se penchant pour effleurer la poignée de sa valise. Y a-t-il un endroit tout près… ?

– Le Tilbury, répondit Mira, lançant un coup d'œil à Jerome, mais c'est pas très chic.

– Je vais m'y installer alors. » Elle n'avait retiré que huit cents dollars du compte joint avant de partir. Et elle devait aussi se nourrir. Elle ne savait pas combien pouvait coûter un hôtel, mais ne put se résoudre à poser la question.

Jerome s'était éloigné de la fille et, debout près de la porte, sautait nerveusement d'un pied sur l'autre. Il passa la main dans ses cheveux, mais ne dit rien.

« Je voudrais pouvoir vous parler, répéta Sylvia.

– Je suis absorbé toute la journée par mon travail,

commença-t-il d'un ton raisonnable. Et le soir on sort quelquefois, avec Mira, on fait des choses. Ce n'est pas que je ne m'intéresse pas à ce que vous avez à dire, mais je ne vois simplement pas ce que je peux faire, comment je peux vous aider. Et de toute manière, je ne suis pas très doué pour écouter. » Il sourit à la fille. « Mira peut en témoigner. »

Elle se hérissa légèrement. « Ce n'est pas ce que j'ai dit, Jerome. J'ai dit que tu n'étais pas très doué pour parler. Il y a une nuance. »

La lumière fluorescente émit une sorte de grincement assourdi, comme si, dans une lointaine partie du bâtiment, quelqu'un se servait d'une perceuse ou d'une ponceuse. Sylvia regarda autour d'elle, cherchant un allié. « J'avais espéré, murmura-t-elle.

– Je n'en sais vraiment rien », dit Jerome.

Mira avait ramené ses genoux sous son menton et noué ses bras sur ses jambes. « Pourquoi ne pas la laisser revenir, Jerome ? Tu ne fais pas grand-chose en ce moment. Tu n'as pas de projet particulier ou, du moins, pas que je sache.

– Vous l'avez trouvé, prononça doucement Sylvia. Vous ne pouvez pas l'avoir oublié. » Elle se leva de sa chaise, se pencha pour soulever la valise. « Et grâce à cela, vous me l'avez rendu. »

Jerome avait maintenant les mains dans les poches, mais son dos était plus droit et son expression moins ambiguë qu'avant. Il paraissait sur le point de se défendre, de marchander. « Je ne sais pas si j'ai du temps, déclara-t-il avec une certaine assurance. J'ai besoin de me concentrer, et je ne suis pas sûr que penser à ça soit très indiqué. »

Ainsi qu'elle l'avait souvent fait par le passé, Sylvia se demanda comment les autres gens pouvaient aussi facilement contrôler leurs pensées, d'où leur venait cette faculté de passer d'un sujet à l'autre.

« Vous pouvez revenir dans deux jours ? » proposa brusquement Jerome.

Sylvia sentit un mélange d'espoir et de panique lui étreindre le cœur. Deux jours. Elle se rappela le marchandage auquel elle avait été forcée de se résoudre avec Andrew pour gagner du temps, au téléphone ou sur le pas d'une porte, au moment du départ, l'imperceptible irritation – ou était-ce de la pitié ? – qui se glissait dans sa voix ou son expression quand elle demandait quelque chose de plus, ou un rendez-vous plus proche. Elle savait marchander. Elle baissa les yeux avant de parler. « Je vous en prie, dit-elle, je vous en prie, permettez-moi de venir avant. »

Jerome lança un regard à Mira. « Très bien. Demain. Mais pas avant l'après-midi. Je ne supporte personne le matin. »

Une bouffée de soulagement l'envahit. « Je serai là à deux heures », répondit-elle, poussant sur la barre de métal qui ouvrait la porte vers l'extérieur. Elle se retourna vers la fille : « De quel côté est l'hôtel ?

– Tournez à gauche au bout de l'allée. Encore à

gauche, et vous longez deux pâtés de maisons vers le sud. »

Elle voulut dire merci, mais se retrouva de l'autre côté de la porte, dans la faible lueur de l'après-midi finissant.

Sylvia n'avait jamais fait l'expérience de la neutralité marchande des chambres louées, et n'avait donc aucune idée de ce qu'on attendait d'elle quand, le cœur battant, elle s'approcha de la réception, au fond d'une entrée décorée de plantes de plastique en pot, de tables de verre et de quelques énormes fauteuils en cuir noir. Elle parvint à demander une chambre, mais fut plus troublée encore lorsqu'on lui réclama une carte de crédit en retour. Elle décida de présenter la carte supplémentaire que lui avait donnée Malcolm pour les dépenses de la maison, se rendant compte que cela risquait de révéler l'endroit où elle était. « Nous gardons vos coordonnées pendant votre séjour, lui expliqua l'employé, mais, si vous le souhaitez, vous pourrez payer en espèces quand vous partirez.

– Dans cinq jours », dit-elle. Elle aurait peut-être besoin d'une semaine entière. Elle négocierait plus tard.

Une fois dans la chambre, elle entreprit l'inventaire de ce qui l'entourait, désirant faire la connaissance des objets avec lesquels elle vivrait. Heureusement, il n'y avait pas grand-chose à savoir : des murs en stuc d'un blanc jaunâtre, une cafetière électrique avec une petite collection de sachets de thé et de café, une télévision cachée derrière les portes d'un placard, un bureau où était posée une chemise en cuir contenant des informations sur l'hôtel, du papier à lettres, un stylo et quelques enveloppes. Trois chaises, un lit, deux tables de chevet, un téléphone. Dans la salle de bains, il y avait des serviettes, des gants de toilette, de minuscules flacons en plastique qui, découvrit-elle, renfermaient du shampoing, de l'après-shampoing et de la crème hydratante. Une baignoire, des toilettes, un lavabo. De retour dans la chambre, elle déballa l'album, les deux carnets verts, le livre relié, rangea ses vêtements, mais laissa le matériel de la carte dans la valise. Puis elle se dirigea vers l'autre bout de la pièce. La fenêtre était garnie de rideaux doublés et donnait sur un mur de brique. Sylvia n'aurait donc pas à affronter la vue et elle en fut reconnaissante : elle ne se sentait pas capable d'assimiler un panorama assez vite pour se sentir à l'aise. Elle ouvrit le classeur sur le bureau à la rubrique *Room Service*. Elle savait ce que c'était. Quand Malcolm s'absentait pour des congrès médicaux, l'arrivée du garçon d'étage à la porte de sa chambre interrompait parfois le coup de téléphone matinal qu'il ne manquait jamais de lui donner afin de demander comment elle s'en sortait toute seule. Elle n'avait aucun problème dans la maison, qui lui était si familière et où tout avait été mesuré et mémorisé des années auparavant.

Elle devrait faire appel à ce service – elle n'avait pas mangé depuis le matin. Passer la commande serait une nouvelle inquiétude à surmonter, mais elle eut l'impression qu'elle y parviendrait si elle s'en occupait tout de suite, quand la faim lui rongeait l'estomac. Elle souleva le récepteur, appuya sur le bouton placé à côté de *Room Service* et parla à la femme qui lui répondit. Lorsque le repas arriva, quinze longues minutes plus tard, la fille qui l'apportait semblait énervée, en nage et, à son soulagement, ne s'intéressa guère à elle. « Laissez le plateau devant la porte quand vous aurez terminé », dit la fille en repartant. Sylvia absorba rapidement la nourriture, sans penser aux motifs des assiettes, à la forme des couverts.

Sur les couverts qu'elle utilisait chaque jour dans sa maison étaient gravées les initiales fluides d'ancêtres depuis longtemps disparus, et les assiettes étaient bordées de fleurs dont elle avait à tout prix voulu connaître les noms quand elle était petite. Au centre de certaines avaient été peints des paysages entiers, avec parfois une bergère ou un troupeau de vaches.

Très jeune, elle n'aimait pas ces scènes, les animaux, les gens, et souvent elle refusait de manger si elle savait que ces choses-là se cachaient sous la nourriture. Peu à peu, à force de les voir et de les revoir, elle s'y était attachée.

Après avoir avalé tout ce qu'elle pouvait, elle se leva, retira le dessus-de-lit et s'allongea, se souvenant qu'elle avait toujours été affamée lorsqu'elle était avec Andrew, même vers la fin, quand ce qu'il apportait était souvent immangeable – une botte de radis pas très frais, sans doute pris dans son réfrigérateur, avec un tube de crème fermentée et quelques gressins –, et lors de ce qui devait être leur ultime rencontre, quand elle avait demandé s'il y avait quelque chose à grignoter, il avait reculé, la regardant d'un air soupçonneux, et avait voulu savoir ce qu'elle entendait exactement par là. Elle s'était alors approchée de lui, reproduisant les sons réconfortants qu'elle avait autrefois émis quand elle se blottissait toute seule au fond d'une chambre, et l'avait reconduit jusqu'au lit, ouvrant sa chemise, posant l'oreille sur son cœur qui battait furieusement, une main sur sa joue, voulant ramener le calme en lui, le repos, et attirer sa tête grisonnante contre sa poitrine afin qu'il donnât libre cours à ses larmes et demandât tout haut où il était. Et elle avait répondu : « Avec moi, amour. Là où tu dois être, avec moi. »

Parfois, au cours de ces ultimes semaines, elle avait dû trouver des façons inédites de lui procurer du plaisir, car il lui avait semblé que la seule manière de l'attirer de nouveau dans la chambre était de lui faire retrouver les sensations de son propre corps. Et même au milieu de ce processus, lorsque sa réaction était chargée d'ardeur ou empreinte de désespoir, elle sentait qu'il commençait à l'oublier, comme si l'acte qu'ils accomplissaient était unique, terrifiant. Ils échangeaient alors quelques mots, mais pas de rires. Ses silences étaient énormes, presque mythiques, et à ses yeux, chargés de présages. Tout en lui évoquait la disparition, même quand quelques centimètres à peine les séparaient. Lorsqu'elle disait qu'elle l'aimait, il paraissait troublé par l'expression, puis embarrassé, puis effrayé – un homme enfermé dans une chambre avec une inconnue qui se montrait intime à un point inconvenant. Elle l'aimait encore plus fort alors pour tout ce qu'ils avaient dit et fait ensemble. Pour toutes les années qu'ils avaient passées ensemble, puis séparés, puis ensemble de nouveau. Pour tout ce qu'ils allaient perdre une fois encore.

Elle se leva du lit et s'approcha du petit bureau où elle avait pris son repas. Elle souleva le plateau et, après avoir ouvert la porte, glissa l'objet sur le sol moquetté du couloir, heureuse de se débarrasser du fouillis qu'il contenait. Faisant le tour de la pièce, elle toucha chaque meuble, puis le nomma plusieurs fois, à haute voix. « Lit, dit-elle, table, table, lampe numéro 1, lampe numéro 2, chaise, encore une chaise. » Quand elle en eut assez, elle replia la couverture et se coucha lentement, les bras le long du corps. La voix d'Andrew résonna dans son esprit, sa voix douce, les longues phrases, la pause de la ponctuation. Puis sa voix brisée, sa respiration rapide, apeurée, ses terribles sanglots. Elle ferma les yeux et souhaita retourner dans le monde de rêve de l'enfance, un monde dont la carapace n'avait pas encore été perforée, brisée par le choc du contact, du sentiment.

Elle se souvint que lorsqu'elle était très jeune, avant d'avoir appris à lire, une histoire lui avait été révélée d'une manière inattendue. Sur l'étagère du bas d'une bibliothèque dans l'un des salons du rez-de-chaussée, elle avait découvert un cadeau abandonné des années plus tôt par un enfant mort depuis longtemps : un album avec une variété de décalcomanies de grands animaux. La fillette en question (« À Mamie » était inscrit sur la page de garde) avait manifestement perdu aussitôt tout intérêt pour le volume, car seules trois ou quatre des images avaient été collées dans l'ouvrage. Le reste se composait encore de feuilles volantes glissées entre la dernière page et le dos de la couverture. Il y avait des oiseaux, des chevaux, des chatons et des chiens vêtus d'une manière troublante, d'un assortiment de costumes humains, des animaux se faisant passer pour des marins, des officiers de police, des érudits, des boulangers, mais affichant tous un air inexpressif, innocent, dénué de menace.

Puis, insérée entre les pages au milieu de l'ouvrage, il y avait une collection de grandes décalcomanies carrées, dépeignant des scènes aux couleurs vives, des oiseaux perchés sur des branches et au milieu d'herbes et de fleurs de ruisseau.

Elle avait commencé à tourner les pages du livre. Oh, les baies, les plumes et les fleurs – un pur délice –, et pourtant, pourtant, il y avait une ombre au tableau. La première décalcomanie représentait un splendide rouge-gorge aux ailes molles, chutant vers la terre parce qu'une flèche lui avait transpercé le flanc, faisant jaillir un filet de sang vermeil. Sur la tige de la flèche, fixant intensément l'oiseau, il y avait une grosse mouche. Dans la scène suivante, un poisson se dressait hors du ruisseau, avec dans la bouche une soucoupe où coulait le sang du rouge-gorge. Dans le lointain s'enfuyait un petit moineau, tandis qu'au bout d'une allée de jardin un scarabée était en train de coudre un vêtement blanc.

Puis on voyait un hibou avec sa pelle, près du grand trou rectangulaire qu'il avait creusé dans la terre sombre et meuble de la rive. Un corbeau, portant des lunettes sur le bec et une robe pâle flottante sur ses plumes noires, lisait un long rouleau de parchemin, tandis qu'une alouette fixait obstinément un livre ouvert posé sur un socle. La scène suivante montrait un oiseau étrange et dérangeant qu'elle ne reconnaissait pas, avec, attachée sur le dos, une boîte marron oblongue. Ensuite, un poulet et un roitelet transportaient la boîte sur une route lointaine et sinueuse. Sylvia n'avait regardé qu'une fois cette dernière image, car la face normalement dénuée d'expression des oiseaux était à présent pleine de chagrin. Au premier plan, une colombe extraordinaire baissait la tête et les larmes coulaient dans le trou creusé par le hibou.

Jusqu'à la découverte de ces décalcomanies glissées dans un album d'enfant, de ces oiseaux, de cette rive de torrent, Sylvia ne s'était pas intéressée aux histoires que ses parents essayaient de lui raconter, ne comprenant pas l'idée d'enchaînement, croyant que toutes les choses vivantes étaient aussi attachées à leur singularité qu'elle à la sienne. Elle avait regardé des livres d'images, bien sûr – surtout ceux qui concernaient les animaux –, mais les illustrations de ces ouvrages lui avaient semblé isolées, statiques : un cheval dans un champ, une araignée dans sa toile – rien qui suggérât qu'une scène était reliée à une autre. À présent, soudainement, elle venait de comprendre que le sang dégoulinant du cou du rouge-gorge et le vol du moineau qui s'enfuyait étaient liés, et que ce sang, cette fuite avaient pour conséquence à la fois des événements spontanés et des cérémonies organisées, bien qu'elle ne sût pas alors les mots exprimant ce genre de choses. Et elle avait aussi compris que de cette suite d'images, d'actions et de réactions, venait la profondeur du sentiment dépeint dans l'illustration finale. Une évocation de ce sentiment semblait jaillir de la page pour pénétrer dans son esprit, de la même manière qu'en hiver l'électricité statique de son chandail – c'était ainsi que ses parents l'appelaient – projetait des étincelles sur sa peau quand elle s'habillait.

Des années plus tard, devenue une jeune adulte, elle avait découvert le poème : les mots qui interprétaient les images qu'elle avait examinées, puis évitées, avec tant de soin. Un vers ne l'avait plus quittée :

Qui mènera le deuil ?
Moi, dit la colombe, je pleurerai mon amour,
Je mènerai le deuil.

Jerome s'appuya au chambranle, le gros chat roux dans les bras. Mira se lavait le visage, penchée sur le lavabo. Il savait qu'elle ne s'était pas rendu compte de sa présence et ne se sentait pas observée. Sa nuque était ravissante ; si jolie et si vulnérable. Et ce geste quotidien, ordinaire, ce linge mouillé qu'elle pressait des deux mains sur sa figure, l'eau dégoulinant comme de la pluie entre les doigts bruns effilés, ce geste lui évoquait étrangement des pleurs, un chagrin simulé. Quand elle eut terminé, elle s'examina dans la glace, se regardant dans les yeux, semblait-il, comme pour y trouver la réponse à une question, tandis que le liquide s'écoulait lentement dans la vieille canalisation. Que voyait-elle ? se demanda-t-il. Sa beauté ou une imperfection mineure qu'il n'avait jamais perçue ? Il pensa qu'il était probablement amoureux d'elle, mais il savait aussi qu'à des moments comme celui-là elle était presque une étrangère pour lui. Elle se retourna enfin, croisa son regard, puis s'approcha et lui donna un petit coup sur l'épaule en sortant de la salle de bains. « Tu es exactement comme Lion, dit-elle, si silencieux que je ne sais même pas quand tu es là. »

Ce soir-là avant de s'endormir, Jerome regarda le profil de Mira, la frange noire des cils, le bijou de son nez, bleuté à présent à la lueur de l'écran de l'ordinateur. L'obscurité n'était jamais complète dans cette pièce, songea-t-il. Il roula sur le dos et examina le plafond. « Cette femme, dit-il, elle semble si… perturbée… pas exactement traumatisée, mais blessée.

– Elle a perdu son amant, Jerome, ce n'est pas étonnant qu'elle soit blessée. » Mira passa la main sur ses yeux, essayant de combattre le sommeil.

« Comment sais-tu qu'ils étaient amants ? Et, de toute façon, je sens autre chose, ou plutôt une chose en plus. » Il lui sourit et lui toucha le bras, sachant qu'elle serait opposée à l'idée qu'il pouvait y avoir quelque chose de plus que l'amour. « Je pense qu'elle a peur… peur de presque tout.

– Mais sa peur ne l'a pas empêchée de venir ici, dit Mira.

– Ça n'a pas été facile pour elle. Il lui a fallu du courage. Je l'ai bien vu.

– Oui, je l'ai remarqué, moi aussi. Mais ils étaient amants, Jerome. Crois-moi. »

Quand elle fut endormie, il continua de penser à la femme qui était arrivée devant sa porte de manière si inattendue, à son intrusion soudaine dans sa vie. À présent, il éprouvait pour elle une certaine sympathie, où se mêlait pourtant de l'inquiétude. Une image de l'homme congelé lui vint à l'esprit. Le haut de son corps se penchait en avant, les bras immobiles et les mains ouvertes reposant à la surface de l'iceberg tandis que les hanches et les jambes y restaient encastrées. Il y avait du givre sur les cheveux, les sourcils et les cils, et le visage avait une expression triste, perplexe. Comment pouvait-il en parler à la femme ? Comme toujours ces derniers temps, il n'avait aucune idée de ce qu'on attendait de lui, ni de ce qu'il pouvait attendre de lui-même.

Pendant près d'une année il avait rêvé d'un nouveau site, d'un nouveau projet susceptible de capter son intérêt. Il répugnait encore à développer les pellicules de son séjour sur l'île – comme s'il croyait que le mort qu'il avait découvert pouvait apparaître sur les images vacillantes qui se précisaient dans la chambre noire –, aussi il ne pouvait pas dire comment il passait son temps dans son studio lorsque Mira était au travail. Il avait punaisé quelques dessins au mur, utilisé plusieurs rouleaux de pellicule, lu un peu, mais pas grand-chose d'autre. De longues promenades dans les rues et les allées de son quartier avaient seulement inspiré une nouvelle admiration pour les jardins miniatures des immigrants italiens et portugais qui s'étaient installés dans cette partie de la ville, et le soupçon que sur le petit carré de terrain situé devant leur maison ces gens travaillaient à des projets plus créatifs et utiles que tout ce qu'il avait entrepris jusque-là. Il avait photographié les jardins dans la luxuriance de la fin d'été, puis pendant leur déclin, à l'automne, et il avait songé à les reproduire – ou, du moins, à en reproduire l'idée dans des écrins, mais rien de tangible n'en était sorti. Cela lui avait rappelé que son père, durant les dernières semaines chaotiques de sa vie, avait inexplicablement tenté brièvement de faire pousser du persil dans un pot, près de la porte du balcon de leur appartement, mais que la plante avait périclité par manque d'eau après sa mort. En tout cas, ces jardins étaient en réalité ceux de Mira, car elle avait insisté pour qu'il les regardât, alors que toutes les autres images avec lesquelles il avait travaillé avaient été sa découverte personnelle. Récemment, il n'avait pas fait de vraies découvertes. Pourtant les heures de jour avaient passé assez vite pendant qu'il guettait le bruit de sa clé dans la serrure. La semaine dernière à peine, il s'était rendu compte qu'on pouvait attendre ce bruit-là avec plaisir, et non avec la terreur qu'il se souvenait d'avoir éprouvée certaines nuits de son enfance. Il s'allongea sur le dos et écouta la respiration régulière de Mira, puis il se tourna sur le flanc et posa la main sur l'os de sa hanche. Elle était petite, si petite, et si forte aussi, si enracinée dans le monde changeant.

Elle avait pris un chemin différent du sien dans le monde de l'art, et, étant la fille née au Canada d'immigrants de la première génération avec de grands espoirs pour l'avenir de leurs enfants, son choix, sous certains aspects, avait impliqué plus de risques personnels. Elle lui avait dit qu'au début elle avait suivi la filière pragmatique suggérée par ses parents et n'avait jamais seulement envisagé l'idée de les décevoir. Mais un beau jour, à l'université, elle s'était retrouvée dans un cours enseigné par une jeune femme pour qui l'usage du fil et du tissu, des costumes et de la représentation, était l'expression du grand art. Mira avait été plus intriguée par tout cela qu'elle ne l'avait pensé lorsqu'elle avait saisi la nature de ce cours. (Jerome ne lui avait pas donné son opinion sur cette forme d'expression.) À l'époque où il l'avait rencontrée, elle fabriquait des housses pour une variété d'objets solides : grille-pain, livres, pompes à bicyclette, et même, finalement, et à la grande stupéfaction de ses parents, comme elle aimait toujours à le lui raconter, la tondeuse à gazon de son père. Au début, elle appelait ses œuvres des « couvre-objets », s'inspirant du couvre-théière splendidement brodé que sa mère avait apporté dans le Nouveau Monde quand elle avait quitté Delhi. Mais plus tard, quand la fascination pour toutes les choses chrétiennes l'avait gagnée, elle avait rebaptisé sa création « langes », en hommage au maillot dont on avait enveloppé le petit Jésus dans sa mangeoire, à ce qu'on lui avait raconté. « Le mot me plaît. Sa musique », avait-elle répondu à Jerome lorsqu'il avait gentiment laissé entendre que la notion tout entière était un peu bizarre. Elle avait exposé quelques-uns de ces objets dans la galerie où elle travaillait maintenant à mi-temps, la même galerie où elle avait rencontré Jerome la première fois. Au cours des trois années de leur liaison, cependant, elle était passée à l'art performance, utilisant le tissu soit pour se couvrir elle-même, soit pour créer des motifs changeants sur le sol, et Jerome voyait qu'elle avait trouvé sa voie.

Quand il la regardait maintenant, il avait peine à croire qu'autrefois elle n'avait été qu'une voix professionnelle au téléphone, une présence polie et efficace dans la galerie où il exposait son travail. Il s'étonnait surtout que toute cette formalité se fût dissipée peu à peu, simplement en marchant côte à côte dans une rue, en partageant un repas, une conversation, un contact, et à présent cette expérience infiniment intime, impossible à imaginer dans le passé, cette proximité dans la nuit, cette plongée dans l'inconscience qui les entraînerait jusqu'au matin. Bien sûr, il y avait eu des femmes dans sa vie, et il lui était parfois arrivé de se retrouver dans leur lit le matin, mais il s'était toujours tourné de l'autre côté, et non vers elles, restant courtois et discret dans ce qui était leur territoire et le resterait, et il ressentait ensuite une pointe de soulagement quand, une fois dehors, il s'enfonçait dans la première rue, hors de la vue de leurs fenêtres.

Maintenant, il était heureux à l'idée que le visage paisible de Mira serait la première image qu'il verrait chaque matin. Sa certitude à elle face à son doute à lui. Avant elle, il n'avait pleinement connu ni l'attente de la rencontre, ni le vide de la séparation. Pour lui tout cela avait été une grande surprise, ce mélange de réconfort et de tendresse, le plaisir et ensuite la sérénité partagée, et il y avait encore des moments où il éprouvait de la méfiance, des soupçons même, à cause de l'aisance avec laquelle il s'était engagé dans la relation. Dans le passé, il avait refusé que la plus infime trace de servitude entache sa personnalité. Selon lui, les implications de la dépendance frôlaient – toujours – l'addiction, et il changeait souvent de réseaux d'amis, sans jamais les abandonner totalement. Jusqu'ici, rien ni personne ne l'avait longtemps retenu, la curiosité étant le seul trait de caractère qui lui inspirât pleinement confiance. Mais, à sa connaissance, son entrée dans la vie de Mira était aussi naturelle que l'air qu'elle inhalait et exhalait doucement à son côté, dans cette pièce qu'elle s'obstinait à qualifier de chambre malgré les tuyaux sur le plafond, les cartons empilés utilisés pour ranger les vêtements, la lueur de l'ordinateur, le futon fonctionnel.

Il se rappelait la rigidité dépouillée de la chambre de ses parents, les têtes blanches des lits jumeaux, ressemblant à un point troublant à des pierres tombales dans des lots voisins, les dessus-de-lit assortis en polyester, décolorés par les lessives répétées, les abat-jour et les napperons décoratifs, triste tentative de sa mère pour introduire un peu de joie et d'intimité dans ce coin de sa vie. Il se souvenait très nettement des deux ou trois robes en bon état de sa mère, suspendues dans le placard, et de son unique paire de chaussures de soirée, si démodées, si rarement portées, et l'odeur rance d'alcool des vestes de son père dominant le parfum plus léger de l'eau de Cologne de sa mère. Il se souvenait aussi des soirs où son père restait tard dehors, seul, et où toute la maison – même les meubles – semblait guetter anxieusement le bruit de sa clé dans la serrure, des soirs où il rentrait en colère, le regard accusateur, cassant tout sur son passage. Quand Jerome était adolescent, la vue des maillots de corps et des caleçons de son père dans le panier de lessive, ou de ses caoutchoucs noirs près de la porte d'entrée, le remplissait de dégoût. Et ensuite il y avait l'inexplicable culpabilité ressentie après sa mort, un sentiment qu'il pouvait ressusciter ici même, à cet instant, sans jamais parvenir à le comprendre. Quelquefois, lorsque Mira le questionnait sur cette partie de son passé, il sentait la fureur gronder en lui et, ne souhaitant pas aller dans ce sens, il changeait de sujet ou trouvait un prétexte pour quitter la pièce. Il lui arrivait de sortir brusquement, sans s'excuser.

Elle était la dernière personne à mériter sa colère. Et il ne voulait pas la quitter. Mais il ne la laisserait pas à moins de quatre-vingts kilomètres de son enfance, rien de tout cela ne devait l'atteindre, les atteindre.

Sylvia se réveilla en sursaut, mais n'eut aucune difficulté à déterminer où elle avait dormi. La pièce était sombre : le seul signe de l'heure matinale était l'étroit filet de lumière plongeant sur le sol par l'interstice des rideaux où s'accrochait une quantité de grains de poussière. Une rivière grouillante d'activité moléculaire. Elle alluma la lampe de chevet, puis se renversa dans les oreillers, songeant d'abord à Andrew, comme toujours, puis tournant ses pensées vers Malcolm, qui devait être fou d'inquiétude à présent. Elle décida de téléphoner au dispensaire, qui ne serait pas encore ouvert. Elle s'adresserait au répondeur, lui disant que tout allait bien, et personne n'exigerait d'explication de son comportement, ni de description de l'endroit où elle était. Le sachant, elle put, très calmement, faire son appel, prononcer les mots requis. Elle se rendit compte alors qu'elle ne s'était pas déshabillée la veille et s'était endormie sur le lit sans retirer ses vêtements, épuisée.

Dans son bain, elle commença à se tourmenter à propos de ce qu'elle dirait quand elle verrait Jerome. Elle n'avait pour ainsi dire aucune expérience de rencontres, en dehors de celles, si nombreuses, organisées minutieusement avec Andrew au cours des années précédentes. Les fleurs en plastique et le dessus de table en formica du restaurant où ils avaient parfois pris un café lui revinrent en mémoire, et, soudain gagnée par l'angoisse, elle replia ses jambes contre sa poitrine et posa le front sur ses genoux. Quand elle était auprès de lui, tout – les arbres devant la fenêtre, les serviettes en papier dans leur distributeur brillant, la corbeille à pain en plastique –, tout était chargé du sens de sa présence, et il lui était impossible de le regarder sans émotion, et, par la suite, de s'en souvenir sans souffrance. Elle ouvrit les yeux et se concentra sur la chaîne de perles argentées fixée au bouchon de la baignoire. Elle savait que chaque minuscule globe était constellé de reflets presque imperceptibles, qui contenaient tous des images d'elle-même – recroquevillée, assaillie par les sentiments. Elle se concentra sur la chaîne jusqu'à ce que sa respiration devînt plus régulière. Puis elle sortit de la baignoire, se sécha avec les serviettes de l'hôtel, quitta la salle de bains et commença à s'habiller.

Elle alla s'asseoir devant le bureau et, songeant à

Julia, ouvrit le classeur, et prit le stylo et deux feuilles du papier à lettres. « Je t'enverrai la carte dès que possible, écrivit-elle. De toute manière tu ne pourras pas te rendre à cet endroit avant quelque temps… c'est trop mouillé. » Elle réfléchit un moment. D'autres liraient cette lettre à Julia, comme d'habitude. Elle rabattit deux centimètres du haut de la page, déchira le papier en suivant le pli, jeta dans la corbeille l'en-tête de l'hôtel et se remit à écrire : « Grâce à toi, je fais un petit voyage. » Puis, se souvenant des lattes usées et sonores du plancher de la ferme où vivaient Julia et ses parents vieillissants, elle ajouta : « Là où je suis, il y a de la moquette partout, sauf dans la salle de bains. J'ai apporté le matériel avec moi, et j'ai l'intention de travailler à la carte. J'utiliserai autre chose (je n'ai pas décidé quoi… que suggères-tu ?) pour l'eau cette fois parce qu'elle est très exposée là-bas. Le phare se situe à l'extrémité d'une pointe, et l'eau peut être extrêmement agitée. Et l'odeur de l'air est différente aussi, ou du moins elle le sera quand tu iras là-bas à la fin du printemps. »

Sylvia ne parvint pas à terminer sa lettre. Tout ce dont elle devrait parler plus tard dans la journée s'accumulait dans son esprit comme l'humidité du temps. Cette intensité de concentration n'était pas nouvelle, mais presque toute sa vie elle avait répugné à dire ce qui la préoccupait. Pourtant elle avait presque avoué à Julia combien elle s'était sentie désespérée la première fois qu'elle avait perdu Andrew. Mais, à la fin, elle avait manqué de courage. Elle s'était seulement autorisée à dire à son amie qu'elle connaissait un homme qui, de par sa profession, explorait non seulement les phénomènes géologiques, mais aussi les traces d'activité humaine laissées sur la surface irrégulière de la terre. Julia avait été enchantée. « Je comprends cela, avait-elle dit à Sylvia. Le monde entier est un genre de braille si on considère les choses sous cet angle. »

« Je suis une personne curieuse, avait-elle déclaré un jour où elles étaient assises face à face à la table de la cuisine de la ferme. Je veux savoir exactement à quoi tu ressembles. »

Sylvia n'avait pas répondu, mais ne s'était pas non plus levée pour partir comme elle l'eût fait ailleurs.

« Jamais je ne connaîtrai ton visage parce que je sais que tu n'aimes pas qu'on te touche. » Julia avait souri en prononçant ces mots.

« Comment sais-tu cela ? » Sylvia avait été un peu déconcertée, pourtant le sourire de son amie indiquait qu'il ne s'agissait pas d'une accusation. Sur la table en bois était posé le paysage tactile que Julia avait demandé : une vue de la baie Barley depuis le quai de Cutnersville ; cela, et une carte tactile du chemin à suivre pour aller de la gare d'autobus jusqu'à l'extrémité du quai. Très récemment, Julia avait expliqué que, malgré sa cécité, elle s'intéressait aux points de vue, aux perspectives. « Aux panoramas », avait-elle dit, faisant signe à Sylvia de l'accompagner dans le salon où elle avait glissé la main sur un étroit sous-verre représentant des vaches broutant près d'une rivière. Non seulement elle voulait savoir comment se rendre dans un endroit donné, avait-elle expliqué, mais elle voulait voir à quoi ressemblaient les environs.

« Je le sais au son de tes pas quand tu montes l'escalier, avait dit Julia, et à la manière dont tu reposes ta tasse sur la soucoupe. À ta posture figée, immobile sur ta chaise. Je sais que tu fais partie des gens qui n'aiment pas le contact physique. Tu es choquée, avait-elle continué en riant. Tu ne savais pas à quel point tu te livres. »

Julia avait été la seule personne à qui Sylvia avait fait l'effort de rendre visite, avant Andrew. Au début, elle s'était rendue à la ferme sur la suggestion de Malcolm, pour apporter les cartes qu'il l'avait encouragée à fabriquer, des cartes décrivant les choses du monde matériel que Julia ne pouvait pas voir. Plus tard, elle avait fait le trajet simplement parce que Julia l'intéressait et parce qu'elle se sentait si à l'aise en compagnie d'une personne qui ne pouvait pas la regarder. C'étaient ses premières rencontres purement amicales et elle s'était étonnée de les apprécier autant.

« Le problème, avait-elle commencé avec hésitation, c'est juste que je n'arrive jamais à classer les différentes sortes de contact, je ne saisis pas les degrés d'attouchement. Tous les accidents, toutes les blessures impliquent un contact, un impact, n'est-ce pas ? Quelle est la vraie différence entre le contact et la collision ?

– Bien sûr qu'il y a une différence, avait dit Julia.

– Je le sais, mais souvent j'ai l'impression que non. »

Julia avait glissé ses mains sur la surface de la table en pin, comme pour retrouver la rugosité familière de son grain. Ses iris étaient doux, opaques, aussi beaux et lointains que des planètes. « Il y a être touché, et puis toucher, et il y a l'intention liée à ces deux choses.

– Mais comment savoir avec certitude ce qu'il y a derrière l'intention ? » Enfant, Sylvia était sûre que les rares fois où sa mère tentait de l'étreindre, c'était parce qu'elle voulait la retenir, l'empêcher de faire une sottise ou la pousser dans une autre direction que celle qu'elle avait choisie. « J'aime me dire que les choses n'ont pas bougé depuis la dernière fois où je les ai vues, avait ajouté Sylvia. Parfois je pense que le monde est trop peuplé, trop plein de gens qui réorganisent les choses, qui se touchent, qui créent des changements.

– C'est ce qui se passe pour ceux qui ont recouvré la vue depuis peu », avait dit calmement Julia, avant d'ajouter : « Du moins c'est ce que j'ai entendu. Ils sont parfois incapables d'affronter la profusion d'informations que contient le monde visible. Apparemment, beaucoup veulent revenir en arrière… revenir à la cécité. » Elle s'était interrompue, réfléchissant. « Peut-être est-il réconfortant de pouvoir choisir une vue plutôt que de se la voir imposer, de choisir un paysage et ensuite de toucher une carte. Peut-être ai-je plus de chance que je ne l'imagine. »

Sylvia avait regardé son amie se caler sur sa chaise, l'air détendu. Assise près de la fenêtre, elle offrait un spectacle merveilleux, sa chevelure blonde, sa peau translucide et ses yeux la faisant paraître sans âge malgré ses quarante et quelques années. Elle avait été la première personne avec qui Sylvia avait eu envie de passer du temps, la première personne, à part Malcolm, avec qui elle se sentait en sécurité.

Ce jour-là, quand Sylvia, debout près de la porte, s'était préparée à partir, Julia avait levé l'un de ses bras pâles et lui avait demandé de le toucher. « Pose ta main ici, avait-elle dit, juste au-dessus de mon poignet. » Sylvia avait hésité. Puis elle avait placé sa paume sur la peau laiteuse. « Tu vois avec quel naturel tes doigts encerclent mon bras ? avait continué Julia. Les êtres humains sont faits pour se toucher. »

Sylvia avait été surprise par la douceur et la chaleur de la chair de son amie. Mais tout en elle était doux, malléable. En s'éloignant de la ferme, elle avait pensé à la manière dont Julia naviguait dans la vie. Il y avait les cartes, bien sûr, et la canne, les outils dont elle se servait dans les lieux inconnus. Mais sa façon d'évoluer parmi les meubles, les obstacles des pièces de sa demeure, était si fluide, si pleine de grâce que la structure de son corps donnait l'impression d'être faite d'une autre substance, d'une matière plus indulgente que les os.

Malcolm avait appris à Sylvia comment se déroule une conversation. L'introduction d'une nouvelle information exige d'ordinaire qu'une question soit posée, avait-il expliqué, même s'il s'agit déjà d'une réponse à une précédente question. C'était une idée que Sylvia, alors beaucoup plus jeune, avait jugée absurde en théorie, et épuisante dans la pratique. Elle ne s'était jamais départie de sa peur du questionnement, cependant elle avait essayé de suivre le conseil de son mari quand ils se trouvaient en société. Par la suite, lorsqu'elle avait passé du temps avec Julia, ou Andrew, elle avait découvert le plaisir de la conversation, le réconfort de pouvoir écouter et être écouté, et, avec le temps, elle avait été capable, très naturellement, de choisir une voie ou une autre lors d'échanges prolongés. Il y avait sans doute eu des questions, mais elle ne s'en souvenait pas, se rappelant seulement avec quelle aisance s'était installé entre eux le rythme des paroles et des silences, jusqu'au jour où cette harmonie avait commencé à s'altérer, à se fissurer, jusqu'à devenir inaudible.

Au milieu de l'après-midi, l'esprit encore envahi par une série d'images frénétiques de la ville, elle se retrouva dans l'allée, face à la porte d'usine du studio de Jerome, se demandant ce qu'ils se diraient. Il répondit immédiatement quand elle frappa, ouvrit la porte toute grande et, sans un mot, s'écarta pour la laisser entrer. Lorsqu'elle franchit le seuil, le gros chat roux s'échappa.

« Lion ! cria Jerome après l'animal qui s'enfuyait. Bof, on l'entendra quand il reviendra.

– Je suis désolée, j'aurais peut-être dû essayer de le retenir ?

– Non, non. Il ne connaît pas très bien la ville, mais il apprend. Il survivra. Il est habitué à vivre dehors. Je l'ai trouvé sur l'île, juste avant…

– Juste avant Andrew.

– Oui. » Il resta figé près du canapé une minute ou deux. Puis il indiqua le siège que Sylvia avait occupé la veille. « On devrait peut-être s'asseoir. »

Elle prit place, puis se débarrassa de son manteau qu'elle laissa retomber sur le dossier de sa chaise. La neige fondue de la rue forma une petite mare sur le sol en ciment, autour de ses bottes bordées de fourrure. Seule une rangée de tubes fluorescents était allumée aujourd'hui et le soleil pénétrait à flots par une fenêtre. « Il fait beaucoup plus chaud aujourd'hui », dit-elle. C'était l'une des nombreuses remarques sur le climat que Malcolm lui avait suggéré de faire quand il avait tenté de lui enseigner les usages de la bonne société. Pendant cette période, elle avait appris beaucoup de choses sur le temps, et s'était même découvert une fascination pour le sujet, regardant des reportages à la télévision et lisant des livres sur la météorologie, jusqu'au jour où son insistance à en faire le thème de toute conversation avait conduit Malcolm à l'éliminer totalement. Elle sourit à ce souvenir, voyant à présent l'humour de la situation.

« Oui, répondit Jerome, se calant dans le vieux canapé. Beaucoup plus chaud. »

Le silence s'installa entre eux. Sylvia perçut un vide. « Votre amie ? demanda-t-elle.

– Elle est à la galerie. Une galerie d'art, où elle travaille. » Il s'interrompit. « Elle s'appelle Mira, précisa-t-il.

– Oui, elle me l'a dit. Mira, répéta-t-elle. Presque comme "miroir".

– Presque. Je n'y avais pas pensé. » Jerome s'appuya au dossier du canapé, posa une cheville sur son genou replié. Puis il se leva brusquement. « Vous êtes bien installée ? demanda-t-il. Vous avez assez chaud ? Ces vieux radiateurs... mais il y a un thermostat. Je peux le monter si vous voulez. »

Sa nervosité fit prendre conscience à Sylvia de la tension qui s'accumulait dans son propre corps. « Non, non, dit-elle. Ça va. »

Jerome se rassit et la regarda avec ce qui aurait pu être de la pitié, ou de la curiosité.

« Quelquefois je ne parviens pas à me rappeler son visage », dit Sylvia. Elle hésita un moment, puis poursuivit : « Quand j'ai appris votre existence, j'ai pensé que...

– N'oubliez pas que je ne le connaissais pas, intervint Jerome. Je veux aider, mais, dans ces conditions, je ne sais pas ce que…

– Vous… vous l'avez découvert par accident et… et moi aussi, et j'en suis arrivée à croire que sans ces accidents, la vie ne serait rien, rien du tout. » Comment ce qui avait provoqué sa rencontre avec Andrew avait-il pu être un événement inopiné, chose qu'elle avait toujours redoutée dans le passé ? Toute cette année, après sa mort, en lisant et relisant ce qu'il avait écrit dans ses carnets, elle avait su qu'elle cherchait à donner une consistance à l'accidentel. Beaucoup de ce qu'il lui avait dit était consigné dans ces pages, mais ce n'était pas tout. La reconstruction d'Andrew avait-elle rempli les vides, ou bien son souvenir s'était-il déjà amenuisé au point que des événements imaginaires commençaient à apparaître sur la page ? Sylvia n'était pas parvenue à trouver la consistance qu'elle recherchait.

« Racontez-moi, dit Jerome. Parlez-moi d'Andrew Woodman, de la façon dont vous l'avez connu. »

Le ton neutre de sa voix ne la découragea pas et lui inspira un sentiment de détente, plus que s'il avait manifesté une quelconque impatience. L'impatience impliquait une attente et elle ne s'était jamais sentie à l'aise face à l'attente.

Elle se mit donc à parler dans une pièce dénuée de confort, avec une porte en acier et des murs de béton, une pièce qui n'avait pas été conçue pour la conversation. Elle parla du comté, de ses fermes et de ses villages du bord de lac, de ses cimetières et de ses maisons anciennes, de ses églises et de ses salles de réunion. Elle décrivit Andrew, un homme grand au visage anguleux, qui aimait la solitude et ne s'était jamais marié ; un homme convaincu que la vie de famille atténuerait la concentration dont il avait besoin pour étudier les particularités physiques de la terre. Au dehors, il y avait le bourdonnement constant de la ville, l'inconnu. À l'intérieur, le jeune homme changeait de temps en temps de position sur le vieux canapé, ou bien il hochait la tête pour indiquer qu'il écoutait. Sylvia se surprit à parler lentement, avec soin, comme si elle répétait un texte appris par cœur.

« Le jour où vous avez trouvé Andrew, vous êtes devenu le présent, la fin de l'histoire, la fin de mon histoire, la réponse à la dernière question restée sans réponse, lui dit-elle. Et vous étiez aussi la fin de l'histoire d'Andrew. Vous étiez, d'une certaine manière, les derniers mots qu'il m'adressait. Vers la fin, l'une des toutes dernières phrases qu'il m'a dites parlait d'un crochet du passé qui nous cousait ensemble. J'ai toujours imaginé le genre d'aiguille qu'utilisaient les marins pour fabriquer les voiles. J'en ai vu au musée… le musée où je fais quelquefois du bénévolat. » Elle marqua une pause. « Elles ressemblent à de longs points d'interrogation en argent. »

Andrew était allé voir les aiguilles au musée après qu'elle lui en eut parlé, mais il avait choisi un jour où il était sûr de ne pas l'y trouver. C'était elle qui avait insisté à ce sujet, incapable alors de supporter l'idée de le voir dans un lieu qui ne leur appartenait pas entièrement. *Toute la pièce entre eux.* Elle avait lu ce vers dans un livre et ne l'avait jamais oublié. La pièce n'était jamais entre eux quand ils se rencontraient en privé. Elle faisait partie d'eux à ces moments-là, c'était un prolongement de l'histoire qu'Andrew bâtissait, phrase par phrase, le long voyage dans les routes enchevêtrées du passé de sa famille.

« Les souvenirs sont figés, n'est-ce pas ? dit-elle. Ils peuvent s'amenuiser, s'estomper, mais ils ne changent pas, ils ne se transforment pas. Vous voyez, je suis maintenant sa mémoire. » Elle s'avança sur sa chaise. « Andrew pensait qu'il *était* l'histoire que ses ancêtres avaient créée, il se sentait responsable de cette histoire, je pense, et de ces gens. Ils sont désormais sous ma responsabilité. »

Jerome la regarda. Puis il détourna rapidement les yeux, comme s'il s'était soudain senti intimidé ou embarrassé. À l'expression de son visage Sylvia ne put déterminer ce qu'il pensait.

« Je ne suis pas sûr que ce que vous avez dit sur la mémoire soit correct, déclara-t-il. Je pense qu'elle *peut* changer.

– Vraiment ? Peut-être qu'elle devient seulement plus forte, plus pure. » Ce qu'elle voulait, c'était affûter ses souvenirs d'Andrew, des souvenirs qui, elle le craignait, commençaient à la quitter. Jusqu'à présent elle ne s'était jamais sentie séparée d'Andrew. Non, ce n'était pas tout à fait exact. Certaines fois, elle avait souhaité l'être, même en imagination, passant une journée entière à examiner un par un les coupes, les bougeoirs et les verres à vin de la collection rubis doré de sa mère plutôt que de penser à lui une seule seconde, parce que son ombre, si légère fût-elle, lui apportait trop de souffrance. Mais dès qu'elle le revoyait, elle avait de nouveau soif de fusion, de contact, de l'étreinte de son bras. Elle n'avait encore jamais rien éprouvé de la sorte. Elle avait commencé à croire qu'elle pouvait le sentir s'approcher d'elle, puis s'éloigner, même quand ils étaient à des centaines de kilomètres l'un de l'autre. Tant sa détresse était grande. Malgré l'affection de ses parents et l'amour de son mari, elle était convaincue que la seule famille qu'elle avait eue avant lui était celle des morts. Les objets, les cartes et les enfants disparus.

« Je me suis demandé quelle sorte de jeune homme avait trouvé Andrew, dit-elle à Jerome. En quoi ce qu'il avait vu l'avait affecté ? » Elle avait lu qu'il était un artiste et se doutait qu'il avait peut-être recherché une manière d'être hanté par quelque chose, n'importe quoi, et que, dans ce cas, cet événement avait illuminé son psychisme comme un don obscur et permanent. « Tout ce que je savais sur vous, c'était que vous étiez peintre.

– En réalité, je ne le suis pas, répondit Jerome. Je

ne l'ai jamais été. Ce que je fais est plus sculptural... Cela implique un espace à trois dimensions. »

Sylvia hésita alors. Puis, après quelques minutes de silence, elle recommença à parler : « Andrew sentait qu'il avait été destiné à devenir un géographe historique, dit-elle. Il m'a expliqué que les erreurs de ses ancêtres en avaient fait une sorte de nécessité dynastique. Contrairement à eux, vous voyez, il accordait une extrême attention au paysage, à son présent et au passé gravé dans ce présent. »

Sylvia étudia le visage du jeune homme à qui elle parlait, son large front lisse, ses lèvres pleines, ses cheveux bruns soignés. Il semblait pensif, grave, et pourtant détaché, avec une certaine bienveillance. Elle lui en fut reconnaissante. Elle lui sourit et continua :

« Andrew n'a jamais oublié ses ancêtres ; ils ne le quittaient jamais. L'une des premières histoires qu'il m'a racontées concernait les dunes au bout de la péninsule, des dunes fortement associées à sa famille. Nous nous connaissions à peine, pourtant je l'y avais accompagné. J'avais dit que je voulais que ces jolies montagnes de sable, si douces, restent toujours en place. Il soutenait que ces dunes étaient une erreur, une erreur dont l'homme était responsable, que, loin d'être naturelles, elles étaient le résultat de la négligence humaine. Vous voyez, Branwell Woodman, l'arrière-grand-père d'Andrew, le fils du vieux Joseph Woodman, le marchand de bois, avait acheté un hôtel près de là, un hôtel qui a été entièrement englouti par le sable. »

En disant ces mots, Andrew avait regardé une vague de sable qui se déversait jusqu'au rivage. Sylvia s'en souvenait distinctement, revoyant ses cheveux châtain clair, un peu grisonnants, l'expression perturbée, presque coléreuse, de son profil. Il avait soulevé son bras gauche pour indiquer la direction de l'hôtel depuis longtemps disparu. Au bout de sa main droite, une carte d'état-major voletait au vent. Il s'était brusquement tourné vers elle, son visage cédant pour la première fois à la douceur, à la tendresse. Puis il avait approché la main gauche de ses cheveux. « Pourtant certaines erreurs peuvent être belles », avait-il dit.

Sylvia avait conservé cette image intérieure le plus longtemps possible, puis, comme toujours, elle avait commencé à se dissiper. Elle distinguait encore les dunes, mais ne voyait plus Andrew, ni ses cheveux, ni sa main. « Tout, dit-elle à Jerome, presque tout semble disparaître d'une manière ou d'une autre. » Le dos des deux carnets verts sortait légèrement de son sac ouvert et brillait dans la lumière de l'après-midi. Elle se pencha pour les toucher, puis, entendant la porte qui s'ouvrait, se retourna sur sa chaise. La fille qui s'appelait Mira pénétra dans l'espace en compagnie du chat, qui tournoyait autour d'elle et se frottait contre ses jambes. « Salut, dit-elle, posant deux sacs en plastique pleins à craquer sur le sol. Que s'est-il passé ? »

Sylvia rajusta le foulard autour de son cou. « Je ne sais pas vraiment, répondit-elle. Je crois que je n'ai pas arrêté de parler. Il est temps que je m'en aille. » Elle enfila l'une après l'autre les manches de son manteau.

« Nous parlions juste de la mémoire, expliqua Jerome, de la mémoire et du changement. Où as-tu trouvé Lion ? Il a filé comme un bolide, pas moyen de l'arrêter.

– Je ne sais pas, poursuivit Sylvia, si ce que je dis a un sens. On m'a dit que souvent ça n'a ni queue ni tête. »

Mira se tourna vers Jerome. « J'ai essayé de t'appeler, mais tu n'as pas répondu. J'ai passé tout l'après-midi avec le client dont je t'ai parlé. Celui qui emporte les tableaux chez lui à l'essai et les rapporte chaque fois. Je me demande s'il achètera jamais quelque chose. Peut-être qu'il déteste l'art en secret.

– Le téléphone était débranché », dit Jerome. Sylvia constata que son visage s'était éclairé à la seule vue de la jeune femme. L'intimité qui les rapprochait était telle qu'une sorte de déclic électrique se produisait entre eux, même à propos d'un sujet aussi ordinaire qu'un chat ou un téléphone. Quand elle se leva pour partir, les deux jeunes gens se tournèrent vers elle pour la regarder, comme si c'était la première fois.

« Est-ce que je reviens demain ? » demanda-t-elle, surprise d'adresser cette question à la fille.

– Oh, oui ! s'écria Mira. Je pense que tout cela lui

fait du bien. » Elle sourit à Jerome, puis fouilla dans l'un des sacs de provisions, prit une orange et la lança dans sa direction. « De la vitamine C », dit-elle, riant de lui quand il laissa le fruit lui échapper et courut après dans la pièce.

La fille s'étira et, le dos droit, se plia en deux, et lança ses bras en arrière, les déployant comme des ailes.

Une fois dans l'allée qui conduisait vers la rue, Sylvia songea à ce curieux geste. La lumière commençait à décliner. Elle boutonna son manteau à cause du froid.

Sylvia commença à penser à son mari, à la façon dont il était entré dans sa vie. Un courageux jeune médecin, avait dit son père, se jugeant fortuné de l'avoir éloigné de la ville et attiré dans le trou perdu qu'était leur comté pour s'y établir. Bien sûr, il s'adressait à sa mère, et non à elle. Il ne cherchait que rarement à converser avec Sylvia, et, quand il le faisait, il prenait le ton qu'on réserve à un très jeune enfant. Sylvia avait alors vingt ans, mais n'était guère sortie de la maison depuis qu'elle avait terminé le lycée et quitté pour toujours un monde où – malgré son anxiété et son trouble face à toute relation sociale, n'ouvrant la bouche que lorsqu'on lui adressait la parole – elle s'était sentie presque heureuse, gratifiée quand elle s'adonnait à l'étude. On n'avait pas envisagé de l'envoyer à l'université, bien que ses notes eussent toujours été exceptionnelles : il n'y en avait aucune dans le comté, et ses deux parents avaient accepté que leur fille restât avec eux. Et elle n'était pas partie, elle n'avait pas été « hospitalisée » malgré les fréquentes menaces de sa mère et n'était pas allée faire le séjour proposé dans un camp d'été pour enfants « spéciaux ». Son père l'avait protégée de ces départs, son silence inflexible avait finalement eu raison des requêtes désespérées de sa mère, de ses arguments.

Le bon docteur avait été invité à dîner peu après son arrivée en ville. À deux ou trois reprises dans le passé, Sylvia avait supporté cette règle de politesse qui s'applique à la venue d'un nouveau remplaçant ou partenaire. La présence d'un étranger sous son toit pouvait provoquer presque n'importe quoi chez elle : une paralysie absolue, une perte de mobilité, un repli total sur elle-même, la maladresse, la collision avec les meubles ou, au mieux, un comportement de perroquet plus ou moins civilisé. Pourtant son père n'avait pas voulu l'exclure. Bien que personne n'eût été capable d'identifier son mal, il avait accepté son handicap et n'en avait pas moins attendu des autres.

Elle se demandait maintenant comment on avait expliqué les choses à Malcolm. Qu'avait dit exactement son père sur son étrange fille afin de préparer le jeune homme à sa présence ? « Ma fille est handicapée », l'avait-elle entendu formuler à maintes reprises, souvent devant elle, comme si elle n'avait pas été là du tout, ou avait été enfermée dans une pièce voisine. S'il s'adressait à un inconnu, son interlocuteur la considérait souvent d'un air intrigué, cherchant la faille sans la trouver, et personne n'avait eu le courage de poser des questions. Seul un homme très courtois et très âgé, venu revoir la ville de sa jeunesse, que son père et elle avaient rencontré lors d'une promenade, avait réussi à donner une réponse intéressante : « Votre fille, avait-il dit tristement, est handicapée par sa beauté. » Sylvia s'en souviendrait toujours et se chuchotait souvent cette phrase le soir avant de s'endormir, bien qu'elle n'eût jamais été capable de comprendre pleinement ce que signifiait le mot « beauté », du moins en référence à son apparence physique.

Malcolm avait passé la plus grande partie de la soirée à l'examiner avec une curiosité franche, avide, tandis qu'elle s'agitait sous son regard insistant. Elle était sortie de table au milieu du dîner pour se rapprocher des trois chevaux en porcelaine posés sur une table dans un coin de la salle à manger. Ses parents avaient une ou deux fois tenté d'introduire un chaton ou un chien dans son existence, mais la nature imprévisible des bêtes vivantes l'avait désorientée, bien que l'idée des animaux l'eût enchantée de tout temps. Elle préférait l'immobilité, l'éclat des trois chevaux en miniature. Ils avaient été quatre autrefois, mais sa mère en avait cassé un en faisant le ménage. Sylvia l'avait pleuré durant des mois.

Au contraire de tout autre invité, Malcolm avait posé sa fourchette et son couteau, et avait traversé la pièce pour la rejoindre. « Oh, je vous en prie, n'interrompez pas votre repas ! s'était vivement écriée sa mère. Sylvia aime bien se lever de temps en temps pour regarder les chevaux. N'est-ce pas, chérie ? Il n'y a pas de quoi s'inquiéter. » Mais Malcolm s'était inquiété. Au plus grand embarras de Sylvia, il avait soulevé l'un des animaux en porcelaine de la table en acajou poli. « Ils sont ravissants », avait-il dit, puis : « Vous leur avez donné un nom ? » Il tenait le cheval blond entre ses doigts en lui parlant.

« Non », avait-elle chuchoté. Puis, sa main au-dessus de la sienne, elle avait reposé le bibelot avec douceur. « Ils n'aiment pas être touchés, ni changés de place », avait-elle dit tout bas juste avant de se détourner pour quitter la pièce, les yeux rivés sur le sol tandis qu'elle sortait en silence. Dans sa chambre, elle avait écouté le murmure du repas qui se poursuivait, bien qu'elle ne parvînt pas à distinguer les mots prononcés. Plus tard, elle avait entendu la porte se refermer sur l'inconnu, le son de ses pas qui s'éloignaient, le grincement du vieux portillon en fer forgé à l'entrée du jardin.

Elle pouvait visualiser le chemin qu'il prendrait, passant devant la maison blanche des Peterson avec sa tour, longeant la maison de brique des Redner, au jardin orné de hautes roses trémières dansantes. Il foulerait comme elle, chaque fois qu'elle était allée à l'école, l'unique pavé défoncé et, à l'angle, il traverserait le pavé où étaient gravés les mots « Brunswick Block 1906 ». La pharmacie, le tout-à-un-dollar, l'hôtel Queen, un banc public où personne ne s'asseyait, un arbre enfermé dans une cage en fer tordu, le monument aux morts avec son paisible soldat de pierre et les noms des garçons qui avaient commis l'erreur de quitter leur pays. Plusieurs années après, elle avait fabriqué une carte tactile de tout cela pour Julia. « Le bord du trottoir, la chaussée de Willow Road, un autre bord de trottoir, Church Street », avait-elle énoncé tandis que les doigts de son amie effleuraient la surface des tissus que Sylvia avait collés sur un morceau de carton rectangulaire. « C'est ton univers, avait dit Julia. Il est si construit, si différent de ma ferme. » Malcolm remontait l'allée de gravier jusqu'à l'appartement Morris, où il demeurait. Elle ne le suivrait pas au-delà du seuil. À l'époque, elle ne connaissait d'une manière intime que les pièces de son propre intérieur, les halls glacés et les salles de classe des deux écoles qu'elle avait fréquentées.

Lorsque Malcolm revint pour dîner, il lui apporta un cheval en porcelaine.

Les six premiers mois, ils n'avaient parlé que des chevaux, Malcolm étant le plus bavard des deux. Puis elle s'était mise peu à peu à lui montrer le reste de la maison, les objets particuliers qu'elle s'était employée à animer : l'impressionnant meuble à raser de son grand-père, avec le miroir étincelant de la dimension exacte d'un visage, un tabouret bas près d'un fauteuil Morris. Malcolm avait feint de s'intéresser à tout cela, ou peut-être son intérêt était-il sincère. Le ton de sa voix était agréable, prudent, dénué de menace. Il n'était pas différent de celui que prenait son père pour la convaincre autrefois de sortir de son lit, de descendre l'escalier et d'aller à l'école, sauf qu'au contraire de son père Malcolm semblait vouloir pénétrer dans son univers et discuter de ce qui pouvait l'y intriguer.

Il ne l'isolait pas non plus de son monde à lui, décrivant souvent un enfant attendrissant ou un adulte haut en couleur venus le consulter, ou évoquant une partie pittoresque du comté qu'il avait vue lors d'une visite à domicile. Parfois, quand ses parents se trouvaient dans la pièce, il se plaignait un peu de la paperasse qui n'en finissait jamais. Il n'y avait qu'une infirmière-réceptionniste dans son cabinet : il semblait injuste de lui demander d'en assurer toute la charge. Peut-être Sylvia pourrait-elle venir deux après-midi par semaine, juste pour la soulager ?

Son père avait eu l'air content ; sa mère avait paru irritée, dubitative. « Sylvia ne sera jamais capable d'assumer un emploi », avait-elle dit.

Malcolm s'était hérissé. « Elle pourra certainement assumer un travail à mi-temps, avait-il déclaré, même après son mariage.

– Seigneur Dieu ! avait aussitôt répliqué sa mère.

Qui diable aurait cette patience ? » Elle ne parlait pas de l'emploi.

Sylvia fixait le couloir, de l'autre côté de la pièce, où elle apercevait un tableau des chutes du Niagara. Elle se concentrait sur la vapeur blanche qui fumait au bas de la cataracte, et sur le fleuve qui s'élargissait à partir de cet endroit, plein de détermination, une autre destination en tête.

« Moi, avait répondu Malcolm en tendant le bras au-dessus de la table pour saisir la main que Sylvia avait retirée aussitôt. J'aurais cette patience. »

Ses parents avaient fait une faible tentative pour le décourager, utilisant des mots comme « sacrifice » alors qu'il parlait d'amour. Cependant Sylvia savait en secret qu'ils considéraient le jeune médecin comme une miraculeuse bénédiction, un don du ciel pour leur malheureux foyer.

Quand il avait été évident qu'il était sérieux – décidé, en fait –, son père lui avait dit que si elle épousait Malcolm, le jeune docteur accepterait de venir habiter sous leur toit. « Et tu n'auras jamais besoin de partir », avait-il déclaré, sachant que c'était ce qu'elle voulait. Il avait raison, c'était ce qu'elle désirait, mais, avant ce moment, il ne lui était jamais venu à l'esprit que la maison, ses objets, ses recoins et ses histoires pouvaient disparaître de sa vie.

Après cela, comme s'il répétait une phrase qu'on lui avait soufflée, son père avait demandé si elle s'était posé la question de savoir si elle voulait épouser Malcolm.

Elle n'avait rien répondu ; rien de tout cela n'avait vraiment de rapport avec elle, semblait-il.

Un soir dans la cuisine, peu après le départ de Malcolm, sa mère lui avait parlé durement. Elle s'était retournée avec colère devant l'évier, les mains dégoulinantes de mousse de savon et d'eau. « Tu devras le laisser te toucher, avait-elle sifflé en direction de sa fille. Tu devras le laisser te toucher d'une manière que tu ne peux même pas imaginer. Et tu n'as jamais laissé personne te toucher, ni ton père, ni moi, ni aucun autre. Tu ne seras pas capable de le supporter, il s'en ira et nous nous retrouverons tous dans une situation pire qu'avant. » Mais ni cet éclat, ni les menaces de sa mère ne préoccupaient Sylvia. Elle savait exactement de quoi elle voulait parler. Et Malcolm lui avait assuré, lui avait promis, la main sur la vieille bible de famille. « Je ne te toucherai pas, avait-il juré, tant que tu ne seras pas prête. » Elle ne serait jamais prête ; il n'y aurait jamais de problème.

Il y avait une histoire à propos des quatre chevaux : les trois chevaux et celui que sa mère avait brisé. Sans doute y en aurait-il une aussi au sujet du nouveau cheval que Malcolm avait apporté dans la maison, mais, au moment de son mariage, Sylvia n'en avait pas encore eu connaissance. Dans l'histoire originale, les quatre chevaux avaient toujours vécu ensemble dans le pré marron constitué par le dessus de la table d'appoint en acajou placée sous la pendule murale. Le balancier était pour eux une sorte de lune de cuivre, oscillant dans des cieux traversés par des orages que ponctuait l'écho retentissant du gong. Le temps normal était juste un rythme, un tic-tac solennel et régulier, ou quelquefois un craquement, comme si quelqu'un descendait lentement une volée de marches. La durée n'existait pas dans le pâturage marron, il n'y avait que le temps et le changement de lumière. Les quatre chevaux étaient groupés car un amour paisible les unissait, sans aucune variation : il n'augmentait ni ne faiblissait en intensité. Cela, et le fait que tant qu'ils étaient ensemble il n'y aurait ni arrivées, ni départs, ni accidents. Les chevaux pouvaient prévenir les événements en restant près les uns des autres, sans jamais se toucher. Le contact, savait Sylvia, causait la fracture, et les chevaux ne devaient jamais, jamais subir de fracture. Il fallait les abattre s'ils avaient un membre brisé. Son père le lui avait dit. Dans l'histoire, sa mère avait abattu un cheval, et pourtant, pendant que Sylvia dormait, le tic-tac de la pendule rythmait le temps, et les orages grondaient dans la nuit, imprégnant encore le matin quand elle était réveillée, et lorsqu'elle était en classe, à l'époque où l'école faisait encore partie de sa vie. C'était à ces choses-là qu'elle aimait penser, au moment où

Malcolm était apparu dans sa vie : à des chevaux de porcelaine sans nom.

Sylvia aimait aussi songer à une pièce en porcelaine de Staffordshire qui, aussi loin qu'elle s'en souvînt, avait orné la maison. Autrefois, elle avait demandé à son père depuis quand « la fille, le chien et l'oiseau réunis par l'arbre » se trouvaient là, et il lui avait répondu : « Depuis le début. » Aussi, pour elle, le groupe était devenu une sorte de symbole de la Création, l'une de « mes premières choses », ainsi qu'elle aimait à appeler ces bibelots. L'expression n'avait rien à voir avec la propriété, mais concernait plutôt le lien qui, croyait-elle, existait entre elle et la forme que garderait immuablement l'objet. Souvent, sans poser le doigt dessus, elle lui chuchotait : « Il y avait une fille, un chien et un oiseau qui étaient tous les trois réunis par un arbre, pour l'éternité. » La fille portait une robe rose, un tablier blanc, un ruban vert autour du cou, et sur la tête un chapeau orné de plumes. Le chien était tacheté et des lignes très fines indiquaient ses moustaches délicates et ses griffes. L'oiseau, posé sur une branche, était marron et noir. Ils restaient discrets, séparés, seulement attachés à l'arbre et par l'arbre – un arbre sans feuilles, un arbre qui ne connaissait aucune saison. Un sentiment de sécurité et de contentement émanait du groupe, comme si les acteurs des tableaux savaient qui ils étaient, quel était leur rôle, où était leur place. Ils étaient stables. Ils n'avaient pas d'humeurs. Ils ne manifestaient aucun comportement dérangeant.

Malcolm avait été enchanté par ces histoires, quand il l'avait enfin persuadée qu'elle pouvait lui en parler sans crainte. « Je suis un homme sûr, Syl », disait-il, puis, comme pour prouver qu'il comprenait ce qui comptait pour elle : « Aussi sûr qu'une maison. » Elle avait alors décidé de lui montrer le gros atlas de 1878, avec ses vieilles photographies de magasins, de maisons et de fermes depuis longtemps tombés en ruine, ou qui, dans certains cas, avaient complètement disparu des routes qu'ils bordaient autrefois. « Ils sont sûrs, eux aussi », lui avait-elle dit, indiquant un bâtiment après l'autre. Et quand il lui avait demandé pourquoi ils l'étaient, elle avait répondu : « Parce que tout ce qui devait leur arriver s'est déjà produit. Ils sont là, comme ça, pour l'éternité », avait-elle ajouté, posant sa main à plat sur une page.

« Et, petite ville, avait-il dit, regardant l'image d'une rue de village, tes rues resteront silencieuses à jamais. »

Elle lui avait souri et l'avait regardé en face pour la première fois. Il connaissait le poème qu'elle avait gardé en tête depuis la terminale et avait supposé qu'elle le savait, elle aussi. Il n'avait rien expliqué, il n'avait pas prononcé les mots *Ode sur une urne grecque*, ni « John Keats », comme l'aurait fait n'importe qui d'autre, ou à peu près, manifestant de la condescendance à l'égard de son « handicap », de son « état ». Elle s'était alors presque totalement détendue, concluant qu'elle pouvait aimer un homme comme lui.

Oh, Malcolm, songea-t-elle tandis qu'elle franchissait la porte de l'hôtel, tu étais quelqu'un de sûr. Mais moi, je ne l'ai jamais été, car sous l'apparence sereine de ma maison, il y avait toujours une histoire que j'inventais dans ma tête. Les chevaux avaient beau se tenir prudemment immobiles, à la fin ils n'ont rien pu faire contre ce qui est arrivé. Ils ne pouvaient pas arrêter le temps qui avançait si bruyamment au-dessus de leurs têtes. Ni m'empêcher de quitter la pièce, de longer le couloir, de franchir le seuil. Ni toi, ni ta bonté, ni les chevaux de porcelaine ne pouvaient me garder pour toujours à l'abri des bras du monde.

La chambre d'hôtel avait paru presque familière lorsque Sylvia y avait pénétré à nouveau ; le seul changement, depuis qu'elle l'avait quittée quelques heures plus tôt, était la pile de serviettes propres posée dans la salle de bains et l'ajustement du lit qu'elle avait fait avant de partir. Ses quelques produits de beauté étaient rangés près du lavabo dans l'ordre où elle les avait laissés, et le classeur en cuir épousait toujours, au millimètre près, l'angle droit du bureau. Sa valise était debout contre le mur, les rideaux étaient fermés. Je vais arriver à me débrouiller, pensa-t-elle. Je vais réussir à rester calme ici.

Quand elle était petite, il y avait – mis à part les

autres gens – deux choses en particulier qui l'isolaient du calme : le vent dans une pièce et les miroirs extérieurs. Elle se souvenait encore de la peur qu'elle avait ressentie lorsque, un matin de juin, elle avait pénétré dans la salle à manger pour découvrir les voilages s'étirer vers elle comme les manches d'un vêtement, et un bouquet de fleurs mortes et immobiles la veille ployer et frémir dans la brise qui s'engouffrait par la fenêtre ouverte. Elle s'était habituée au fait que l'air bougeait quand elle était au-dehors, mais elle était convaincue que l'intérieur de la maison était le royaume du calme, aussi lorsqu'elle s'était aperçue que le vent soufflait dans la pièce, il lui avait semblé qu'un élément étranger et dérangeant animait tout ce qu'elle avait cru être paisible, immuable.

Après cela, elle n'avait permis ni à son père ni à sa mère d'ouvrir la fenêtre de sa chambre la nuit, et demandait à maintes reprises si les autres fenêtres de la maison étaient bien fermées quand elle montait prudemment dans son lit. Ses parents avaient beau lui assurer que oui, elle craignait, alors qu'elle était allongée sans bouger dans ses draps blancs, de voir les longs bras vaporeux des rideaux s'élever et retomber comme pour diriger une musique qu'elle ne pourrait jamais entendre, et qui, dans le cas contraire, lui serait intolérable. Les premières années de sa vie avec Malcolm, ces courants internes et cette musique supposée provoquaient aussi chez elle de l'anxiété, mais tout cela avait presque entièrement disparu quand elle avait commencé à voir Andrew. Pourtant elle ne s'était jamais sentie complètement à l'aise l'été, quand Andrew voulait laisser ouverte la porte du cottage. Elle aimait l'idée qu'ils étaient enfermés tous les deux ; l'idée d'exclure le reste du monde.

Elle avait environ douze ans quand son père l'avait emmenée à une vente aux enchères de campagne, pensant que ce serait une agréable sortie pour elle après deux jours de tension à la maison. « Une mauvaise passe », avait-il dit, se référant à l'humeur de sa mère, qui avait été une présence muette, mais sombre et tourmentée. Sylvia avait mal réagi à l'ensemble de la vente aux enchères : à l'homme qui jacassait sur l'estrade, aux meubles et aux appareils ménagers qui avaient été déplacés et disposés sur l'herbe, et sans aucun doute aux draps, poupées et nappes palpés par ceux qui, savait-elle, n'avaient pas le droit de les toucher. Mais lorsqu'elle était passée devant une rangée de miroirs où elle avait vu son image – baignée de soleil, avec l'ourlet de sa robe qui ondulait, l'herbe sous ses souliers et, derrière elle, les granges et les arbres, les collines et les nuages –, elle avait fondu en larmes et avait continué de pleurer jusqu'au moment où son père avait été obligé de la ramener à la maison. Quand il l'avait questionnée, elle avait seulement répondu que rien n'était à la place où cela aurait dû être. Elle avait voulu dire, comprit-elle beaucoup plus tard, que les miroirs lui avaient montré qu'il était impossible de contrôler ce qui pénétrait dans le cadre de l'expérience, que le monde entier pouvait s'introduire de force dans un paisible intérieur, et qu'il n'y avait pas moyen de le maintenir au-dehors.

Elle avait été réconfortée de constater que les miroirs de sa propre demeure étaient accrochés à des endroits où les fenêtres et tout ce qui bougeait à l'extérieur ne pouvaient s'y reproduire, et que chaque jour, quand elle passait devant, elle y voyait l'image des mêmes meubles, inversés, il est vrai, mais stoïques et rassurants, à leur place. Dans les trois miroirs de sa chambre d'hôtel, rien ne pourrait non plus la surprendre, ni la trahir. Dans celui de la coiffeuse, elle se vit à partir de la taille, avec, en arrière-fond, le lit, les tables de chevet et les lampes, et quand elle referma la porte de la salle de bains, elle découvrit la femme tout entière qu'elle était devenue : anguleuse, un peu voûtée, les yeux gris à l'expression indéfinie, les veines des mains qui pendaient sur ses hanches, les tibias aigus qui descendaient de l'ourlet de sa jupe à ses pieds étroits, les cheveux gris-blond tirés pour dégager le visage et, derrière, simplement un mur vide.

Sur l'une des tables de chevet, à côté des deux carnets, le livre *Les Rapports entre l'histoire et la géographie* resta fermé, à l'endroit où elle l'avait posé le jour précédent. Elle l'avait apporté, espérant pouvoir commencer à le relire quand elle serait dans un endroit nouveau, car elle n'avait pas eu le courage de le faire au cours de cette année. Quelquefois, elle l'avait pris, ouvert et orienté obliquement vers la lumière pour chercher les lignes incisées par l'ongle du pouce d'Andrew afin de marquer un passage particulier. Puis elle avait effleuré de ses doigts cette fragile trace de lui sur le texte imprimé. Mais elle n'avait pas pu lire les passages qui l'avaient intéressé : pas encore, pas si tôt.

Le livre avait été le dernier présent d'Andrew à une période où ses cadeaux pouvaient prendre n'importe quelle forme – une boîte à chaussures vide, un bâton à la forme bizarre et, une fois, un catalogue Sears de 1976. Il se levait au milieu d'une conversation, parfois au milieu d'une phrase, traversait la pièce, fouillait dans les étagères ou le coffre près du feu et revenait vers elle avec un objet quelconque dans les mains. « Je t'en prie, prends-le, disait-il. Ça me toucherait beaucoup que tu acceptes. » Une fois, il s'était approché d'elle avec une miche de pain. « Je t'en prie, accepte ce bouquet », avait-il dit. Et quand elle avait éclaté de rire, il avait ri avec elle, et ensuite il avait prononcé le mot « joie » en lui retirant son chemisier. Ce livre était donc sa dernière offrande, et elle l'avait gardé près d'elle dans l'espoir d'y trouver, encodé dans ses chapitres, un message de lui, sachant cependant que c'était un vœu pieux, irrationnel. Andrew n'était pas du genre à envoyer des messages symboliques, même vingt ans plus tôt, lorsqu'il était plus jeune. Non, tous les messages qu'elle avait lus – dans les objets proches de lui ou les formations nuageuses qui passaient au-dessus de lui, et même parfois dans les expressions de son visage –, inventés pour répondre à son besoin, étaient souvent le fruit de sa propre imagination. Elle saisit le livre, le laissa s'ouvrir à une page vers la fin et se força à lire la citation, marquée d'un trait d'ongle, d'un homme du nom de York Powell :

> Le pays était pour lui un être vivant, se développant sous ses yeux, et l'histoire de son passé serait découverte à partir des conditions de son présent… Il pouvait lire une grande partie du palimpseste devant lui. Il tenait à noter les survivances qui sont la clé de tant de choses, disparues aujourd'hui, qui existaient autrefois.

Elle leva les yeux de la page et fixa une petite lumière rouge sous la télévision, qui clignotait sans bruit comme quelque chose de vivant. Elle n'avait pas entendu parler de l'auteur qui avait écrit ces lignes ni de l'érudit à qui se référait la citation, mais ces mots décrivaient Andrew si précisément que son cœur en fut ému et son chagrin ravivé, si bien qu'elle détourna le visage, referma l'ouvrage et le reposa sur la table.

Le lendemain après-midi à deux heures, quand Sylvia s'approcha de la porte de Jerome, elle s'aperçut qu'un morceau de bois d'œuvre la maintenait entrouverte. Personne n'utilise plus cette expression, se dit-elle, ces mots au son léger, musical, tellement plus harmonieux que « bois de charpente » ou « bois » tout court. Adolescente, elle s'était souvent chuchoté à elle-même une phrase qui lui semblait être de la poésie : « Ma maison est construite en bois d'œuvre et en verre. » Cette phrase la réconfortait, surtout quand elle se trouvait dehors, sur la route de l'école. Lorsqu'elle franchit le seuil de cet intérieur si nouveau pour elle, Sylvia se retrouva dans une pièce vide : aucun signe de Jerome et aucun tube fluorescent. « Je suis là, cria le jeune homme depuis l'espace attenant.

Je suis à vous dans un instant. » Il émergea quelques secondes plus tard, l'air distrait, lointain.

« Quelque chose ne va pas ? » interrogea Sylvia, puis, par habitude, elle nota mentalement qu'elle avait déchiffré l'expression de l'autre, ainsi que Malcolm lui avait appris à le faire.

Jerome lança un coup d'œil dans sa direction, puis baissa les yeux. « Non, rien, je regardais juste quelques dessins, des croquis que je n'ai pas encore achevés. »

Sylvia se demanda si elle devait le prier de les voir, mais décida de s'en abstenir. Elle s'installa sur sa chaise habituelle. Jerome s'approcha du mur, appuya sur quelques interrupteurs et observa les deux rangées de néons trembloter avant de s'illuminer. Puis il traversa la pièce et s'appuya contre le bar près de l'évier. « Vous voulez du thé ? Mira a du thé vert. Je peux en préparer.

– Non, merci, dit Sylvia. Je viens de déjeuner. » La spécialité du restaurant était les sandwiches ; la variété de garnitures exposées derrière la vitrine l'avait presque poussée à ressortir dans la rue, mais elle avait compris alors qu'elle pouvait simplement commander la même chose que le client qui la précédait. Elle commençait à apprécier la neutralité de la ville, le fait que ses habitants ne s'intéressaient absolument pas à elle. Peut-être sa vie eût-elle été plus facile à gérer si elle avait toujours été une étrangère.

« Bien. » Jerome s'approcha sans bruit du divan et s'assit avec lenteur, comme s'il sentait qu'un mouvement brusque risquait d'être trop perturbant ou de la faire sursauter.

Il pense que je suis un problème, songea Sylvia, à l'instar de tous les autres. Elle trouva cela curieusement déstabilisant, comme si elle avait voulu impressionner ce jeune homme et n'y avait pas réussi. Mais elle était venue jusqu'ici, et n'avait pas l'intention de garder le silence. Elle posa son sac par terre, près de ses pieds, retira son manteau et se mit à parler :

« Mon père était médecin et j'ai épousé son associé, un homme du nom de Malcolm Bradley. J'ai épousé un homme bon, qui était le suppléant de mon père. Malcolm, qui voulait veiller sur moi. »

Elle sourit après avoir prononcé ces mots, et Jerome sourit lui aussi, sans doute par politesse, car qu'y avait-il de drôle ? Elle se rendit compte qu'elle n'aurait pas dû prononcer cette phrase avec autant de légèreté. Parfois, ces dernières années, quand elle se tenait discrètement sur le seuil du bureau de Malcolm, le regardant tourner les pages des livres qui décrivaient peut-être son état, son cœur manquait se briser devant ce besoin de croire en la pureté du diagnostic. Il était si innocent à ces moments-là, cet homme persuadé que toute chose méritait ce qu'il appelait « la dignité d'une explication scientifique ». Avait-il appliqué au caractère de Sylvia les différentes étapes de la méthode scientifique, passé des mois à faire des observations, avant de tirer sa conclusion ? Avait-il, en fait, épousé sa conclusion ?

« Elle aura une bonne vie avec moi, a-t-il assuré à mes parents. Une bonne vie. Je la comprends. »

Sylvia resta parfaitement immobile, craignant que Jerome ne demandât quel était son problème. C'était la question qu'elle redoutait plus que tout. Quand il fut évident qu'il ne la poserait pas, elle se détendit et reprit : « On vous a dit qu'Andrew Woodman était un géographe historique ?

– Non, répondit Jerome, se calant dans le canapé. Je crois que je l'ai lu… après, dans le journal. » Il se racla la gorge. « Et vous me l'avez dit aussi.

– Vraiment ? Il affirmait que partout où il allait, il trouvait des traces du comportement de ses ancêtres : clôtures de style ranch, fondations en calcaire, buissons de lilas fleurissant dans des fermes abandonnées, une arcade de feuillage conduisant à une maison qui avait disparu. » Elle baissa les yeux. Ses mains posées sur ses genoux lui firent penser à deux oiseaux morts. « Tous ces tristes déchets, disait toujours Andrew. Et cette île, bien sûr… votre île… abandonnée par ces ancêtres un siècle plus tôt. Il consignait tout ce qui y était resté, chaque épave, les fragments de pilotis, les poulies en fer, les axels brisés. Vous avez dû voir des vestiges… quelque chose ? »

Le jeune homme acquiesça. « Il y avait des bâtiments vides et deux hangars plus petits qui s'étaient effondrés. Et une énorme ancre près de la jetée. Mais je n'ai jamais vu les épaves. J'espérais que la glace fondrait suffisamment pour me permettre d'en apercevoir une ou deux, mais alors... » Il posa le coude sur son genou replié et passa la main dans sa chevelure, sans la regarder.

Que voit-il en pensée ? se demanda Sylvia. Certainement pas Andrew. Il ne veut sûrement pas se souvenir de ça, songer à ça. La main de Jerome était encore dans ses cheveux, épousant la forme de son crâne, comme s'il tentait d'empêcher l'image d'Andrew, ou une autre image, de pénétrer dans son esprit. Plus jeune, Sylvia s'était sentie déconcertée par les gestes des autres. Elle n'avait jamais compris, par exemple, pourquoi les gens remuaient les mains quand ils parlaient. Cette façon de lever brusquement les mains et les bras au milieu de la conversation lui paraissait agressive, pompeuse, lui évoquant une cérémonie où les guerriers exhibaient leurs armes en se préparant au combat. Mais, à présent, ce simple geste lui sembla un signe de fragilité, de vulnérabilité, et lui inspira de l'émotion.

Lorsque Jerome lança enfin un coup d'œil vers elle, elle croisa un instant son regard. Puis elle se détourna et poursuivit : « L'arrière-arrière-grand-père d'Andrew, le premier Woodman à être venu au Canada au XIXe siècle, s'est installé sur l'île comme marchand de bois. Avant cela, il s'était rendu brièvement en Irlande, envoyé par le gouvernement britannique avec d'autres ingénieurs pour enquêter, puis pour dresser le plan des tourbières et rédiger des rapports sur leur état. Surtout dans le comté de Kerry. » Elle glissa la main sur la manche de son cardigan. « D'après Andrew, reprit-elle, Joseph Woodman avait une relation compliquée avec l'Irlande – avec les gens, le paysage.

– Une relation compliquée avec le paysage, répéta Jerome. Comment est-ce possible ? »

Sylvia leva les yeux et examina le jeune homme à qui elle parlait, son front lisse et ses longues mains parfaites, son expression grave, pensive. Elle eut l'impression de n'avoir jamais vu personne d'aussi jeune, et douta d'avoir eu autrefois cette apparence juvénile. « Il voulait, du moins c'est ce que disait Andrew, il voulait tout assécher : les lacs, les rivières, les ruisseaux et le moindre hectare de marais. Andrew disait toujours que le vieux Joseph Woodman voulait extraire toute l'humidité du comté de Kerry, comme si c'était une lavette. Vous voyez, il était convaincu qu'avec un assèchement convenable des champs de blé pourraient remplacer les marécages. Quand il a présenté son rapport à la Couronne britannique, ses idées ont été totalement rejetées. Un mois plus tard, il a émigré au Canada sur un violent accès de dépit, encore assez jeune – et assez ambitieux, d'après Andrew – pour causer de sérieux dégâts. On a transporté par voie d'eau des milliers d'hectares de forêts jusqu'aux docks de l'île Timber, où on assemblait les rondins pour construire des radeaux, qui descendaient ensuite le fleuve à l'aide de perches jusqu'aux quais de Québec, où le bois était chargé sur des bateaux à destination de la Grande-Bretagne. Ça a duré des années et des années, jusqu'à ce que toutes les forêts aient disparu.

– Mais il n'était sûrement pas le seul marchand de bois.

– Non, bien sûr que non. Mais Andrew n'a jamais oublié que sa propre famille était impliquée. Il n'a jamais pu se défaire de l'image d'un paysage violé. Il ne l'a pas oublié, du moins il ne l'a pas oublié pendant très longtemps. » Sylvia fit tourner l'alliance sur sa main gauche. « Plus tard, il s'est mis à oublier. »

Assise en silence, elle se demanda si Jerome allait lui poser une question et se mettrait à l'interviewer. Elle n'aurait pas aimé qu'il le fît.

« Quelquefois, commença-t-il, il vaut mieux renoncer à ces affaires de famille. Autrement... à quoi bon ? On n'y peut rien de toute manière. » Il fixait le mur derrière Sylvia, un peu au-dessus de sa tête. « Mais ce serait une sorte d'oubli écologique, je suppose, un autre genre de renonciation... »

Son angle de vision resta inchangé, et Sylvia ressentit le besoin de se tourner sur sa chaise pour suivre son regard. Elle se contrôla cependant et reprit : « Il y a des années, quand nous avons commencé à nous voir – à nous connaître –, cette mémoire de la destruction dont Andrew avait hérité lui occupait encore l'esprit. Il m'en parlait. » Elle s'interrompit de nouveau, entrevoyant brièvement son visage dans son souvenir, la bouche expressive, les yeux tristes. « Le fait que nous ayons vécu à la même époque, dit-elle à Jerome, que nous ayons franchi une telle distance pour nous rejoindre, qu'il m'ait confié ce qui le troublait... tout cela me semblait miraculeux. J'ai pris tout ce qu'il me disait et je l'ai enfoui au fond de moi – si profondément que je l'entendais parler quand il n'était pas là. En vérité, le plus souvent il n'était pas avec moi, il n'était pas là. Nous ne pouvions pas nous retrouver régulièrement, et parfois, lorsqu'il voyageait, il y avait des mois entiers où nous ne nous voyions pas du tout. »

Malgré ses absences ou peut-être à cause d'elles, comprenait-elle maintenant, il était devenu le centre vital de son monde intérieur. Sa vie quotidienne se pavanait autour d'elle comme un théâtre, comme une représentation qui ne nécessitait ni sa participation, ni son attention. Même à des moments douloureux, désorientants – la crise cardiaque soudaine de son père et sa mort, et, des années plus tard, l'attaque de sa mère –, elle parvenait à baisser le rideau et permettait à la lumière lointaine d'Andrew de dominer. Parce qu'il avait parlé du vent du lac, le vent du lac n'avait plus rien de neutre ; parce qu'ils avaient parlé ensemble sur les dunes, un bac à sable aperçu dans la cour d'un voisin faisait surgir l'idée d'Andrew de manière aussi palpable que s'il s'était agi d'une lettre écrite de sa main. Mais il n'y avait pas de lettres de lui ; souvent, il ne communiquait pas avec elle pendant des semaines, ou bien, aux heures vides de la journée, il lui donnait un coup de téléphone bref et superficiel à l'extrême.

« Durant ces périodes d'absence, de retrait, dit-elle à Jerome, je croyais qu'il communiquait avec moi par les rêves, ou les pensées, ou les présages, une croyance que j'ai conservée pendant cette absence ultime.

– Oui, répondit Jerome, se penchant pour prendre le chat près de lui. C'est curieux comme les gens qui meurent habitent vos rêves. Mon père a disparu depuis plus de dix ans, et j'ai encore ces rêves. Sur lui. » Il regarda le chat sauter à terre. « Je ne rêve jamais de ma mère. Jamais d'elle, ni d'eux deux ensemble. »

Sylvia s'efforça d'imaginer les parents de Jerome, les gens qui avaient donné naissance au sérieux jeune homme assis en face d'elle. Ils avaient dû avoir une vie conjugale, assez semblable, sous certains aspects, à la sienne avec Malcolm, un espace quotidien partagé, avec de la place pour un enfant, bien sûr. Il y avait eu cette différence, et d'autres aussi. Mais tout cela, l'appartement, la vie commune, existait sur une base quotidienne.

Elle songea à la première fois où elle avait pénétré dans l'endroit où, pendant plus de vingt ans, Andrew et elle s'étaient retrouvés et séparés, retrouvés et séparés. Un vieux cottage, presque abandonné, situé au bord du lac, sur une colline boisée, à une quarantaine de kilomètres environ de sa maison, dans une propriété léguée à Andrew par son père parce que personne d'autre n'en voulait. L'été, l'endroit sentait le raton laveur et l'humidité. L'hiver, le feu de la cuisinière à bois cassait à peine le froid. Cette première fois, c'était l'hiver, et, pendant le trajet depuis sa voiture, la neige profonde avait pénétré à l'intérieur de ses bottes et brûlé ses jambes en fondant contre la peau. Ils n'avaient pas parlé, du moins pas au début. Il faisait beaucoup trop froid pour se déshabiller, et pendant qu'ils tâtonnaient à travers les épaisseurs de vêtements pour se toucher, la peur avait déclenché des sirènes dans son cerveau. Mais elle avait vaincu ce sentiment, sachant à peine ce qui se passait, sinon qu'elle ne pouvait pas l'arrêter. Ce premier hiver, elle n'avait presque rien appris sur le long corps anguleux d'Andrew, les os, les ligaments et la peau pâle et bleutée qui devaient lui devenir si familiers. Au point qu'avec les années elle en venait parfois à la confondre avec la sienne. Au contraire de l'assaut maladroit de Malcolm lors de ses brèves et tristes tentatives pour établir une relation physique avec elle, il n'y avait rien d'étranger ni d'agressif dans l'approche amoureuse d'Andrew, seulement le réconfort, la consolation d'une étreinte achevée.

Des mois après leur première rencontre – au commencement des chaleurs de l'été – ils s'étaient enfin découverts dans leur nudité. Ils étaient relativement jeunes alors, et Sylvia avait été stupéfaite par la réalité de leur chair – la sienne aussi, car, auparavant, elle n'avait jamais accordé d'attention à son corps nu, bien qu'elle n'en fît aucune mention. Il s'était reculé et l'avait contemplée pendant ce qui avait paru être un long, très long moment, glissant la main sur ses seins et son ventre. Puis il avait soulevé ses jambes et l'avait pénétrée avec un grognement.

Après, ils restaient toujours silencieux quelque temps, comme s'ils accomplissaient un trajet déterminé sur un terrain dangereux et splendide, un trajet exigeant une attention extrême et une grande prudence. Puis, quand ils commençaient à parler, ils évoquaient la terre : son comté, les objets dans sa maison et les histoires de ses ancêtres sur l'île où le lac était devenu le fleuve. Ils ne parlaient pas d'amour alors, et n'en parleraient jamais. Seulement de géographie, des paysages urbains qu'elle avait quittés quelques heures plus tôt, de la demeure où elle retournerait, et de la tapisserie des champs et des clôtures qui se déployait au-dehors.

« Même quand nous étions très éloignés l'un de l'autre, dit-elle à Jerome, Andrew déboulait dans mon esprit comme un volcan en activité. » Elle sourit, heureuse de sa description, puis, brusquement embarrassée, rectifia sa coiffure de la main et tira sa jupe sur ses genoux. « Et quand je n'étais pas avec lui, j'attendais.

– Ma mère était comme ça, dit Jerome, une ombre sur le visage et un soupçon de colère dans la voix. Elle attendait toujours, toujours. »

Cet aveu soudain déconcerta Sylvia. « Elle attendait quoi ?

– Un changement. Que mon père change. Bien sûr, il n'a pas changé. » Il toussa. « Non, ce n'est pas tout à fait vrai, précisa-t-il. Il est devenu encore pire, impossible même. »

Sylvia ne l'interrogerait pas sur l'état mental de son père, sur ce qu'il avait pu être. « Je suis désolée, dit-elle.

– Ça ne fait rien. Du moins, ça ne compte pas pour moi. » Jerome se leva et retourna vers le bar, où un saladier rempli des oranges de Mira était posé près du grille-pain. Il en choisit une à la forme parfaite et l'offrit à Sylvia, mais elle secoua la tête, aussi il retourna sur le canapé et se mit à peler le fruit lentement, avec une grande concentration. Sylvia se sentit attirée par l'éclat de sa couleur, comme si elle n'avait jamais vu d'orange auparavant.

« Vous savez, reprit-elle, Andrew a toujours soutenu que les couples mariés lui donnaient l'impression d'être là pour déterminer l'échelle d'un paysage peint. De minuscules personnages anonymes auxquels les victoriens se référaient comme à l'"argument" du tableau. » Elle s'interrompit. « Le calembour lui plaisait, le mot "argument". Vous voyez, pour lui le mariage aurait été un argument. Il m'a dit qu'il ne se voyait pas utiliser constamment le mot "nous" à propos d'une pensée ou même d'un acte. » Ils étaient blottis ensemble sur le lit, et sa bouche effleurait sa nuque à l'instant où il lui parlait – elle avait senti le léger mouvement de ses lèvres. « Mais voilà, avait-il dit plus tard. Nous sommes allongés sur la rive de l'ancien lac. Toute cette crête est comme un espace négatif, un souvenir physique. » Il avait expliqué qu'autour du Grand Lac étaient incrustés dans le calcaire les fossiles de formes vivantes dont les étroites périodes d'activité avaient été réduites au silence pour toujours. Des récits si brefs, si simples, des histoires passées inaperçues, interrompus à jamais par un mur de glace. Quelquefois, avait-il dit, on voyait la direction que l'animal avait eu l'intention de prendre. D'autres semblaient avoir déjà accepté leur destin – par exemple ceux qui étaient nés avec une forme en spirale.

En quelle saison avait-il prononcé ces mots ? En quelle année ? Elle ne parvenait pas à s'en souvenir. Elle se revoyait seulement couchée sur le flanc, tandis qu'il était enroulé sur elle tel un coquillage, sa main encerclant son poignet gauche, leurs vêtements jetés pêle-mêle sur une chaise près du lit. Flanelle et velours côtelé, soie et lin retenus par l'accoudoir en bois ou tombant sur la paille déchirée d'un siège fabriqué un siècle plus tôt, en toute innocence. Le velours côtelé, *corduroy*, avait-elle chuchoté une fois en lui retirant sa vieille veste marron. « Un mot emprunté aux Français, avait-il plaisanté. La corde du roi. » Puis il avait glissé les mains dans ses cheveux, l'avait regardée et dit : « Sylviaculture, l'encouragement des arbres. »

Elle lui avait raconté une fois que pendant la première moitié du XIXe siècle, dans son comté, presque toutes les familles pionnières avaient perdu un ou deux de leurs fils à cause des caprices du Grand Lac, car tous les garçons sans exception rejoignaient les équipages des schooners qui transportaient des marchandises d'une colonie à l'autre le long des côtes canadiennes. Souvent, ces tragédies se déroulaient en vue de la maison, car la péninsule même était la partie du lac la plus dangereuse. Des tempêtes y couvaient, les courants s'y confondaient et, au sud et à l'est, les affleurements calcaires s'avançaient comme des crocs au bord des terres. Les fragments épars de l'épave, les voiles marron clair drapées tels d'immenses linceuls à la surface de l'eau, ou entortillées dans le gréement, remplies de sable ; des mètres et des mètres de tissu pendillant dans l'écume.

« Deux personnes et tout ce qu'il y a entre elles, c'est toujours difficile, dit Jerome. Ça, c'est une chose dont même moi, je suis sûr. »

Sylvia croisa les mains sur ses genoux, regarda vers la fenêtre et reprit doucement : « Avec le temps, tout ce qui aurait dû être de la joie entre Andrew et moi est devenu trop douloureux. Et quand, pendant une période, nous avons cessé, cessé de nous voir, cessé de nous parler, j'ai passé des après-midi sans fin à rouler à travers les paysages qu'il m'avait décrits. J'ai pleuré, et lorsque j'ai arrêté de pleurer, j'ai pensé que quelque chose était mort au-dedans de moi. Mais je devais découvrir plus tard qu'il y a une différence, une différence entre la mort et la dormance. Nous avions interrompu notre relation, mais sept ans après, aussi incroyable que cela paraisse, nous avons recommencé. » Sa voix faiblit. « Quand vous redécouvrez l'amour à l'âge mûr, murmura-t-elle comme si elle se parlait à elle-même, vous êtes sur le fil du rasoir, c'est presque une urgence. Vous en voyez la fin. La conclusion est toujours à côté de vous, dans la chambre. » Le cottage vide, non chauffé, resurgit dans l'esprit de Sylvia, l'odeur du froid, le parfum de l'absence. Elle ferma les yeux, souhaitant faire disparaître l'image.

Peu à peu elle reporta son attention sur Jerome, qui s'était figé au bord du canapé, l'orange en partie pelée dans les mains et les coudes sur les genoux, comme s'il s'apprêtait à fuir. Le soleil de la fin d'après-midi avait pénétré par la fenêtre et un pâle ruban de lumière fendait l'air entre eux. Sylvia pensa qu'elle était peut-être allée trop loin, révélant une trop grande part de ce chagrin qui ne la quittait plus et qui, au lieu de lui apparaître comme une souffrance inhabituelle, se fondait dans son être tels le sommeil, la marche ou l'air qu'elle respirait. Bien sûr, Jerome ne le comprendrait jamais et refuserait d'instinct de pénétrer dans ce monde obscur. Si elle continuait dans cette veine, elle perdrait ce jeune homme, il voudrait s'échapper. Même en cet instant, elle sentait qu'il désirait être ailleurs. « Si on parlait d'autre chose ? » proposa-t-elle et, n'obtenant pas de réponse : « Quels étaient vos objets préférés quand vous étiez petit ?

– Les forts, répondit-il avec une surprenante rapidité, se penchant en avant pour déposer une pelure d'orange sur la table. Les forts dans les arbres, surtout. » Il marqua une pause, lança un regard circulaire dans la pièce. « Pendant un moment, jusqu'à ces derniers temps, en fait, j'ai fabriqué dans mon studio des structures qui ressemblaient à des cabanes construites dans des arbres. » Il parut alors chagriné, comme s'il savait qu'elle ne pourrait pas comprendre, ou bien souhaitait changer de sujet pour éviter de devoir s'expliquer. « Dans l'île, ces vieux bâtiments avaient dû être des lieux d'habitation, mais ils tombaient en ruine, et le lierre et la mousse les recouvraient. Je me suis dit que j'arriverais à les recréer d'une autre manière. »

Sylvia n'avait pas encore réussi à saisir les idées qui inspiraient Jerome pour son art, mais elle eut conscience, une fois encore, de vouloir poursuivre la conversation à tout prix. « Mais ces forts, ou les maisons sur l'île, comment avez-vous pu les construire dans une pièce ? » s'entendit-elle demander. Chaque fois qu'elle lisait, il lui semblait tout à fait juste que le signe de ponctuation placé à la fin d'une question eût la forme d'un crochet destiné à prendre au piège une personne déterminée à passer son chemin. Ici, cependant, cette phrase paraissait presque naturelle, et elle vit que le jeune homme s'était détendu à présent que le sujet de la conversation avait changé.

Jerome s'appuya contre le dossier du canapé et croisa les bras. « Je ne sais pas, répondit-il, j'ai beaucoup travaillé dans le passé à des œuvres basées sur les structures artificielles – les cabanes, ce genre de choses. Sur l'île, j'étais fasciné par l'idée des constructions retournant à la nature, vous savez, du moins au commencement de la nature – à la germination. Mais je n'arrivais pas à imaginer comment faire fonctionner cela dans l'espace d'une galerie. Rien ne pousserait assez vite pour que j'obtienne un résultat. » Il rit. « Peut-être qu'un peu d'engrais m'aurait aidé.

– Je suppose qu'il s'agissait des maisons des ouvriers. » Sylvia se souvint d'Andrew disant qu'il y avait eu une rangée d'habitations dans l'unique rue de l'île, et puis, bien sûr, la grosse maison tout en haut. Elle resta un instant silencieuse, occupée à retirer les peluches de la manche de son gilet en laine. « Il y avait des maisons pour les hommes qui travaillaient dans les chantiers navals. Ceux qui pilotaient les radeaux allaient et venaient... seulement pendant les mois où le fleuve était ouvert et où il n'y avait pas de glace.

– Quand les Vikings mouraient, on se débarrassait d'eux sur des radeaux qu'on lançait sur la mer gelée », déclara Jerome. Il s'interrompit et rougit d'embarras. « Désolé, je n'aurais pas dû dire ça.

– Ça ne fait rien », répondit Sylvia sans lever les

yeux de sa manche, sa mort ne me quitte jamais, j'en ai conscience à chaque instant. Personne, ni rien, ne peut me la rappeler. » Elle se tut un moment. « C'est un réconfort de pouvoir le dire tout haut. » Brusquement son regard tourna vers la gauche et se posa sur un très vieux siège avec un pied en moins, qui était incliné dans un coin entre Jerome et le canapé. « Vous saviez qu'avec cet éclairage on peut voir l'empreinte du pochoir au dos de ce fauteuil ? Sous toute cette peinture ! Andrew aurait adoré cela, il aurait dit que c'était la preuve de l'histoire du siège. Mon amie Julia aussi. Elle aime pouvoir retrouver ce qui est arrivé aux objets. Elle m'a raconté une fois qu'elle sentait la différence entre les entailles récentes et anciennes sur une planche à pain. »

Jerome regarda le fauteuil. « Je ne l'ai jamais remarqué avant, répondit-il. Une histoire écrite en peinture, un repeint sur un dossier de fauteuil.

– Il me semble maintenant, prononça lentement Sylvia, que pendant mon enfance tout ce qui m'entourait était relié à l'histoire : une histoire connaissable, et donc sans danger. Il y avait sûrement de nouveaux jouets, de nouveaux vêtements, mais, dans ce cas, ils comptaient si peu pour moi que je ne m'en souviens pas. Au lieu de cela, je me rappelle les cadeaux de Noël et les cadeaux d'anniversaire offerts à des enfants morts depuis longtemps ; des cadeaux à mon père et à sa sœur, à son père et au père de son père, car tout avait été si soigneusement organisé et conservé dans la maison – rangé dans la chambre d'amis ou dans le grenier – qu'il était très facile de le récupérer. »

Elle avait eu un comportement assez ambivalent face aux poupées, qui avaient été regroupées en une fragile assemblée aux yeux écarquillés au fond du large grenier. Elles étaient encore là, mais elle les avait recouvertes quelque temps auparavant avec des draps. Les voitures et les tracteurs et les petits trains qui avaient appartenu aux garçons l'avaient plus intéressée, par le fait qu'ils ne cherchaient en aucune manière à être humains, et se contentaient de faire semblant d'être les grosses machines dont ils étaient la copie. Parfois elle avait trouvé une pâle étiquette de Noël collée à l'un ou l'autre de ces objets. « À Charlie, Noël 1888 », indiquait l'une, existant encore après que le petit Charlie eut atteint l'âge adulte dans son voyage vers la mort. « À Charlie, de la part de sa maman qui l'aime. » Plus tard, elle avait compris que l'étiquette ne serait pas restée collée au jouet si les autres enfants – qui n'étaient pas comme elle – n'avaient eu tendance à être si facilement distraits de ce qui les entourait par la nature épisodique de leur petite vie débordante d'activité. Le monde leur avait sans doute tendu une invitation, et, contrairement à elle, ils avaient pu – avec joie – accepter de participer à ce qu'on leur proposait.

« Quand j'étais petite, dit-elle, je me méfiais du visage humain et de tous les changements d'expression qui l'accompagnaient invariablement. Les animaux étaient moins menaçants d'une certaine façon, mais je suppose qu'on peut déceler chez eux un changement d'humeur ou de disposition, surtout si on les fixe droit dans les yeux. »

Sylvia et Jerome se tournèrent tous les deux vers Lion, comme pour tester cette théorie. Le chat, qui était assis sur une haute table, le dos tourné, et regardait par la fenêtre, ne se souciait nullement d'eux.

« J'ai fini par aimer le poème qui s'intitule *La Mort et l'Enterrement du rouge-gorge*, dit Sylvia.

– Je ne me souviens pas de beaucoup de livres d'images de mon enfance, dit Jerome. Ni de beaucoup de poèmes. Ma mère a essayé de m'apprendre quelques chansons, elle m'a raconté que ce qu'elle se rappelait le plus de son enfance, c'était d'avoir chanté tout le temps – vous savez, à l'école ou à l'église, ou même dans la cour de récréation. Les filles qui chantent en sautant à la corde et tout ça. Mais ça me gênait de chanter, je ne me souviens d'aucune de ces chansons aujourd'hui. »

Sylvia songea à la musique imaginaire qu'elle avait tant redoutée petite fille. « L'enfance de votre mère a dû être merveilleuse si elle était pleine de chants, dit-elle à Jerome. Presque sereine… et heureuse. La jeunesse de mon mari était ainsi, mais je doute qu'Andrew ait vécu la même chose, bien qu'il n'en ait jamais parlé. Je savais si peu de chose sur lui, sur ses parents, sa scolarité. »

L'expression du jeune homme se tendit. « La sérénité et la joie ne sont pas des choses que j'associerais avec ma mère. » Il regarda le sol un instant, puis jeta un coup d'œil à son poignet.

« Je dois m'en aller ? » demanda Sylvia, rougissant. Elle se rendit compte qu'elle n'avait pas prononcé ces mots depuis sa liaison avec Andrew.

« Non, non, pas encore », répondit Jerome. Il avait commencé à jouer avec sa montre. « C'est une vieille montre… elle appartenait à mon père. Je devrais sans doute en acheter une neuve. » Il rajusta sa manche, leva les yeux. « Vous savez, lorsque j'étais seul sur l'île, j'avais tendance à perdre totalement la notion du temps. Je travaillais toute la journée et je retournais à la voilerie quand je sentais que j'en avais fait assez ou quand la lumière commençait à faiblir. C'était tout à fait extraordinaire, cette voilerie.

– Les hommes qui travaillaient avec les voiles étaient surtout des Français, je crois. » Sylvia pencha la tête d'un côté, réfléchissant. « Andrew m'a dit que l'île était divisée – sur le mode amical mais néanmoins divisée –, entre les conceptions françaises et anglaises sur la façon de faire les choses. Pas seulement à cause de la langue : c'était surtout en rapport avec les voies navigables. Les Anglais connaissaient le lac, vous voyez, et les Français avaient une meilleure approche du fleuve.

– Oui, répondit Jerome. Oui, cette idée me plaît. Les allégeances géographiques. Les allégeances aux masses d'eau. »

L'immense linceul mouillé d'une voile de schooner flottant sur l'eau du lac et les garçons noyés du XIXe siècle resurgirent dans l'imagination de Sylvia. « Quelquefois les êtres humains sont enfermés par la géographie, dit-elle, et quelquefois ils sont engloutis, anéantis par elle. »

Jerome dit à Mira qu'il n'osait pas utiliser le nom de baptême de la femme, qu'il n'avait pas encore décidé de quelle façon s'adresser à elle. La visiteuse l'avait parfois appelé par son prénom, mais il avait encore de la difficulté à prononcer le mot « Sylvia » quand elle était avec lui dans la pièce. Elle appartenait si manifestement à une autre génération qu'il était tenté de l'appeler « Mrs Bradley ». Mais la nature intime de ce qu'elle lui avait confié faisait paraître un peu absurde tant de cérémonie. « Ils étaient amants, dit-il à Mira, comme tu le soupçonnais.

– Je ne le soupçonnais pas, si tu t'en souviens bien, répliqua-t-elle. Je le savais. »

Jerome ne tint pas compte de cette mise au point et changea de sujet : « Elle m'a expliqué que jusqu'à maintenant personne n'avait réellement déterminé si cette île appartenait au lac ou au fleuve. Les Français disaient que c'était une île du fleuve, les Anglais soutenaient qu'elle revenait au lac... et ainsi de suite. » Il réfléchit. « J'y ai pensé aussi. Quand j'étais là-bas. J'aimerais revenir en été et étudier la géographie... la géologie. Nous trouverions peut-être une réponse à cette question. »

C'était la première fois qu'il évoquait l'éventualité d'un retour dans l'île, et tout d'un coup il se rendit compte que si cela devait arriver, il ne voudrait pas y aller seul. Il se voyait debout sur la rive, seul avec ce qu'il savait à présent sur la femme et son chagrin, et à peine l'image s'était-elle précisée dans son esprit qu'il s'en détourna.

« Elle a aussi parlé d'un poème de son enfance, le rouge-gorge, tu imagines ? dit-il.

– Le rouge-gorge ? » Mira ne leva pas les yeux de son tricot. Elle fabriquait un « lange » pour le seau galvanisé rouillé qu'elle avait trouvé dans l'allée le week-end précédent, un seau qui, une fois recouvert, pourrait lui servir de support dans sa prochaine œuvre de performance. Elle utilisait du mohair rose, et des particules de laine s'accrochaient à son pull-over sombre avec les poils du chat qui avait passé un moment dans ses bras. Souvent, elle ne trouvait le temps de faire ces choses que le soir, car la galerie lui prenait beaucoup d'heures dans la journée. Récemment, on lui avait annoncé qu'elle travaillerait le dimanche après-midi.

Jerome se redressa, l'air empressé et solennel comme chaque fois qu'il se sentait en mesure de lui expliquer quelque chose. Il fut soudain gagné par la satisfaction familière qu'il éprouvait quand il se préparait à lui faire une révélation, même s'il s'agissait seulement d'un poème enfantin. Cela lui donnait un avantage, un léger sentiment de supériorité. « Le rouge-gorge, précisa-t-il, l'oiseau. Dans une comptine. »

Jerome regarda la jeune femme se pencher vers une grosse masse rose – comme de la barbe à papa – posée près de son pied gauche, pour dévider un écheveau de laine. Quelquefois il avait juste envie de s'asseoir à l'autre bout de la pièce et de la contempler. Lui qui avait toujours été si bouillant d'activité, si dépendant de ses projets, si agité et prompt à s'ennuyer, se surprenait à rester immobile, heureux de se laisser flotter auprès d'une fille en train de tricoter. Ses bras splendides, l'inclinaison de sa tête. Il n'avait de cesse de s'en émerveiller.

« Qui a tué le rouge-gorge ? C'est moi, dit le passereau, avec mon arc et ma flèche, c'est moi qui ai tué le rouge-gorge », cita-t-il. Et il se demanda brusquement comment la comptine avait pu s'imprimer dans sa mémoire alors qu'il ne l'avait jamais lue dans un livre. Sa mère épuisée la lui avait-elle récitée ? Cela paraissait improbable. Dans ce cas, comment cette lugubre chanson enfantine remplie d'oiseaux avait-elle pénétré l'univers familial avec sa banlieue, ses périphériques, ses centres commerciaux et ses immeubles en béton à la lisière de la ville ? Un monde qui n'était propice ni aux oiseaux ni aux enfants. Le souvenir de son vélo lui revint à l'esprit, il le revit rouillant dans la neige sale sur le balcon d'hiver de leur appartement, puis tordu et cassé dans une congère, dix étages plus bas. Il avait cessé d'en faire dès qu'ils avaient emménagé – trop humilié par le trajet dans l'ascenseur avec la bicyclette inutilement calée contre sa hanche, redoutant l'inévitable adulte qui entrerait avec lui et demanderait s'il allait faire un tour, comme si ce n'était pas évident.

Mira leva les yeux de son ouvrage et regarda le chat, qui s'approchait d'elle d'un pas tranquille, tel un somnambule. « Pendant mon enfance, il y a eu beaucoup de comptines, beaucoup d'histoires, sur des animaux qui ne seraient pas capables de survivre dans ce climat. Certains animaux étaient des dieux – Ganesh, par exemple –, aussi j'ai cru que toutes les bêtes tropicales étaient des divinités, et je me suis imaginé que c'était pour cette raison que je ne les voyais pas traîner dans le quartier.

– Pourtant ce serait merveilleux de trouver Ganesh en train de se promener dans les rues de la ville, observa Jerome.

– Et le lion de saint Jérôme ? Il a certainement pris goût à la rue... en particulier à l'allée, dans le coin des poubelles.

– Comme une abeille en automne. » Jerome se leva et vint se placer derrière le siège de Mira, puis il mit les mains sur ses épaules, posant ses doigts dans les creux jumeaux entre les muscles du haut de son dos et ses clavicules. Il se pencha vers son oreille. « Je pense que dans une vie antérieure tu devais être une abeille, chuchota-t-il. Ou peut-être une guêpe ? »

Jerome était intrigué par le fait que Mira était fascinée par les abeilles et avait même une fois pris un cours d'apiculture. Elle aimait leur couleur, leur forme, leur assiduité au travail. Surtout, elle était impressionnée par l'enthousiasme avec lequel elles construisaient l'intérieur de leurs ruches, qu'elle appelait des « maisons de papier. » Au contraire de toutes les autres femmes qu'il avait connues, Mira annonçait la présence d'une abeille avec joie, et non avec terreur. Elle ressemblait étrangement à une abeille, avait conclu Jerome ; elle était si industrieuse, si vive qu'elle bourdonnait presque, et souvent, lorsqu'elle était à son côté, traversant les galeries, faisant son marché, sa présence semblait aéroportée, concentrée sur un objectif, comme si elle planait au-dessus des fleurs. À ces moments-là, il était formidablement attiré par elle, quand elle était absorbée par une tâche ou quand son attention se portait sur le monde matériel. Elle avait une admirable faculté d'adaptation, une générosité à l'égard de l'origine des choses. Songeant à cela, il examina ses mains ingénieuses, les sourcils froncés par la concentration, le visage baissé. Une partie d'elle lui échappait, et pourtant elle était à sa portée, terriblement tentante.

Elle cessa de tricoter, appuya la tête contre le dossier de sa chaise et leva les yeux vers lui, une mare de laine rose sur les genoux. Jerome se rendit compte qu'il ne savait absolument pas si les gens tricotaient en Inde, un pays qu'il était difficile d'associer à la laine, mais il ne voulut pas lui poser la question, montrer son ignorance, et de toute manière il s'intéressait plus à ses épaules lisses, à ses bras superbes. Il savait que même après trois ans d'intimité il y avait toujours un moment où elle hésitait, mais cela ne durait pas. Elle réagissait dès qu'il pouvait la toucher et employer le mot « amour ». Ses bras se tendaient alors et entouraient son cou.

« J'*étais* sans doute une abeille, dit-elle. Et dans ce cas je devais préférer les pivoines. » Il la revit parfaitement immobile, fascinée par les petits jardins de leur quartier. Une ou deux fois, elle était restée si longtemps que le propriétaire était sorti de sa maison pour lui demander si elle avait besoin d'aide. Jerome n'avait jamais vu personne examiner le monde extérieur avec autant de soin. Quelquefois, elle était si absorbée par une chose ou par une autre qu'il sentait qu'elle avait totalement oublié sa présence. Avec tous les autres sujets d'intérêt et préoccupations qui se bousculaient dans son esprit, le travail, l'art et le réseau compliqué de la famille et des amis dont elle s'occupait, comment se faisait-il qu'à la fin de chaque journée elle prît calmement la décision de revenir dans le lieu où il l'attendait afin de partager son repas du soir et son lit ? Tout aussi mystérieux était le fait qu'il se trouvait toujours là à son arrivée.

« Mira ? » dit-il.

Il y eut cet instant d'hésitation. Puis elle se leva, posa la laine sur le plan de travail de la cuisine, baissa les yeux et lui prit la main.

L'homme de la réception levait chaque fois les yeux quand Sylvia entrait, mais ne disait jamais rien. Elle restait silencieuse elle aussi, sa clé, qu'elle venait de tirer de son sac, dansant au bout de sa main gantée, la salière cliquetant légèrement contre la monnaie en vrac dans la poche de son manteau tandis qu'elle franchissait le sol dallé.

Trois jours s'étaient écoulés depuis que son train avait quitté la gare de Belleville, depuis qu'elle avait posté les clés de la voiture à Malcolm et laissé le message sur le répondeur de son cabinet. Il ne tarderait pas à découvrir où elle était, et viendrait la chercher pour la ramener à la maison. Parfois, quand elle fermait les yeux juste avant de s'endormir dans cette chambre d'hôtel, elle le voyait dans son bureau, concentré sur les textes qui pourraient lui fournir une description de cette danse nouvelle et inexplicable qu'elle avait entamée pour disparaître. À ces moments-là le côté protecteur de son mari la touchait d'une curieuse manière, et elle se demandait si ce qu'elle ressentait pouvait être ce qu'un autre eût appelé de la pitié. Cependant elle éprouvait ce sentiment uniquement par rapport à son attachement fidèle à son handicap, s'il s'agissait bien d'un handicap. Cela, et le fait qu'il avait choisi de s'intégrer si totalement dans les espaces matériels qui constituaient son histoire ancestrale. Le bureau de son père, la porcelaine de son arrière-grand-mère. Le lit conjugal ancien qui avait dû être, plus d'une fois, un lit de mort : tous les détails qui composaient ce qu'elle considérait comme son environnement connu et connaissable avaient été pleinement acceptés par lui, incorporés dans l'œuvre de sa vie. Elle, dans son habitat naturel. L'œuvre de sa vie.

Andrew croyait que les cellules des humains, comme celles des oiseaux et des animaux, étaient programmées pour reconnaître les odeurs, les sons et les images de leur habitat naturel. Par exemple, même s'il n'était pas né en Italie, un New-Yorkais dont les grands-parents étaient originaires de Toscane éprouvait un sentiment de déjà-vu face aux collines d'Arezzo quand il foulait pour la première fois le sol de cette région. « Dans certains paysages, sous un angle de lumière particulier, lui avait-il dit, on ne voit que des ruines, on ne perçoit que le passé et les ancêtres, les siens ou ceux d'autres gens. » Elle le comprenait, mais dans son cas, avant qu'Andrew lui eût ouvert la porte du monde, la présence physique du passé lui avait surtout été transmise par des objets enfermés telles des reliques dans sa maison familiale.

Chaque fois qu'elle entrait dans la chambre, elle retirait de son sac les deux carnets en cuir vert, les posait sur le bureau, et, utilisant le papier à en-tête de l'hôtel, écrivait une heure environ. Aujourd'hui, cependant, se reculant pour considérer la feuille devant elle, elle fut légèrement surprise par l'apparence de sa propre écriture, serrée et sombre sur la page, tour à tour précise et floue. Se sachant fatiguée, elle se leva, s'approcha du lit parfait et s'allongea sans le défaire.

Elle entreprit aussitôt l'inventaire de la maison qu'elle avait laissée, un inventaire qui datait de sa petite enfance et qu'elle n'avait jamais oublié. Même ici, même pendant ces journées incertaines, il était source de réconfort. Ouvrant mentalement la porte avec la clé dont elle avait appris à se servir à l'âge de sept ans, elle pénétra dans l'entrée, dépassa le porte-parapluies, avec son miroir en forme de losange, et la table en noyer, dont les tiroirs en érable à sucre étaient remplis de cartes de visite fleuries, gravées un siècle plus tôt, avec les noms de voisins dont les années de naissance et de mort s'étaient depuis effacées sous la pluie qui avait ruisselé sur leurs stèles en marbre. Sur le mur au-dessus de la table était accrochée une vue du Niagara, représenté en aval de la célèbre cataracte. « Il y a une gravure de ce fleuve sur le mur de ma maison », avait-elle dit à Andrew quand il lui avait annoncé un jour qu'il s'y rendait pour examiner les restes d'une voie de tramway abandonnée depuis les années 1920. « Je connais bien cette gravure », lui avait-elle dit, comme si cette connaissance des traits dessinés sur un morceau de papier pouvait la relier plus étroitement à lui et à sa vie sans elle. Mais elle la connaissait dans les moindres détails : chaque arbre, les rochers et la petite forme humaine solitaire fixant le courant, les falaises de chaque côté.

Le couloir conduisait à la salle à manger (le domaine des chevaux) si on marchait droit devant soi, ou au bureau de son père (devenu celui de Malcolm) si on tournait à droite, ou au royaume du double living si on prenait à gauche. Quand elle était petite, et parfois même plus tard, ces salons lui avaient paru être des mondes immenses, multidimensionnels ; l'Afrique et l'Asie ne pouvaient être plus vastes, plus inondées de lumière changeante et d'ombres de couleur, avec le ronflement soudain d'une chaudière cachée sous les lattes des planchers de chêne si bien cirées que les meubles s'y reflétaient tel un édifice placé au bord de vastes lacs dorés. Il y avait les tapis et leurs motifs troublants, fascinants, les différents pattes et sabots des pieds de chaise blottis près de leurs lisières à franges. Les deux glaces rondes avec le reflet de l'enfant, puis de la fille, et maintenant de la femme mûre, et toujours, au-dessus de sa tête, sculpté sur le cadre, le même aigle, tantôt bienveillant, tantôt en chasse, sur le point de déployer ses serres pour s'emparer de son cerveau.

Sylvia, allongée sur le lit d'une chambre d'hôtel moderne, urbaine, passa en revue toutes ces choses dans sa mémoire. Elle connaissait le contenu des tiroirs : douze couteaux, onze cuillères à soupe, douze fourchettes, une grande fourchette, ou quatorze serviettes en lin pliées, et les petites pinces en argent avec de minuscules poignées en forme de feuilles d'érable. Les anneaux de serviette avec les noms des enfants des générations précédentes gravés en lettres fluides ; Ronnie, Teddy, Addie, des noms démodés, que l'usage du diminutif rendait plus tendres. Des plateaux représentant les fleurs sauvages d'Angleterre et de France, rangés à l'intérieur d'un buffet massif en acajou, à côté d'une série d'assiettes ornées des rivières, des montagnes, des pavillons et des ponts de l'Orient, un camaïeu de bleus, et d'un grand plat qu'Addie et Ronnie avaient dû adorer, avec un arbre de Noël victorien entièrement décoré et, sous ses branches, des jouets semblables à ceux qui occupaient aujourd'hui le grenier. Et partout, dans toutes les pièces de la maison, les figurines en porcelaine, les chevaux et la création du monde, bien sûr, mais aussi des bergères, des cavaliers, des danseuses et des soldats dont les relations avaient peuplé l'imagination de Sylvia quand elle était petite et même plus tard, à l'âge adulte – avant Andrew.

Quelquefois, cependant, elle était au bord de l'épuisement. Quand elle était incapable de définir le poids ou l'ordre de la variété de sons, d'images et d'odeurs qui la côtoyaient, elle était convaincue que chaque impression reçue se pénétrait de sa propre importance. À l'instar d'une série d'invités égocentriques, le pli d'un drap, le son d'un robinet qui gouttait, le cliquetis d'une porte qui se refermait, ses chaussures blotties ensemble dans le placard exigeaient tous la même attention. Elle commençait alors à se fermer, à disparaître. Elle se rendit compte avec étonnement que c'était Jerome, et non elle, qui avait eu quelquefois l'air absent pendant qu'ils parlaient, et elle se demanda si elle était la cause de ce flottement, elle ou autre chose, ou encore une peur dont elle n'avait pas eu conscience. Possédait-il une collection d'objets de son enfance qu'il pouvait revoir à de pareils moments ? Elle pensa que non, sachant que ces bizarreries lui étaient particulières.

Elle se leva, alla vers la penderie et prit la salière dans la poche de son manteau. Puis elle revint la poser sur le bureau, à côté des carnets. Toute sa vie, elle avait eu un rapport intime avec ce genre de choses. Tandis qu'en imagination elle faisait de nouveau défiler l'un après l'autre les objets de sa maison, dans cette chambre d'hôtel, elle ne douta pas de les avoir laissés chez elle. Il y avait leur monde, et le sien, et les moments de la journée où les deux mondes se croisaient. Parfois, comme en ce moment, alors que le crépuscule s'étendait sur la ville où elle n'habitait pas, la rencontre se déroulait simplement dans son souvenir. Mais il y avait d'autres occasions où elle pouvait prendre les figurines en céramique sur les meubles qui leur servaient de refuge ou de vitrine, et les lever à la lumière, les gardant dans ses mains pendant quelques instants apaisants.

Le lendemain, quand Sylvia frappa à la porte d'acier et que Jerome l'ouvrit et lui fit signe d'entrer, elle fut introduite dans un espace rempli de bruit et de mouvement. Le jeune homme aux cheveux orangés qu'elle avait vu la première fois où elle s'était aventurée dans l'allée jouait de la guitare sur le canapé pendant que quelqu'un d'autre – dans un accoutrement bizarre – exécutait une série de gestes maladroits au centre de la pièce. Sous les pas de l'artiste, le sol était recouvert d'une couche de sable où plusieurs motifs circulaires avaient été tracés par la pointe d'un orteil. Sylvia, troublée par cette pantomime, eut l'impression de s'immiscer dans une scène très mystérieuse, qui devait en toute justice se dérouler dans une intimité absolue, et tout d'un coup elle ne fut plus sûre du tout d'avoir été autorisée à se trouver là.

Jerome posa le doigt sur ses lèvres, puis ouvrit la paume, un geste destiné, savait Sylvia, à lui imposer le silence et à l'apaiser. Puis il leva une petite caméra vers son visage et la tourna en direction de l'artiste, qui se plia en deux et lança les deux bras derrière son dos, puis s'accroupit près du sol, balayant le sable avec ses mains. Après quelques moments inconfortables pendant lesquels Sylvia fut obnubilée par le bourdonnement de la caméra, la musique s'arrêta. Jerome posa l'appareil sur le bar, près de l'évier, et Mira retira le voile de sa tête.

« Désolée, dit-elle à Sylvia, on était juste en train de finir. »

Un cliquettement de boucles de sangles. Le garçon aux cheveux orangés emballait bruyamment sa guitare. Il se leva, remonta la fermeture éclair d'une vieille veste en cuir et souleva du sol l'étui noir tout abîmé. « Je m'en vais alors, dit-il.

– Je vous en prie, intervint Sylvia, ce n'est pas parce que je…

– Non, répliqua-t-il. Pas de souci… faut que j'aille au boulot. » Il lui jeta un coup d'œil en se dirigeant vers la porte, mais elle vit qu'il ne la reconnaissait pas. Cette fois, il ne l'appellerait pas « maman » avec ce ton condescendant qui se référait à son âge et à son maintien. Pas ici. Pas maintenant qu'elle était connue de ces deux jeunes gens et qu'elle se trouvait à l'intérieur.

« C'était Geoff, dit Mira quand la porte se fut refermée. Il travaille dans le magasin de musique au bas de la rue, il répare des instruments – surtout des guitares, quelques violons. »

Jerome s'était rapproché de la zone de sable et filmait les motifs laissés par les pas de danse de Mira – s'il s'agissait bien de pas de danse. Elle se massait la tête, soulevant les courts cheveux noirs plaqués sur son crâne par sa coiffure.

« Une œuvre de performance, expliqua-t-elle, mais j'y travaille encore en ce moment. Je ne sais pas du tout où ça va.

– Et ça pourrait aller où ? » demanda Sylvia.

Mira sourit. « Je veux dire : où ça finira. Comment ça tournera. Nous avons dû la répéter deux fois à cause de Lion. Il n'arrêtait pas de se frotter contre mes jambes. » Elle se dirigea vers la porte de l'espace qu'elle appelait la « chambre », l'ouvrit et libéra le chat. « À la fin, on a dû l'enfermer. »

Aujourd'hui, Sylvia parlerait de la façon dont elle avait rencontré Andrew. Elle avait envisagé la veille de révéler cet épisode à Jerome, elle s'était imaginée sur la chaise, face à lui sur le canapé, l'histoire tissant un lien entre eux. Mira ne faisait pas partie du tableau qu'elle avait élaboré mentalement, et elle commença à se demander si elle parviendrait à parler en présence de la fille, alors qu'ils étaient tous les deux ensemble et que le fil qui les unissait était si visible, si évident à ses yeux.

Mira parut le sentir et prit son écharpe et son manteau qui étaient pendus à un crochet du mur, puis elle marqua un temps et resta immobile un moment. « J'aimerais pouvoir rester, dit-elle, mais je vais vous laisser en tête-à-tête à présent.

– Pauvre Mira, dit Jerome. En route pour les mines de sel. »

Mira noua l'écharpe autour de son cou. « Oui, les mines de sel, répéta-t-elle. Mais je soupçonne que, sous certains aspects, les vraies mines de sel pourraient être plus intéressantes.

– Smithson aurait été d'accord, observa Jerome. Il aimait les mines, en fait il aimait les excavations de toutes sortes. Même… non, peut-être spécialement les excavations industrielles. Il voulait tout savoir. »

Mira ouvrit la porte. « Moi aussi, je veux tout savoir, dit-elle, se tournant vers lui. Je l'ai toujours voulu. »

Quand Mira fut partie, Sylvia parla à Jerome des cartes tactiles qu'elle fabriquait pour son amie Julia. « Elle est aveugle, expliqua-t-elle, mais toucher une carte est l'une des manières qui lui permettent de voir. Au début, je ne pensais pas pouvoir le faire, je ne me croyais pas capable de traduire le paysage en une texture appliquée sur une planche. Mais je connais si bien le comté ; je suppose que ça m'a facilité la tâche. » Elle remua sur sa chaise. « J'ai pris goût à cette activité, avoua-t-elle. Et en ce moment même, je travaille à une des cartes, à l'hôtel.

– Dans ce cas vous faites vous-même de l'art, dit-il, quand vous transposez ce que vous voyez dans votre comté sur un espace plat. »

Sylvia rejeta cette suggestion, se sentant néanmoins flattée.

« Andrew et moi nous sommes rencontrés la première fois dans la seule rue passante du comté, commença-t-elle quand elle ne supporta plus de rester séparée du souvenir de lui. La seule voie publique où un citadin pourrait reconnaître quelque chose qui ressemble à de la circulation. » Elle décrivit la ville de Picton, ses trottoirs, ses murs, ses vieilles fenêtres, et chaque centimètre carré des surfaces de la ville défila alors dans son esprit, comme si elle marchait à cet instant même dans l'une des rues familières. Elle avait toujours beaucoup de plaisir à faire cette longue marche qui la ramenait au sujet d'Andrew.

« Je poursuivais une conversation avec moi-même, ou bien je revivais une scène de mon enfance, ou peut-être que je recréais mentalement un objet que j'avais vu – un caillou sur un sentier, le grain d'un pieu de palissade. Je marchais dans cette rue animée au centre d'une ville deux ou trois fois plus grande que celle où je vis, mais dans mon esprit j'étais, comme si souvent, dans un autre endroit, suivant le fil d'une histoire qui n'avait rien à voir avec la rue, ni avec la course que je devais faire. La faculté de m'absenter était réellement l'unique talent que j'avais réussi à maîtriser, mais je pouvais aussi nettoyer une maison, préparer un repas passable, conduire une voiture et participer à une série donnée d'activités sociales ordinaires.

– Ça ressemble à ce que nous faisons tous, remarqua Jerome. Je passe la moitié de ma vie à rêvasser. »

Elle ne se rappelait pas la saison car les saisons ne comptaient pour elle que si elles apportaient un inconfort et une distraction sous la forme d'un froid ou d'une chaleur extrêmes. Elle n'avait eu conscience d'aucun de ces états, ce devait donc être le printemps ou l'automne, un climat discret qui ne l'avait pas contrainte d'ajouter ou de retirer une couche de vêtements, de déployer un parapluie, de détourner le visage du vent ou de prendre garde à ne pas glisser. « Je devais avoir l'air d'une jeune femme mince tout à fait ordinaire, habillée d'une manière classique, vaquant à mes tâches quotidiennes, sur le point d'entrer dans une pharmacie ou une papeterie, et peut-être préoccupée.

« J'étais sans doute descendue du trottoir sans regarder, sans réfléchir. Je croyais presque à l'époque que tout ce qui m'entourait apparaissait parce que je le traversais, et s'effaçait à mesure que j'avançais, jusqu'au moment où j'en avais de nouveau besoin. Je comptais sur cette neutralité ; c'était la clé de ma liberté, de ma singularité, et, comme je l'ai compris plus tard, c'était mon grigri contre le chagrin. »

Elle ne regardait pas Jerome, mais elle sentait son regard limpide, concentré.

« Il est arrivé vers moi par-derrière, à la limite de ma vision périphérique, de telle sorte que sur le moment j'ai eu l'impression d'être agressée, mes bras plaqués contre mes flancs, mes pieds soulevés dans les airs, cela, et la masse bleue suivie d'un léger coup de vent de la voiture qui frôlait mes genoux. J'ai baissé les yeux, j'ai vu les manches en lainage – du tweed, je crois – posées l'une sur l'autre en travers de mon chandail, les poignets parsemés de taches de rousseur, et j'ai senti les coudes – les siens ou les miens – dans mes côtes. Je n'ai pas émis un seul son. Lui non plus, au début. Puis il a prononcé quelques phrases qui comprenaient les mots "vous auriez pu être tuée". » Une fois sur le trottoir, ils s'étaient retrouvés face à face et il avait ri. Elle l'avait remercié, disant qu'il lui avait sauvé la vie. Elle était ébranlée, non par la proximité de la mort, mais par le hasard de cette étreinte soudaine, déterminée.

« "Un réflexe conditionné", m'a-t-il déclaré quand je l'ai remercié de m'avoir sauvée. Puis il m'a regardée plus attentivement. "Je vous ai déjà vue. Vous êtes la femme du docteur de Blennerville." Lorsque le feu est passé au vert, il a indiqué du menton l'autre côté de la rue. "La voie est libre", a-t-il dit. J'ai commencé à traverser consciencieusement, le visage en feu comme si on m'avait giflée pour me tirer d'un état de choc ou d'une crise de nerfs, bien que de toute ma vie je n'aie jamais été visitée par une émotion assez puissante pour provoquer une pareille réaction. Je me suis arrêtée sur le trottoir d'en face et me suis retournée pour le voir s'éloigner. Il était grand, avec un air gauche, le dos un peu voûté et des cheveux châtain clair, légèrement grisonnants sur les tempes, quoique je n'aie jamais pu déterminer à son visage s'il était encore plutôt jeune. »

Un réflexe conditionné, un réflexe conditionné. Elle se souvenait que la phrase s'était répétée en boucle dans son esprit tandis qu'elle le regardait gravir les quatre marches des archives du comté. Elle avait vu le contour sombre des meneaux de pierre autour des fenêtres cintrées de ce bâtiment, les reflets dans la vitre, les pétunias des plates-bandes à côté des marches et, même à cette distance, la courbe de ses épaules, les talons usés de ses souliers.

« La vérité, c'est qu'il avait fait irruption dans ma tranquillité comme un cambrioleur et qu'il était reparti de même, d'un pas désinvolte. Mais qu'avait-il volé, à part mon indifférence ? Mon cœur ? Non, cela viendrait plus tard. Le pauvre homme. Il n'avait pas la moindre idée de ce qu'il avait fait.

– Eh bien, qu'avait-il fait ? demanda Jerome. Sinon vous éviter de vous faire écraser par un bolide ? Ça me paraît être une bonne chose.

– Non, dit Sylvia. Vous ne comprenez pas. J'ai un

esprit bizarre. Il y a des moments où je ne peux pas le faire avancer, l'obliger à se concentrer sur un nouveau sujet. Il s'accroche… il s'accroche aux choses, à des choses qui, j'ai fini par le comprendre, n'intéressent guère les gens, et parfois pas du tout.

– Vous n'êtes pas seule dans ce cas, répondit Jerome. Une fois, j'ai pensé pendant une année entière aux vieilles clôtures délabrées. Et puis il y a des fois où je ne pense à absolument rien… à rien du tout. Je déteste ça, quand on me demande ce qui se passe dans ma tête. Souvent, très souvent en fait, c'est une toile vierge.

– Une toile vierge, répéta Sylvia, regardant autour d'elle. Mais ma bizarrerie à moi, c'est que j'ai peut-être vécu trop longtemps dans le même endroit, dans la même maison, à penser à des canapés où plus personne ne s'assied, à des placards que personne n'ouvre, remplis d'argenterie et de porcelaine et de linge de maison que personne n'utilise. Plus maintenant. Il y a aussi des bibles que plus personne ne lit et des anciens albums de photos que plus personne ne regarde jamais, des vieilles lettres que personne ne parcourt. Sauf moi, bien sûr, sauf moi. C'est comme si j'étais une espèce disparue mystérieusement catapultée au début du XXIe siècle, surgie d'une enfance où les garçons restaient sur le pont en flammes alors que tout le monde avait fui et que les capitaines ligotaient leurs filles aux mâts des navires qui sombraient.

– Le garçon se dressait sur le pont en feu alors que tous, sauf lui, avaient fui », cita doucement Jerome. Il se tourna vers Sylvia. « Je me demande vraiment d'où ça me vient.

– Vous l'avez peut-être appris en classe ?

– C'est peu probable.

– Alors on n'apprend plus de poèmes par cœur à l'école. » Sylvia avait été particulièrement douée pour ce genre d'exercice. Mais quand on l'interrogeait, elle était incapable de se lever et de réciter les vers en question.

« Pas dans l'établissement que j'ai fréquenté, répondit Jerome.

– Au début, au moins, nous paraissions si semblables, Andrew et moi, nous faisions partie de la même espèce en voie d'extinction, avec nos ancêtres pionniers et un objectif commun qui nous ramenait vers le passé. Il restait souvent sur des ponts en feu alors que tous, sauf lui, avaient fui. Et moi… je semblais constamment ligotée au mât par ceux qui m'y avaient attachée pour ma propre sécurité – ou la leur ? »

Jerome, remarqua-t-elle, s'était calé contre le bras du canapé et avait allumé une cigarette. « Ne le dites pas à Mira. Elle croit que j'ai arrêté. » La fumée s'éleva de sa main et tournoya dans l'air. « Au moins, vous savez quelque chose sur votre passé. Je ne peux pas en dire autant. En fait, je ne sais pratiquement rien du passé de ma famille.

– Oh, oui ! s'exclama Sylvia. Je sais tout sur le passé.

Je peux réciter de mémoire toute la généalogie de la famille de mon père, et cela depuis l'âge de six ou sept ans ; et aussi la liste des communes de mon comté, de bas en haut et de haut en bas, tout à la file. » Elle sourit à ce souvenir. « Je peux vous dire le nom de toutes les constellations et indiquer la distance exacte qui les sépare de la Terre. Je peux vous dire où est située chaque maison de style géorgien du comté, et à quoi elle ressemblait à l'apogée de sa splendeur – ce qu'on cultivait dans ses plates-bandes et ses potagers, si les bardeaux étaient peints, où était l'édifice en rondins initial, quand avaient été construites les magnifiques granges, le nom entier du premier colon et celui de sa femme, combien de ses enfants étaient morts le premier hiver et où ils sont enterrés.

« Je peux décrire chaque ride du visage d'Andrew, l'œil marron très légèrement plus grand que l'autre, l'inclinaison de ses tempes et les plis lisses et humides de ses paupières. Ses cheveux qui ont viré sous mes yeux du gris châtain clair au blanc, qui, brossés en arrière, laissaient apparaître un épi irrégulier. Je peux décrire cela de la même façon qu'un enfant énonce une série de faits appris à l'école, mais aujourd'hui il y a des moments où je suis incapable de me représenter le moindre trait de son visage. »

Ses mains étaient douces, ce n'étaient pas des mains de paysan. En haut de sa jambe, le muscle de la cuisse s'ouvrait comme une plage contre l'os du genou. Sur son front saillait une veine particulière, et il y avait sur sa nuque une petite tache de naissance ovale. Sylvia savait tout cela et pourtant, quand elle fermait les yeux, elle ne le voyait pas.

« Mais vous l'avez revu… d'une manière ou d'une autre, quelque part.

– Oui, répondit-elle. Je l'ai revu, mais pas avant d'avoir commencé à m'intéresser à l'hôtel enfoui, l'hôtel qui dort paisiblement sous les dunes. Je travaillais alors à mi-temps comme volontaire au musée du village, amassant ma propre collection et prouvant que je pouvais faire bon usage de mes obsessions. » Elle s'appuya contre le dossier de sa chaise et décrivit le musée du village, ses choix étranges pour la collection : une reproduction en cheveux humains d'un caveau de famille, le tableau d'un chien pleurant le corps d'un jeune enfant noyé, des mécanismes volumineux qui ressemblaient à des instruments de torture, des oiseaux et des animaux empaillés et rangés dans des boîtes, et toutes ces poupées en porcelaine à l'air menaçant qui, croyait-elle honnêtement, avaient survécu un siècle environ parce que aucun enfant n'avait voulu les toucher. Il y avait aussi certains chapeaux qui lui semblaient être des erreurs de création, comme si un dieu avait été incapable de décider s'il voulait fabriquer un reptile, un oiseau ou une motte de gazon.

Jerome rit. « J'aimerais bien voir ces chapeaux.

– Andrew avait entendu parler des efforts du musée

pour préserver les dunes, poursuivit Sylvia, et empêcher une entreprise de production de béton de déverser encore et encore ses chargements de sable. Il était venu juste pour voir s'il restait des vieilles photographies dans la collection, ou une information sur l'hôtel qui avait appartenu à son arrière-grand-père, et moi, entre tous, je l'ai accompagné dans les dunes. Nous avons roulé pendant une vingtaine de kilomètres, jusqu'à l'extrême pointe du comté. » Elle se souvint de la tension dans la voiture, du sable mouvant sous leurs pas, de sa main s'approchant de ses cheveux et du silence presque insupportable pendant le trajet de retour.

« Alors, il y avait vraiment un hôtel enfoui dans le sable ? »

Sylvia sourit. « Vous ne m'avez pas crue », dit-elle.

Jerome ne répondit pas. Il se pencha en avant pour écraser la cigarette à demi fumée dans une boîte vide de nourriture pour chat posée sur la table.

« Malcolm m'a appris à conduire… encore un miracle, dont il n'a pas manqué de se glorifier. Il m'a appris à conduire, et quand il a été sûr que je maîtrisais le volant, il m'a acheté une petite voiture et m'a laissée libre d'explorer les routes et l'architecture du comté. Circuler sur ces routes n'était pas un problème, d'autant plus que je les connaissais parfaitement depuis que j'avais mémorisé l'atlas du comté quand j'étais enfant. Les boutiques étaient plus difficiles à gérer car une fois que j'y entrais, j'étais obligée d'engager la conversation, et cela me faisait ressentir d'autant plus la bizarrerie des situations où les gens ignoraient mon état. Pourtant c'est dans l'une de ces boutiques – située près des dunes – qu'un vieil homme m'a parlé de l'hôtel. Lorsqu'il était petit, à une époque où le reste de l'hôtel était déjà enseveli dans le sable, il avait joué dans le grenier du bâtiment, du moins l'affirmait-il. Lorsqu'il était devenu un jeune homme, seul le toit était visible, et peu après l'hôtel avait disparu pour toujours. » En prononçant ces mots, Sylvia se souvint d'avoir écouté le vieil homme parler. Elle examinait un pressoir à beurre où un motif de feuilles et de glands de chêne avait été gravé dans un bloc de pin de dix centimètres carrés. Le magasin était sombre et rempli de toiles d'araignée, et avait été, dans une vie antérieure, une laiterie ou une étable. Des fenêtres poussiéreuses, une lumière grise. Elle avait pris l'objet et l'avait payé pendant que le vieil homme fouillait dans une collection de sacs en papier pour trouver de quoi l'emballer. Pendant tout ce temps, il n'avait pas cessé de parler. Sylvia avait vu la tapisserie fanée et tachée des pièces où il avait joué, le soleil pénétrant à travers les meneaux brisés, le sable qui l'environnait.

« Ce jour-là, je suis rentrée chez moi avec un pressoir à beurre, deux sacs de provisions et la découverte de ce qui me conduirait à Andrew – mais, bien sûr, je n'en savais rien alors. Pendant plusieurs mois de cette année, l'hôtel est devenu ma seule préoccupation. Au dîner, je racontais à Malcolm des histoires qui avaient un rapport avec lui, des histoires à propos du vieil homme qui y avait joué enfant jusqu'au jour où il n'avait plus réussi à se glisser par les fenêtres à cause de la montée du sable. Des histoires sur le propriétaire de l'hôtel qui, un beau matin, avait découvert du sable dans un coin de son vaste jardin, un petit tas qui avait grandi sensiblement de jour en jour jusqu'au moment où les fleurs s'étaient flétries, où l'herbe était morte, où les clients avaient trouvé du sable dans les coins de leurs chambres, sur leurs assiettes à l'heure du dîner et sous leurs pas quand ils marchaient dans les longs couloirs lambrissés.

– Je vois presque tout ce que vous décrivez ! s'exclama Jerome, un accent de surprise dans la voix. Tout ce dont vous parlez. »

Sylvia songea qu'une grande partie de ce qu'elle avait dit sur l'hôtel avait été, d'une certaine manière, provoquée par la performance de Mira, et que pour la première fois, dans cette pièce, elle avait vu réellement un sol recouvert de sable. « Mira… », commença-t-elle, puis elle s'interrompit. Elle s'apprêtait à faire un commentaire sur l'œuvre de la jeune femme, mais se ravisa. Malcolm, lui enseignant les subtilités des relations sociales, lui avait recommandé de s'efforcer, dans la mesure du possible, de s'en tenir aux sujets dont elle savait quelque chose. Il avait ri alors, se rappelant sa tendance à discourir, à rabâcher, à s'accrocher aux sujets qu'elle ne possédait que trop bien.

« Vous alliez dire quelque chose à propos de Mira, reprit Jerome.

– Elle est si pleine de vie, si... » Sylvia chercha le mot. « Si éveillée.

– Elle est attentive, dit Jerome, curieuse. Elle prête attention à presque tout. » Il lança un coup d'œil vers la porte comme s'il s'attendait à voir la fille pénétrer dans la pièce. « À propos de votre hôtel, ajouta-t-il, Mira aurait comparé cette histoire à un conte pour enfants. Dans un conte, n'importe quoi peut arriver, déclara-t-il avec une conviction surprenante. Les choses les plus impossibles, et – il regarda Sylvia – pendant qu'on nous raconte l'histoire, nous croyons à tout. Ou, du moins, je croyais à tout.

– C'est peut-être pourquoi j'aimais tant l'enfance, dit Sylvia, à cause de cette plus grande crédulité et parce que...

– Mais votre enfance..., commença Jerome.

– J'étais très contente, à moins d'être contrariée, d'être interrompue, à moins que quelqu'un vienne se mettre en travers de mon chemin et bloque ma vision de mon monde intérieur. Je me demande pourquoi ils n'ont pas pu comprendre qu'à part ça j'étais contente.

– Le monde est si plein d'une quantité de choses, dit Jerome. Je suis sûr que nous devrions tous être heureux comme des rois.

– Oui », répondit Sylvia. Elle fouilla dans la poche de son manteau qu'elle avait posé sur sa chaise, prit la salière et la tendit. Elle n'avait jamais fait une chose pareille, elle n'avait jamais montré à quiconque ce qu'elle transportait avec elle. « Si vous la tenez assez longtemps, lui expliqua-t-elle, elle absorbe la chaleur de vos mains. »

Il se pencha en avant pour examiner l'objet, puis l'effleura légèrement du bout des doigts.

« C'est peut-être parce que je n'avais pas d'amis, poursuivit Sylvia. C'est peut-être pour ça qu'ils ont cru que je n'étais pas heureuse. Pendant toutes les années de lycée, vous voyez, je me suis tenue à distance. Une ou deux fois par an, un garçon essayait de me parler, ou une fille qui ne faisait pas partie du groupe tentait de devenir mon amie. Mais ce n'était pas possible. Soit je ne voulais rien avoir à faire avec ceux qui m'approchaient, soit je les observais constamment, je mémorisais les boutons de leur manteau, la raie de leurs cheveux, une tache de rousseur sur un coude, je voulais tous les détails de leur vie. Quand ils commençaient à s'écarter, ce qu'ils ne manquaient jamais de faire, c'était un soulagement, d'une certaine manière. Je pouvais m'absorber dans mon travail de classe, car c'était un refuge sûr, un objectif atteignable. Dans l'ensemble, les professeurs m'estimaient, mais je n'ai pas eu d'amis, avant Julia, bien sûr.

La sonnerie aiguë d'un téléphone cellulaire retentit

dans la pièce, faisant sursauter Sylvia sur sa chaise comme si elle la tirait d'une transe. Jerome se leva, s'excusa, tira l'appareil du fond de sa poche. Puis il tourna le dos et s'éloigna en parlant bas.

« C'était juste Mira qui m'annonçait qu'elle serait en retard, dit-il en revenant vers le canapé. Ils installent une exposition de sculptures à la galerie. Des arbres en métal, apparemment. » Il sourit. « On dirait qu'il y en a une forêt entière.

– Les forêts, reprit Sylvia. Le cottage où nous nous retrouvions se situait au milieu de l'une des rares forêts qui contenaient encore des arbres "matures", bien qu'Andrew ne m'ait jamais montré les plus anciens, les plus importants. Et moi, j'avais peur de demander, j'étais effrayée par ma propre ignorance. J'étais si vulnérable, si stupide que c'en était embarrassant. Les gens comme moi sont censés ne pas pouvoir se concentrer très longtemps. Mais, dans mon cas, c'est tout le contraire : ma concentration n'a pas de limites ; c'est juste une question de sujet d'intérêt : un hôtel enfoui, un pressoir à beurre, la salière, l'atlas du comté, la généalogie et lui, lui, lui. L'idée de lui, vous voyez, entourait mes épaules comme ma péninsule qui étreint le lac, me protégeait, et maintenait les autres à une distance suffisante pour que je me sente en sécurité. La distance, bien sûr, n'était pas nouvelle, mais l'étreinte du bras fantôme est restée une surprise jusqu'à ce qu'elle devienne une habitude, comme le fait de respirer ou d'avoir le cœur qui bat. »

Sylvia commença à faire tourner la salière sur ses genoux comme une petite fille avec son jouet. Puis, se rendant compte de son comportement, elle s'interrompit et remit l'objet dans la poche de son manteau sans regarder son compagnon.

« Il m'a quittée après des années de rendez-vous espacés, dit-elle enfin. Il m'a retrouvée dans un restaurant à la sortie de Picton et m'a déclaré que nous devions arrêter. » Sylvia resta un moment silencieuse, se remémorant le ton grave de sa voix et sa propre passivité. Elle ne s'était jamais battue et ne se battrait jamais pour quelque chose qu'elle voulait, simplement parce qu'elle ne savait pas quelles armes employer ni comment. Au lieu de cela elle s'était renfermée, se détournant pour regarder par la fenêtre un oiseau qui tremblait sur une branche. Andrew prononçait des mots comme « travail », « engagement », « distraction », puis il avait dit quelque chose à propos de Malcolm. Elle fixait l'oiseau et essayait d'imaginer quel drame aviaire avait pu provoquer sa terreur. Elle était persuadée qu'Andrew avait découvert son problème, qu'il était à présent au courant de son état. Du moins, il avait perçu un manque, une absence. Non, elle ne pouvait pas lutter. C'est donc le présent au cœur déchiré, se souvenait-elle d'avoir pensé alors. C'est la collision avec la souffrance. Après qu'Andrew eut disparu de sa vie, dit-elle à Jerome, elle avait été persuadée un temps que presque tout était empoisonné : l'espace obscur et colossal des granges pourrissantes, les fantômes des forêts disparues, l'eau polluée coulant dans les caniveaux sous les routes, et les dunes de sable incrustées de coquillages écrasés et d'arêtes de poissons déformés s'avançant du lac vers l'intérieur des terres. « C'était cela, le monde que je connaissais, mon monde bienfaisant, dit-elle. Tout était dans un état de décomposition. » Tous les ancêtres dont elle avait étudié l'histoire avec tant de soin étaient sous cette terre altérée, leurs os réduits en poussière. Il n'y avait rien de beau dans les vestiges de l'entreprise humaine, malgré ce que croyait Andrew, tout se défaisait aussi vite que créé. Quand elle examinait son visage tendu dans la glace, elle voyait une accumulation de cellules mortes. Leur amour avait été stérile, il n'avait entraîné aucune stimulation, sinon cette nouvelle capacité, chez elle, à voir les choses telles qu'elles étaient vraiment, cela et l'aptitude à la souffrance.

« J'en ai été reconnaissante, dit-elle à voix haute. Je le suis encore. »

Dans le silence qui suivit, le chat roux traversa la pièce d'un pas majestueux, presque théâtral, la queue dressée en l'air. Pendant quelques instants il devint le centre de l'attention, comme s'il en avait décidé ainsi.

« Vous étiez reconnaissante pour quoi ? demanda Jerome.

– Je pense qu'avant... avant lui, je n'avais jamais vraiment ressenti quelque chose », répondit Sylvia.

Elle marqua une pause. « Puis il y avait les histoires qu'il racontait sur sa famille, ses ancêtres. » Elle se pencha pour fouiller dans le sac à ses pieds, glissant un moment les doigts sur le cuir lisse de l'un des carnets. « Ces histoires, c'était une sorte de cadeau qu'il me faisait.

– C'est une jolie pensée, observa Jerome en hochant la tête.

– Vous savez, dit-elle brusquement, il y avait un tableau sur le mur du cottage où nous nous retrouvions. Il avait été peint par Annabelle, l'arrière-grand-tante d'Andrew, et, ainsi qu'il l'avait fait remarquer, il représentait un panorama qu'elle ne pouvait avoir vu et qui avait dû être une compilation de tout ce qu'elle avait appris à dessiner, à peindre, sans doute, et qu'elle avait peut-être copié en partie sur les eaux-fortes qu'on voit dans les ouvrages du XIXe. Il s'inspirait aussi, bien sûr, des différents bateaux qu'elle devait voir de chez elle à toutes les heures du jour sur l'île Timber. Au fond du tableau, en haut, était perché un château en ruine, au bord d'un escarpement peu réaliste. Au-dessous, englouti par un magnifique incendie, on voyait un schooner échoué devant lequel, pour une raison inexplicable, un homme conduisait deux chevaux et une charrette dans les vagues. »

C'était la scène qu'elle contemplait quand Andrew dormait après l'amour et que la lumière de la fin d'après-midi pénétrait dans le cottage. Son premier paysage après l'amour. Ensuite, elle franchissait le seuil, longeait les fondations de la maison qui s'était autrefois dressée sur la colline et, avant de monter dans sa voiture, regardait dans le lointain. Elle voyait le long bras de la péninsule où elle demeurait et, à l'extrémité sud, les taches pâles des dunes. Parfois elle distinguait le petit doigt blanc d'un phare sur la rive du lac. Puis, sous la surface de l'eau, elle sentait la présence des épaves de schooners – dont certains avaient été lancés depuis l'île Timber un siècle et demi plus tôt.

Sylvia prit les deux carnets. Elle se tourna vers Jerome. « Peut-être que cela vous intéresserait de les consulter », dit-elle doucement.

Jerome regarda les calepins dans les mains légèrement tremblantes de la femme. « C'est quoi ? demanda-t-il.

– Un récit, répondit Sylvia. Une histoire. Tout ce qu'Andrew a écrit sur l'île Timber, l'histoire de sa famille. Mais peut-être que ça ne vous intéresse pas, que vous n'avez pas le temps, ou... » Elle hésita, brusquement inquiète à l'idée que les récits qui l'avaient captivée, les phrases qui l'avaient tant affectée ne seraient peut-être pas compris par le jeune homme, ou pas compréhensibles.

Jerome se pencha en avant pour accepter les carnets qu'elle lui tendait.

Une fois, elle avait inclus l'île Timber sur une carte qu'elle avait faite pour Julia, quand son amie s'était apprêtée à visiter les célèbres mille îles éparpillées sur le fleuve en aval de Kingston, les mêmes îles que les radeaux en bois de Woodman avaient longées en se rendant à Québec. Sur un plan technique, l'île Timber n'avait nul besoin de se trouver sur une carte, mais elle avait eu un plaisir secret à l'inclure. « C'est là où le fleuve commence, avait-elle dit à son amie, attirant sa main vers l'emplacement sur la carte, exactement là où se trouve cette petite île. » Elle avait fabriqué l'île Timber avec un morceau de tissu très différent de ce qu'elle utilisait pour la vaste anthologie des îles du bas du fleuve, de la même manière qu'elle avait choisi du coton pour le lac et du lin pour le fleuve. « Serai-je près de cette petite île ? » avait demandé Julia, et quand Sylvia avait répondu par la négative, elle avait ajouté : « Alors tu dois l'avoir mise là pour une tout autre raison. Peut-être qu'un jour tu me diras pourquoi. »

Elle regarda les carnets posés sur la caisse qui servait de table basse à Jerome. Comme c'est étrange, songea-t-elle, de les voir ici, à un endroit que ni elle ni Andrew n'eussent jamais imaginé.

Plus tard, quand elle quitta l'allée et descendit la rue en direction de l'hôtel, son inquiétude se dissipa quelque peu. Elle ne pouvait pas perdre le texte écrit : elle était capable de se souvenir à la virgule près de chaque mot dont Andrew s'était servi. Au début, il ne lui était pas venu à l'esprit qu'elle voudrait faire lire les pages d'Andrew au jeune homme qui l'avait trouvé. Mais plus tard, après que l'idée du voyage jusqu'à cette ville eut pris racine en elle, elle s'était surprise à espérer que cela se produirait. C'était le corps, supposait-elle, la réalité physique de l'anatomie d'Andrew, apprise par elle avec tant de soin, et maintenant présentée à cette jeune personne d'une façon aussi choquante et inoubliable, qui rendait, dans son esprit, cet acte indispensable. Elle voulait que Jerome connût Andrew, l'homme qu'il avait été.

Quand cette pensée lui vint, elle fut engloutie par une vague de chagrin si intense qu'elle dut interrompre sa marche et s'immobiliser sur le trottoir au milieu du flot d'étrangers qui poursuivit sa route sans ralentir le pas.

« L'île Timber est située à l'endroit où le grand lac Ontario commence à rétrécir, songea-t-elle, laissant la phrase se déployer dans son esprit, afin de pouvoir plonger dans le fleuve Saint-Laurent. »

Lorsque Sylvia franchit les portes en verre de l'entrée de l'hôtel, elle avait mentalement tourné six ou sept pages du premier carnet. Elle avait vu la forme des paragraphes sur le papier ligné, les différentes couleurs de l'encre utilisée par Andrew, les endroits où il avait rayé avec colère des phrases imparfaites du récit. Tout cela – chaque tache, chaque hésitation, ses changements d'avis et d'humeur, son humour, ses schémas des intérieurs, ses efforts pour dépeindre l'émotion – serait désormais évident pour une autre personne qu'elle. « Le dernier radeau de la saison était en train d'être construit dans le petit port », murmura-t-elle, puis « elle continua à peindre les coques en feu et les schooners fracassés qu'elle aimait tant ».

Dès que les portes de l'ascenseur se furent refermées, elle prononça la phrase : « Ils sortirent avec le cheval de l'obscurité de l'étable et s'avancèrent dans la vive clarté de l'automne. » Au cours des six derniers mois, elle s'était levée une fois à deux ou trois heures du matin, avait descendu l'escalier, et lu et relu les carnets avec une telle concentration que, quand elle s'était interrompue pour consulter la pendule de la cuisine, plusieurs heures s'étaient écoulées. Une période de sommeil épuisé suivait parfois ce genre d'épisode, de telle sorte que, lorsqu'elle se réveillait tard dans la matinée, elle ne savait plus si le monde qu'elle avait découvert sur la page n'avait pas été l'œuvre d'un rêve. Puis, le lendemain, quand elle était seule, Sylvia prononçait certaines phrases à voix haute, sachant qu'elle pouvait ainsi évoquer une scène très différente de celle où elle évoluait, par exemple faire disparaître sa propre cuisine pour la remplacer par l'ombre d'une porte de grange sur le sol sableux, le scintillement du lac et le frémissement des feuilles dans la brise.

Jerome était étendu sur le futon, mais il ne dormait pas. Dans la semi-obscurité du début de soirée, il écoutait Mira décrire les trois vœux qu'un moine devait faire à son entrée dans une communauté religieuse. Elle avait lu récemment Thomas Merton.

Saint Jérôme, son homonyme, était-il un bénédictin ? voulut-il savoir. Allongé sur le dos, il regardait le plafond. Ils avaient commencé à s'habiller pour se rendre à une fête dans une autre partie de la ville, mais s'étaient retrouvés en train de faire l'amour. Il était très tôt dans la soirée : l'intention de sortir planait encore dans leur esprit, mais se dissipait rapidement.

« Non, répondit-elle, saint Benoît était le célèbre bénédictin. Il a fondé l'ordre des bénédictins. » Elle était blottie sur le flanc, face à lui, ses deux bras frêles enroulés autour du sien. Il sentit ses lèvres près de son épaule, et son torse traversé par une douce explosion de rire silencieux. Cela n'avait donc aucun rapport avec lui, ce n'étaient pas des vœux qu'elle souhaitait en secret le voir formuler.

« Il y a le vœu de stabilité, disait-elle. Cela signifie qu'une fois que tu entres dans une communauté, tu dois cesser d'imaginer qu'il existe ailleurs un monastère qui serait mieux que celui où tu vis, que tu arrêtes de penser que tu serais heureux dans un autre endroit. Tu dois vivre pleinement et totalement chaque jour de la vie que tu as choisie, ou celle qu'on t'a assignée. » Elle marqua une pause. Jerome se tut, mais il savait qu'elle percevait l'intensité de son attention dans le noir. « Puis il y a le vœu de la convergence de la vie.

– Attends, dit-il. Ce dernier vœu. Smithson a déclaré dans une interview qu'un caillou qui se déplace de quinze centimètres en l'espace de quatre millions d'années lui suffisait, suffisait à maintenir son intérêt.

– Il aurait fait un bon hindou.

– Pas sûr… probablement un carnivore. L'autre vœu ? »

Mira avait roulé sur le flanc gauche, et il ajusta sa position pour glisser le bras sur sa taille, leurs cuisses se touchant, ses rotules légèrement appuyées dans le creux lisse de ses jambes repliées. « Le vœu suivant, corrigea-t-elle, la convergence de la vie. Je pense que ça peut vouloir dire que, pendant que tu restes stable, tu dois aussi accepter que le monde va changer autour de toi, et que tu dois demeurer ouvert et conscient de ces changements bien que ça suggère aussi que ta vie converge avec celle de Dieu, ou quelque chose de cet ordre. »

Sylvia avait indiqué, se souvint Jerome, que l'implacable stabilité de son environnement pouvait avoir été la cause de son mystérieux état, cela et le fait d'avoir été prise au piège, emprisonnée par la géographie, selon ses propres termes. « Ces deux vœux ne sont-ils pas contradictoires ? demanda-t-il.

– Un peu. Mais j'y ai réfléchi, et ils ont l'air de s'accorder plus ou moins. Le premier vœu concerne ce qui peut être contrôlé – tu peux te contrôler –, le second consiste à accepter ce que tu ne peux pas contrôler. »

« Accorde-moi la sérénité, se souvint Jerome, d'accepter les choses que je ne peux pas changer, le courage de changer les choses que je peux, et la sagesse de connaître la différence. » Son père, revenant d'une réunion, avait dit ces mots à Jerome. Il avait quatorze ans à l'époque, et cette directive lui avait paru une solution miraculeuse au chaos d'une famille dévastée par les beuveries de son père. Il s'était laissé persuader, comme tant de fois par le passé, que son père cesserait de boire définitivement, que la raison et la routine régneraient sous leur toit, bien qu'il eût oublié – s'il l'avait jamais su – à quoi ressemblaient la raison et la routine, quelle forme elles prenaient, le sentiment qu'elles inspiraient. Mais, finalement, la prière n'avait pas été d'une grande utilité. Quelques semaines après, son père avait plongé dans la longue période d'ébriété qui serait la dernière. Jerome se rappelait l'horreur ; le vieil homme en larmes, ou criant de colère, sa propre terreur quand il était réveillé la nuit par le bruit de ses vomissements dans la salle de bains, les terribles accusations, les silences furieux. « Le troisième vœu, c'était quoi ? demanda-t-il.

– Oh, ça, répondit-elle, et il perçut à nouveau le tremblement de son rire, c'est le vœu de chasteté.

– Trop tard pour ça maintenant.

– Oui, reconnut-elle, beaucoup trop tard. »

Son père avait prononcé ces mots. « C'est trop tard, avait-il crié quand la mère de Jerome l'avait supplié d'arrêter. Beaucoup trop tard pour arrêter. » Jerome, réveillé par la dispute, s'était levé tremblant de rage, vêtu d'un vieux pyjama en finette qui, l'année précédente, avait rétréci au niveau du torse et des cuisses de la même manière que l'appartement, le drame de ses parents et le mobilier bon marché de leurs vies s'étaient resserrés autour de lui. Son père s'était alors tourné vers lui et avait dit d'une voix brusquement calme et froide : « Trop tard pour toi aussi, mon pote. Ne crois pas être immunisé. Ne t'imagine pas une seconde être à l'abri, petit merdeux, toi qui te permets de tout juger. »

Il n'était rien resté à casser dans la pièce, rien qui ne portât déjà la marque de la colère de son père, rien à lui, aussi Jerome avait tiré violemment la porte vitrée et était sorti pieds nus sur le balcon gelé. Il avait creusé avec ses mains dans les couches de neige, puis avait dégagé la bicyclette rouillée et glacée du coin où elle était posée, et, vaguement conscient des efforts de son père pour le retenir, il avait essayé de briser cette dernière preuve de son enfance avec ses poings.

Tandis qu'il repensait à cette scène, une image du visage couleur de cendre et des yeux écarquillés de sa mère lui vint à l'esprit, mais il écarta ce souvenir et se tourna vers la fille, posant le front contre la peau tiède de son dos. Aux légers frémissements involontaires qui parcouraient son corps il devinait que Mira dormait, et il commença bientôt à s'enfoncer dans un rêve où c'était son père, et non Andrew Woodman, qu'il découvrait emprisonné dans la glace près des docks de l'île Timber, emprisonné dans la glace mais encore vivant. Ses traits ravagés étaient empreints d'une expression si tendre que Jerome se pencha pour toucher le visage couvert de givre. Mais quand ses doigts affleurèrent la joue de son père, la tête tout entière se morcela, s'effondrant en une masse de minces fragments transparents, et il se retrouva soudain devant la *Carte de verre brisé* de Smithson. Chaque éclat de verre reflétait quelque chose dont il se souvenait à propos de son père : une chevalière, une boucle de ceinture, un paquet de cigarettes vert foncé, un œil, un bouton de manchette, le dos de sa main, et Jerome sut que son père était brisé, fracassé. Le bout d'une chaussure, une manche en tissu écossais, la couture d'un pantalon, une pomme d'Adam. Dans le rêve, c'était plus satisfaisant qu'affligeant. Dans le rêve, il semblait que cette transformation de son père était ce qu'il avait toujours souhaité. Et pourtant, lorsqu'il se réveilla dans le noir, il pleurait.

Ce soir-là, après avoir ajouté quelques phrases à la feuille de papier sur le bureau, Sylvia travailla à la carte du trajet jusqu'au phare, une occupation qui, espérait-elle, l'apaiserait et lui permettrait d'oublier le fait que les carnets d'Andrew – ses pensées, ses souvenirs, ses rêves – n'étaient plus à portée de main. En ce moment même, Jerome était peut-être en train de les lire, comme elle l'avait fait soir après soir pendant que Malcolm dormait et que la pluie ou la neige tombait au travers du faisceau de lumière ocre projeté dans la cour par la lampe de la cuisine. Quand elle retournait se coucher ces matins-là juste avant l'aube, elle fermait les yeux et imaginait un univers composé d'îles, et dépendant du flottage. Andrew avait écrit que sur chaque île existait un endroit appelé « le Signal », et que lorsque des messages importants devaient être transmis rapidement au bord du lac ou en haut du fleuve, un feu était allumé sur une rive après l'autre, créant une sorte de télégraphe de flamme. Les mariages et les morts étaient souvent annoncés de cette manière, en particulier à la fin de l'automne et au début du printemps, lorsque la glace était trop périlleuse pour permettre la navigation, mais pas assez solide pour soutenir un cheval.

Aucun feu de ce genre n'avait été allumé pour elle. La réponse à la question finale, l'origine de son chagrin, lui avait été présentée d'une façon impersonnelle sur une mince feuille de journal destinée à la poubelle de recyclage.

« Ça se présente très curieusement », avait souvent dit Malcolm, se référant à une affection ou à une autre, et elle se souvenait d'avoir pensé que les maladies étaient presque toujours conjuguées au présent, dans l'immédiat, à moins d'être guéries, ou en rémission, dans l'attente d'une récidive. Son propre amour incurable était comme cela ; il l'avait choquée par son insistance dans le temps présent, et par sa persistance à se rappeler à elle et à continuer à la hanter chaque matin au réveil – avec le chagrin. Cet amour avait toujours été, et continuait d'être, l'un de ses rares liens avec le temps présent.

Quand elle travaillait à une carte, cependant, elle s'imprégnait à fond du paysage qu'elle réinventait au bout de ses doigts, elle voyait en pensée les bords accidentés de la route, l'herbe qui poussait au centre, les nids-de-poule çà et là, le sumac qui ployait juste après le bas-côté. Elle découpa un morceau de pin verni en trois formes octogonales, chacune un peu plus petite que la précédente, et les colla l'une sur l'autre près du lac, à l'emplacement du phare, puis, sachant que Julia voudrait marcher au bord de l'eau, elle décida qu'elle devait trouver une manière de faire savoir à son amie que la plage était tapissée de petits galets lisses.

Les paysages ne sont pas fiables, songea Sylvia tout en fouillant dans son sac de tissus, cherchant celui qui pourrait définir la matière de la pierre. Les paysages sont soumis au changement. Mais le littoral est moins stable encore, le littoral change constamment.

Lorsqu'elle fabriquait une carte, elle se heurtait toujours au problème de la périphérie. Une personne aveugle de naissance est dépendante de l'intimité, avait cru Sylvia, la portée d'un bras définissant l'étendue du monde connu. Quand elle en avait parlé à Julia, son amie avait exprimé son désaccord, lui rappelant qu'elle pouvait identifier et nommer des sons lointains, et sentir les choses – animaux, récoltes diverses, un vent passant sur le Grand Lac, l'approche d'un orage – à une très grande distance. Assise dans une cuisine, elle savait quand les pommes étaient mûres à l'intérieur d'un verger qui, de la fenêtre, n'était pas visible. « Que t'évoque donc un lieu ? avait demandé Sylvia. Jusqu'où veux-tu connaître un endroit ?

– Je veux en connaître beaucoup plus que toi, avait répondu Julia. Je veux tout savoir. J'en veux beaucoup, beaucoup plus que ce que tu peux caser sur une carte. Donne-moi le centre et je partirai de là, en esprit, sinon en personne. Bientôt je connaîtrai tout le comté par cœur. »

Songeant à cela, Sylvia enfila son manteau et se mit à arpenter la pièce. Chaque aspect du comté – son propre territoire – avait été nommé, rempli, visé, labouré et planté longtemps auparavant ; toutes les moissons appartenaient aux morts qui réclamaient leur dû. « J'ai coupé les arbres, bâti les moulins, scié les planches, construit les routes, clôturé les champs, monté les granges », lui avaient-ils dit dans l'obscurité de sa chambre d'enfant. *C'est moi qui l'ai tué, dit le passereau, avec mon arc et ma flèche.* « J'ai dressé les actes, fait les lois, tracé les plans, inventé l'histoire, établi le programme », chuchotaient les morts. *C'est moi, dit le corbeau, avec mon petit livre.* Ils martelaient un message télégraphique dans ses veines : « J'ai fait les guerres, enterré les morts, gravé les pierres tombales. » *C'est moi, dit le poisson, avec ma petite coupelle, qui ai recueilli le sang.*

Sylvia ouvrit les rideaux et regarda le mur en béton teinté de jaune moutarde par la lumière sourde, artificielle, qui, la nuit, s'accumulait démocratiquement dans tous les coins de la ville.

Moi, dit l'alouette, s'il ne fait pas nuit. Elle fut gagnée par le désir de marcher dans la ville la nuit, le désir de vivre l'instant présent, sans penser au lendemain. Elle consulta sa montre. Neuf heures et demie. Elle décida qu'elle pouvait s'absenter de l'hôtel pendant exactement une heure.

Elle boutonna son manteau, éteignit la lumière, quitta la chambre.

Une fois dans la rue, Sylvia s'attarda un moment devant une vitrine où était exposée une quantité de postes de télévision, dont chacun retransmettait la même image d'un homme bien habillé qui parlait énergiquement en agitant les mains. Elle s'intéressa à ses gestes, à la manière dont son front se plissait, puis redevenait lisse, à ses épaules qui montaient et descendaient. Il ressemblait à Malcolm à l'époque où il lui enseignait l'art de l'expression, et elle se vit contrainte de réprimer l'envie de copier ses mouvements.

La vitrine suivante était remplie de matériel médical : bassins, pompes, déambulateurs, fauteuils roulants – propres, brillants – anticipant patiemment une variété d'infirmités. Elle se laissa absorber, dans les vitrines d'après, par la contemplation des mannequins, par leur immobilité et celle de leurs vêtements. Pas de vent pour déranger le tissu, aucune intempérie à affronter. Cela lui plut. Le trottoir en béton humide scintillait légèrement sous ses bottes, tout à fait adaptées à ce genre de sol. Derrière elle, les véhicules aux phares étincelants roulaient sur la chaussée rafistolée. Personne ne lui prêtait attention, et elle sut alors que la ville lui avait ouvert ses bras indifférents, qu'elle pouvait se déplacer ou rester entièrement immobile, réagir ou s'empêcher de réagir, et un étrange calme l'envahit. Ce sentiment n'était pas étranger, ni nouveau, mais ici, dans la ville, elle ne l'identifia pas au contentement qu'il évoquait. Ce n'était pas du bonheur ; elle avait expérimenté seulement deux ou trois fois, et toujours en compagnie d'Andrew, cet état particulier de vigilance, à la limite de l'épuisement. À présent, environnée de stimuli en mutation constante, qu'elle avait cru ne jamais pouvoir intégrer dans sa vie, elle prit conscience d'une chose qu'elle avait toujours sue : que ce genre de tranquillité ne lui viendrait jamais des autres.

Quand elle retourna à l'hôtel et pénétra dans l'entrée, l'employé de la réception croisa son regard, puis lança un coup d'œil vers les fauteuils en cuir noir que Sylvia, après le premier jour, avait toujours ignorés. Elle reconnut d'abord le trench-coat, le chapeau posé sur un genou couvert par le manteau, puis, quand la silhouette se leva, le visage et l'expression lasse, tolérante. Son mari prononça son nom, puis : « Syl, dit-il doucement en s'approchant d'elle pour lui prendre le bras, Syl, je suis venu pour te ramener à la maison. »

LES COMMISSAIRES AU MARAIS

L'île Timber est située à l'endroit où le grand lac Ontario commence à rétrécir pour entrer dans le fleuve Saint-Laurent. Là apparaissent des îles éparpillées aux noms curieux, des îles qui sont la prémonition des fameuses Mille Îles, en aval, ne se pose plus la question de savoir si l'eau qu'on regarde est celle du fleuve. Mais cent cinquante ans plus tôt, les résidants de l'île Timber, l'empire de mon arrière-arrière-grand-père, discutaient âprement pour savoir si l'eau environnante appartenait au lac ou au fleuve. Les redoutables vagues causées par les bourrasques de la fin d'automne auraient dû mettre un terme au débat, mais, malgré les preuves, la population avait sur le sujet des opinions si tranchées qu'elle forma deux camps, les « partisans du lac » et les « partisans du fleuve ». Des équipes sportives et des concours d'orthographe furent, dit-on, organisés de cette manière : partisans du lac à gauche, partisans du fleuve à droite. Les seconds étaient le plus souvent français : enfants des *flotteurs*, ou constructeurs de radeaux, ou mariniers. Mon père croyait qu'ils se sentaient sans doute plus à l'aise avec l'idée du fleuve qui avait tant influencé leurs vies en touchant le territoire de cette île. Et, d'un point de vue géologique, l'argument était défendable. L'extrémité ouest de l'île est en calcaire du lac Ontario, l'extrémité est se compose des rocs de granit qui bordent le fleuve. On pourrait avancer que l'île est l'enfant à la fois du lac et du fleuve. Et, sans aucun doute, l'industrie qui a prospéré les a beaucoup utilisés l'un et l'autre, et n'aurait pas survécu sans eux.

Peu avant d'émigrer au Canada pour établir son commerce dans l'île Timber, Joseph Woodman, mon ambitieux arrière-arrière-grand-père, ingénieur de formation, fut engagé par la Couronne (avec cinq ou six autres hommes) dans une commission chargée d'enquêter sur l'état des marais d'Irlande et de rendre un rapport à ce sujet. Les commissaires étaient envoyés dans les différents comtés irlandais, et, en conséquence, Joseph Woodman fut posté pendant près de six mois dans la péninsule Iveragh du comté de Kerry.

D'après mon père, le fait que l'unique commerce de cette région de marais impliquait le transport de beurre jusqu'à la ville de Cork, à des douzaines de kilomètres, par un sentier qui franchissait la montagne Knockanaguish, avait fortement irrité son ancêtre. Il avait été épouvanté d'apprendre, entre autres choses, que dans le district il n'existait pas une seule route capable de supporter une simple charrette tirée par un âne, et que les ponts étaient des plus sommaires, de telle sorte qu'on voyait souvent les habitants porter sur leur dos des paniers de tourbe, des meubles, des sacs de patates et de choux, et même des cercueils. Quelque chose en lui avait dû se rebeller devant les dimensions et l'ampleur d'un paysage si insuffisamment développé qu'il n'accueillait que des carrés de pommes de terre épars et des champs conquis de haute lutte, occupés par quelques vaches très misérables. Et, bien sûr, l'étendue des marais dans la région, d'où les hommes retiraient de la tourbe pour leurs poêles avec de longues bêches étroites faites à la main, que Joseph Woodman devait juger presque comiques. Il voulait que les gens de Kerry posent leurs bêches, prennent de bonnes pelles anglaises et entreprennent de drainer les marécages afin de remplacer ces territoires noirâtres par des champs de blé doré. Mais, d'un autre côté, il se demandait si les Irlandais étaient capables de mener cette tâche à bien. Ne prêtant guère d'attention au climat humide ni à la géographie raboteuse dont les paysans de Kerry avaient toujours dû s'accommoder, il attribua sans doute la persistance des marais à ce qu'il considérait comme la paresse des hommes du district. Oui, mon arrière-arrière-grand-père était aveugle à presque tout ce qui concernait les gens et le paysage du comté de Kerry, et pourtant, pendant le reste de son existence, ce paysage ne perdit jamais son emprise sur son imagination. Quand il retourna en Angleterre avec son rapport, il le fit avec l'espoir de repartir dans l'Iveragh accompagné d'une vaste équipe d'ouvriers anglais qui creuseraient les fossés requis avec les pelles appropriées. Il voulait, vous comprenez, essorer toute l'humidité du comté de Kerry, comme s'il avait eu une lavette entre les mains, mais les parlementaires, plus soucieux que lui, apparemment, du climat et de la dépense, rejetèrent catégoriquement ses suggestions. Pour ses efforts, il fut renvoyé de la commission, mais on lui attribua une petite île à l'est du lac Ontario, au Canada. Très humilié, il rassembla quelques affaires et un mois plus tard, accompagné de sa femme, il embarqua pour cette destination.

Quelques années après, quand il donna à son fils né au Canada le nom irlandais de Bran (qu'il changea en « Branwell » pour le rendre plus anglais), certains furent surpris par l'idée que Joseph Woodman célébrait la mémoire du frère débauché des sœurs Brontë, très connues à l'époque, alors qu'il n'avait jamais, pour autant qu'on sût, lu une œuvre de fiction. En fait, d'après la légende familiale, il ne savait rien des Brontë, et avait donné à son fils le nom d'un chien magique dans une histoire fascinante que lui avait racontée un vieil homme avec une bêche ridicule tandis qu'ils pataugeaient, de la boue jusqu'à la cheville, dans un marais proche d'un col de montagne qui s'appelait Ballagh Oisin en ancien gaélique irlandais, un nom qui, très récemment, et selon Woodman, avait été intelligemment changé par un topographe britannique en « Ballagasheen », beaucoup plus facile à prononcer.

Le moment venu, ce fils, mon arrière-grand-père, Branwell Woodman, fut envoyé par son père devenu veuf à Paris pour y étudier la peinture. On n'expliqua jamais vraiment de quelle manière celui-ci justifia cette décision, dans une société qui devait penser que son intérêt pour l'art était pure sottise, mais c'était apparemment dans le but d'éloigner le jeune homme. Il fut question, à mots couverts, d'une servante enceinte qui avait été bannie de l'île une fois son état connu. Pourtant Branwell ne souhaitait peut-être pas renoncer à la jeune femme, et son père avait peut-être voulu que l'océan séparât le couple. Des études artistiques étaient donc simplement apparues comme un moindre mal. D'ailleurs le garçon avait du talent – moins que sa sœur Annabelle, mais suffisamment pour qu'un séjour d'un ou deux ans à Paris ne parût pas insolite aux yeux des quelques familles de qualité avec lesquelles Joseph Woodman était en relation et à qui serait dissimulé le secret de la bêtise commise par son fils.

Branwell prit donc le bateau pour Le Havre et se rendit à Paris, une ville que j'ai moi-même souvent visitée. Branwell resta un an ou deux en France, vivant la vie de bohème d'un jeune étudiant des Beaux-Arts, tandis qu'au Canada son père maudissait les bateaux à vapeur qui remplaçaient les schooners dans les Grands Lacs (« La plus vilaine espèce d'embarcation qu'on ait jamais inventée pour diversifier un paysage marin ! » tonnait-il), maudissait l'acier qui remplaçait le bois, et voyait sa fortune diminuer peu à peu. Quand l'état de ses finances s'aggrava, il réduisit la pension de son fils et exigea son retour. Mais, à ce moment-là, Branwell avait vu l'un de ses tableaux accroché dans une exposition, il avait goûté au succès artistique, assez pour imaginer, sinon dévorer, le gâteau tout entier, et il n'était pas disposé à renoncer immédiatement à une vie pimentée par ces petites victoires. En outre, il semble qu'il ait été très proche de sa mère, morte depuis trois ans à peine. Peut-être le souvenir de la sévérité de son père, associé à l'absence de sa mère et de son amante, rendait-il la perspective d'un retour sur l'île trop morne aux yeux d'un garçon de vingt ans.

Ce n'était pas la première fois que Branwell se trouvait loin de chez lui. Dès l'âge de onze ans, alors que sa mère était encore en vie, on l'avait envoyé dans l'un des pensionnats de style anglais qui commençaient à se créer ici et là dans les colonies. Il y avait souffert, au moins quelque temps, d'un insupportable mal du pays et des brimades des garçons plus âgés, jusqu'à ce qu'il eût appris à être lui-même une brute et à faire au moins semblant de s'intéresser au cricket. Pendant les vacances, comme complément à son éducation, son père avait exigé qu'il tînt un journal, un rapport nautique de toutes les variations du vent qui soufflait sur son île, ainsi qu'une liste des sujets des sermons prononcés par les différents pasteurs méthodistes en visite. Mon père a hérité de ce journal, qui contenait aussi de nombreuses références personnelles, écrites d'ordinaire quand le garçon était affreusement malheureux ou s'ennuyait à mourir. Ces notes particulières concernaient surtout les progrès de Branwell dans la construction d'un char à voile l'hiver et d'un petit sloop l'été. Quant aux sermons que le jeune homme transcrivait fidèlement, mon père pouvait en réciter quelques titres mot pour mot. Je n'en ai retenu que deux : *Une invitation – incorruptible, sans tache et qui ne flétrit pas* et *Si les pécheurs t'attirent, ne consens point*. Le second avait été, selon Branwell, prononcé par un « vrai vociférateur » déterminé à administrer une « bonne semonce » à son public. Le journal (qui a malheureusement disparu) s'est interrompu pendant la dix-septième année de Branwell et n'a repris qu'à son arrivée à Paris.

Pendant qu'il était à l'étranger, sa sœur Annabelle resta dans la demeure familiale, où elle devait passer toute sa vie, tenant la maison pour son père (maintenant que sa mère et la servante n'étaient plus là), et peignant parfois des schooners en feu ou réduits à un tas de brindilles sur des rives qui ne ressemblaient en rien à celles des Grands Lacs. Pourtant les navires qui l'environnaient risquaient fort de finir fracassés sur des rochers, au pied de falaises lointaines. Souvent, une fois lancés depuis les quais de l'île, s'ils n'étaient pas utilisés pour le commerce du bois d'œuvre, ils partaient vers de vastes horizons, parfois jusqu'à Ceylan ou l'Australie, transportant dans leur cale une variété de choses inimaginable, comme si on avait jugé nécessaire, à cette époque, de déplacer tous les objets du monde connu.

À Paris, Branwell se lia sans aucun doute avec plusieurs femmes – le contraire eût été surprenant – pour essayer d'oublier la servante. Son histoire à elle fut bien différente, ainsi que celle de leur enfant.

Après une longue nuit à Paris, une nuit de débauche, peut-être, Branwell s'était levé un jour à midi et avait décidé de faire pénitence en visitant les musées qui enrichiraient ses maigres connaissances de l'histoire française. Il avait déjà passé au Louvre et dans les diverses églises et cathédrales célèbres tout le temps qu'un étudiant des Beaux-Arts digne de ce nom était censé leur consacrer. À présent il voulait la guerre, il voulait Napoléon et son tombeau, il voulait les Invalides et le musée de l'Armée. Donc, après que l'écho de ses pas eut résonné dans le Panthéon, il pénétra dans les salles fraîches des Invalides, avec leurs étendards moisis, leurs épées anciennes et leurs armures encombrantes. Il contempla sans doute un moment les différents costumes de Napoléon et, avec une sorte de fascination macabre, les deux lits de mort du grand homme. (On racontait que deux lits de camp avaient été nécessaires pendant l'agonie de l'empereur, car, bien qu'avec beaucoup de difficultés et de souffrances, il n'avait cessé de passer de l'un à l'autre.) Enfin, un peu las, errant sans but parmi les débris des batailles successives, Branwell, parvenant au troisième étage, arriva devant une porte basse en bois où il lut les mots « Défense d'entrer », et son imprudence d'alors, un trait de personnalité qui devait par la suite disparaître complètement, le poussa à franchir sans hésitation le seuil interdit et à gravir une volée de marches étroites, mal éclairées.

Les Invalides sont un bâtiment large et imposant, orné de sculpture héraldique, construit à l'origine pour accueillir les soldats mutilés lors d'une série de guerres interminables. Branwell, à qui ces faits n'avaient bien sûr pas échappé, se retrouva bientôt dans le vaste grenier obscur de ce qu'il devait décrire les jours suivants dans son journal comme l'architecture de la misère, une architecture construite pour loger la guerre, les blessures et la maladie, un musée de la détresse. À travers l'atmosphère couleur de fumée brillaient les disques d'argent des œils-de-bœuf qu'il avait admirés de l'extérieur, en s'approchant du bâtiment. Peu à peu, ses yeux s'habituant au manque de lumière, il commença à distinguer des formes abstraites et bosselées sur des socles apparemment disposés au hasard dans l'énorme salle. Quand il se rapprocha, il vit que ces formes étaient de minuscules villes et villages en papier mâché, des murs de pierre en bon état, des ponts-levis fermement relevés, recouverts depuis plusieurs siècles par une couche uniforme de poussière. Sans le savoir, Branwell était tombé sur toute la France fortifiée en miniature, fabriquée, d'après les quelques légendes anciennes qu'il parvint à déchiffrer, afin de permettre à Louis XIV de passer en revue son territoire d'un seul coup d'œil, un territoire qui craignait les étrangers et se préparait constamment au conflit. C'était, observa Branwell dans son journal, « l'architecture de la peur, logée dans le cerveau inutilisé de l'architecture de la misère ».

Les arbres sur les places de village, les volets d'un hôtel de ville, les murs crénelés, la façade sculptée d'une église ou d'une cathédrale, les pavés d'une ruelle étaient magnifiquement et fidèlement rendus, mais sur le moment cela ne fit pas grande impression sur Branwell. Peut-être cette vision de la France fortifiée lui inspira-t-elle la décision de quitter l'Europe sur-le-champ, car c'est ce qu'il fit. Ou, simplement, il y en avait trop : trop d'art, trop d'architecture et trop d'histoire qui contenait trop de guerres. Il dut se souvenir – avec une tendresse peu habituelle – de son enfance sur l'île et de tout ce qui l'avait enchanté alors. Le comportement tyrannique de son père dut soudain lui paraître sain, sain et indestructible, enraciné dans un monde assez vaste pour inclure les limites de l'empire insulaire de la famille, ainsi que tous les bateaux et les radeaux qui partaient de ses quais. Sans doute ces bateaux et ces radeaux apparurent-ils dans son esprit, ainsi que les rives verdoyantes du fleuve Saint-Laurent, parsemées de villages discrets sans fortification. Ce qu'il voulait à présent, c'était se retrouver chez lui.

Quelques jours plus tard, ses toiles déclouées, roulées, emballées, il s'embarqua, emportant deux souvenirs : l'obscurité des Invalides et un désir inébranlable de reproduire un tableau turquoise du Louvre, peint par un artiste nord-européen mort depuis longtemps.

Donc, après une visite au grenier des Invalides, Branwell quitta la civilisation européenne et retourna chez lui, sur son île, où pendant quelque temps, sans doute, tout lui apparut non pas bucolique et pastoral, ainsi qu'il avait préféré l'imaginer dans son souvenir, mais brut, inachevé et, apparemment, dans un état de totale destruction. Des arbres abattus, anéantis, transportés sur le lac jusqu'aux docks de son père. On assemblait en hâte du bois d'œuvre brut, mal fini, pour construire les navires marchands qui souilleraient la surface du lac, et finiraient un jour par convoyer non seulement du bois, mais aussi des animaux, des tonneaux, de la porcelaine, des meubles, de la nourriture, des boulons et des clous, des ustensiles de cuisine en fonte, des fusils de chasse, du sel, des haches, des scies à métaux, des miroirs, des rouleaux de tissu, des canons, des boulets de canon et des êtres humains. Pendant un temps, les voiles qui surmontaient ces vaisseaux durent paraître trop nettes à Branwell, dénuées de la patine des années, et les bateaux trop liés à la cupidité et au commerce. Pourtant tout cela était préférable à ses yeux aux villes tapies dans le grenier poussiéreux des Invalides, des villes où la moindre pensée, la moindre activité et la moindre parole prononcée avaient été consacrées uniquement à la préparation de la guerre.

Son père distrait avait été – au début – très heureux de le voir : il croyait que son fils avait acquis un certain raffinement lors de son séjour en Europe, et le lui dit pendant le dîner de bienvenue préparé par sa sœur. Au bout de deux semaines, cependant, cette sophistication commença à l'inquiéter, car elle se manifestait par une apathie teintée d'ennui et l'incapacité de se consacrer à un quelconque travail utile.

Sa sœur, plus jeune d'un an, beaucoup moins belle et, sous certains aspects, encore plus étrange que Branwell, continuait de peindre les coques en feu et les schooners en miettes qu'elle aimait tant, mais lui, le garçon instruit qui était parti étudier l'art à l'étranger, ne produisait rien du tout. Qu'en pensait son père ? Il se proposa comme modèle pour un portrait, et Branwell obtempéra pour lui faire plaisir, mais Joseph Woodman se montra incapable de rester assez longtemps immobile pour que son fils pût capter une ressemblance honorable (en outre, le fait de fixer son père rendait l'artiste nerveux et son modèle encore plus irritable qu'à l'accoutumée).

« Tu n'en as pas envie, lui dit sa sœur. Peins quelque chose qui te plaît, des bateaux, par exemple. »

Bien sûr, il n'en avait pas envie non plus.

Il acheva le portrait. On l'accrocha au-dessus du manteau de la cheminée, où il resta pendant plusieurs décennies, jusqu'au jour où son père, devenu acariâtre avec l'âge, ordonna à Annabelle de l'enlever.

À mesure que les mois passaient, le père de Branwell le pressait d'entrer dans l'entreprise familiale comme employé de bureau. « Il n'est bon qu'à ça », répétait-il encore et encore à Annabelle quand elle contestait ce projet. Branwell résista, affirmant que s'il disposait d'un modèle féminin, ses prouesses artistiques se déploieraient à nouveau. Cela réveilla les craintes d'autrefois concernant son goût pour le libertinage et inspira à son père le désir de l'enfermer dans une pièce avec rien d'autre qu'un bureau, un encrier et un livre de comptes. Il avait vingt-deux ans. Il était grand temps qu'il gagnât sa vie.

Un soir, peu après l'une de ces conversations avec Joseph Woodman, Annabelle frappa à la porte de Branwell. Son frère, qui était allongé sur le dessus-de-lit, les yeux fixés au plafond, se leva pour ouvrir la porte. Il avait laissé le feu s'éteindre et quand ils parlaient, leur haleine était visible.

« Je resterai toujours ici, lui dit-elle, mais tu peux faire quelque chose. Tu peux t'échapper. »

Comme il se taisait, elle demanda : « Qu'est-ce que tu as vu à Paris qui occupe encore ton esprit ? »

Les horribles villes en miniature faillirent surgir dans sa mémoire, mais il les écarta. « Des fresques ? » répondit-il d'un ton hésitant. Il ne voulait pas mentionner les modèles nus à sa sœur célibataire.

« Des fresques, répéta-t-elle, se penchant pour frictionner une jambe rendue presque inutile par une tuberculose d'enfance, c'est bien. Je n'ai jamais vu de fresque. Des peintures murales. Quoi d'autre ? Il a dû y avoir autre chose. »

Il songea au tableau qui l'avait tant impressionné au Louvre. C'était la seule peinture de l'école flamande du XVIe siècle dont il se souvenait dans les moindres détails, malgré des jours et des jours passés à marcher sur les parquets qui craquaient, devant des déesses à la poitrine généreuse, des batailles sanglantes, des principicules anémiés ou dévorés par l'ennui, des chiens gâtés, des lapins morts et des fruits pourrissants, des saints aux mains de leurs tortionnaires, des madones, des *pietà*, des baptêmes et les inévitables crucifixions. Il s'était arrêté devant ce tableau parce que, à première vue, il avait semblé ne rien représenter d'autre qu'un paysage aux teintes glorieuses : turquoise, gris et vert émeraude, avec, ici et là, une touche de rose. Tout cela était surprenant, presque choquant, au milieu des jaunes grisâtres et des marron boueux des autres chefs-d'œuvre exposés, que la pose d'un vernis avait assombris. Il y avait de la clarté dans ce tableau, et ce n'était ni la lueur d'une bougie, ni la lumière du feu, ni celle d'une torche. C'était la lumière du jour. Une bouffée d'air pur.

« Il y avait un tableau, avança-t-il, peint il y a très longtemps, je crois, par un Hollandais.

– Oui », répondit Annabelle d'un ton encourageant. Elle louchait d'un œil, et parut à cet instant le considérer avec amusement. En fait, elle examinait le col de l'une de ses chemises, se disant qu'il avait besoin d'être lavé. Mais elle était fort intéressée par ce qu'il avait à lui apprendre. « Quel était le sujet de l'œuvre ? »

Branwell soupçonna qu'elle espérait en secret qu'il s'agissait de bateaux. « Non, pas des bateaux, répondit-il. Euh, attends, peut-être un au fond, dans le lointain. » Il s'interrompit, réfléchissant. « Il y avait de grands espaces dans le tableau, Annabelle, des rivières qui serpentaient, et, tout autour, des montagnes, des villes et de nombreuses grottes. » Il avait un peu frissonné en évoquant les villes, mais la mention des grottes l'avait aidé à se ressaisir. « Il y avait aussi des champs, et des vergers très loin derrière. Au début j'ai cru qu'il n'y avait que du vent dans le tableau, mais en fait tout y était, le monde tout entier. » Branwell se laissait entraîner par son sujet.

Annabelle tenait fermement la chemise sous son bras.

« Il y avait un saint. Tout petit, poursuivit Branwell. On le remarquait à peine. Et le lion était plus minuscule encore, mais visible dans le paysage, se livrant à diverses activités, poursuivant quelquefois un loup, je crois. »

Annabelle avait toujours été intriguée par les bêtes sauvages dangereuses, qui l'effrayaient et la fascinaient à la fois. Elle échangea un regard avec son frère quand il mentionna le loup. Il parut sur le point de dire quelque chose mais se ravisa, et comme elle se détournait pour quitter la pièce, il annonça : « Je veux me servir de ces couleurs, je veux peindre ces espaces, pas sur un panneau, comme le Hollandais, mais sur des murs. » Il se leva du lit où il s'était rallongé, fit deux pas et attrapa Annabelle par le bras. « Je veux peindre des fresques, mais comment diable vais-je m'y prendre ? Père ne supporterait jamais que j'asperge toute sa maison de peinture. Il dirait que ce n'est pas convenable.

– C'est bien ça la question, s'exclama Annabelle, lançant un coup d'œil à son frère par-dessus son épaule. Tu seras forcé de voyager. Tu deviendras itinérant. » Elle s'interrompit, puis répéta ce mot, « itinérant », comme si elle venait de le découvrir, ce qui était peut-être le cas. « C'est comme ça que tu vas t'échapper, ajouta-t-elle quand il relâcha son étreinte. Penses-y. »

Ce que Branwell ignorait à propos des villes en papier mâché qui l'avaient tant affecté, c'était que l'itinérance était au cœur de leur création. Des dessinateurs itinérants avaient été dépêchés dans les régions les plus reculées de France pour reproduire les détails de chaque maison, bâtiment public, cabane de jardin, mur en ruine, fenêtre cassée, porcherie, poulailler, arbre fruitier mal en point. Certains avaient été envoyés encore plus loin, dans les régions limitrophes convoitées de la Belgique et de la Prusse, où ils avaient innocemment mesuré et noté la longueur des rues et des allées, des portes et des fortifications des villes, puis avaient relevé les dimensions des affleurements et des grottes adjacents. Ils étaient rentrés à Paris, leurs serviettes et leurs portfolios pleins à craquer de dessins précis des palais anciens des riches, des masures croulantes des pauvres, des marchés, des granges, des ponts et des tours, et des différentes textures des champs environnants et des fermes fortifiées ou non ; tout ce qui était nécessaire aux artistes pour reproduire le monde en miniature afin de faciliter les batailles d'un roi.

Plus tard ce soir-là, Annabelle descendit lentement l'escalier de derrière pour entrer dans la cuisine à présent éteinte et abandonna la chemise de son frère sur une chaise près de la porte. Le clair de lune pénétrait dans la pièce par deux larges fenêtres et se posait sur les objets comme à dessein – plusieurs brocs, une grande jatte et trois oignons pâles brillaient. Annabelle remarquait toujours ce genre d'images, mais bien qu'elle s'arrêtât parfois, par des nuits analogues, pour contempler un objet ou un autre sous cet éclairage théâtral, elle ne choisissait de peindre que des bateaux. Ces embarcations mises à part, son art était presque entièrement dénué de réalisme. Pourtant, même quand elle traversait en boitillant une cuisine dont les murs étaient illuminés par la lune et le sol éclairé par le feu de la cheminée, les mâts des navires de son père étaient visibles derrière les vitres, et sur le plafond dansait une rivière d'argent.

On pourrait croire qu'avec ces références au clair de lune, à l'eau et aux naufrages, Annabelle avait une âme romantique, mais on se tromperait. En fait, elle ne lisait pas de romans et ne souffrait aucune ineptie, et c'était une psychologue astucieuse qui ne faisait pas de sentiment, en particulier quand il s'agissait de son père, le pilleur de forêts, l'assécheur de marécages. Elle soupçonnait que si Branwell s'attardait trop longtemps sur l'île, il deviendrait lui aussi la victime d'un pillage ou d'un assainissement quelconque, et elle voulait, dans la mesure du possible, le lui épargner.

Ainsi, le lendemain, après une matinée passée entre l'appareil à peler les fruits et un boisseau de pommes, une matinée pendant laquelle elle observa que les pelures qui dégringolaient sur le sol ressemblaient à des rubans or et cramoisi, elle se lava les mains, sachant qu'elle n'éprouvait nul désir de les peindre, se coiffa d'un bonnet, posa un châle sur ses épaules et traversa la cour aussi vite qu'elle le pouvait pour gagner les bureaux de son père.

Et c'était un monde bien masculin qu'elle devait franchir pour atteindre ce but ! Il y avait du bois partout. On était en train de décharger les rondins apportés par les deux bateaux disgracieux qui venaient d'arriver des lacs du Nord, et ici et là étaient éparpillés des tas de planches qui finiraient par être expédiées à l'autre bout de l'île pour servir à la construction de schooners et de clippers. Dans le petit port, on assemblait le premier radeau de la saison au milieu d'un beau vacarme : les ouvriers juraient et criaient en français, une langue qu'Annabelle feignait d'ignorer bien qu'elle connût parfaitement le vocabulaire. L'énorme drame, ou section de radeau, large de deux mètres et long de huit mètres, venait juste d'être achevé, et les mariniers étaient en train d'introduire des troncs en chêne (avec du pin pour en garantir la flottabilité) dans le premier cribe, qui avait été attaché à son voisin avec des branches souples et des cabillots. La partie préférée d'Annabelle, la baraque en bois provisoire où les hommes dormaient et mangeaient, ne serait construite que plus tard, quand tous les cribes seraient comblés et le fond du radeau assez solide. Puis, en guise de touche finale, un mât garni d'une voile et un petit pin récemment abattu seraient dressés au centre même du drame. Personne n'avait correctement expliqué la présence du pin à la jeune femme, mais elle croyait en secret que c'était une sorte d'offrande à l'esprit blessé des forêts pillées.

Les Français – les Anglais, en l'occurrence – qui travaillaient pour son père ne lui accordaient aucune attention, ayant deviné depuis longtemps qu'un seul regard dans sa direction conduirait sans doute à leur renvoi immédiat. Elle n'était de toute façon pas très jolie, avec sa poitrine plate, sa boiterie, sa longue figure et ses vêtements noirs austères. Annabelle était persuadée que les Français ne pensaient qu'au sexe, un sujet détestable qui n'occupait jamais son esprit, sauf lorsqu'elle était à portée de voix de ces hommes.

À ses yeux, les favoris de son père avaient toujours évoqué une coiffe à plumes (portée à l'envers, comme un bavoir), et cette coiffe avait toujours été blanche. En outre, il avait toujours ressemblé à certains puissants personnages de l'Ancien Testament : les lunatiques Isaac, Noé et Abraham – et même Jéhovah, un potentat coléreux qui ne parvenait à contenir que provisoirement ses accès de fureur par un effort surhumain de maîtrise de soi. Pour autant qu'elle sût, son père ne souriait qu'à l'occasion du lancement d'un bateau, et même alors il semblait plus exhiber ses dents crochues et curieusement pointues qu'exprimer des signes réels de bonne humeur. Il était très admiré pour sa fermeté et pour la férocité latente que tout le monde percevait en lui. Et, en tant que propriétaire de l'île Timber et de ce qu'elle contenait, il était considéré comme honnête et juste par tous les hommes dont il contrôlait l'existence. Les femmes ne comptaient pas pour lui – en dehors de leur capacité à faire la cuisine et à procréer –, aussi ignorait-il largement les épouses et les enfants du sexe féminin, y compris sa propre femme, lorsqu'elle était en vie. Mais avec Annabelle c'était différent. Elle n'avait pas peur de lui. Et il le savait.

« Qu'y a-t-il ? » demanda-t-il sans lever les yeux de ses papiers, reconnaissant le pas de sa fille quand elle entra dans son bureau. Le sommet de son crâne brillait sous la lumière frisante. Il n'y avait pas de bois dans le poêle. « Je n'ai pas beaucoup de temps, continua-t-il sans lui laisser l'opportunité de parler, cet horrible Gilderson sur le continent vient de construire un bateau à vapeur, tu imagines ! La plus vilaine espèce d'embarcation qu'on ait jamais inventée pour diversifier un paysage marin, je parie ! Il a eu le culot infernal de m'inviter au lancement samedi prochain, il a même demandé si je voulais envoyer une petite flottille de sloops pour escorter cette monstruosité hors du port. Je ne fournirai certainement rien de la sorte et je lui écris en ce moment pour l'en informer. L'imbécile ! »

Malgré ou peut-être à cause de ses dix ans de moins, Oran Gilderson était le concurrent principal de

Joseph Woodman dans le secteur local de la construction navale. Ils étaient unis par la jalousie et par une haine non négligeable, et en conséquence s'adressaient invariablement des invitations écrites à l'occasion du lancement d'un bateau, savourant l'opportunité de s'infliger des humiliations d'une sorte ou d'une autre.

Annabelle détacha son bonnet, l'enleva de sa tête et le posa sur le bureau en chêne juste devant elle. Elle fit peser son poids sur sa bonne jambe. Il n'y avait qu'un siège dans le bureau, et son père l'occupait. « Branwell n'est pas heureux, lâcha-t-elle. Votre fils. Il veut peindre des murs, faire quelque chose qui lui appartienne entièrement. »

Son père leva les yeux, gagné par une stupéfaction irritée. « Qu'est-ce que tu veux dire ? » demanda-t-il. Il n'avait pas de temps pour la frivolité de la décoration intérieure. Une succession de salons continentaux aux teintes variées dut défiler dans son esprit, des salons lui inspirant de l'inconfort, de l'ennui et une sensation d'étouffement.

« Il veut faire des fresques, peindre des paysages dans des salles.

– Des paysages ? Des salles ? » Joseph Woodman retira ses lunettes de lecture et considéra sa fille d'un air dubitatif. « Pour l'amour de Dieu, pourquoi donc ?

– Pour offrir plus de paysage aux gens d'ici. » Annabelle se redressa, se campant dans la meilleure position qu'elle pouvait trouver. « Des arbres, peut-être…

– Je leur montrerai des arbres, répliqua son père d'un ton irrité.

– Des arbres vivants, poursuivit Annabelle. Des montagnes… des cascades. »

Son père posa les mains à plat sur son bureau et se pencha en avant. « Ne sois pas idiote. Personne ne voudra de ses murs. Absolument personne. Paris a été une erreur, c'est clair. Il est temps qu'il devienne un homme, qu'il prenne des responsabilités et renonce à ses manières françaises sophistiquées. » Cette déclaration fut suivie par un silence hostile, furieux. Puis il dit : « Est-ce que son esprit a été détruit par l'alcool, par l'absinthe ? » Joseph Woodman avait sans aucun doute entendu parler de l'aspect peu recommandable du monde de l'art parisien, mais, soucieux d'éloigner son fils de la servante, avait négligé ces rumeurs. « Eh bien, poursuivit-il, c'est le cas ? C'est ce qui est arrivé ? »

Tout le monde savait que Joseph Woodman interdisait toute livraison d'alcool sur l'île, afin d'empêcher les Français de communiquer leur goût pour le raisin aux ouvriers plus sérieux d'origine écossaise ou anglaise. Puisque toute référence à l'Irlande s'accompagnait du souvenir des frustrations et des humiliations passées, aucun Irlandais n'était toléré non plus sur l'île, ce qui écartait cette sorte particulière de danger alcoolique. Joseph Woodman tenait à ce que l'île Timber demeurât une communauté assoiffée.

« Bien sûr que non », répondit Annabelle. Elle en

avait lu assez sur Paris pour savoir qu'à défaut d'autre chose son frère avait dû absorber du vin régulièrement. Elle ignorait tout de l'absinthe, mais était certaine que quoi qu'il eût pu consommer, l'esprit de Branwell, malgré sa mélancolie, était totalement intact.

« Eh bien, je n'en veux pas, de cette histoire de salons décorés…

– De salles, le corrigea Annabelle.

– Salons, salles, c'est du pareil au même et je n'en veux pas. » Il serrait les deux poings à présent, comme s'il se préparait à combattre ces salons, ces salles, et son visage s'était enflammé sous l'effet d'une hausse de tension. Depuis quelques mois, il était d'une fort méchante humeur. Le trésor entier de sa bien-aimée loge orangiste (depuis son aventure irlandaise il était devenu un fervent antipapiste) avait été dépensé à Kingston pour l'érection d'une magnifique arche triomphale, en prévision d'une tournée royale. Cependant le prince de Galles, las de ce maudit problème irlandais, avait catégoriquement refusé de débarquer à Kingston, obligeant les écoliers à monter dans des bateaux pour lui donner la sérénade avec leurs chants patriotiques. Ces bateaux étaient tout à fait visibles depuis les côtes de l'île Timber, et les douces voix des enfants résonnaient aux oreilles de M. Woodman qui bouillait de colère dans son bureau. « Branwell doit s'en tenir aux portraits, déclara-t-il à Annabelle, s'il persiste à faire de l'art sa profession. Les portraits, voilà ce que veulent les gens. » Il regarda derrière l'épaule de sa fille. « Mais en vérité, dit-il tendant le doigt en direction du bureau extérieur, il ferait mieux de prendre un emploi rémunéré aux côtés de Cummings. »

Cummings était un employé maigrichon au visage cireux d'un âge indéfini, qui pendant des années avait fait partie du mobilier du bureau extérieur. Bien qu'il fût timide et réservé, il avait une fois, et une fois seulement, trouvé le courage de lorgner Annabelle alors qu'elle passait devant son bureau. Aucun homme ne l'avait jamais regardée de cette manière auparavant, et elle était déterminée à ce qu'une pareille chose ne se reproduisît plus. Elle avait donc, depuis ce jour-là, refusé de parler à Cummings sous le moindre prétexte, bien qu'elle n'eût pas mentionné l'incident à son père.

« Cela n'arrivera jamais, dit-elle. Ce n'est pas ce que Branwell veut faire. Ce n'est pas ce qu'il devrait faire. »

Aucune femme, pas même Annabelle, ne donnait de conseils à Woodman. « Je serai le juge de ce qu'il doit ou ne doit pas faire, tonna-t-il. Et je dis qu'il commencera au bureau lundi prochain. »

Annabelle remit son bonnet sur sa tête et noua les rubans sous son menton. Le nœud ressemblait à des ailes noires d'oiseau de chaque côté de son visage étroit. Elle lança à son père un regard déterminé, d'autant plus exaspérant à cause de son œil qui louchait. Puis elle se détourna, quitta la pièce, traversa le bureau extérieur et plongea dans le vacarme et le chaos de la cour.

Une demi-heure plus tard, Annabelle se retrouva dans la baie Arrière, ou, comme on l'appelait quelquefois, la baie du Naufrage ou la baie du Cimetière, l'un de ses endroits favoris sur l'île. C'était une plage boueuse, peu profonde, bordée d'algues, où les bateaux hors-service étaient déposés pour y mourir, et plusieurs vaisseaux qui y avaient été récemment remorqués se préparaient à subir ce destin. D'autres, qui avaient été dépouillés de tout ce qui était considéré comme utile, avaient déjà sombré sous l'eau. L'été Annabelle aimait traverser la baie à bord d'une barque, afin de scruter les formes floues des bateaux sabordés qui oscillaient au fond du lac, mais aujourd'hui elle resterait sur le rivage. Comme toujours, son carnet de croquis se trouvait dans la poche de son tablier, avec un crayon, mais à cet instant elle n'y avait pas encore touché. Elle s'assit sur une poutre demeurée au bord de l'eau, vêtue de son costume noir, paraissant minuscule au milieu d'une collection de mâts brisés, de cordes usées, de voiles rapiécées, et de coques tachées d'eau à des stades variés de décomposition et à différents niveaux de submersion. Des bômes grinçaient dans le vent croissant, des chaînes cliquetaient et cognaient contre les bois pourrissants, mais Annabelle ne prêtait pas attention à ces bruits. Elle pensait à Marie. Et au bébé. S'il était venu au monde vivant, il devait avoir deux ans à présent.

Il est triste que dans la vie de tout individu n'existent que de rares êtres irremplaçables, des amis qui, quand ils sont absents, vous laissent démuni, plongé dans votre solitude. Pour l'îlienne Annabelle, dont les rapports avec le monde extérieur étaient sévèrement limités par son sexe et par la géographie, il y avait eu son frère, nullement conscient d'être aussi important dans son existence, et il y avait eu Marie. Quand celle-ci avait été éloignée de Branwell, il avait souffert de son absence et Annabelle avait été privée de la compagnie de sa très chère amie. Marie, du moins, avait été envoyée au loin, comme Branwell, et avait eu droit à un changement de décor, si lugubre fût-il. Mais Annabelle était restée dans la maison vide, silencieuse. Cet espace désert et sonore, avait-elle conclu, serait son territoire, sa prison. Elle se cognerait à ses murs aussi longtemps qu'elle vivrait, tandis qu'à quelques pas de sa fenêtre tous ces magnifiques navires à l'allure de cathédrales s'éloignaient silencieusement de son rivage, telles des œuvres d'art flottantes. Il est parfois difficile de croire à l'affection d'Annabelle pour tous les schooners, les sloops et les corsaires qui étaient amarrés aux quais de l'île Timber, ou qui fendaient les vagues du lac, ou dont les voiles s'inclinaient et étincelaient sur l'horizon, et pourtant, malgré toutes les peintures où elle reproduisait la fin de ces vaisseaux, elle ne pouvait s'empêcher d'être affectée par leur beauté.

Joseph Woodman avait dit à ses enfants que le mot « schooner » avait été inspiré par le cri d'un jeune homme dans la foule qui assistait au lancement d'un bateau semblable : « Regardez comme il schoone ! » Que pouvait bien signifier ce verbe ? Se pencher dans le vent et avancer rapidement, avait conclu Annabelle. De temps à autre on l'avait entendue utiliser ce terme pour décrire les activités de quelqu'un, le plus souvent en rapport avec Marie, à cause de la vitalité de son amie.

Si Marie avait été avec elle en cet instant, les deux jeunes femmes se seraient consacrées à l'un de leurs passe-temps favoris : une discussion de ce qui n'allait pas chez Branwell. Elles ne se lassaient jamais de ce sujet, qu'elles avaient approché sous tous les angles imaginables et à propos duquel elles avaient envisagé les questions les plus improbables. Pourquoi, par exemple, ne mangeait-il ni les brocolis, ni les tomates crues, ni les délicieuses entrées du cuisinier ? Pourquoi voulait-il qu'on découpât les croûtes de son pain ? Il pouvait parler en long et en large quand il s'enthousiasmait pour ses chars à voile, puis il refusait de révéler quoi que ce fût sur le tourment intérieur qui, selon elles, résidait certainement dans son âme. Pourquoi n'avouait-il pas son adoration pour Marie alors qu'il était évident pour sa sœur et pour l'objet de sa passion que ce sentiment existait ? Ne voudrait-il jamais être soldat et combattre les loups, les Américains et les autres ennemis ? Comment se faisait-il qu'il ne pensât à rien ? (Quand elles lui demandaient à quoi il pensait, il répondait toujours : « À rien. ») Si Marie s'était trouvée à ses côtés, Annabelle, pour entamer la conversation, aurait dit quelque chose du genre : « Pourquoi a-t-il fallu que je leur fasse comprendre, à lui et à mon père, qu'il a envie de peindre des fresques ? » Et elle aurait ajouté : « Ne sait-il pas quelle chance il a d'être un garçon et de pouvoir, avec ou sans l'approbation de son père, faire ce qu'il veut de sa vie, devenir itinérant, s'échapper ? » À la fin, pourtant, elle se serait radoucie. « Pauvre Branwell, aurait-elle dit, pris au piège dans un monde où selon toute probabilité, malgré les écarts de la jeunesse, sa route finira par le ramener à la routine mortelle de l'entreprise familiale ! »

Annabelle saisit le crayon et le carnet de croquis dans la poche de sa jupe, fixa un moment la page blanche et commença à esquisser de mémoire la forme d'un radeau. Elle eut beaucoup de mal à trouver la perspective. N'ayant jamais, auparavant, tenté de reproduire une chose aussi parfaitement horizontale, elle ne parvint pas à donner l'impression que la structure était posée à plat sur l'eau. Frustrée par son échec, elle conclut que la journée ne serait pas favorable au dessin et rangea son matériel dans sa poche, se leva et reprit le chemin de la maison.

En passant devant le quai, elle remarqua que plusieurs hommes se tenaient à quatre pattes pour tester les branches souples qui maintenaient les troncs en place. Le radeau serait bientôt achevé. Il ne tarderait pas à entamer son voyage sur le fleuve, au milieu de quelques villages épars et d'une quantité d'îles, franchissant les bas-fonds et les rapides avant de plonger dans le monde.

Annabelle se rappelait très clairement le jour de mars de sa douzième année où Marie avait été amenée sur l'île, transportée sur la glace et livrée comme un paquet pendant le mois le moins praticable, quand les insulaires étaient contraints par la hausse des températures d'avoir recours à un équipement particulier – mi-canoë, mi-traîneau – pour se rendre sur le continent et en revenir. Ce véhicule glissait avec beaucoup de difficultés (poussé par ses passagers) sur les bosses et les fissures gelées, ou flottait constamment dans la gadoue et la glace brisée, au milieu des eaux glaciales et en partie réchauffées. La fille, qui à cette distance semblait paralysée, soit par la peur, soit par le froid, se tenait à l'avant, très droite, et ne bougea pas lorsque les autres voyageurs descendirent sur la glace pour donner un coup de main, progressant lentement du port de Kingston en direction de l'île.

Annabelle n'était pas une jolie fillette, et à certains moments, malgré son absence totale de vanité, elle éprouvait un léger ressentiment devant l'injustice de ce hasard du sort. Ce matin de mars, alors qu'elle regardait à travers la vitre embuée de l'une des fenêtres du salon donnant sur le lac en partie gelé, lui était pourtant venue l'étrange et inexplicable idée que la petite fille lointaine sur le bateau était un double d'elle-même qu'on lui envoyait, un moi plus beau, et que lorsque l'enfant pénétrerait enfin dans sa maison, leurs deux corps s'emboîteraient, formant une figure tridimensionnelle, comme les images jumelées des photographies qu'elle glissait dans le stéréoscope le dimanche après-midi. Elle était folle d'excitation, convaincue que l'arrivée imminente de la petite serait plus une réunion attendue de longue date qu'une première rencontre. Elle était restée près de la fenêtre, clouée sur place, tandis que le capitaine hissait les sacs postaux marron sur le quai, puis tendait une main à l'enfant qui n'avait pas bougé d'un millimètre. L'homme n'avait fait aucun effort pour escorter la fille, mais avait indiqué la grosse maison où Annabelle attendait.

Branwell, qui était alors dans sa treizième année et se trouvait là pour les vacances de fin d'hiver, rejoignit sa sœur. Observant l'enfant qui s'approchait en boitillant, il déclara d'un ton désapprobateur : « Elle ne fera jamais l'affaire, elle est trop maigre. Et regarde, elle boite. »

Annabelle, qui pensait à sa propre jambe estropiée, ne répondit rien sur le moment, puis chuchota : « Je pense qu'elle deviendra belle.

– Elle ne sait pas qu'elle est censée passer par la porte de la cuisine ? »

Le visage de la petite était maintenant visible. Elle était sur le point de gravir les marches de devant. Branwell tapa sur la vitre pour attirer son attention et Annabelle vit deux yeux noirs surpris se lever vers la fenêtre. « La porte suivante, cria-t-il plus fort qu'il n'était nécessaire. Pas ici. »

La fillette les considéra un moment – assez longtemps pour les mettre mal à l'aise –, et son expression alliait la curiosité à une dose de mépris non négligeable. Puis, tout d'un coup, elle tira la langue avant de se diriger vers la porte appropriée. Annabelle et Branwell se ruèrent à travers les pièces qui les séparaient de la cuisine. Ils étaient tous les deux tombés désespérément amoureux. Mais à cet instant Annabelle était la seule à le savoir.

Une fois dans la cuisine les deux enfants s'attrapèrent par les bras, s'accrochant aux vêtements de l'autre, chacun voulant être celui qui ouvrirait la porte à l'inconnue. Quand Branwell s'avança, Annabelle lui donna un coup de pied dans le tibia gauche, et il jura, lâchant le loquet en porcelaine. « Bon sang ! » cria-t-il d'un ton qui ressemblait fort à celui de son père, et il recommença en voyant que sa sœur tirait la petite par la manche de son manteau en loques pour la faire entrer dans la pièce.

« Bas les pattes », siffla-t-elle. Elle dégagea son bras, puis s'assit par terre et se hâta de détacher ses bottes, ignorant totalement, semblait-il, la présence des deux autres enfants dans la pièce. Annabelle s'écarta un peu et considéra la tenue de la fillette : un bonnet taché, un manteau usé et des bas gris en fil d'Écosse troués aux genoux. Le manteau s'ouvrit quand elle leva une jambe, puis l'autre, révélant un genre de blouse. Une fois les bottes retirées, deux mains blanches recouvrirent le tissu gris sombre sur les pieds. Elle ne boite pas du tout, songea Annabelle avec une bouffée de déception, elle est juste gelée. Les chaussures trempées étaient posées près du feu comme deux petits animaux morts. Des larmes de douleur brillaient sur les cils de l'enfant, des cils noirs et fournis. La vue de ces magnifiques cils devait être la première des nombreuses choses que l'esprit d'Annabelle retiendrait indéfiniment.

« Eh bien, dit Branwell du ton condescendant d'un adulte, quel est ton nom, petite ? »

L'enfant se cramponnait à ses orteils. Elle dévisagea Branwell, mais ne répondit pas. Puis elle renifla, détourna le regard et annonça : « Je n'ai pas à vous le dire. Je ne dois dire des choses qu'à la madame. » Elle passa la cuisine en revue, comme si elle s'attendait à voir cette personne cachée dans un coin obscur.

« Ma mère est au lit, déclara honnêtement Branwell. Elle y passe tout son temps », ajouta-t-il. C'était un peu exagéré. Mrs Woodman était sujette aux migraines – plus l'hiver que l'été – et se retirait des jours d'affilée. Mais par beau temps, et parfois même durant la saison la plus froide, elle apportait dans la cuisine une présence plus ou moins gaie, quoique passagère et peu attentive.

« Elle passe tout son temps au lit, poursuivit le garçon avec autorité, et tu devras t'occuper d'elle, et c'est moi qui te dirai quoi faire.

– Certainement pas, protesta Annabelle indignée. Il n'est bon à rien. C'est ce que dit mon père. »

À ce moment précis, la cuisinière, une femme minuscule avec un visage d'une largeur disproportionnée où brillaient deux yeux noirs farouches, entra dans la pièce. « C'est quoi, ça ? » demanda-t-elle, examinant la fillette encore blottie sur le sol. « Ah oui, c'est la petite de l'île des Orphelins. » Elle lança un coup d'œil en direction de Branwell et d'Annabelle. « Qu'est-ce que vous fabriquez, tous les deux ? » lança-t-elle et, sans attendre la réponse, elle se tourna de nouveau vers la dernière arrivée. « On ne s'assied pas par terre ici », commença-t-elle, puis : « J'imagine que tu es loin d'être propre.

– Loin d'être propre, répéta Branwell en écho.

– Personne ne t'a demandé ton avis, répliqua la femme d'une voix irritée. Et personne ne vous a demandé d'être là tous les deux. Filez tout de suite dans la maison, vous autres ! »

Le frère et la sœur se retirèrent à contrecœur, mais pas avant qu'Annabelle et la fillette eussent échangé un bref regard complice.

Un interdit absolu pesait sur Marie. Joseph Woodman avait fait comprendre clairement à ses enfants qu'ils ne devaient pas fréquenter cette petite, une orpheline qui venait on ne savait d'où, et était sûrement la fille d'un rustre alcoolique et d'une dévergondée éhontée. En outre, elle était là pour travailler, et pas pour traînailler avec eux. Mackenzie, la cuisinière, qui jusqu'à ce jour avait toléré seulement à l'occasion la présence des enfants dans son domaine, les en bannit une fois pour toutes, prétextant qu'ils la distrayaient trop. Les interdictions et les remontrances ne dissipèrent en rien le charme et le mystère qui, croyait Annabelle, enveloppaient la fillette, et les jours suivants elle ne pensa guère à autre chose. Elle se retrouvait souvent derrière la porte de la cuisine, observant Marie par la fente entre les gonds tandis qu'elle vaquait à ses différentes tâches, commandée et bousculée par Mackenzie, qui finit par se radoucir un peu sous l'influence de la fierté obstinée et l'incontestable beauté de la fillette.

Un jour où elle se tenait dans l'ombre en forme de V, derrière la porte, la petite, qui frottait le sol, se mit à ramper vers le seuil avec sa brosse, son seau d'eau et son savon, si près qu'Annabelle distinguait nettement les articulations de ses doigts mouillés et ses poignets humides. Elle s'accroupit et prit dans la poche de son tablier un crayon et l'un des petits morceaux de papier de boucherie qu'elle gardait toujours sur elle pour le cas où elle aurait envie de dessiner. Plissant les yeux dans l'obscurité, elle écrivit un message pour demander à la fille de la rejoindre dans sa chambre tard dans la soirée afin de découvrir un secret.

Annabelle se demanda si Marie savait lire, et en douta, mais elle prit néanmoins la décision de tenter ainsi de communiquer avec elle.

Au début, la servante ne tint pas compte du morceau de papier marron rosâtre, comme si son apparition soudaine dans son champ de vision ne lui avait pas inspiré la moindre curiosité. Puis elle s'en empara brusquement et le fourra dans la poche de sa blouse. Mackenzie dit quelque chose à propos du feu, du four, puis fit une réflexion au sujet du temps que Marie mettait à finir le sol. La fille ne leva pas les yeux de la brosse qu'elle tenait dans ses mains, elle ne regarda ni vers la porte ni vers le fourneau, et même quand Mackenzie quitta la pièce, elle ne toucha pas au papier dans sa poche. C'est exactement ce que je pensais, elle ne sait pas lire, conclut Annabelle, et, cela posé, elle ne prit pas la peine d'inventer un secret.

Pourtant la certitude que la fille était analphabète

ne diminua nullement sa fascination, et le lendemain Annabelle revint à son poste. Elle avait l'étrange impression que son univers déjà réduit avait encore rétréci, et comprenait seulement les dimensions de ce triangle d'ombre et de la vue limitée qu'il lui offrait. Une araignée partageait cet espace avec elle, mais cela ne la perturbait pas du tout. Branwell se fût enfui en hurlant, mais pas elle. Elle n'avait pas peur des araignées, et même si tel avait été le cas, il y avait du théâtre derrière la fissure de la porte, et si elle le décidait, elle était capable de le regarder du matin au soir pendant des mois et des mois. Au contraire de Branwell, elle n'était pas tenue de faire des études puisqu'elle était une fille, et donc, même quand son frère retournerait en pension, elle pourrait rester tout près de Marie. Quand elle informa son frère de cette chance, il répéta les paroles de son père sur la brute alcoolique et la dévergondée éhontée, et prédit que la petite passerait ses poux à Annabelle si elle ne gardait pas ses distances.

Sa mère, l'air aussi apathique et préoccupé qu'à l'ordinaire, faisait parfois irruption. Elle entrait dans la cuisine, où elle regardait Marie – pas exactement avec curiosité, mais avec une perplexité détachée –, et Mackenzie finissait par expliquer pour la quatrième ou la cinquième fois qui était la fille et ce qu'elle faisait là. À ces moments-là, Annabelle, gênée, se tortillait derrière la porte. À quoi sa mère pouvait-elle bien penser toute la journée, se demandait-elle avec une certaine impatience, pourquoi paraissait-elle si absente même quand elle choisissait de quitter sa chambre pour venir parmi eux ? Annabelle ignorait qu'en réalité Mrs Woodman n'était jamais parvenue à émigrer mentalement d'Angleterre, et alors même qu'elle évoluait dans ces pièces et regardait par les fenêtres de cette maison, un paysage d'une sorte bien différente éclairait son imagination. Seul Branwell écoutait avec quelque intérêt leur mère décrire les villages de pierre et les champs pittoresques. Annabelle ne supportait pas ces discours extasiés sur des endroits lointains qu'elle ne verrait sans doute jamais, et où sa mère, savait-elle, ne retournerait pas.

« La fille de l'île des Orphelins », disait Mackenzie, et la mère d'Annabelle répondait : « Ah oui, bien sûr », puis faisait vaguement le tour de la cuisine, effleurant un broc en étain, un saladier en faïence, comme si elle espérait que quelque chose, dans la solidité obstinée de la vaisselle, pourrait l'arracher aux paysages verdoyants perdus du passé et la plonger dans les intérieurs surchauffés du présent.

Par une journée identique, peu après que Mrs Woodman se fut éclipsée de la cuisine pour errer sans but dans les autres pièces de la maison, Mackenzie ordonna à Marie d'astiquer de nouveau le sol pendant qu'elle allait chercher une poitrine de bœuf à la boucherie de l'île. Elle a un dos si mince, songea Annabelle en observant la forme qui peinait tout près d'elle. Ses vêtements, qui n'étaient pas joliment façonnés comme ceux d'Annabelle, s'écartaient de sa colonne vertébrale et tombaient vers le sol, paraissant beaucoup trop grands pour son ossature. Elle regarda les muscles de la fillette bouger sous le coton, et à ce moment un bras jaillit du corps pour glisser un morceau familier de papier rosâtre sous la porte. Annabelle se courba pour le récupérer et déchiffra son propre message dans l'obscurité. Puis elle le retourna et se trouva face à une réponse composée d'un mot unique : « Non. »

Ce n'était pas qu'elle ne fût pas habituée à ce mot : son père le criait souvent dans les chantiers navals, ou le hurlait en direction de ses enfants quand ils formulaient des exigences. Ni qu'elle ne l'eût déjà vu griffonné en trois grosses lettres en travers de diverses requêtes sur le bureau de son père. Mais voir le négatif émerger d'une source si petite, si impuissante, la choqua profondément et la blessa d'une manière qu'elle n'avait jamais connue auparavant. Que pouvait bien signifier ce refus, cette annulation ?

Annabelle roula le papier en boule dans son poing, puis pénétra dans le salon, où elle resta devant la fenêtre à regarder la neige de la fin de printemps tomber sur des navires qui étaient demeurés tout l'hiver en cale sèche, inutiles. Dans le coin de la pièce, le poêle du Québec qu'on venait de garnir ronflait en dévorant ses bûches. Au-dessus de sa tête, elle entendit les pas rapides de Branwell franchir le plancher de l'entrée en direction de l'escalier de derrière, ainsi que le cliquettement des griffes du chien. Bientôt elle entendit résonner dans la cuisine la voix de son frère ordonnant à Skipper d'exécuter l'unique tour qu'il avait réussi à lui enseigner. « Retourne-toi », dit-il, et peu après, au grand chagrin d'Annabelle, elle entendit le rire de Marie suivi d'un léger reproche à cause des poils de chien sur le sol, puis la course précipitée du maître et de l'animal battant en retraite car Mackenzie devait remonter l'allée.

Rien ne lui arriverait jamais, à elle, sut soudain Annabelle. Ce n'était pas le cas de Branwell, soupçonnait-elle. Et Marie, qui la rejetait, avait dû en vivre, des choses, mais elle, Annabelle, n'aurait jamais accès à cette histoire intrigante. Elle eut l'impression qu'on la tiendrait toujours à l'écart de tout, qu'elle serait forcée de rester dans l'ombre et d'entrevoir seulement une fraction du monde à travers une étroite fente de lumière. Et cette impression s'accompagnait d'une somme considérable de ressentiment.

Pourquoi devait-elle demeurer invisible aux yeux de cette domestique ? Comment osait-elle prétendre qu'Annabelle n'était pas à portée de la main, respirant le même air, montant et descendant les mêmes escaliers ? N'avait-elle pas deux jambes – l'une plus courte que l'autre, effectivement –, un nez, des mains et un cœur, comme l'autre fille ? Elle était déterminée à exister, à occuper un certain espace – qu'elle le voulût ou non – dans l'esprit de Marie, avec ses souvenirs de l'île des Orphelins, de son voyage vers cette destination, des foules d'autres orphelins magnifiquement indépendants, des enfants sans pères obsédés par des calculs nautiques et par la distribution du bois d'œuvre, sans mères lointaines ployant sous le poids du souvenir de champs verdoyants trop éloignés pour compter. Elle eût assassiné ses parents à cet instant si cela avait pu lui valoir un signe d'approbation de la part de la fille, ou lui garantir l'entrée dans la communauté des frères et des sœurs assez chanceux pour être orphelins.

Le moment passa, et Annabelle se rendit compte qu'elle devrait découvrir une méthode moins spectaculaire pour s'attirer l'attention et l'approbation de la fillette. À la fin de l'après-midi, elle se retrouva, solitaire et emmitouflée, absorbée par une activité frénétique à quelques mètres à peine de la fenêtre de la cuisine. Couchée sur le sol, elle modelait des bras et des jambes, fabriquant des anges dans la neige déposée par une bourrasque de la fin mars. Elle créait des hommes et des femmes de neige, lançait des boules de neige, soulevait des brassées de neige du sol pour les jeter vers le ciel, provoquant son propre blizzard personnel, maîtrisé. Quand il fit plus sombre, la cuisine devint une scène colorée et agréablement éclairée où la fille, Marie, exécutait ses tâches selon les instructions de Mackenzie ou toute seule, lorsque la cuisinière quittait la pièce. Pendant l'une de ces périodes-là, Annabelle lança une boule de neige contre la fenêtre de la cuisine. La petite ne laissa paraître aucun signe indiquant qu'elle avait entendu le bruit de l'impact.

Puis, à l'instant où Annabelle songeait à rentrer, Marie s'approcha de la fenêtre de la cuisine avec, dans la main gauche, une casserole d'eau chaude. Quand la vitre fut suffisamment embuée, elle tendit sa main libre et, d'un doigt effilé, y inscrivit les mots « Non, je ne viendrai pas ». Détail agaçant, elle écrivit à l'envers afin qu'Annabelle les lût sans difficulté, et plus agaçant encore, elle ne jeta pas un seul regard dans sa direction.

Annabelle pénétra dans la maison d'un pas énergique et sema de la neige dans toutes les pièces en cherchant son frère. Quand elle le trouva en haut, dans sa chambre, elle s'exclama, indignée : « Cette fille en bas sait lire, et écrire à l'envers et à l'endroit. Qu'est-ce que tu en penses ?

– Et alors ? » dit Bran sans lever les yeux d'un roman intitulé *Ralph, the Train Dispatcher*, par Allen Chapman. Il ne semblait pas du tout intéressé. Mais il se tirait distraitement l'oreille, un tic nerveux qu'il avait acquis dans sa petite enfance, et, comprit alors sa sœur, il ne risquait pas d'oublier la moindre information concernant Marie.

Le grenier où dormait Marie n'était pas chauffé, comme le reste de la maison, par des cheminées et des poêles du Québec, mais il était rendu presque habitable par le fait que les deux énormes conduits où passait la fumée de la demi-douzaine de feux de bois dur étaient tout à fait apparents, et que leurs briques étaient tièdes. Malgré cela, un soir, après que tout le monde se fut endormi, quand Annabelle gravit l'escalier abrupt avec un mélange d'impatience et d'appréhension, elle sentit sa peau se hérisser sous l'effet du froid qui se glissait sous sa chemise de nuit, le long de ses jambes. Il faisait nuit noire et elle crut ne faire aucun bruit, et pourtant, quand elle fit irruption dans le grenier, en partie éclairé par un quartier de lune, elle vit que Marie était assise dans son lit.

« Mets-toi sous les couvertures, dit la petite. Vite, sinon tu vas geler. »

Annabelle se hâta de traverser la pièce, puis grimpa dans le lit. Marie se poussa d'un côté pour lui faire de la place, et Annabelle se rendit compte, pour la première fois de sa vie, de la chaleur imprimée dans les draps de flanelle par la présence récente d'un autre corps. « Tu as déjà dormi ? » demanda-t-elle.

Marie secoua la tête.

« Moi non plus. Mais je savais que j'allais venir te voir.

– Moi aussi, je le savais. »

Annabelle fut surprise par cette révélation, mais décida de ne rien laisser paraître. « C'est quoi, ce que tu préfères ? demanda-t-elle.

– La nuit, répondit Marie. Maintenant. Mon lit, c'est tout ce qui m'appartient.

– Mais il n'est pas à toi », dit Annabelle, le sens de la propriété s'éveillant brièvement dans sa petite personne. Son père ne possédait-il pas toute la maison et ce qu'elle contenait ? D'ailleurs, ne possédait-il pas l'île entière et tous ses habitants, et tous les bateaux qui y étaient construits, qui en partaient et y revenaient, et tout le bois transporté sur le fleuve à bord de radeaux ? Il y avait quelque chose d'injuste dans cette distribution de la propriété, et Annabelle le savait, même alors. Pourtant elle ajouta : « Ton lit appartient à mon père », puis, afin de s'associer à cette puissance imposante : « À ma famille.

– Mais je suis seule ici, et ça me plaît. Et une fois que je suis couchée dans mon lit le soir, personne ne me dit quoi faire.

– Je suis ici avec toi maintenant, persista Annabelle, et si je te disais de faire quelque chose, tu serais obligée d'obéir.

– Non, répliqua la fille. Je ne le ferais pas parce que je dirais non. »

Annabelle était convaincue que c'était précisément ce que Marie dirait, et elle décida de ne pas pousser plus avant la notion de supériorité. En vérité, elle était soulagée d'avoir eu la permission d'entrer dans son monde, au lieu d'en être chassée comme elle l'avait craint.

Marie prenait tout l'oreiller. *Son* oreiller, songea

Annabelle. « Peut-être que tu le ferais si je te le demandais gentiment, risqua-t-elle.

– Peut-être. Tu veux demander quoi ?

– Je voudrais que tu me parles de l'orphelinat. »

Les nonnes n'avaient pas d'argent, lui raconta Marie ; tout l'argent allait aux monastères, où « il n'y a que des hommes ». Certains des garçons de l'orphelinat finissaient par entrer eux-mêmes au monastère, dans l'espoir de connaître le confort. Si on était un garçon, c'était une très bonne idée de prétendre qu'on avait reçu un « ordre » divin vous enjoignant de devenir moine ou prêtre. De cette façon, on n'avait pas besoin de devenir un valet de ferme appartenant à un méchant paysan. Cependant, si on était une fille, il valait mieux ne pas raconter qu'on avait reçu un « ordre » divin, « parce que ça ne changerait rien, que tes habits, en pire ».

Annabelle avait accordé très peu d'attention à ces détails. « Comment es-tu devenue orpheline ? » demanda-t-elle.

Marie se tut, les yeux fixés sur le plafond. Puis elle roula sur le côté pour lui faire face, sa tête sombre nichée dans le creux de son bras. « C'était un loup », déclara-t-elle.

Annabelle en doutait. « Tous les arbres sont abattus, proclama-t-elle. Papa le dit. Toute la forêt a été abattue jusqu'au lac Supérieur, et il ne peut plus y avoir de loups là-bas. Tout le bois d'œuvre vient du lac Supérieur sur des bateaux.

– Oui, ce loup est arrivé sur un bateau avec le bois d'œuvre et il était habillé en soldat pour que personne ne le reconnaisse. Alors il est venu chez nous, il a dévoré ma mère et il a tué mon père. » Marie resta quelques instants silencieuse et Annabelle craignit que ce loup fût la seule partie du récit qu'elle voudrait bien raconter. Puis la fille ajouta : « C'était un loup royal avec des yeux bleus, et il avait des médailles du royaume des loups.

– Et il a fait de toi son orpheline », murmura Annabelle. Maintenant ensommeillée, elle eut l'impression que ce changement de statut, d'enfant à orpheline, était un genre de mariage, et impliquait nécessairement une cérémonie et une longue pause chargée de sens dans l'action, quand les yeux bleus plongeaient dans les vôtres et que des gages étaient échangés. Peut-être même un baiser. Ensuite, la vie d'orpheline. Et la beauté, bien sûr.

Annabelle voulait une histoire à quoi rêver, quelque chose qui n'appartînt qu'à elle, un statut d'orpheline, un loup bien à elle.

« Le loup t'a rendue belle, dit-elle, grisée par le mélange de cette idée et du sommeil tout proche. Où est-il maintenant ? demanda-t-elle, la voix déjà engourdie.

– Il est ici. Il a nagé à côté du bateau qui m'a amenée sur l'île, répondit Marie. Il est toujours avec moi. Il m'a achetée quand il a tué mes parents. Je lui appartiens. »

Les deux filles étaient sur le point de s'endormir profondément. « Il est arrivé avec le bois d'œuvre, il est juste devant la maison », répéta Annabelle, qui rêvait déjà de deux yeux bleus étincelant au clair de lune et d'élégantes empreintes de pattes dans la neige.

Ce printemps-là, Annabelle, pensant à Marie, commença à allumer des feux pendant la journée à la pointe du Signal de l'île Timber – du moins, c'est ce qu'on raconte. C'était la méthode de communication couramment utilisée par les insulaires pour annoncer les mariages, les enterrements et d'autres événements dignes d'être connus, et cela ramenait aux feux de joie allumés pour les fêtes importantes dans les lointaines îles britanniques d'où avaient émigré de nombreux ouvriers de l'empire de son père. Cependant, si on avait demandé à Annabelle de l'expliquer, elle n'eût pas su exactement ce qu'elle essayait d'accomplir par ce geste. Ne sachant pas avec certitude où se trouvait Marie, elle avait peu d'espoir que le message l'atteignît, et, finalement, elle se contenta de profiter du spectacle des flammes. Elle aimait peindre le feu, et aussi le contempler.

Branwell, qui, malgré tous les efforts de sa sœur, passait désormais ses journées à travailler avec Cummings, fut envoyé à la pointe du Signal par son père pour voir ce qu'elle pouvait bien y faire, mais jamais elle ne lui avoua ses intentions initiales, qui, avait-elle compris à la fin de la première semaine, étaient bien futiles, du moins au regard des messages transmis par le brasier.

Son frère, peu désireux de retourner à ses livres de comptes et à ses colonnes de chiffres, se mettait parfois à dessiner les « chaînes » : un exercice pour établir une sorte de perspective aérienne mentale. Ainsi qu'il l'avait expliqué auparavant dans son journal, et qu'il l'expliqua sans aucun doute à Annabelle, cela exigeait d'organiser le paysage en fonction de la distance, en commençant par la côte de l'île la plus proche, pour continuer avec l'eau environnante, puis par le rivage du continent, les baraquements de l'école militaire, les immeubles plus hauts et les clochers de Kingston, puis au loin, le violet foncé des collines aujourd'hui entièrement déforestées vers le nord. « Pourquoi des chaînes ? demanda probablement Annabelle. – Comme des chaînes de montagnes, répondit son frère, une chaîne succédant à l'autre. » Il vaudrait mieux dessiner des voiles de bateaux placés côte à côte dans un port, et vues de l'extrémité d'une péninsule, pensa-t-elle, mais elle ne le dit pas tout haut. Au lieu de cela elle interrogea son frère sur Marie, elle voulut savoir s'il songeait jamais à ce qu'elle deviendrait.

Branwell, au mécontentement d'Annabelle, continua sans doute de loucher vers l'horizon, et plus exaspérant encore, du point de vue de la jeune fille, il se mit à faire une série de gestes gauches, dessinant des angles droits avec ses pouces et ses doigts, des gestes indiquant que l'artiste a l'intention de reproduire un paysage ou un autre. « Arrête ça, s'écria sans doute Annabelle avec son caractère entier, arrête ça et réponds à ma question. » Nous ne saurons jamais ce qu'il dit alors. En fait, nous ne saurons jamais si la question a été posée, bien que mon père eût paru le croire, car, peu après cet incident, Branwell recommença à écrire dans son journal. L'une des relations de ce printemps évoquait non seulement la direction et la vitesse des vents et des brises, mais aussi le fait qu'Annabelle avait allumé un grand nombre de feux inutiles, et qu'elle lui avait posé une question qui l'avait troublé à un point extrême.

Pendant ce temps, une idée s'était ancrée dans l'esprit d'Annabelle. Il n'y avait plus de glace dans le fleuve, et chaque jour des bateaux s'amarraient aux quais de l'île et déchargeaient une énorme quantité de bois d'œuvre – s'il était destiné à la construction navale – ou dans la baie située en face du cimetière nautique – s'il devait être transporté sur le fleuve à l'aide de perches, jusqu'à Québec. On voyait des équipes de Français assembler activement des radeaux en bois, sautant d'un billot à l'autre comme des écureuils frénétiques, et criant un nombre infini de jurons et d'ordres qui ne paraissaient ni s'adresser à un individu en particulier, ni se rattacher à une tâche spécifique. Pourtant les radeaux, qui étaient eux-mêmes comme des îles, prenaient forme avec une rapidité remarquable, se garnissant de petits abris, et on les voyait s'éloigner vers l'est tels de grands animaux nageant dans le courant, ainsi qu'ils l'avaient fait chaque fois que le fleuve était ouvert à la navigation, d'aussi loin qu'Annabelle s'en souvînt.

Le père de Branwell l'avait informé que, pour mieux apprendre le métier et se familiariser avec les marchands de bois dans la ville de Québec, il serait obligé de faire plusieurs voyages à bord de ces radeaux au cours de la saison. Lorsqu'il s'en plaignit à Annabelle un après-midi, à la pointe du Signal, elle annonça que pendant l'absence de son père, parti à Toronto pour affaires, ou en visite dans les forêts subsistant du côté des Grands Lacs supérieurs, elle s'embarquerait elle-même à bord d'un radeau et partirait avec lui sur le fleuve.

Son frère éclata de rire, bien sûr, à cette ridicule suggestion et lui déclara, comme il l'avoua dans son journal, qu'elle avait perdu la tête. « Nous devons faire quelque chose, lui dit-elle apparemment, quelque chose que tu finiras par comprendre. » Son dernier feu s'était réduit à un tas de braises pendant qu'elle prononçait ces mots, l'eau qui entourait l'île fourmillait de voiles, le port grouillait de mâts. Elle avait pris sa décision. Après tout, elle avait allumé ses feux du mauvais côté de l'île. Son frère était faible. Il avait besoin d'être dirigé. Il avait besoin qu'on s'occupât de lui.

Annabelle se souvint que la nuit où Branwell était entré pour la première fois dans le lit de Marie, elle était restée dans la cour jusqu'à minuit pour peindre les bateaux de l'autre côté de l'eau, dans le port de Kingston, sous la lune d'août. Branwell avait dit que si elle ajoutait du feu au décor, sa lumière ferait de l'ombre à la lune, et l'effet serait désastreux. Elle n'avait pas prêté attention à ses conseils. « Comment verrais-je les schooners la nuit sans la clarté de la lune ? avait-elle demandé. – Tu pourrais glisser sur l'eau et y mettre le feu », l'avait taquinée son frère en guise de réponse. Et pendant tout ce temps il pensait à Marie, à la manière de s'approcher d'elle.

Durant les cinq années écoulées depuis l'arrivée de Marie sous leur toit, chaque fois que Branwell revenait de pension, Annabelle le regardait essayer différents moyens d'attirer et de retenir l'attention de la servante. Il s'était raillé d'elle sans merci, et quand elle ne réagissait pas avec une véhémence suffisante s'il insinuait que son grenier était plein de chauves-souris, ou la cuisine infestée de souris, il lançait des plaisanteries, le plus souvent au sujet de son héritage français. Plus tard, il avait refusé à l'occasion de manger les tartes et les pâtisseries appétissantes et décoratives que Marie confectionnait avec la permission de Mackenzie, créations culinaires pour lesquelles la fille semblait avoir un don particulier et qu'elle présentait avec fierté aux dîners familiaux. Annabelle soupçonnait que Branwell savait à peine ce qu'il faisait et se méprisait à moitié quand il se comportait de la sorte. Elle n'avait pas manqué de remarquer que lorsqu'il tournait autour de Marie quand elle rangeait la maison, ou quand il critiquait son travail, ou tirait de temps à autre sur la natte noire qui pendait dans son dos, l'expression désemparée de son visage ne correspondait en rien au ton autoritaire qu'il s'efforçait d'imprimer à sa voix. Pourtant, au cours de l'année précédente, le comportement de son frère à l'égard de Marie s'était un peu amélioré : il était devenu silencieux, presque pensif, en sa présence, et on le voyait lui sourire à travers la pièce d'un air nostalgique. Et un samedi après-midi où elle était occupée à coudre avec Marie, Annabelle avait suivi la direction du regard de Branwell et s'était rendu compte qu'il fixait le visage baissé de la jeune fille avec une extrême intensité.

Leur mère était morte depuis une année. Personne – pas même le défilé de médecins convoqués pour l'examiner – n'avait été capable de dire précisément de quel mal elle souffrait. Il était évident aux yeux de tous que la femme se mourait – mais de quoi, exactement ? Elle était devenue de plus en plus faible, sa petite ossature se réduisant, son expression distraite laissant la place au chagrin et à la résignation. Vers la fin, on la conduisait chaque jour au salon, d'où elle pouvait voir depuis la fenêtre le jeune chêne qu'elle avait planté des années auparavant et qui était devenu florissant aujourd'hui. Elle pouvait regarder ses feuilles frémissantes perdre leur teinte verte, virer à l'or, contempler ses minces branches ployant sous le vent d'automne. Parce qu'il l'écoutait avec un véritable intérêt, elle avait décrit à Branwell le vieux chêne qui avait poussé autrefois près de sa maison du Suffolk. « Plusieurs fois centenaire », Annabelle l'avait-elle entendue répéter à son frère. « Si ton père le détruit, je veux que tu le tues », ajoutait-elle invariablement. Annabelle n'avait jamais saisi clairement si elle se référait au jeune chêne de l'île Timber ou au vieux chêne de Suffolk. Peut-être aux deux, avait-elle songé. « Ça n'arrivera pas », bredouillait Branwell en guise de réponse.

L'arbre était resté après sa mort, il avait gagné en hauteur et en largeur. Si Joseph Woodman avait détecté la présence d'un chêne dans sa cour, il n'en avait rien dit. S'il passait inaperçu, avait conclu Annabelle, l'arbre échapperait à la hache, et Branwell n'aurait pas cette raison de tuer son père – bien qu'il en eût d'autres, sans aucun doute. Elle savait que son frère était brisé par la perte de leur mère, et soupçonnait qu'il n'acceptait pas que son père eût été capable de diriger ses affaires le lendemain des funérailles et tous les jours suivants comme si rien n'avait changé sur son île.

Annabelle se rappela que la nuit où Branwell s'était aventuré la première fois dans la chambre de Marie pour la consoler, et peut-être se faire consoler, leur père s'était déchaîné dans la maison tel un ours désorienté, criant après Marie, qui, avec l'aide d'Annabelle, assumait désormais la plus grande partie des tâches domestiques, Mackenzie ayant décampé avec son mari français. Mettant toutes les trahisons, réelles et imaginaires, sur le même pied que l'Irlande, Joseph Woodman était persuadé que le couple était parti pour ce pays. « Ils vont se noyer, je t'assure, avait-il dit à Annabelle. Ils seront ruinés. Ils se retrouveront au bord de Dereen Bog, coincés près de Loch Acoose avec rien qu'une ridicule bêche à tourbe entre eux et assez d'humidité pour que leur chair se transforme en eau. » Quand il avait eu terminé de démolir l'Irlande, il s'était tourné vers Marie pour tout ce qui avait mal tourné et tout ce qu'il avait perdu. Annabelle lui avait crié d'arrêter, mais Marie, le visage en feu, avait finalement gravi quatre à quatre les deux volées de marches jusqu'à son grenier pour échapper au *hullabaloo*, un mot irlandais qu'elle avait appris, savait son amie, à force de vivre dans cette maison.

Lorsque Annabelle, confrontée à la colère de son père, avait eu le désir de peindre des navires en feu au clair de lune, Branwell avait probablement vu que la voie était libre. Leur père, épuisé par son accès d'humeur, n'avait pas tardé à ronfler furieusement dans son lit. Annabelle serait absente une heure, ou plus. Branwell s'était alors dirigé vers l'escalier.

Repensant à ce moment avec affection, Annabelle imagina Marie assise dans son lit, entendant les pas de Branwell, voyant peut-être son ombre sur le mur, et elle se dit que la jeune fille avait ouvert ses bras au garçon avant même qu'il ne fût entré dans la pièce. Elle ne pouvait se représenter ce qui s'était passé ensuite, et s'en garda, mais se souvint de la chaleur de ce lit et du plaisir d'une conversation intime dans le lieu qui n'appartenait qu'à Marie.

Quand on s'éloigne de l'île Timber à bord d'un radeau et qu'on pénètre dans l'embouchure du fleuve Saint-Laurent, les îles se densifient jusqu'à ce qu'on découvre des côtes successives, composées de gros rochers et de hauts arbres qui oscillent sans bruit tandis qu'on avance sur l'eau. Quelquefois on a l'impression d'être absolument immobile, et que ce sont les îles qui dérivent tels des icebergs voguant résolument vers des eaux ouvertes à la navigation. Pourtant, pris au piège sur le fleuve par son père, Branwell était, à ce stade, tout à fait indifférent à la beauté qui l'environnait. À l'occasion, il lisait à Annabelle un poème ou deux qu'il avait ébauchés dans son journal pour évacuer sa frustration :

Oh, solitude, où sont les charmes
Que les sages disent avoir vus sur ton visage ?
Plutôt vivre au milieu des alertes
Que demeurer en ce lieu terrible.

Le vent venait de l'est cette semaine,
Il a soufflé fort toute la journée.
À Batiseau, le radeau a été bloqué
Et c'est là que nous sommes.

Amusée par l'absence de talent littéraire de son frère, Annabelle lui dit qu'il ne risquait certainement pas de devenir un poète, mais lui suggéra qu'il y avait de magnifiques choses à dessiner le long du fleuve. Branwell admit que c'était sans doute le cas, mais qu'il n'était pas d'humeur à profiter de cette opportunité. « Je ne peux penser qu'à une seule chose, dit-il, poser le pied sur la terre sèche. Mais il semble que dès la minute où je reviens, avant même de reprendre mon souffle, je suis de nouveau au travail. Ma vie tout entière n'est que radeau après radeau après radeau. »

Les radeaux en bois étaient des constructions des plus provisoires et semblent avoir été constamment aux prises avec le processus d'évolution artificiel qui leur était imposé. Ce qui avait autrefois fait partie d'une vaste forêt devenait l'espace de quelques jours la plate-forme d'un petit village où les gens travaillaient, mangeaient, dormaient et surmontaient la succession des difficultés qui truffaient le cours du fleuve, des difficultés si dramatiques que Branwell se sentit contraint de commenter dans son journal que la vue des rapides turbulents écumant sur les bords du radeau, à moins d'un mètre cinquante de l'endroit où il se tenait, « remplissait l'esprit de terreur ». Une fois parvenus à destination avec succès, les radeaux étaient, bien entendu, démantelés, et leurs différentes parties expédiées en Angleterre, où le bois utilisé pour les construire émergeait à nouveau sous la forme de meubles dans une multitude de salons victoriens, ou de mâts sur les ponts des vaisseaux guerriers de la marine, si c'était du chêne assez large et assez long. Une chose était sûre, cependant, aucun radeau ne remontait jamais le fleuve, et, le sachant, Annabelle dut penser que ce type d'embarcation était idéal pour entraîner son frère vers l'avenir qu'elle avait choisi pour lui.

Annabelle eut le cran de s'embarquer sur un radeau à la mi-juillet et le fit, curieusement, avec la permission de son père. Il n'était pas entièrement hors de question pour un touriste ou deux d'être admis à bord, surtout pendant les mois les plus chauds, car tout le monde savait que c'était de loin la meilleure manière de ressentir la puissance saisissante des rapides. En outre, parce que son esprit était presque toujours absorbé par l'entreprise, la curiosité exprimée par un de ses enfants pour un aspect de son fonctionnement – considérant le désintérêt manifeste de Branwell – avait enchanté Joseph Woodman à un point qu'Annabelle n'avait pas anticipé. Elle avait pensé que cela pourrait lui plaire, et consacré, en fait, toute la soirée précédente à composer le discours suivant : « Je veux juste comprendre le système, voir comment les radeaux sont conduits jusqu'au Québec. Je veux juste voir ce que fait Branwell quand il est sur le fleuve. »

Par cette journée du milieu de l'été, dès que le radeau se fut éloigné des bômes qui le maintenaient, elle attrapa son frère par le bras et se mit à danser avec lui, maladroitement, certes, à cause de sa mauvaise jambe et parce que son frère était un partenaire réticent. « Je ne comprends pas ce qui te prend », lui dit-il sans doute en se dégageant de son étreinte. Il était probablement irrité aussi parce que ce voyage devait durer plus longtemps que les trois ou quatre jours habituels. Le radeau devrait être tiré au sec dans divers endroits le long du fleuve, où des familles connues de leur père pourraient héberger Annabelle, car il n'était pas question qu'elle passât la nuit à bord avec les hommes. Sans doute Branwell serait-il aussi invité par politesse, pour un repas du soir, et cette perspective le faisait sûrement grincer des dents, car il devenait de plus en plus sauvage à mesure que son chagrin s'aggravait. Sa perplexité devant le comportement de sa sœur était accentuée par le fait qu'en dépit de sa méfiance et de son attitude fuyante à l'égard des Français elle avait à présent, apparemment, une relation de camaraderie avec eux, et le radeau n'avait pas franchi cinq milles qu'elle riait et conversait déjà en leur compagnie, leur montrant les aquarelles qu'elle faisait du fleuve et des arbres. À l'époque, ses propres efforts artistiques se limitaient à la calligraphie qu'il pratiquait quand il tenait son journal de bord – de grandes majuscules fleuries, par exemple, au début de chaque entrée, et parfois le dessin à l'échelle d'un char à voile ou d'un sloop.

Quand, le deuxième jour, apparut l'île des Orphelins et que le radeau s'en approcha, Branwell ne s'en étonna pas car les Français, qui étaient à la fois pieux et sentimentaux, laissaient parfois un carton de nourriture ou un sac de charbon sur le quai, par respect pour les nonnes et les orphelins dont elles avaient la charge. Il regarda sa sœur descendre à terre et, scrutant le quai, fut un peu intrigué d'y apercevoir son bagage. Deux flotteurs l'attrapèrent alors par-derrière pour le déposer sans cérémonie à l'endroit où attendait Annabelle et, après avoir crié des ordres à leurs camarades, firent rapidement reculer le radeau à l'aide de perches pour le remettre dans le courant. Lorsqu'il appela les hommes, ils agitèrent leurs casquettes et lui crièrent « Bonne chance ! » et « Vive l'amour ! ».

Lorsque Branwell eut suffisamment repris ses esprits pour se tourner avec colère vers sa sœur afin d'exiger une explication, Annabelle remontait la pente en courant aussi vite qu'elle pouvait avec sa mauvaise jambe en direction de la large façade rébarbative de l'orphelinat, où une femme avec un jeune enfant agrippé à ses jupes était sortie pour voir qui arrivait. Abasourdi, il regarda les deux femmes s'étreindre si farouchement qu'elles tombèrent sur le sol en riant, surprenant l'enfant qui se mit à hurler. Et Branwell, ébranlé par son arrivée sur l'île et par le chagrin qui jaillissait en lui à la vue de son amour perdu, fondit en larmes lui aussi. Peut-être eut-il alors l'impression d'être l'un des personnages mineurs du tableau qu'il avait admiré à Paris ; ou l'un des loups dans le lointain ; non pas le loup enjôleur dont Marie lui avait parlé une nuit où il reposait dans son lit, mais une bête dénuée de férocité et de charme.

L'orphelinat devant lequel se tenaient Marie et son enfant était un énorme amas délabré de poutres et de bardeaux non peints, devenu gris par manque d'entretien, orné de multiples porches affaissés, ordinaires et mal réparés. L'adjectif « gris » n'était peut-être pas le terme approprié pour décrire sa couleur, car il avait dû s'assombrir avec le temps, et était presque aussi noir que les habits des nonnes qui s'occupaient des orphelins dans les pièces poussiéreuses. Ses fenêtres étaient nombreuses, mais Branwell compta au moins six vitres manquantes, remplacées par du papier paraffiné. La vue des fenêtres opaques, des murs sombres, éveilla en lui une sensation de honte. Pourquoi avait-il souscrit sans sourciller aux vœux de son père, qui avaient conduit Marie dans cet endroit lugubre ? Pourquoi n'avait-il pas insisté pour l'épouser, alors qu'il l'avait toujours voulu ? Il était un loup lointain, servile ; un loup sans courage, songea-t-il, et à cette pensée il décida du changement qui déterminerait le cours de sa vie.

Pour la plupart des hommes, les retrouvailles après la séparation et l'océan de temps qui ont succédé au désir, puis à l'intimité, est une perspective terrifiante, qui les pousse souvent à empêcher cette éventualité même de prendre forme dans leur esprit. Annabelle, qui était absolument dénuée d'expérience de l'amour, et le resterait sans nul doute, avait pourtant saisi tout cela d'instinct. Mais comment savait-elle où était Marie ? Cette partie de l'histoire ne fut jamais éclaircie. Peut-être avait-elle eu une heureuse intuition, ou bien avait-elle appris où se trouvait Marie par les Français, parfaitement au courant des rumeurs transmises le long du fleuve par le téléphone de brousse. En tout cas, elle se dirigea vers son frère et, lui prenant la main, l'attira vers son amante et vers l'enfant qui devait devenir mon grand-père. Tandis qu'ils gravissaient la pente, elle lui dit sans doute qu'elle avait toujours su ce qu'il désirait, même s'il l'ignorait lui-même. Et Branwell ne répondit rien car, au fond de son cœur, il savait qu'elle avait raison.

Après une semaine d'enseignement religieux dispensé par les nonnes, que rendit plus aisée la connaissance marginale du latin que Branwell avait acquise en pension, un prêtre itinérant le maria à Marie dans la chapelle de l'orphelinat. L'événement eut lieu en présence d'un chœur d'orphelins, d'une douzaine de nonnes, d'Annabelle et du petit garçon du nom de Maurice dont le statut initial dans l'existence avait été légitimé par une cérémonie s'accompagnant de chants, d'encens et de cierges, et qui eut une violente crise de colère à l'instant où les vœux étaient échangés et dut être conduit hors de la salle. Annabelle n'oublierait jamais l'écho des cris de l'enfant dans les couloirs en bois du sombre bâtiment après qu'une des nonnes l'eut soulevé pour l'emmener à l'extérieur. Ces hurlements, dans son esprit, ne présageaient pas une vie heureuse, et en fait ses prédictions se révéleraient exactes. Car Maurice, qui devait être couronné par des succès exceptionnels, ne serait jamais particulièrement heureux, n'aurait jamais d'aptitude pour le bonheur et finirait par avoir un accident qui serait la conséquence d'obsessions en série ajoutées à la cupidité et au mauvais temps.

Mais ce jour-là le jeune Maurice se remit de sa crise juste avant le repas de mariage et, bon gré mal gré, se laissa même prendre dans les bras quelques instants par son père, puis par sa tante, qui se présenta à plusieurs reprises comme telle. Annabelle était enchantée par son nouveau rôle ; Branwell, pleinement attentif à son amour revivifié pour Marie, appréciait moins le sien. Il voulait toute l'attention de son épouse et était un peu déconcerté par l'idée qu'un autre être vivant pouvait être en position de lui imposer ses exigences. En outre, l'enfant avait pris l'habitude d'occuper la place très convoitée auprès de Marie dans la chaleur de son lit, et même, pendant les tout premiers jours après la noce, plusieurs discussions eurent lieu à ce propos.

Marie semblait pleine de joie, non seulement à cause de son mariage, mais aussi en raison de la réapparition d'Annabelle dans sa vie, et le lendemain de la cérémonie, afin de permettre à Branwell de passer du temps seul avec son fils, elle proposa d'emmener son amie faire le tour de l'endroit où elle avait demeuré avant son séjour animé et prolongé dans le grenier de l'île Timber, et où elle avait trouvé refuge depuis. Maintenant il y avait moins d'orphelins dans les dortoirs, dit Marie à son amie. « Moins de loups aussi, je suppose », commenta Annabelle. Au bout d'un long dortoir, Marie lui montra le petit lit qui avait été son endroit à elle avant son départ pour l'île. « J'ai toujours aimé les lits, dit-elle comme elles quittaient la pièce. C'est comme un nid, en réalité, un petit espace où on se blottit, un espace qui finit par connaître ta forme. »

Le stupéfiant album d'Annabelle – qui ne devait contenir qu'un seul morceau de papier – fut commencé pendant ce tour de l'orphelinat, ou, du moins, la première relique qui y fut placée fut arrachée à la surface rugueuse des marches branlantes du perron de cette structure tandis qu'elle franchissait avec Marie le seuil de la porte d'entrée pour se promener dans la propriété. Annabelle était depuis longtemps intriguée par l'idée des reliques. Un marinier français lui avait montré une fois un éclat de la « Vraie Croix », disant qu'il le gardait toujours sur lui et affirmant que cela seul lui avait permis de franchir sain et sauf les rapides, à bord de tous les radeaux où il avait peiné. Ne devait-elle donc pas conserver en guise de talisman un fragment de cette partie de l'édifice qui avait accueilli son amie ?

C'était le commencement, et dès qu'elle eut glissé l'éclat à l'intérieur de sa manche, elle regretta de ne pas avoir prélevé un spécimen identique sur le radeau qui les avait déposés.

Finalement, le livre de reliques d'Annabelle, son album d'éclats, ainsi que Branwell devait l'appeler, contiendrait des échantillons d'un grand nombre de constructions en bois : un fragment d'un assortiment de tristes navires en décomposition dans la baie des Épaves, par exemple, des copeaux du plancher de l'atelier où les bateaux étaient conçus, des bouts d'écorce d'une livraison de bois brut – tous datés, identifiés et catalogués. Elle y ajouta aussi plusieurs allumettes carbonisées d'aspect inquiétant qui, d'après leurs étiquettes, avaient été utilisées très innocemment pour allumer des bougies ou des lampes à pétrole dans la maison lors d'événements importants. Il y aurait du tissu dans l'album, des centimètres carrés de toile et des petits bouts de corde de la voilerie, offerts par M. Marcel Guérin, le maître voilier. Mais l'unique morceau de papier de l'album serait la parcelle de papier paraffiné qu'elle avait arrachée au bord de l'une des fenêtres de l'orphelinat.

Marie montra aussi le cimetière à Annabelle, un endroit enfermé par une clôture de piquets blancs et rempli de vingt ou trente petits piliers en calcaire, dont chacun était surmonté d'un ravissant ange de pierre. Un marbrier italien de la ville du bord du fleuve avait offert gracieusement ses services, dit-elle à Annabelle, et avait sculpté un ange chaque fois qu'un enfant mourait. « J'en ai connu plusieurs, raconta-t-elle, pas tous, bien sûr, mais quelques-uns. Ils sont presque tous morts sans bruit, au milieu d'une épidémie ou d'une autre. La mort paraissait si romantique à un orphelin. L'attention se portait sur vous, on disait des prières avec votre nom, et on célébrait un service religieux rien que pour vous. Tout le monde pensait à vous pendant des jours et des jours. Et… » Elle marqua une pause. « Et vous aviez votre ange. » Pour des enfants qui ne possédaient rien, cet ange devait apparaître comme un cadeau spécial, cela et leur nom gravé sur la pierre au-dessous. « En hiver après une tempête, dit Marie, on a l'impression qu'il y a un chœur d'anges miniatures qui s'avancent comme une armée sur la neige. »

Annabelle contempla le cimetière un long moment, puis, juste avant de repartir vers le couvent, elle détacha un éclat de bois peint d'un piquet penché. « Mais tu n'étais pas du genre à mourir, dit-elle à Marie.

– Non, rit son amie en rebroussant chemin, certainement pas. »

Quelques jours plus tard, la petite famille (en compagnie de tante Annabelle, ainsi qu'elle aimait à présent se faire appeler) monta à bord d'un canot à rames commandé par une robuste nonne à l'instant où le soleil matinal s'élevait au-dessus du fleuve. Sur le continent, ils prirent une diligence jusqu'à Kingston et une yole pour gagner l'île Timber, où ils arrivèrent tard dans l'après-midi. Ils savaient que Joseph Woodman serait encore au travail à cette heure, et, avec une certaine appréhension, ils s'approchèrent du modeste bâtiment non peint qui lui servait de bureau. Bientôt, ils se trouvèrent réunis devant sa large table de travail. Le vieil homme ne se leva pas pour les accueillir et ne quitta pas non plus des yeux le livre de comptes qu'il prétendait examiner, et quand il ouvrit enfin la bouche, il ne parla qu'à sa fille, qu'il accusa de haute trahison et de « comportement irlandais ».

Annabelle ne broncha pas. « Voici Maurice, lui annonça-t-elle, posant la main sur la petite tête de l'enfant. Vous êtes son grand-père.

– Je me souviens d'un certain Fitzmaurice d'Irlande. Un Irlandais du marais et un parfait imbécile. Maurice… un nom irlandais ou je ne m'y connais pas. » Woodman observa Maurice d'un œil soupçonneux.

« Vous savez très bien que ce n'est pas un nom irlandais, répliqua Annabelle. Vous savez parfaitement que c'est un nom français. D'ailleurs, je me permets de vous rappeler que Branwell est un nom irlandais et que vous l'avez choisi vous-même.

– En effet, rétorqua Joseph Woodman, et nous voyons tous ce que ça lui a rapporté. » Cette remarque était dénuée de sarcasme. Le patriarche n'avait pas le sens de l'humour nécessaire pour pratiquer l'ironie.

Puis, au milieu du silence caverneux qui suivit cette déclaration, à la stupéfaction de tous, Maurice, qui n'avait ni parlé ni souri pendant le voyage et la semaine qui l'avait précédé, fit un sourire rayonnant à son grand-père, se dégagea de la main de sa mère et grimpa sur les genoux du vieil homme.

Joseph Woodman se raidit, mais ne repoussa pas l'enfant. Le petit garçon s'installa au creux d'un bras qui résistait, puis tendit les doigts pour toucher la barbe blanche. Il regarda avec adoration le visage sévère. « Monsieur Dieu, dit-il, souriant d'abord à son grand-père, puis à sa mère surprise. Monsieur Dieu… il est là. »

Ce serait l'une des fixations de Maurice sur des personnalités plus puissantes que la sienne, des fixations qui régiraient sa vie. Maurice serait toujours attiré par les êtres plus sûrs que lui de la manière dont ils voulaient voir le monde fonctionner, et ces attachements seraient la source à la fois de sa joie occasionnelle et de sa tristesse chronique. Mais, ce jour-là, la déification de son grand-père devait faire sauter le verrou de l'avenir de la famille. Personne n'est imperméable à la flatterie de l'adoration, et Joseph Woodman ne serait pas une exception à la règle. Une fois que Maurice fut bien calé sur les genoux de l'homme, l'expression du magnat du bois changea peu à peu, passant de la stupéfaction irritée à une sorte de tendresse perplexe. « C'est quoi, tous ces cris que j'entends ? s'exclama-t-il d'un ton qui n'était plus qu'une parodie de mauvaise humeur. On dirait un rat. Ou peut-être un blaireau ? »

À partir de ce jour, « Blaireau » fut le nom utilisé par le grand-père, à la fois quand il s'adressait à Maurice et lorsqu'il l'appelait de loin, comme il le faisait souvent quand il rentrait à la maison pour le repas du soir. Quelquefois il apportait une friandise pour le petit, un bonbon acheté au magasin de l'île ou un des gâteaux collants de la boulangerie, et Marie avait beau lui faire des reproches, elle ne parvenait pas à le dissuader de laisser son petit-fils dévorer ces douceurs juste avant le dîner. L'enfant, quant à lui, suivait le vieil homme partout où il pouvait. Il lui emboîtait le pas de pièce en pièce, sur la route conduisant à son bureau, et quelquefois l'accompagnait même dans ses appartements privés. Dans la maison, on entendait souvent l'aïeul ordonner d'une voix tonitruante, mais non dénuée de malice : « Blaireau, fiche le camp ! » Parfois l'enfant, attendant avec impatience la réunion matinale, était debout dès l'aube et venait près de son lit pour guetter son lever. À l'une de ces occasions, Joseph Woodman bondit hors de son lit et, encore vêtu de sa chemise et de son bonnet de nuit, pourchassa son petit-fils hurlant dans toute la maison. Il était évident pour Branwell, Marie et Annabelle que le vieil homme s'était très vite pris d'affection pour l'enfant et que cet amour serait, du moins pour l'instant, le lien rapprochant tous les adultes de la famille.

Marie reprit ses fonctions avec beaucoup d'enthousiasme, maintenant que sa légitimité lui procurait le statut de jeune maîtresse de maison et non plus de domestique. Des soufflés dorés avec une fente parfaite au milieu et de superbes gâteaux avec des tranches de fruits disposées en forme de bouquets sortaient souvent de ses fours avec les plats quotidiens plus ordinaires. Elle dormait désormais dans la chambre de Branwell, dans un grand lit de cuivre offert au couple par Mr Woodman père dans un moment de faiblesse qui ne pouvait être interprété que comme une totale capitulation face au tour des événements qu'il s'était si énergiquement employé à contrecarrer.

Certains après-midi paisibles, Marie et Annabelle

se retiraient dans le vieux lit du grenier pour bavarder, ainsi qu'elles l'avaient fait dans leur jeunesse. Leurs conversations portaient essentiellement sur Branwell. Ses vertus et ses défauts, ses diverses infirmités et sa mystérieuse incapacité à s'exprimer continuaient de les absorber. Plusieurs théories sur ce qu'il pensait ou ressentait étaient articulées, retournées dans tous les sens, disséquées. Plusieurs conclusions conflictuelles étaient tirées, puis remises en cause le lendemain ou la semaine suivante. Branwell, ignorant tout cela et ne songeant à rien de précis, était en fait plus heureux qu'il ne l'avait été durant toute sa vie. Tous les jours – bon gré mal gré – il se rendait au bureau, et, l'été venu, plus à contrecœur encore, il partait sur le fleuve à bord des radeaux, mais son mariage avec Marie lui plaisait et l'apaisait, et rendait ses tâches plus faciles à gérer, bien que l'idée des fresques murales demeurât dans son imagination.

Pourtant les deux femmes tendaient à croire que, sous cette apparence, Branwell était torturé. Cela le rendait plus mystérieux, plus intéressant. De longues discussions théoriques à propos de ce qui pouvait le torturer avaient lieu dans le grenier pendant que Branwell bâillait au milieu de ses livres de comptes ou qu'il était allongé sur une couchette, contemplant le plafond provisoire d'un radeau amarré. Il n'était pas torturé, il s'ennuyait dans son travail. Il voulait embellir des salles par des paysages turquoise. Il finit par avouer son désir à sa femme, qui aborda à son tour le sujet avec Annabelle. « C'est ce qu'il est destiné à faire, annonça apparemment celle-ci à une auditrice bien disposée cette fois, et je pense qu'en temps voulu il aura sa chance. » Marie en convint et dit à son amie qu'elle voulait le bonheur total de l'homme qui l'avait rendue si heureuse qu'aujourd'hui encore, quand elle se réveillait chaque matin auprès de lui, elle avait de la peine à croire à sa bonne fortune.

Annabelle, qui se trouvait presque entièrement libérée des travaux domestiques maintenant que Marie était de retour, entreprit la tâche ingrate d'éduquer son petit neveu jusqu'à ce qu'il devînt évident que les leçons de poésie et de dessin ne retenaient pas son attention de la même façon que les colonnes de chiffres dans le bureau de son grand-père. Le vieil homme finit par prendre le relais, enseignant à Maurice la comptabilité. À l'âge de dix ans, le garçon était un homme d'affaires redoutable, et il en savait assez sur la manière d'extorquer de l'argent aux autres, aussi son grand-père décida-t-il de l'envoyer à Toronto, dans l'Upper Canada College, l'endroit idéal, savait-il, pour que le Blaireau fît la connaissance de garçons qui, une fois adultes, hériteraient de fortunes dont son petit-fils, espérait-il, trouverait le moyen de bénéficier.

Quelques années plus tard, lorsque Maurice, en uniforme, coiffé d'un béret, partit faire ses études, son père et sa mère avaient quitté l'île Timber et, avec l'aide du vieux Woodman, fait l'acquisition d'un hôtel en bardeaux bon marché à un étage sur la baie sablonneuse à l'extrémité du comté péninsulaire voisin. Les radeaux s'étaient réduits à une peau de chagrin, le grand-père s'était retiré, Cummings avait repris ce qui restait de l'entreprise très diminuée, une entreprise où, au soulagement de Branwell, il n'y avait plus de place pour lui. Annabelle et son père étaient restés dans la grande maison, la fille prenant soin du vieillard grincheux. Le Blaireau, toujours dévoué à son grand-père, faisait le voyage d'une journée depuis l'hôtel, sur son propre bateau à voile l'été, ou, pour les vacances de Noël, sur le brise-glace qu'il avait construit.

Branwell, qui avait peint de nombreux paysages dans les salles de l'étage et du rez-de-chaussée de l'auberge, était sollicité par les familles les plus prospères du comté pour décorer leurs demeures. Il exécutait ces commandes l'hiver, quand la chaleur sèche diffusée par les poêles à bois fixait la peinture et qu'il n'y avait pas de clients dans l'auberge. L'été amenait beaucoup de familles des villes sur les rives du lac et dans les vérandas de l'auberge, certaines de Toronto et de Montréal, d'autres même d'Albany ou de Chicago. Malgré le mécontentement de son père, Branwell avait baptisé l'endroit « le Ballagh Oisin », comme le col de montagne en Irlande dont l'histoire était à l'origine de son propre nom. « C'est un col de montagne, disait-il aux clients curieux, en Irlande. » À un moment donné, il avait organisé un concours du soir pour voir qui, parmi les visiteurs, était capable de prononcer le nom correctement. Branwell était un hôte jovial, très porté à la plaisanterie. Cette disposition s'était considérablement améliorée maintenant qu'il avait quitté l'entreprise de bois et obtenu dans la vie presque tout ce que sa sœur avait su qu'il voulait : Marie, les fresques murales et une vue sur le lac qui n'était pas obstruée par les îles du commerce.

Pendant leur troisième ou quatrième année à l'hôtel arriva pour Branwell une lettre d'un collègue aubergiste dans une partie reculée de l'Ontario, connue sous le nom de Huron Tract. C'était une zone du Haut-Canada qui avait été considérée comme tout à fait inutile par Joseph Woodman, car elle était située trop loin des Grands Lacs – ou de toute autre étendue d'eau navigable – pour convenir au boisage, bien qu'on y trouvât, disait-on, des feuillus incroyables, dont beaucoup avaient de trois à quatre mètres de diamètre. Cependant, deux décennies avant que Woodman eût établi son empire sur l'île, à proximité de la ville relativement civilisée de Kingston, une piste de cent soixante kilomètres, connue sous le nom de Huron Road, avait été tracée dans la forêt à coups de hache, les arbres sciés, débités, brûlés sous la direction de la Compagnie du Canada, qui comprenait un groupe d'entrepreneurs britanniques et écossais dont plusieurs portaient le nom des animaux sauvages qu'ils avaient tués dans d'autres parties du Commonwealth. Tigre Dunlop vient tout de suite à l'esprit, mais il y avait sans doute d'autres surnoms pittoresques – Rhinocéros Smith, Ours polaire MacLeod, Lion McGillivray. La piste s'était terminée au bord du lac Huron, dans le port de Goderich, où l'équipe de marqueurs d'arbres et d'ingénieurs, de fous de la hache et de géomètres, était arrivée à l'automne 1828, éprouvée, à demi affamée, dévorée par les mouches, titubante, après des mois de labeur exténuant et d'accès de paludisme, pour être alors contrainte et forcée par la Compagnie de faire le même trajet en sens inverse afin d'apporter des améliorations à la nouvelle route et de procéder au levé topographique et au partage des terres en lots à vendre pour les éventuels colons.

Quelques années plus tard, dès que les pionniers avaient commencé à arriver, la Compagnie du Canada avait créé plusieurs auberges à différents endroits de la route – des établissements qui pâtirent ensuite de façon spectaculaire de l'ouverture, par une autre entreprise, d'une voie ferrée reliant le centre de la province au port sur le lac. Les aubergistes, ou leurs enfants, parvinrent à maintenir encore un an ou deux en activité leurs solides hôtels en brique de style géorgien – bien que leur commerce eût souffert, de toute évidence, et qu'on ne pût prévoir combien de temps leur affaire survivrait.

La lettre reçue par Branwell venait de l'un de ces aubergistes, un certain Mr Sebastien Fryfogel Esquire, propriétaire de la taverne Fryfogel, située sur Huron Road, entre la ville de Berlin et le hameau de Stratford. Il avait entendu parler des peintures murales colorées du Ballagh Oisin par un voyageur qui y avait séjourné, et il sentait que des fresques de cette nature pourraient mettre en valeur les chambres de son auberge. Branwell envisagerait-il de se rendre à l'ouest du pays ? Fryfogel reconnaissait qu'en temps normal il ne supportait pas les voleurs et les voyous qui parcouraient les routes du Haut-Canada en exerçant leurs divers métiers. Il énumérait les rétameurs ambulants, les herboristes, les marchands de chevaux, les danseurs et les chanteurs, ainsi que les peintres itinérants, comme étant les plus louches et les plus déplaisants de cette espèce déjà déficiente du royaume animal que l'on appelle l'être humain. Mais il savait de source sûre que Mr Branwell Woodman était avant tout un honnête aubergiste, comme lui, bien qu'il peignît à l'occasion de magnifiques paysages sans personnages – et, en particulier, sans femmes immorales aux formes provocantes. Sa propre auberge avait besoin d'être embellie. Branwell accepterait-il de s'en charger ?

La lettre arriva début janvier, alors que les caisses remplies l'été étaient presque à sec et que les commandes des gens du pays s'étaient fortement amenuisées. Branwell détestait l'idée du voyage : il avait entendu les rumeurs (essieux brisés, boue et malaria en été, traîneaux renversés, épouvantables tempêtes de neige, engelures et pneumonie en hiver) qui circulaient au sujet de cette route lointaine, et il ne désirait nullement en vérifier l'exactitude. Mais Marie, qui voulait non seulement nourrir sa petite famille, mais aussi expérimenter des plats français dispendieux à l'intention de sa clientèle d'été, aussi gourmande qu'affamée, insista pour qu'il acceptât la commande. « La somme est misérable, je parie, dit-il, poussant la lettre vers Marie pour qu'elle pût la lire.

– En tout cas, moins misérable que ce que nous avons ici, répliqua-t-elle avec philosophie, sans qu'aucun accent critique ou malicieux perçât dans sa voix.

– Moins misérable que ce que nous avons ici », répéta en écho le jeune Maurice, de retour pour les vacances de Noël. Et il y avait une pointe de malice dans *sa* voix.

Donc, vêtu de fourrure, enveloppé dans des tapis, Branwell partit à bord d'un traîneau pour le bourg de Belleville, sur le continent, et monta dans un train à destination de Toronto, où il prit une correspondance en direction de l'ouest. Mr Fryfogel avait écrit une seconde lettre pour dire que si Mr Woodman avait l'intention d'utiliser un moyen de transport aussi contre nature que le chemin de fer, cela ne le regardait pas, et il ajoutait que lui-même, ayant été presque ruiné par la voie ferrée, ne connaissait que trop le double sens de cette expression. Baden était le nom de l'arrêt, précisa-t-il, « un village très déplaisant, apparu récemment à cause de ce maudit chemin de fer ». Il assurait à Branwell qu'il pourrait louer un traîneau à la gare et que, si les conditions le permettaient, il arriverait à la taverne en moins d'une heure. Parfois, indiquait l'aubergiste, il y avait des tempêtes qui pouvaient rendre le trajet un peu difficile.

Quand il descendit à Baden, Branwell s'aperçut que les conditions étaient loin d'être favorables. Pas un traîneau en vue, et un vent cinglant dont la vélocité surpassait tous les redoutables courants qu'il avait consignés dans son journal de l'île Timber, arrachant son manteau et soulevant le chapeau en castor de sa tête. Bien qu'il ne fît pas encore nuit, l'air était rempli d'une telle quantité de neige qu'il ne voyait rien du tout au-delà des murs du petit bâtiment de bois apparemment désert qui tenait lieu de gare. Puis, alors qu'il perdait espoir, il entrevit sur le quai un homme qui venait dans sa direction. « Bonne journée », dit l'inconnu, et il s'apprêtait à poursuivre son chemin quand Branwell le retint par la manche de son pardessus et lui indiqua sa destination.

« J'ai besoin de louer un traîneau pour m'y rendre aujourd'hui.

– Ça risque pas, répondit l'homme. Ni aujourd'hui, ni demain, et sans doute pas après-demain non plus.

– Pour l'amour de Dieu, pourquoi ?

– La route est fermée. La route est presque toujours fermée. La neige en hiver. La boue en été. Vous perdez votre temps si vous me demandez… l'état des routes. »

Branwell resta sans voix.

« Mais, proposa l'inconnu, selon le temps, vous pourriez y aller en raquettes, si vous en avez. Mais pas aujourd'hui. C'est trop tard. Vous devrez loger au bar Kelterborn. Les chambres sont horribles, mais la bière est bonne. Grâce au chemin de fer. » Il toucha sa tête et, pour la première fois, Branwell remarqua la casquette de cheminot.

Le vent se leva et le chef de gare disparut, enveloppé dans un linceul blanc. « Au moins il ne neige pas, dit l'homme. C'est une belle journée ensoleillée.

– Il ne neige pas ? s'exclama Branwell quand le vent se calma un peu et que son interlocuteur redevint en partie visible.

– Les flocons tourbillonnent, c'est tout. Mais la tempête s'approche. Nous sommes fiers de nos tempêtes par ici. » Les courants atmosphériques venant des lointains Grands Lacs, expliqua le chef de gare d'un ton enjoué, se rencontraient précisément au-dessus de cette région, et : « Mon Dieu, s'écria-t-il en joignant ses mains gantées, qu'est-ce qu'il nous tombe comme neige ! » Il prit le bras de Branwell. « Plus de trains aujourd'hui, annonça-t-il. Allons boire un verre. »

Cette nuit-là, alors que Branwell était couché sur une paillasse dans une chambre au-dessus du bar, son sommeil fut interrompu par le vent qui ébranlait les fenêtres et par un étrange martèlement plein de vigueur. « Ce n'est que le fantôme, lui dit Kelterborn quand il lui posa la question le lendemain matin. On lui a demandé de faire moins de bruit, mais il s'en moque. Il déteste être emprisonné ici, il préfère errer. »

Kelterborn était un imposant Allemand au teint rose qui présidait son bar avec un air de dignité pompeuse mêlé à un ennui teinté d'une légère désapprobation. Branwell savait déjà que son hôte taciturne n'était pas enclin à donner des conseils – d'ordre politique, pratique ou spirituel –, et d'un haussement d'épaules il éluda toute discussion sur l'état de la route. Il se refusait en effet à aborder tout sujet, hormis le prix du verre que vous consommiez ou celui de votre chambre pour la nuit. Son large front lisse luisait. Sur l'étagère derrière lui, les bouteilles brillaient. Le poêle à bois ronflait. Et, comme l'avait annoncé le chef de gare, la bière était bonne. En fait, Branwell ne buvait pas beaucoup, mais il avait consommé assez de bière la veille pour souffrir d'un mal de tête au réveil et flotter dans une impression générale d'irréalité où s'intégrait aisément l'idée de fantôme.

« Comme vous, suggéra Kelterborn, le fantôme a essayé d'aller chez Fryfogel. Ça fait au moins deux semaines qu'il est là, il risque de passer ici tout l'hiver. »

À ce moment, Branwell se leva et, désireux de respirer un peu d'air pur, il se dirigea vers le porche qui, comme le reste de l'édifice où il s'était réfugié, était construit en rondins grossièrement taillés. Lorsqu'il parvint enfin à pousser la porte d'entrée que le vent bloquait, il apparut que plusieurs courants atmosphériques étaient entrés en collision pendant la nuit. Une quantité de neige prodigieuse tombait du ciel, s'ajoutant à l'océan de blancheur qui s'étendait de toutes parts sur les hectares des communes dont les noms, savait Branwell, étaient ceux des entrepreneurs qui les avaient déboisés, divisés et vendus. Ailleurs, on ne trouvait que des noms de villes et de villages européens. Il était vraiment absurde, se dit-il, que ce bourg, où il ne se passait manifestement jamais rien, hors une succession de tempêtes de neige, portât le nom d'une ville d'eau touristique située dans un coin pittoresque des Alpes autrichiennes. Plus absurde encore, que la collection de cabanes de squatters et de souches en dents de scie qui, avait-il appris, s'étendait plus à l'ouest s'appelât Londres, et les deux rivières principales des environs la Tamise et la Petite Tamise. Cela n'était-il pas la preuve d'un singulier manque d'imagination ? Branwell pensait que si.

Quand, quelques instants plus tard, il retourna à

l'intérieur, on le présenta au fantôme, un certain F. Shromanov, dont le prénom slovaque imprononçable s'était depuis longtemps contracté en « Fantôme », et qui, selon ses propres dires, était avant tout un garçon d'écurie. Né pour aimer les chevaux, il avait travaillé dans les trois auberges de la route, jusqu'au jour où le chemin de fer avait rendu presque totalement inutile un labeur à plein temps dans les écuries. Par chance, il était aussi cordier, rétameur, et, depuis au moins une année, il parcourait la région à la recherche de grizzlis, se présentant comme un montreur d'ours en puissance. Il avoua fièrement que bien qu'il fût né en Europe, il lisait et écrivait aussi en anglais, et était capable, à l'occasion, d'arrondir ses revenus en rédigeant des lettres d'affaires et parfois même d'amour pour ceux qui n'avaient jamais maîtrisé l'alphabet. En plus de tout cela, confia-t-il, il savait recoller les récipients en terre, concocter des médicaments, dire la bonne aventure, jeter des sorts et des maléfices, chanter en s'accompagnant à la mandoline, et exécuter un genre de marche espagnole accélérée qui exigeait beaucoup de pratique nocturne pour garder le niveau – d'où le martèlement qui avait interrompu le sommeil de Branwell. Avec force battements de mains de chaque côté de sa tête, Fantôme fit une démonstration de plusieurs pas saccadés et bruyants. Le plancher trembla, les bouteilles cliquetèrent derrière le bar et Branwell eut des élancements dans le crâne.

« Fryfogel est son meilleur client », annonça Kelterborn.

Dans quel domaine ? se demanda Branwell. Le dressage d'ours ? Les sortilèges ? Il ne put s'empêcher de se souvenir des remarques de Fryfogel sur les artistes ambulants.

« Mon meilleur client, confirma Fantôme. Il paiera n'importe quelle somme pour qu'on lui lise les lignes de la main, il servira du whisky à gogo. J'ai toujours prédit que ses murs ne seraient jamais décorés, que vous n'arriveriez pas avant au moins vingt ans.

– Eh bien, dit Branwell, vous vous trompiez, puisque me voici. » Comme preuve de son art, il souleva la mallette en bois qui lui servait de boîte de couleurs.

« Oui, vous êtes bien là. » Fantôme s'installa sur le siège le plus proche de Branwell. « Vous êtes là, mais vous n'êtes pas là, si vous saisissez ce que je veux dire. Montrez-moi votre paume. »

Branwell lui offrit sa main, puis adressa un sourire amusé aux autres clients du bar.

« Non, monsieur, dit Fantôme. Pas de signe du Fryfogel dans l'avenir immédiat. En fait, je ne vois aucune trace des murs d'une auberge… ce qui est curieux, parce que j'aperçois le ruisseau de la Taverne par la fenêtre. Et attendez… à côté de la fenêtre il y a un mur peint – mais c'est loin, loin dans le futur –, et, même ainsi, il n'y a rien qui ressemble à une auberge dans cet endroit, rien à propos d'une taverne, attendez, si, il y a quelque chose, mais pas dans cette taverne-là, je vois un plafond peint ! » Il lança un regard interrogateur à Branwell. « Ça ne risque pas de vous rendre aveugle, ce truc-là ? La peinture ne vous dégouline pas sans arrêt dans les yeux ? »

Branwell n'en avait pas la moindre idée. « Je ne peins jamais de plafonds, dit-il.

– Non, répliqua Fantôme, pas encore. Mais ça va vous arriver, je vous le garantis ! »

Cinq jours plus tard, au milieu de l'une des incessantes bourrasques, Branwell pataugea dans la neige jusqu'à la gare. Il n'avait pas pu se rendre à la taverne de Fryfogel ; le temps avait été si effroyablement mauvais qu'il avait parfois semblé impossible de croire qu'il existât le moindre village au-delà de l'intérieur graisseux et de l'atmosphère enfumée de l'établissement en rondins de Kelterborn. Au cours des jours précédents il n'avait rien fait du tout, sinon s'enquérir sans cesse des conditions météorologiques en espérant pouvoir attendre la fin de la tempête, et écouter Fantôme – qui, avait-il appris, était un lecteur vorace de journaux quand il en avait sous la main – lui rebattre les oreilles de Tigre Dunlop, de John Galt et de Talbot, un autre magnat imbu de lui-même, qui contrôlait toutes les terres à l'extrémité ouest des lacs. Ces capitalistes dont on parlait beaucoup étaient à la fois décriés et admirés par les habitués de la taverne, un mélange d'émotions qui conduisait généralement à des explosions de colère et à des bagarres de bar. Branwell avait écrit à Marie à deux reprises, décrivant tout cela et se lamentant de l'absence de nourriture appétissante – un état de choses qui, savait-il, susciterait sa sympathie. La veille, quand il avait fait le trajet jusqu'à la gare pour poster les lettres, le chef de gare lui avait dit que, d'après la rumeur, plus personne ne pouvait déterminer par où passait la route. Autrefois, avait ajouté l'homme, on reconnaissait une route en hiver à la trouée dans les arbres. « Maintenant, la forêt a entièrement disparu, dit-il, et les souches sont toutes enfouies sous les congères. »

Branwell avait aussitôt consacré l'argent qui lui restait à l'achat d'un billet de retour.

Il était à présent accompagné de Fantôme, qui avançait beaucoup plus vite que lui grâce à ses raquettes et qui avait annoncé le matin même qu'il ne tarderait pas à devenir palefrenier dans un hôtel construit sur une terre sablonneuse, au bord de l'eau. Branwell avait fait de son mieux pour l'en dissuader, prédisant qu'il n'y aurait ni chambre, ni nourriture, ni argent, mais Fantôme ne s'était pas laissé décourager. « On ne discute pas avec le destin, avait-il déclaré à son nouvel ami, car le destin gagne toujours d'une façon ou d'une autre. Je vois des chevaux dans mon avenir. Il y en a déjà eu dans mon passé, mais depuis le chemin de fer leur nombre a diminué par ici. Pour les chevaux, je suis votre homme. »

Branwell, qui était relativement inquiet, se rendit compte qu'il avait commis une erreur en disant à Fantôme qu'il n'y avait pas de voie ferrée dans son comté, et donc beaucoup de chevaux. « Vous n'y trouverez pas d'ours, lui annonça-t-il, espérant régler le problème. Il y a peut-être des chevaux, mais je n'ai jamais vu d'ours.

– Pas d'ours ici non plus, répliqua Fantôme. Pas de forêt, pas d'ours… C'est comme ça. Il y avait des ours et il y avait des chevaux, mais ici tout a dégénéré en moins de temps qu'il faut pour le dire. » Il tira de sa poche un billet de train qu'il prétendit avoir trouvé tard un soir sur le plancher de la salle de bar et l'examina attentivement. « Il n'est bon que jusqu'à Toronto, précisa-t-il. Après, je serai dans le fourgon. Je vous retrouverai à l'arrivée. Je vous ai dit que j'avais vu aussi une femme dans mon avenir ? Et une quantité de bonne nourriture… de la nourriture intéressante, pas la bouffe de tous les jours. »

Pauvre Marie, songea Branwell. Cela ne lui ferait sûrement pas plaisir, bien qu'il se souvînt que l'été précédent elle avait dit qu'ils avaient besoin de quelqu'un pour entretenir les écuries et prendre soin des bêtes.

Annabelle était destinée à être le témoin du déclin et de la chute de son père, à voir son corps faiblir, son esprit perdre des fragments du passé. Comme s'ils ne lui étaient plus d'aucune utilité, il oubliait parfois qu'il avait eu une femme et engendré des enfants, mais le plus souvent il oubliait que son épouse était morte. Annabelle se demandait si c'était parce que sa mère avait été si effacée, si apathique que l'absence paraissait être un trait permanent de son caractère, même de son vivant. « Où est cette femme ? interrogeait son père. Encore couchée avec une migraine ? » Quand on lui rappelait qu'elle était morte, il semblait surpris plus que choqué ou accablé par le chagrin. « Ça alors, je n'en reviens pas ! s'exclamait-il. Pourquoi diable personne ne m'en a-t-il informé ? » Les rares fois où il se souvenait un tant soit peu de Branwell, il oubliait que son fils n'habitait plus là. « Il est sur les radeaux, je suppose », disait-il lorsque son nom était mentionné. Ou, plus soupçonneux : « Au lit, là-haut, avec cette Irlandaise, je parie. »

Son père ne se rappelait pas non plus qu'il ne restait pas un arbre exploitable dans le voisinage des affluents des fleuves qui se jetaient dans les Grands Lacs, et que, par conséquent, son entreprise était pratiquement exsangue. Au moins une fois par semaine, il se levait beaucoup plus tôt qu'Annabelle, mettait son complet-veston et son chapeau, et partait pour le bureau. Quelquefois elle le trouvait dans la voilerie, exigeant avec colère que le maître voilier, parti depuis longtemps, se montrât pour justifier du manque de voiles. Parfois elle le trouvait, minuscule et égaré, sous le magnifique plafond de cathédrale de l'énorme hangar vide dans lequel des parties de ses bateaux avaient été construites autrefois. Cela peinait Annabelle de répéter une fois encore à son père que la construction, la navigation et le transport de bois étaient terminés. « Terminés ? Comment terminés ? » demandait-il avec autorité. Et quand elle lui disait qu'il n'y avait plus d'arbres, il se détournait d'elle, agitait le poing vers le ciel et rappelait à Dieu qu'il avait essayé de Lui dire, à Lui et à tous les autres, ce qui arriverait si ces maudits marais n'étaient pas asséchés. Le cerveau de son père était devenu confus, et elle commença à penser que cette confusion n'était pas très différente de la mousse qui s'étendait rapidement sur le toit affaissé de son lieu de travail quotidien.

Annabelle avait désormais l'impression que non seulement les circonstances du présent changeaient complètement, et de manière irrévocable, mais que les faits de son propre passé lui échappaient. Quand la solidité et la certitude commencèrent à faire défaut à son père, elle se sentit elle-même changée et désorientée. Pour la première fois, elle se rendit compte qu'une île Timber très différente avait existé avant que l'empire Woodman eût encombré son territoire et appareillé depuis ses côtes. Mais, plus troublant encore, elle sentait le futur indifférent – un futur qui n'avait rien à voir avec elle ni sa famille – frémir tel un subtil tremblement sous la surface de tout ce qui, jusqu'à aujourd'hui, avait représenté la permanence.

L'un après l'autre, les appentis de l'île commencèrent à se délabrer. Cummings s'était retiré : de toute manière, il n'avait plus grand-chose à faire. La peinture blanche des bardeaux était entièrement partie quand il avait fermé la porte du bureau pour la dernière fois et fait son ultime trajet jusqu'à l'embarcadère détrempé, tandis qu'Annabelle le suivait des yeux, sans guère de regret, depuis la fenêtre de sa cuisine. Ensuite, la forge déserte menaça de succomber aux vents hurlants de janvier et à une charge de neige inhabituelle, et Annabelle vit que l'arthrite de son père avait empiré, et qu'il lui était donc très difficile de se tenir droit. Lorsque le splendide et gigantesque bâtiment où les bateaux avaient vu le jour fut éventré par une bourrasque de mars, et que les poutres de son plafond voûté se trouvèrent éparpillées comme les ossements d'un immense animal disparu, Annabelle sut que son père ne tarderait pas à s'effondrer, lui aussi. Et elle avait raison. Il s'alita au mois de mai et, après quelques semaines de fièvre et de délire, il commença à répéter encore et encore les mots « paquebots du diable ». Puis, un matin très tôt, il agrippa le bras d'Annabelle et lui dit que Gilderson tenterait certainement de voler le lac. Elle voulut lui demander ce qu'il entendait par cet avertissement, mais il était déjà mort. À l'enterrement, seul Maurice, le Blaireau bien-aimé de son père, pleura ouvertement, mais son chagrin s'apaisa quelque peu quand il découvrit qu'il devait hériter de la part du lion de la fortune de son grand-père, encore considérable quoique effectivement amoindrie. Le reste de la somme irait à Branwell et Marie, et servirait à rénover leur hôtel. Annabelle deviendrait l'unique héritière du monde désert et changé de l'île : l'architecture détériorée, les ressources réduites, les bateaux brisés au fond des eaux de la baie Arrière.

Trois ou quatre semaines après la mort de son père, un après-midi du début juin, Annabelle décida d'entreprendre la tâche d'organiser et nettoyer le bureau affaissé à la structure désormais précaire. Par contraste avec les meubles épars et l'apparence dénudée de l'intérieur, les rayonnages en bois laqué débordaient d'une profusion de papier volant, de livres de comptes, de boîtes en carton et en bois, de cartes roulées attachées par des cordons effrangés, de plans et d'un assortiment de petits modèles en cire poussiéreux de ce qui avait pu ou non devenir des figures de proue. Il y avait plusieurs piles de dossiers ; chacun, d'après l'étiquette soigneusement collée sur la couverture, était un compte rendu du trajet d'un radeau jusqu'à Québec. La première centaine environ de ces journaux de bord était écrite de la main du père d'Annabelle, le reste par son frère.

C'était tout ce qui restait, songea Annabelle, des efforts de son père et des hommes de son espèce. Elle n'avait aucune idée de ce qu'il fallait garder et jeter, et bien qu'elle eût apporté plusieurs sacs de jute pour les ordures, elle n'y avait encore déposé aucun objet. Au lieu de cela, elle se retrouva en train de retirer d'énormes masses de papier des étagères, d'en faire des piles sur le sol, les déplaçant sans but apparent d'un endroit à l'autre de la pièce tandis que la poussière s'élevait autour d'elle comme de la fumée. Ce fut pendant qu'elle se consacrait à cette tentative aléatoire, et en fin de compte infructueuse, pour réorganiser les volumineuses archives de son père qu'elle découvrit les douze cartes des marais.

Elles étaient dessinées sur du parchemin et si vieilles et rigides qu'il était presque impossible de les dérouler. Lorsque Annabelle réussit, en bloquant les angles avec de gros registres, à les empêcher de reformer aussitôt des cylindres hermétiques, le vernis dont elles étaient enduites se fendilla et se souleva comme le glaçage au caramel de l'un des délicieux desserts de Marie. Chaque fois qu'elle déroulait un autre marais, Annabelle poussait un cri de joie, car c'étaient de magnifiques œuvres d'art. Exécutés dans ce qui avait dû être des centaines de nuances de brun qui se fondaient sur les bords du marécage en question dans des nuances de vert d'une variété infinie, et parfois entrecroisés de minuscules traits bleus destinés, supposait-elle, à représenter les ruisseaux, ces territoires étaient esquissés avec un soin si exquis qu'ils ne pouvaient avoir été reproduits qu'avec amour. La calligraphie des noms remarquables des marais, et des zones agricoles verdoyantes appelées combes qui existaient quelquefois au centre des marais et des lacs et montagnes environnants, était aussi de la plus belle facture. Coomaspeara, Coomavoher, Coomnahorna, Coomnakilla, Coomshana, et Knocknagantee, Knockmoyle, Knocknacusha, Knocklomena. Annabelle se souviendrait toujours du choc et de l'émerveillement qu'elle éprouva quand elle découvrit, au bas de chaque carte, la signature de son père. Une terrible tristesse s'empara d'elle alors. Elle se rendit compte que jamais il ne lui avait permis de rencontrer l'artiste qu'il était.

Elle s'approcha de la fenêtre est et considéra le chantier naval désert. Elle essaya, sans guère de succès, de résoudre le puzzle qui lui était présenté. Comment était-il possible que son père eût reproduit avec une affection aussi méticuleuse le paysage même qui avait été la source de son humiliation ? Il y avait dans ces cartes quelque chose de mélancolique et de tendre, et Annabelle, faisant une fois encore le tour de la pièce, comprit peu à peu qu'à un moment ou à un autre son père avait dû être meurtri par l'expérience ou rempli de nostalgie. Rien de tout cela ne tenait debout si l'on songeait au tyran qu'il avait été à la fleur de l'âge, ou même au vieillard égaré qu'il était devenu par la suite, mais, indéniablement, l'homme plus jeune qui avait fait ces cartes avait du cœur et une vision du monde. Face à cette révélation, elle éprouva un sentiment de perte d'autant plus intense qu'elle avait été privée de ce cadeau. Elle se sentit submergée de honte de n'avoir jamais su ces choses. Elle ne put se résoudre à retirer les cartes du sol, à les rouler de nouveau, à les ranger sur les étagères. Avant de quitter la pièce, elle s'assit lentement sur la chaise dure, derrière le bureau de son père, posa le visage dans ses mains et pleura pour la première fois depuis des années.

Été après été, derrière les fenêtres lumineuses du Ballagh Oisin, le Grand Lac rugissait ou murmurait contre une plage de sable où des enfants en visite construisaient des villes en miniature, élaboraient des châteaux ou des systèmes d'assèchement compliqués. Des cumulus s'épanouissaient comme de distantes forêts blanches loin au-dessus du lac, mais ne s'aventuraient jamais à l'intérieur des terres pour troubler les après-midi ensoleillés. La nuit, les constellations évoluaient au-dessus des vagues sur un fond noir intense, et quelquefois, à la petite aube ou juste avant le coucher du soleil, l'eau devenait totalement immobile comme si elle voulait se fondre dans le ciel. Des mouettes se laissaient porter par le vent, des canards s'exerçaient à des vols en formation pour les migrations futures, et chaque année, par une journée de juillet spectaculaire, une flottille d'énormes cygnes arctiques glissait sur l'eau d'un air royal.

Quel endroit merveilleux ! Perché sur le tout dernier doigt du bras du comté péninsulaire, l'hôtel était comme un robuste bateau de bois rentré au port après un long voyage, laissant des champs, des fermes et des terrains boisés dans son sillage... presque comme s'il avait créé ou donné naissance à ces choses. L'extérieur du bâtiment était d'un blanc éclatant, ainsi que les fauteuils à bascule sur le porche. Les invités apparaissant sur le seuil portaient aussi du blanc, code vestimentaire informel de l'endroit. Des femmes en jupe pastel longeaient les couloirs ornés des paysages turquoise de Branwell, impatientes de pénétrer dans la clarté aveuglante des longues journées d'été.

Les talents naturels dont Marie avait déjà fait preuve sur l'île, dans la cuisine de Mackenzie, s'étaient à présent déployés au point que ses réussites culinaires avaient acquis une réputation. Ses meringues au citron et ses gâteaux décorés, par exemple, étaient célèbres jusqu'à Toronto et Montréal, et ses sauces accompagnant la truite fraîche du lac étaient évoquées tard dans l'hiver. Les hôtes se gorgeaient de nourriture trois fois par jour dans la salle à manger bleu pâle tandis que le bleu plus sombre de la houle du Grand Lac ondulait derrière une multitude de fenêtres et que le phare de la pointe du Frisson brillait sur une barre de sable au large de la côte.

Le soir, il y avait des promenades sur le rivage

sableux ou à l'intérieur des terres, à travers un bois de peupliers et de bouleaux frémissants, puis dans une prairie parsemée de pâquerettes, de marguerites jaunes et de ces douces fleurs qu'on appelle les bleuets. Plus tard, on faisait venir Fantôme des écuries, et il dansait et chantait. (Marie, bien qu'elle l'aimât beaucoup, était superstitieuse et tenait à ce qu'on sortît en plein jour pour aller se faire dire la bonne aventure dans les écuries.) Et même, un ou deux hôtes se laissaient persuader de divertir la clientèle : Mr McIntyre, un directeur de banque de Grimsby, chantait parfois une chanson, l'une des jeunes dames se mettait au piano (à cause de l'humidité, le vieil instrument ne restait jamais accordé), et, inévitablement, quelqu'un récitait un poème de Mr Tennyson. Si la séance avait lieu pendant l'été 1889, juste après que le grand poète eut publié *Traversant le banc*, un membre de l'assistance déclamait inévitablement les vers mélancoliques et tous les yeux se remplissaient de larmes. Tous les yeux, sauf ceux d'Annabelle, si elle se trouvait là pour sa visite annuelle. Elle considérait le poète lauréat comme un romantique prétentieux et n'avait donc jamais apprécié son œuvre. Un soir de juin, elle annonça aux pensionnaires, qui avaient tous sorti leurs mouchoirs en écoutant un représentant de chaussures réciter avec beaucoup de sentiment *La Dame de Shallot*, que, d'après elle, la fille en question était une enfant simplette manifestement morte de faim et non d'un cœur brisé, puisque, à l'exception d'une brève référence à l'orge, l'histoire ne mentionnait ni nourriture ni boisson, à moins qu'on ne prît en compte son nom qui, si Annabelle n'avait pas oublié son français, avait quelque chose à voir avec les oignons. Cette incartade choqua l'assistance à tel point que Branwell jugea nécessaire, durant la soirée, de réprimander sa sœur en privé pour sa franchise.

« En quoi ce que Tennyson dit ou ne dit pas sur l'amour t'importe-t-il ? demanda-t-il. Pourquoi prendre cela si à cœur et défendre ton point de vue avec une telle véhémence ?

– Eh bien, que voudrais-tu que je dise ? répliqua-t-elle sans doute. Que sa "dame" avait pris la bonne décision ? Elle aurait dû rester devant son métier ou, mieux encore, aller prendre un bol d'air frais et faire un peu d'exercice. Faucher l'orge avec les autres moissonneurs aurait été un choix beaucoup plus sage que mourir pour un homme tel que Lancelot. » En vérité, elle jugeait très beau le vers « Seuls les faucheurs, moissonnant à l'aube au milieu de l'orge barbu », mais elle était trop têtue pour l'admettre.

Elle se demanda brusquement sous quel jour son frère la voyait à cet instant. Comme une vieille fille sur le déclin et désagréable, sans aucun doute, une tante célibataire excentrique. Le fait d'avoir laissé cette pensée se formuler dans son esprit aggrava son irritation de multiples façons. Elle décida de passer le jour suivant en dehors du Ballagh Oisin et pria son frère de lui louer une voiture et un cocher pour faire le tour du comté. Elle longea des routes bordées par des baies et des criques pleines de bateaux de pêche, roula lentement dans les rues principales de plusieurs villes où les affaires allaient bon train dans les quincailleries et les épiceries, et traversa des champs cultivés dont l'orge ne tarderait pas à être mûr, car cette céréale s'imposait rapidement dans la région. Tous ces signes d'une vie pratique et industrieuse apaisèrent un peu son âme blessée, bien qu'elle ne pût préciser pourquoi, et elle rentra au crépuscule à l'hôtel, de bien meilleure humeur.

Quelques jours plus tard, alors qu'elle aidait Marie à rouler de la pâte à tarte dans la cuisine, Annabelle regarda par la fenêtre et fut la première à apercevoir son neveu, au bout de l'allée feuillue qui conduisait à l'hôtel. Son arrivée en soi n'était pas une surprise ; il passait souvent une partie de l'été chez ses parents, bien qu'il eût désormais bien peu de choses en commun avec eux et fût assez embarrassé par leur situation sociale, qui, dans son esprit, était entièrement définie par leur condition d'aubergistes. Plus surprenante était la lettre qui l'avait précédé, dans laquelle il annonçait son intention de rester pour une durée infiniment longue – assez pour superviser l'achèvement d'une maison dans les environs. Maurice, semblait-il, avait décidé de devenir un *gentleman-farmer*.

Ni ses parents ni Annabelle n'y comprenaient rien : à leur connaissance, Maurice n'avait pas manifesté le moindre intérêt pour le monde naturel. En fait, Maurice n'avait paru s'intéresser à rien, en dehors de son poste de directeur adjoint de la Banque du commerce à Kingston. S'ajoutait à cela une autre surprise. À côté de lui, dans le cabriolet qui approchait, était assise une femme blonde. Annabelle, qui, debout près de la fenêtre de la cuisine, regarda le couple descendre de voiture, sut, aux gestes pleins d'une autorité indubitable de la femme et à l'attention évidente que leur portait son neveu, qu'elle était possédée par un démon gros comme une marmotte. Des ennuis en perspective, songea-t-elle. Elle envisagea de retourner sur l'île Timber afin d'éviter le drame qu'elle pressentait, mais sa curiosité fut la plus forte.

Elle ne mit pas longtemps à découvrir que les ennuis dont elle avait eu l'intuition ne seraient pas de courte durée, car le Blaireau, s'avéra-t-il, les avait épousés. « Je suis Caroline Woodman, annonça la jeune femme quand elle pénétra dans le vestibule et commença à retirer les épingles de son chapeau. Maurice et moi sommes mariés. » Maurice, qui à ce moment même se démenait au milieu des boîtes à chapeaux et des valises, et d'une quantité de bagages féminins assortis, prit un air penaud peu habituel chez lui à la mention de son mariage, mais se tut. « Il voulait vous écrire, poursuivit la femme qui s'appelait Caroline, mais j'ai pensé qu'il devait vous l'annoncer lui-même. Après tout, j'ai dû moi-même l'apprendre à mon papa et ça n'a pas été chose facile, je peux vous l'assurer. » Ayant transmis cette information, la jeune femme dépassa le petit groupe, entra dans le salon et se laissa tomber sur un fauteuil tout en jetant son chapeau à plumes sur l'une des dessertes.

Annabelle suivit la fille afin de l'observer de plus près. Les yeux, décida-t-elle, étaient trop petits et trop rapprochés. Il y avait trop de taches de rousseur sur sa peau laiteuse, et, de toute évidence, elle risquait de s'empâter en vieillissant. Ce furent les seules difformités qu'Annabelle put déceler en la personne de l'épouse de Maurice, mais elles suffiraient pour l'instant.

« Maurice ! cria la jeune femme dans la direction du vestibule où son mari et ses parents se tenaient encore, comme cloués aux lattes du plancher. Viens me présenter à cette vieille dame. C'est une parente à toi ? Et qui étaient tous ces gens sur le porche ? »

Maurice entra dans la pièce et s'assit près de Caroline. « C'est ma tante Annabelle, dit-il. Mais, ajouta-t-il, vaguement embarrassé, ces gens devant qui nous sommes passés sur la véranda, ces gens sont les clients de l'été. » Il semblait avoir entièrement oublié ses parents, qui s'étaient immobilisés sur le seuil en silence. « Je suis le père de Maurice », déclara Branwell. Il entoura Marie de son bras. « Et voici sa mère.

– Je ne suis pas vieille, prononça Annabelle, lançant un coup d'œil à Marie. Pas encore.

– C'était une cérémonie catholique ? » demanda Marie à son fils.

Caroline éclata de rire. Elle posa la main sur le bras de Maurice. « L'état dans lequel papa s'est mis… Tu imagines ce qu'il aurait dit si un papiste nous avait mariés ?

– Nous avons été mariés en secret, reprit Branwell, par le premier prêtre que nous avons trouvé. Un presbytérien, je crois.

– Luthérien, rectifia Caroline. Un Allemand. Ça n'a pas trop plu non plus à papa. Il a toujours dit qu'il dirige une bonne entreprise méthodiste dans une bonne ville méthodiste, et que tous ses bateaux sont de bons bateaux méthodistes armés par de bons matelots méthodistes. »

Marie, à la grande surprise d'Annabelle, s'était quelque peu animée. « Alors tu n'es pas vraiment marié, dit-elle à son fils, s'il n'y avait pas de prêtre. » Elle se tourna vers Caroline. « Si votre père n'approuve pas, vous pouvez lui répondre que puisque Maurice a été baptisé catholique, vous n'êtes pas réellement mariés. Ça pourrait lui faire plaisir de l'apprendre. »

Maurice continuait de fixer son épouse. « Non, répliqua-t-il, nous sommes très certainement mari et femme. Et, de toute manière, Mr Gilderson s'est un peu déridé quand nous avons commencé à parler de l'orge.

– Gilderson ? répéta Annabelle. Vous voulez dire Oran Gilderson ? »

Maurice acquiesça.

« Bien sûr, déclara Caroline. Je ne crois pas qu'il y en ait un autre dans les environs. »

Il fallut un moment à Annabelle pour digérer cette information. Oran Gilderson lui avait récemment adressé des courriers, dans lesquels il lui avait proposé son aide pour les opérations de sauvetage de ce qui restait de l'empire Woodman. Annabelle, se souvenant de la méfiance de son père à l'égard de son concurrent principal, nourrissait de sérieux soupçons au sujet de ces missives. Qu'avait exactement ce monsieur en tête concernant l'entreprise diminuée pour laquelle elle s'était prise d'un sentiment protecteur inattendu ? Dieu merci, père est mort, songea-t-elle, se rappelant ses dernières paroles. Elle allait dire quelque chose, mais se ravisa. « C'est quoi, cette histoire d'orge ? » demanda-t-elle plutôt.

La terre que Maurice avait acquise avec l'argent de son grand-père comprenait cinquante hectares, dont les limites les plus à l'est, et les plus étroites, touchaient le parc de l'hôtel de ses parents à l'endroit précis où le court de tennis sur gazon finissait et où commençaient les bois de peupliers. À l'ouest, la bordure rejoignait un autre terrain de cinquante hectares – qui étaient cultivés et lui avaient été donnés, sûrement à contrecœur, par son beau-père. Leur maison serait construite de l'autre côté des bois et, expliqua la jeune épouse, serait en brique et très moderne. Un grand nombre de baies et de tourelles rondes et de fenêtres aux formes bizarres apparaissaient sur les plans que Maurice tira d'une valise et déroula à leurs pieds. La prairie serait labourée et les peupliers abattus.

« Pourquoi voulez-vous faire une chose pareille ? » Annabelle était sincèrement incrédule.

« L'orge », répondit Caroline sans laisser à Maurice le temps de répondre. Elle expliqua qu'il y avait déjà cinq hectares d'orge dans la propriété, mais qu'ils en voulaient plus.

« Tout cela est très bien, dit Branwell à son fils, mais quel paysage aurez-vous devant les yeux si vous n'avez que des champs d'orge autour de votre maison ?

– Quel paysage ? demanda Caroline. Pourquoi aurions-nous besoin d'un paysage ? Nous aurons la vue du lac, après tout, et même l'orge peut être très joli quand les tiges sont hautes. »

Annabelle remarqua que la jeune femme s'était raidie sur son siège. Elle avait l'air sur la défensive, comme si elle était vaguement effrayée par la compagnie et cherchait à s'affirmer. Ses cils, remarqua Annabelle, étaient presque aussi épais que ceux de Marie, mais d'une nuance plus claire, soulignant magnifiquement le bleu de ses yeux et l'or de sa chevelure. Annabelle voyait que la jeune femme était très séduisante, mais ne l'aurait pas décrite comme jolie. Il lui manquait une qualité importante, et soudain elle sut laquelle. Aucune lumière n'émanait de

Caroline. Elle ne rayonnait pas. Ou plutôt, à l'instar d'un feu de charbon, elle couvait et semblait sur le point d'émettre un gaz toxique, quoique inodore.

« L'orge, déclara Maurice, est très profitable. Il se vend en ce moment aux Américains quatre-vingts *cents* le boisseau et…

– Quatre-vingts *cents* le boisseau, s'empressa de répéter la jeune Caroline, et il va sûrement monter encore et encore. Les Américains ont une grande soif de bière et d'autres alcools. Ils n'ont jamais assez d'orge.

– Je crains, dit Annabelle qui s'interrogeait une fois encore sur les projets d'Oran Gilderson en affaires, que le risque soit grand que les faucheurs "moissonnant dès l'aube au milieu de l'orge barbu" n'empochent les bénéfices à la place de ceux qui surgiront plus tard dans la journée. » Tout cela, songea-t-elle, pouvait très bien s'interpréter comme le début du vol du lac.

Caroline parut déconcertée.

« Tennyson, expliqua Annabelle.

– Nous deviendrons très riches, tante, affirma Maurice. Vous verrez. »

Maintenant ce fut au tour de Maurice de devenir le cœur de l'interrogation continuelle d'Annabelle et de Marie à propos de la nature déroutante de la psyché masculine. Quand elles se retrouvaient seules dans la cuisine, le sujet de Blaireau et de ce qui lui était passé par la tête lorsqu'il avait décidé d'épouser cette jeune femme gâtée était aussitôt évoqué. Très tôt, Annabelle avait pris conscience que le caractère de Maurice devait être examiné avec un infini doigté car c'était un fils, et non un mari ni un amant, mais dans les circonstances actuelles cela ne semblait pas entrer en ligne de compte. Normalement, quand Marie louait le garçon, il valait mieux opiner de la tête. Quand elle se plaignait des défauts et des faiblesses de son fils, il était préférable de manifester son désaccord, avec le plus de véhémence possible. Mais à présent, lorsque Marie suggéra avec colère que la catastrophe s'était produite parce que Maurice essayait tout simplement d'améliorer sa position sociale, qu'en fait, amour ou pas, il épousait une fortune, ou « se mariait au-dessus de son rang », selon ses termes, Annabelle reconnut qu'en effet une froide ambition avait sans doute joué un rôle important. « Mais il y a autre chose, dit-elle. Il a l'air comme étourdi, en extase. Je le soupçonne d'être vraiment amoureux d'elle. »

Marie parut horrifiée. « Sacré Dieu ! s'exclama-t-elle, se signant et se tournant vers le mur.

– Et pour l'ambition, poursuivit Annabelle, ce sera l'ambition de Caroline qui fera autorité, et non celle du pauvre Maurice qui s'est entiché d'elle.

– Il devrait s'enfuir au triple galop, s'écria Marie.

– Pour aller où ? Pour retourner à la banque ? J'ai beaucoup entendu parler de ce Gilderson. Il aimerait sûrement le voir mort. Et comme je l'ai déjà dit, Marie, Maurice est amoureux. Il est perdu. À partir de maintenant, toute sa vie ne sera que brique et orge. »

Aucune des deux femmes, qui toutes les deux le savaient, ne dit qu'à la venue de l'automne, juste avant la dernière moisson d'orge, la péninsule tout entière serait transfigurée par un dégradé de jaunes : les peupliers, les érables et les champs d'orge successifs, bordés près de l'eau par la bannière jaune pâle du sable. En se déplaçant à travers ce paysage, elles s'étaient certainement senties, à un moment ou à un autre, environnées d'un éclat rayonnant : le soleil doré de septembre, les pommes dorées dans les vergers (qui se faisaient rares à présent, à cause de la progression de l'orge), les nuages dorés du coucher de soleil venant de plus en plus tôt dans le ciel, les verres remplis de l'or sombre du whisky le soir ou l'or vif de la bière en fin d'après-midi. Parfois, en août, avant la moisson, les champs d'orge prenaient une curieuse teinte lavande au crépuscule et les ombres violettes des érables bordaient les lignes de clôtures tels des étangs ou des nuages, empreintes d'un mystère insondable. La prospérité de la décennie précédente avait été directement et indirectement liée à la production croissante de cette céréale, et, pour cette raison, les citoyens du comté donnèrent ensuite à cette époque le nom de « temps de l'Orge ».

Ce temps de l'Orge aurait pu aussi bien s'appeler

le « temps de la Brique », car une activité capitale des années où l'orge fit la richesse des gens fut la construction de maisons de brique de plus en plus grandes, des maisons très semblables à celle qui s'élevait avec une rapidité alarmante à quatre cents mètres de l'hôtel en bardeaux. Pendant les premières étapes du chantier, alors qu'on édifiait la charpente de la demeure nuptiale, le bruit des marteaux des ouvriers dérangea les clients, ainsi que, plus tard, le choc sourd des peupliers et des bouleaux s'écrasant sur le sol. Quand les maçons arrivèrent, la carcasse à demi achevée de la maison se voyait distinctement depuis la véranda du haut.

Les attelages de bœufs enlevèrent les troncs détruits et les racines des arbres, et, peu après, un tracteur à vapeur retourna la terre. Les haies qui avaient existé auparavant entre des champs jusque-là plus petits furent retirées. Des plants d'orge furent mis en terre. Les monstrueux murs en brique de la nouvelle maison jaillirent du jour au lendemain, comme par magie. Début juillet arriva un chargement de ce qui ressemblait à huit cents mètres de scie à découper tarabiscotée, avec d'énormes tuyaux en fer pour la plomberie, une chaudière pour le chauffage central, six manteaux de cheminée élaborés et deux baignoires à pieds, peintes en or. Fin juillet, Maurice et Caroline étaient installés dans leur nouvelle demeure, dont l'ombre géante semblait presque, au crépuscule, toucher le perron du Ballagh Oisin.

Le départ du jeune couple fut accueilli à l'hôtel par un soulagement général. Pendant leur séjour avaient éclaté plusieurs conflits de taille – le mobilier intérieur n'étant apparemment pas à la hauteur des exigences de Caroline. Certains matins, en passant devant la porte du couple, on l'entendait se plaindre de devoir se laver avec une cuvette et un broc, et l'absence d'une baignoire personnelle était un sujet fréquemment évoqué. Lorsque les fenêtres de la nouvelle maison furent livrées, et qu'il s'avéra qu'elles étaient ogivales et non arrondies, Caroline réagit par une crise de sanglots de colère, blâmant son mari, ses parents et même deux clients pour ce contretemps.

Il y eut deux ou trois désagréables visites de Mr Gilderson en personne, qui avait réussi à survivre sept années à sa troisième épouse (la mère de Caroline), malgré l'arthrite qui déformait ses os et qui, prétendait-il, était aggravée par la présence de phares comme celui de la petite île située tout près de l'extrémité de la sablonneuse pointe du Frisson. Les phares, soutenait-il, attiraient ses bateaux sur la voie de la destruction tout en interrompant les courants d'air frais, qui, croyait-il, soulageaient son mal. « Et, annonça-t-il une fois, remuant sa carcasse sur le fauteuil de velours qu'on lui avait offert, ils accélèrent ma goutte.

– Pauvre papa », dit Caroline.

L'autre objet du mépris de Mr Gilderson fut découvert quand, afin de dissiper le silence tendu qui avait suivi, Maurice décrivit une tempête spectaculaire où il avait été pris l'hiver précédent. Gilderson ne supportait aucun récit en rapport avec le temps en général, et avec la neige en particulier. « Sommes-nous vraiment obligés d'écouter encore une histoire concernant les tempêtes de neige, les congères, la glace ou la chute des baromètres ? s'exclama le vieil homme avec irritation. Je ne tolérerai aucune mention de calèches abandonnées sur le bord des routes ni de bateaux pris dans les glaces d'un port. Et, s'il vous plaît, abstenez-vous de toute référence à novembre. » Dans l'esprit de Gilderson, le temps était l'ennemi des affaires. Tel un parent qui lui aurait causé de l'embarras, il ne souhaitait pas que son nom fût prononcé et voulait qu'on retournât son portrait contre le mur. Annabelle savait que novembre était le mois où, pour des raisons de sécurité, tous les bateaux, sauf les vapeurs de Gilderson, cessaient leurs activités jusqu'à la débâcle du printemps. Plusieurs tragédies avaient eu lieu pendant ce mois, des tragédies que, selon son père, Gilderson avait évaluées purement en termes de perte de marchandises et de vaisseaux, apparemment sans une pensée pour les pertes humaines. Elle le regarda avec une désapprobation amusée, puis dit d'un ton méchant : « J'aime beaucoup novembre. Les choses se calment et tout devient tranquille sur l'île. Il n'y a plus autant d'allées et venues. On peut tourner son esprit vers d'autres occupations… la lecture, l'art. »

Oran Gilderson, qui l'avait ignorée jusqu'à cet instant, se tourna vers Annabelle, comme s'il essayait de déterminer précisément qui elle était. Lorsque, après une minute ou deux de concentration, il parut la reconnaître, il sourit, hocha la tête d'une manière conciliante et dit : « Oui, en effet, la lecture et l'art, de merveilleux passe-temps pour une femme. Mais moi, madame, je suis un homme d'affaires. »

Avant d'entamer le voyage de retour vers l'île Timber, Annabelle prit son neveu à part pour le mettre en garde. « Le temps n'est pas le seul coupable, lui dit-elle. La cupidité peut être aussi un ennemi des affaires. Souviens-t'en. »

Pendant les deux ou trois années suivantes, Maurice prospéra à un point tel que non seulement ses parents furent impressionnés par ses succès, mais qu'il faillit s'attirer les faveurs de son beau-père. L'orge monta à un dollar le boisseau, et un nombre croissant des bateaux de Gilderson traversa le lac dans les deux sens, transportant la cargaison dorée destinée au marché américain. Caroline ajouta un jardin d'hiver à la maison et un belvédère treillissé à sa cour. Au cours d'une seule année, elle n'acheta pas moins de vingt chapeaux, chaque nouvelle coiffure plus flamboyante que la précédente. Quand elle tomba enceinte, l'une des chambres les plus spacieuses fut transformée en une nursery élaborée ; elle ne tarda pas à accueillir un bébé hurlant qui devait devenir mon père et que Maurice décida d'appeler Thomas Jefferson Woodman par égard pour les Américains dont la soif les rendait aussi riches. Certains d'entre eux fréquentaient le Ballagh Oisin, mais ils avaient des revenus modestes et, le plus souvent d'origine irlandaise, ils étaient attirés par l'hôtel à cause de son nom gaélique et de sa vue sur le lac qui leur rappelait la mer.

Même Annabelle dut admettre que les choses allaient bien. Caroline, la jeune épouse gâtée, avait embrassé la maternité avec un enthousiasme surprenant. Maurice avait eu l'intelligence d'engager des hommes expérimentés en matière d'exploitation agricole, tandis qu'il se consacrait à un passe-temps très gratifiant, la tenue des comptes et l'investissement des bénéfices. Branwell peignit tout l'hiver, et amusa ses hôtes et veilla sur eux tout l'été. Tout le monde était fou du bébé, qu'on appelait « T. J. » pour faire court, et quand cet enfant se mit à parler, Marie reprit ses récits, évoquant certains soirs le loup, ses parents assassinés, son voyage jusqu'à l'île des Orphelins, les épidémies qui sévissaient dans cette institution, les petits cercueils blancs arrivant sur un traîneau marron foncé, la livraison des anges de pierre et une quantité d'autres événements merveilleusement terrifiants qui avaient jalonné la route de l'enfance à l'adolescence.

Il n'y avait plus beaucoup de clients – les affaires étant ce qu'elles étaient dans le secteur du bois. Annabelle était surtout occupée à annoter son album d'éclats, à peindre, et quand la saison le permettait, elle travaillait à ce qui était en train de devenir une impressionnante série de jardins d'agrément près de la maison. Pourtant, au cours des quelques années suivantes, elle retournait de temps en temps dans le bureau de son père pour consigner les transactions concernant l'entreprise de sauvetage dans l'un de ses livres de comptes, une entreprise qui, ces derniers mois, avait commencé à aller un peu mieux. Lorsqu'elle se trouvait dans le bureau, elle tentait parfois sans guère d'enthousiasme ni de succès de trier tout ce que son père avait laissé. Cependant elle n'avait pas pu se résoudre à rouler les cartes des marais, et elles étaient devenues un élément si permanent – quoique poussiéreux – de l'endroit qu'elle les considérait comme une sorte de tapis en parchemin. Un après-midi d'août, elle avait apporté un plumeau pour faire un peu de ménage. Peut-être, songea-t-elle tout en travaillant, peut-être que c'est ainsi que des civilisations entières sont ensevelies. La poussière qui n'est pas essuyée peut, avec le temps, s'accumuler au point que l'architecture tout entière finit par y être enfouie : colonnes et amphithéâtres, temples et palais. Tôt ou tard, tout succomberait. Si, dans un millier d'années, un archéologue visitait l'île Timber, que lui resterait-il à déterrer ? Pas grand-chose, décida-t-elle, quelques pierres de la fondation de la grande maison et des briques de l'âtre, une enclume de la forge, peut-être. Quand le mot « enclume » lui traversa l'esprit, Annabelle avait cessé d'épousseter et regardait par la fenêtre ouest, en direction du quai. Différentes voiles et cheminées étaient visibles, et elle fut surprise d'y découvrir le petit bateau de Branwell, qui s'approchait de ses docks. Elle fut heureuse de savoir qu'il était en route pour l'île : il ne lui avait pas rendu visite depuis des mois, et comme elle avait décidé d'accorder plus d'attention aux opérations de sauvetage dont elle avait la charge, elle avait reporté plusieurs fois son projet de se rendre à l'hôtel.

Quand elle le vit descendre sur le quai, elle sortit et l'appela par son nom. Peu après, son frère s'immobilisa dans l'embrasure de la porte du bureau intérieur, stupéfait par la vue des cartes étalées sur le sol.

« Des cartes des marais », expliqua Annabelle sans attendre la question. Elle ramassa le plumeau, se courba au-dessus du marais Gortatlea et l'épousseta, révélant ses superbes couleurs.

« Les infâmes marais irlandais.

– Exactement. »

Branwell contourna les cartes topographiques en direction de sa sœur. « Il les avait conservées. » Il examina chaque carte pendant plusieurs minutes, puis, comme épuisé par l'information qu'elles transmettaient, il s'écroula sur la chaise de Cummings, qu'Annabelle avait apportée du bureau extérieur après la mort de son père. Se souvenant de ses propres incursions dans le saint des saints paternel, elle voulait du moins pouvoir offrir un siège aux visiteurs qui venaient chez elle. Ayant pris de l'âge, elle se sentait seule, bien qu'elle refusât de l'admettre, et n'était pas hostile à un peu de conversation.

Elle pria son frère de rester pour le repas du soir et lui offrit une chambre pour la nuit. Puis elle se mit à parler des cartes. « Regarde celle-ci, dit-elle, indiquant de nouveau le marais Gortatlea. Ou celle-là. » Elle toucha de l'orteil le centre de Glorah. « Il aimait tout cela. C'est évident. Pourquoi voulait-il détruire ce qu'il jugeait si beau ?

– Les gens font ce qu'ils ont à faire, répondit doucement son frère, et il arrive qu'au cours de ce processus des choses soient détruites. » Il se mit à tirer sur son oreille droite. « Pauvre papa, dit-il. Il ne savait sans doute même pas qu'il aimait regarder le paysage, il s'imaginait que ce n'était utile que si on pouvait l'exploiter d'une manière ou d'une autre. »

Annabelle se demanda si, en fait, la persévérance faisait partie de l'explication qu'elle recherchait. Était-ce le fait de savoir que ce qu'il avait aimé continuait d'exister après son départ qui avait inspiré une telle fureur à son père ? Branwell tirait toujours sur son oreille et regardait par la fenêtre. Annabelle vit que, malgré l'émotion causée par la révélation des cartes, il était préoccupé par autre chose. « Qu'est-ce qu'il y a ? demanda-t-elle enfin. À quoi penses-tu ?

– Des soucis. »

Elle attendit. Puis, comme aucune autre parole ne franchissait les lèvres de son frère, elle voulut savoir ce qui le préoccupait. « Le sable, répondit-il. Le contremaître de Maurice m'a appris que le sol changeait. Il dit qu'il se transforme en sable.

– Mais c'est une absurdité ! s'écria Annabelle. Le sol ne se transforme pas spontanément en sable.

– Pourtant cela semble être le cas. Caroline est dans tous ses états parce que ses plates-bandes sont envahies par le sable et que ses pelouses ne poussent pas convenablement. Une sorte d'herbe différente a surgi, en brins durs, épars, avec beaucoup de sable au milieu. » Il soupira et regarda ses mains, nouées sur ses genoux. « Et ce n'est rien en comparaison du sable autour de l'hôtel, ajouta-t-il. Il y a des dunes qui s'accumulent à côté du porche. »

Annabelle essaya de se remémorer le porche, mais ne put se représenter que des fauteuils à bascule blancs, des marches balayées, des pelouses soignées.

« Eh bien, dit-elle, peut-être que ce phénomène est tout à fait naturel. La pointe du Frisson est située sur l'extrémité sablonneuse du comté, après tout. Peut-être que l'an prochain les choses seront revenues à…

– Tu n'as aucune idée, l'interrompit Branwell, de ce que ça fait à Marie. Certains matins il y a du sable dans les coins des chambres des clients. Quelquefois le sable s'introduit dans le pain qu'elle fait ou, pire, dans ses sauces. Il y en a presque toujours une pincée sur ses meringues au citron. Ça dérange les clients. Certains partent plus tôt que prévu. Et Marie… c'est comme si elle en portait le poids dans son cœur. Elle ne se plaint pas vraiment, mais je le lis sur son visage, je le vois dans ses yeux…

– Marie ne se plaint pas ? De quelque chose d'aussi sérieux ? » Annabelle se souvint de la petite fille intrépide au franc parler de l'orphelinat, de la jeune femme solide que Marie était devenue. « Il se passe quelque chose de terrible alors, et elle se tait pour ne pas empirer la situation. »

Branwell acquiesça tristement.

Lors de sa dernière visite, Annabelle avait remarqué qu'un détail impossible à identifier avait disparu de l'expression de son amie, et de ses gestes. Elle avait toujours vu Marie vive dans ses mouvements, assurée dans son discours. À présent, toute énergie semblait s'être évanouie de son caractère. À sa connaissance, elle n'avait inventé aucune recette nouvelle, et Branwell avait beau la taquiner, il ne parvenait pas à la forcer à défendre la politique du Québec, un sujet qui dans le passé l'avait toujours incitée à se lancer dans des déclarations passionnées, tantôt en anglais, tantôt en français. C'était comme si une composante essentielle de son port altier s'était amollie, et cela effrayait Annabelle. Ce qui mollissait chez Marie mollirait aussi chez elle.

« Y a-t-il une chance que le contremaître se trompe ? » demanda-t-elle.

Branwell secoua la tête. « Il dit que ça a quelque chose à voir avec la rotation des cultures.

– Mais Maurice – et tous les autres d'ailleurs – ne fait pousser que de l'orge. Personne ne pratique l'assolement.

– C'est exactement ça. Ils n'ont pas recouru à ce procédé. Aucun des fermiers de notre bout de côte n'a alterné les cultures, et maintenant le sol est épuisé. Ils gagnaient des fortunes, dit-il avec amertume. Pourquoi auraient-ils voulu changer ? » Branwell leva les bras en l'air en un geste de désespoir. « Tout ce sable, chuchota-t-il, tout ce sable parce que les gens sont obsédés par l'argent. »

Annabelle se tenait au milieu de la pièce, entourée par les marais. Pour la première fois elle songea aux paysages luxuriants et ordonnés du passé de sa mère, et se surprit à espérer qu'ils fussent encore là, tels que sa mère les avait décrits à Branwell, chaque champ à sa place, les cultures alternées ou laissées en jachère une année sur deux environ. Le chêne dont parlait sa mère lui vint à l'esprit et elle jeta un coup d'œil par la fenêtre, cherchant l'arbre dans sa propre cour, comme pour se rassurer.

Elle se tourna vers Branwell. « Tu dois dire à Maurice de vendre immédiatement, dit-elle.

– Il songe à faire de la politique, avança Branwell sans guère d'enthousiasme. Il a adhéré au parti tory, aussi je suppose que c'est un début. » Il tambourina sur le bureau de son père. « Comment puis-je le convaincre de vendre ? Il y a deux ans, je voulais qu'il pratique l'assolement. L'an dernier, je voulais qu'il vende. Mais il est clair que rien de ce que je suggère n'a d'effet sur lui.

– Il écoutera Marie. Il écoutera sa mère. »

Branwell parut embarrassé. Sa main remonta jusqu'à son oreille. « Marie a essayé de lui parler, répondit-il, mais Caroline l'a à peine laissée évoquer le sujet. Elle est devenue hystérique. » Il marqua une pause. « Il n'écoute plus que Caroline à présent.

– Pourquoi Maurice ne réagit-il pas ? » Annabelle sentit la rougeur de la colère monter le long de son cou et envahir son visage. La faiblesse, songea-t-elle, était la réponse à cette question. La faiblesse, associée à l'ambition et à la cupidité. Le manque de caractère et, bien sûr, les chaînes de l'amour.

Branwell haussa les épaules et secoua la tête. Il se leva de son siège et se mit à arpenter la pièce. « L'hôtel est la vie de Marie. La seule vie que nous connaissions, la seule que nous ayons. Mais mon fils, notre fils, est à tel point absorbé par son mariage, et dominé par son beau-père, qu'il n'a pas pensé une seconde à ce qui arrivait à sa mère. Elle sent qu'elle l'a perdu. Elle se doute que nous avons perdu l'hôtel. C'est comme si elle s'était épuisée avec le sol.

– Épuisée ? Marie ? » Annabelle se refusait à l'imaginer.

Branwell se tut.

« Tu te souviens ? demanda enfin sa sœur. Tu te souviens de la fois où père t'a emmené avec lui pour charger les têtes de proue ?

– Je me rappelle que c'était un très, très long voyage, et que nous l'avons fait en diligence. » Branwell s'interrompit, secoua la tête. « Et je me souviens des têtes de proue. Mais c'est tout.

– Il voulait que tu voies les ateliers, dit Annabelle. Tu avais sept ans. C'est la seule fois où il a jamais envisagé de faire quelque chose qui pouvait intéresser un enfant. Et c'est merveilleux, si on y réfléchit, qu'il ait existé au Québec des hommes pour consacrer leur vie presque entièrement à la sculpture de sirènes. » Elle contourna les cartes avec soin et prit deux modèles en cire sur les étagères. « Regarde, dit-elle, regarde ces modèles. »

Son frère jeta un coup d'œil aux personnages dans ses mains. L'un était le portrait de Napoléon, l'autre une femme aux seins nus. « Il est peu vraisemblable, dit-il, que père ait permis que Napoléon soit fixé à la proue de l'un de ses schooners. Mais je me souviens d'une femme identique à celle-ci, et d'une sorte d'animal… un griffon, je crois.

– Je suppose qu'il a rapporté les modèles à la maison simplement parce qu'il les aimait. Mais tout cela a maintenant disparu, murmura Annabelle. Avec tout le reste. » Elle remit les objets sur les rayonnages. « À ton avis, qu'est-il arrivé à ces jeunes gens qui étaient formés pour sculpter des têtes de proue et rien d'autre ? demanda-t-elle à Branwell. Une fois que les bateaux qui les portaient ont été sabordés ? Personne ne connaît le moment où quelque chose qui semble permanent va simplement cesser d'exister. » Elle songea au dernier jour dans la voilerie, à la mer de toile abandonnée, aux coutures à demi surjetées, aux aiguilles enfilées arrêtées au milieu d'un point. Son père, se rappela-t-elle, avait refusé qu'on enlevât les voiles inachevées. « Ils s'apercevront qu'ils ont tort de faire fonctionner tous les bateaux à la vapeur, avait-il insisté. Et nous aurons besoin de la toile pour le retour à la voile. » Mais les aiguilles avaient rouillé et finalement le fil avait commencé à s'effiler, à pourrir.

« Ce dont *je* me souviens, dit-elle à Branwell, c'est qu'au retour tu as été forcé de t'asseoir entre les sirènes grandeur nature dans la diligence, face à père et au griffon. » Annabelle sourit, se représentant la scène : le patriarche, le petit garçon effrayé, deux sirènes et un griffon endurant les cahots du chemin et le temps épouvantable d'un mois de novembre du milieu du XIXᵉ siècle.

« L'argent que père a laissé à Maurice ? demanda-t-elle soudain.

– Il lui en reste un peu, apparemment… assez, je suppose, pour survivre.

– Bien. Alors il doit vendre immédiatement. Descendre plus bas sur le lac, jusqu'au prochain comté. S'installer dans une autre maison et se présenter aux élections. » Elle eut fort envie d'exprimer tout haut son opinion de l'épouse de son neveu, mais au lieu de cela elle dit : « Caroline sera heureuse d'être la femme d'un homme politique quand elle saura qu'il n'y a pas d'autre choix. Tu peux compter là-dessus. Le pouvoir, l'attention lui plairont. D'ailleurs, comment s'en sort l'entreprise de son père au milieu de tout ça ? »

Branwell se rassit. « Elle a presque mis la clé sous la porte, répondit-il. Du moins, elle a totalement cessé de transporter l'orge. Le mois dernier, les Américains ont appliqué des droits de douane exorbitants à ses cargaisons. Aux cargaisons de tout le monde. Ils veulent utiliser leur propre orge à présent… Et la semaine dernière, l'orge, dit-il en levant les yeux vers le visage de sa sœur, le prix de l'orge canadien est tombé à vingt *cents* le boisseau. » Il leva une main, puis la laissa retomber. « Il construit encore des bateaux, bien sûr. Gilderson a eu l'intelligence de passer très tôt à la vapeur. Et les bateaux à vapeur dureront toujours.

– J'en doute, répliqua Annabelle, enlevant un livre de comptes de l'angle du marais Dereen et regardant la carte reprendre lentement une forme cylindrique. Rien ne dure toujours. »

Lors de sa dernière visite à l'hôtel, par une soirée d'été, Joseph Woodman, devenu vieux, était assis avec Branwell sur le porche quand il avait reposé le journal qu'il était en train de lire et s'était tourné vers son fils. « C'est étrange, avait-il dit, mais nous n'avons pas de radeau sur le fleuve ce soir. Pas un seul. » Et Branwell, qui n'avait alors plus le moindre rapport avec l'entreprise de bois, avait éprouvé, à sa stupéfaction, un sentiment de perte si profond que les larmes avaient jailli de ses yeux, car c'était la première fois depuis des décennies qu'à la période où le fleuve était ouvert aucun radeau de l'île Timber ne faisait route vers Québec. Les cargaisons de rondins, vous voyez, arrivaient de moins en moins fréquemment à quai, le nombre de coureurs de bois s'amenuisant tandis que les hommes s'orientaient vers des formes d'emploi plus fiables. Branwell nota dans son journal qu'un soir où il était assis sur le porche en compagnie de son père, l'une des pleines lunes spectaculaires de la saison planait au-dessus de l'eau sombre, immobile à un point si inhabituel (« nul zéphyr ne troublait le silence serein », écrivit-il), que le chemin d'argent jusqu'au rivage était comme une invitation à marcher sur le lac. C'était le commencement de la fin, et les deux hommes le savaient. Le vieux Marcel Guérin gravissait de moins en moins souvent les marches de la voilerie pour réparer les cordes et la toile parce qu'il y avait de moins en moins de voiles sur le lac. Le type de construction navale qui avait rendu célèbre l'île Timber était presque au point mort. Les vapeurs avec leurs panaches de fumée noire souillaient un horizon qui avait autrefois fourmillé de barques et de schooners. Et, plus tragique encore, les dernières des grandes forêts étaient à terre.

Jusqu'à ce moment, cependant, la réserve de bois de ces forêts avait semblé inépuisable, et cette ressource infinie avait donné à Branwell l'impression qu'un radeau ou un autre serait présent sur le fleuve pendant tous les étés à venir. Beaucoup plus tard seulement, il se rendrait compte que même dans une colonie dont la richesse se fondait entièrement sur le massacre des animaux sauvages et l'abattage des forêts, il y avait des moments de magie pure. Son journal, quand il était à la maison, avait été rempli d'annonces se rapportant à l'arrivée de bateaux dont les noms vous évoquaient un élégant défilé de femmes superbes : l'*Alma Lee*, le *Hannah Coulter*, le *Minerva Cook*, le *Lucille Godin*, le *Nancy Breen*, le *Susan Swan*, le *Mary Helen Carter*. En descendant le fleuve, il avait vu le nuage de vapeur d'eau au loin et les hommes agenouillés, cherchant leurs chapelets durant les ultimes minutes de calme avant la brève et terrifiante traversée des rapides Coteau. Et il y avait eu ensuite le repas du soir sur le fleuve, les chants des matelots, et le lendemain l'apparition des villages français sur le rivage, clocher après clocher.

Maintenant, Branwell et Fantôme, dont les cheveux avaient blanchi, balayaient le sable du même porche où son père avait fait cette triste déclaration. Mais c'était un acte futile. Les champs sableux étaient pleins des maigres pousses de plants d'orge rachitiques qui ne mûriraient jamais. Cette semaine à peine, trois familles de fermiers voisins avaient abandonné leurs maisons, leur terre ruinée, et quitté le comté pour gagner la ville, avec l'espoir de trouver un emploi à l'usine.

« Les chevaux n'aiment pas le sable, dit Fantôme. Ça rend la marche trop pénible. Je vais devoir trouver un endroit plus accueillant pour eux. »

Branwell n'écoutait pas. Au lieu de cela, il pensait à une anecdote que lui avait racontée son père quand il était petit. Il revoyait en imagination le fauteuil Windsor que son parent avait occupé et la lueur d'une lampe à pétrole en verre pressé, aussi la scène avait-elle dû se passer le soir, sans doute en hiver, décida-t-il, car l'été le vieil homme était si débordé que le temps lui eût manqué pour le genre de réflexion exigé par le récit.

Le vieux Woodman, qui était jeune à l'époque où s'étaient déroulés les faits, se trouvait alors en Irlande, au bord du marais Knockaneden. « Un sinistre gâchis, ça, on peut le dire », avait-il commenté, fixant la montagne Canuig où il avait remarqué alors une procession d'une importance surprenante qui s'engageait dans la pente.

« De quoi diable s'agit-il ? » avait demandé le jeune Joseph Woodman à l'homme qui l'avait conduit dans les environs du marais, afin, devait-il apprendre, de lui montrer les vestiges d'une intéressante piste enfouie récemment découverte par des coupeurs de tourbe. Cette piste, avait assuré son père à Branwell, n'avait rien d'une antiquité, on voyait juste quelques pierres éparses qui, croyait l'Irlandais, étaient la preuve de l'existence d'une civilisation antérieure, à l'époque où les routes s'étaient développées dans le district.

« Ça, avait dit le compagnon de Joseph Woodman, indiquant la montagne, c'est la procession funéraire d'un homme d'une quarantaine d'années à peine, qui s'appelait O'Shea, et c'est le dernier qu'on emmène. Le dernier à quitter Coomavoher. Tous les autres sont partis ou morts avant lui. Et maintenant qu'il s'en va, l'endroit n'est plus que vide et ruines. »

Dans l'Iveragh, tout était vide et ruines, autant que Woodman pût en juger.

« Et je me souviens, avait dit le vieil Irlandais, quand il s'est installé là-haut après avoir épousé une femme à qui son père avait légué un pâturage suffisant pour trois vaches, qu'il est parti avec une armoire sur le dos, qu'il a gravi la montagne comme ça. Il était aussi fort que ça. » Il s'était signé et avait ajouté : « Qu'il aille au paradis. »

Son père avait souri. « C'est ça, la définition de la difficulté qu'on peut éviter, avait-il dit à son fils. Qui d'autre qu'un idiot choisirait de vivre dans un endroit aussi sauvage et aussi inhospitalier ? Seul un Irlandais entreprendrait de hisser des meubles en haut d'une montagne aussi grise et désolée, mais, avait-il admis, l'œil inhabituellement rêveur, si belle sous certains angles de lumière. » De l'endroit où il se tenait, avait-il assuré à Branwell, il n'avait vu ni touffe d'herbe, ni trace d'animal. Ce jeune O'Shea aurait dû oublier la femme et ses vaches, insistait son père, et marcher plutôt dans la direction opposée, quitter l'endroit, à moins, bien sûr, qu'il n'eût été capable de faire quelque chose pour assécher ce marais isolé de tout, dont les vapeurs, flottant vers le sommet de la montagne, l'avaient sûrement tué.

Branwell se rappela cette histoire tandis qu'il continuait de balayer avec Fantôme, le sable crissant sous leurs pas et s'accumulant aux endroits qu'ils venaient à peine de nettoyer. Son père, comprit-il, avait rencontré en Irlande des gens courtois, enchantés par l'apparition d'un étranger, impatients de raconter leur propre histoire, qu'ils avaient consignée – au détail près – dans leur esprit, car ils ne savaient pas écrire. L'ensemble de leur vaste territoire – des milliers d'hectares – était inscrit dans leur mémoire : chaque rocher, chaque buisson, toutes les collines et les montagnes et les longues plages qui portaient le nom de grèves. Ces gens n'auraient pas compris (et, selon son père, ne pouvaient pas comprendre) l'idée des cartes, des cartes comme celles que lui avait montrées Annabelle, et se seraient sans doute méfiés de la notion selon laquelle toutes les choses connues pouvaient se réduire à un morceau de papier de la taille d'un dessus de table. Ils avaient déjà tout nommé, et au son des noms que son père récitait parfois avec colère, ou avec mélancolie, la poésie de la dénomination était entrée dans leur langage. « Ballagh Oisin » était l'un de ces noms.

« Ballagh Oisin, dit-il, s'appuyant sur son balai. Qui d'autre qu'un idiot voudrait vivre dans cet endroit impossible juste parce qu'il est beau sous certains angles de lumière ? » Le paysage était particulièrement beau en cet instant où les dunes étaient peintes en mauve et rose par le soleil déclinant, et où, en arrière-plan, l'eau était un satin bleu et noir doublé de dentelle blanche, un effet produit par le même vent qui introduisait du sable à l'intérieur de l'hôtel. Dans la baie, un schooner échoué penchait sur le côté, sa proue fichée dans l'une des nouvelles barres invisibles sous la surface de l'eau. Le lac même semblait avoir rejoint cette cruelle conspiration du sable. Peut-être était-il en train de se transformer en désert, songea Branwell.

« J'ai vu ce bateau, dit Fantôme, indiquant de la tête le schooner abandonné. J'ai vu ce bateau déployer ses voiles et traverser la baie au milieu de la nuit. Je voyais les passagers et l'équipage qui tendaient les bras et appelaient sur le pont. »

Branwell haussa les sourcils et regarda son ami. « Tu l'as rêvé, lui dit-il. Tous les gens qui étaient sur ce bateau ont regagné la rive à pied. Une semaine plus tard, ils auraient pu atteindre la terre ferme sans se mouiller les orteils.

– Je l'ai rêvé… je l'ai vu… quelle différence ? Un bateau fantôme n'est jamais un bon signe. »

Branwell entendait les bruits que Marie faisait dans la cuisine, mettant de l'ordre après le repas du soir qu'elle avait préparé pour eux trois. C'était l'automne ; il ne restait jamais beaucoup de clients dans l'hôtel en cette saison, mais Branwell avait toutes les raisons de croire que l'été suivant il n'y en aurait plus un seul. Le Ballagh Oisin était en bout de course. Il en était certain.

« Tu vas passer encore quelque temps ici, dit Fantôme. Tu vas rester jusqu'à ce que ton fils déménage et s'installe dans cette grosse maison sur la colline. »

Il y avait des fois où Branwell trouvait la télépathie

de Fantôme importune, mais il avait appris au cours des années à se fier à ce que l'homme avait à dire. « Quelle colline ? demanda-t-il. Quelle maison ?

– À une cinquantaine de kilomètres à l'ouest, répondit Fantôme, plissant les yeux. Près d'un village appelé Colborne, du nom de John Colborne, un administrateur colonial qui a écrasé la rébellion de 1837, un abominable vieux tyran sans merci. On ne peut pas arrêter le destin. » Il s'interrompit un moment. « Je pense qu'il y a aussi une autre colline dans son avenir, à Ottawa. Si je ne m'abuse, il va devenir un vieux politicien vociférant et impitoyable. »

Branwell rit avec ironie, et pour la première fois depuis des jours.

« Oui monsieur, reprit Fantôme, lisant dans ses pensées, un homme que sa femme mène par le bout du nez est une force avec laquelle il faut compter en politique. »

Le lendemain matin, quand Branwell s'aventura dans les écuries, il trouva Fantôme en train de seller la jument blanche qui lui avait été offerte par la famille comme cadeau de Noël à peine deux ans plus tôt et qu'il avait baptisée « Spectre », fier de son sens de l'humour. Sa gibecière était prête et sa mandoline fixée au pommeau de la selle. « Je l'emmène loin de tout ça, dit-il, caressant les naseaux de l'animal. Pour nous, retour à Baden. Il y a juste en face de la gare une nouvelle taverne où je peux divertir le public, et je pourrais trouver du travail chez Fryfogel, bien que le vieux soit mort et qu'il n'y ait plus d'auberge.

– Comment sais-tu qu'il est mort ? » Dès qu'il l'eut posée, Branwell se rendit compte que la question était ridicule.

Fantôme ne prit pas la peine de répondre, mais, au lieu de cela, annonça que deux des fils, des fermiers passables, vivaient à présent avec leurs femmes et leurs enfants dans les chambres de l'ancienne auberge.

Avec la jument, ils quittèrent l'obscurité de l'écurie, retrouvant la clarté vive de l'automne. Autour de l'hôtel, les arbres mourants, étouffés par le sable, avaient perdu leurs feuilles au milieu de l'été, et maintenant leurs branches nues projetaient des ombres enchevêtrées sur les dunes. « J'aimerais bien te proposer quelque chose ici, soupira Branwell. Mais, comme tu vois, l'espoir est mince. Alors je vais te dire au revoir. Je suppose que tu vas me manquer, malgré tout.

– Pas longtemps, je te le garantis, répondit Fantôme. Rappelle-toi que les murs de Fryfogel ne sont toujours pas peints, et que maintenant tu vas avoir besoin de l'argent. » Il enfourcha la jument. « À cet hiver ! » lança-t-il par-dessus son épaule quand sa monture commença à avancer péniblement dans le sable en direction de la monstrueuse maison de brique de Maurice (qui arborait une large pancarte « À vendre » sur sa clôture) et de la route ensablée qui conduisait à un univers plus stable.

« Pas en hiver ! cria Branwell. Jamais je ne retournerai là-bas en hiver.

– Oh, que si ! hurla Fantôme à tue-tête. Tu peux en être sûr. »

Branwell fixa ce qui restait de la route jusqu'à ce que Fantôme fût hors de sa vue. Puis il fit volte-face pour regarder l'hôtel. Une partie de la peinture blanche avait été rongée par le vent chargé de sable, et les bardeaux gris usés apparaissaient. Puis il aperçut le visage pâle de Marie à la fenêtre de la cuisine. Il leva le bras pour la saluer. Elle ne répondit pas, mais se détourna et disparut.

Vers la quarantaine, malgré sa farouche indépendance et son pragmatisme sans faille, Annabelle fut assaillie par la passion, assaillie et retenue une brève période prisonnière, jusqu'à ce que le chagrin la délivrât. Oui, elle-même se laissa prendre au piège, sans doute alors qu'elle regardait dans une tout autre direction. Cela commença au coucher du soleil, un début de soirée de l'automne de l'année suivante. Un nuage gonflé de soleil était suspendu comme une boule de feu au-dessus des bateaux amarrés le long de l'appontement de Kingston, sur le continent. Elle prit sa boîte d'aquarelle et son carnet de croquis, et sortit, enchantée par l'effet apparent du feu sur les voiles marron pâle. Ce caprice de l'atmosphère était une chance. Elle devait se hâter de la capter.

Oui, ce fut l'été où tout tomba en ruine : l'hôtel,

le belvédère de Caroline, le prix de l'orge, l'été où Maurice, malgré la résistance de sa femme, finit par se décider à mettre sa maison en vente. Annabelle revenait juste du Ballagh Oisin et ses vêtements dansaient encore sur la corde à linge, se débarrassant de leur sable pendant qu'ils « s'aéraient ». Toute la journée elle s'était inquiétée pour Marie, qui semblait très malheureuse à la pensée que ce qu'elle et Branwell avaient construit avec tant de soin se disloquait lentement, douloureusement.

Qui eût cru cependant qu'Annabelle se compterait parmi les faibles qui vacillaient, au risque de s'effondrer ? Elle avait à peine plus de quarante ans et anticipait avec bonheur une existence passée à gagner modestement sa vie et à peindre les coques délabrées de la baie des Épaves, ainsi que les bateaux en meilleur état qui se trouvaient de l'autre côté de l'eau, dans le port de Kingston. En outre, elle avait été visitée par le péché d'orgueil. Malgré son ancienne aversion pour ce sentiment, elle avait été satisfaite par sa maîtrise de l'opération de sauvetage, ravie, en fait, de l'indépendance qu'elle lui procurait. Elle osait même espérer qu'elle pourrait un jour aider son frère et son amie lorsque viendrait pour eux le moment de quitter l'hôtel, ce qui, craignait-elle, ne manquerait pas d'arriver.

Quelle raison la poussa-t-elle donc à se radoucir et à accepter enfin que Mr Gilderson négociât l'île avec elle ? Était-ce son déclin, sa perte d'autorité ? Peut-être voulait-elle le voir assis en face d'elle, sa fortune amoindrie, sa capacité à malmener son entourage désormais affaiblie. Peut-être, malgré les ultimes paroles de son père, croyait-elle qu'il serait impossible à l'ancien rival de celui-ci de mener à bien son projet d'acquisition de la propriété et de ce qui restait de son équipement. Peut-être voulait-elle le voir humilié, se débattant contre cette fin de non-recevoir. Elle était convaincue de le haïr.

Mais il y avait aussi autre chose. Elle devait admettre que, tout compte fait, elle n'était pas totalement opposée à l'idée de vendre à Gilderson. Cela lui procurerait une certaine satisfaction, un petit goût de pouvoir face à son père à présent mort et enterré, mais toujours étrangement omniprésent. Bien qu'il eût disparu depuis des années, il continuait de parler – très souvent – dans son esprit, dispensant conseils et recommandations. Elle n'avait jamais eu peur de lui, ni autrefois ni aujourd'hui, mais elle sentait parfois qu'il exprimait sa désapprobation comme il l'avait fait dans le passé. « Pour l'amour de Dieu, ne vends pas à ce bandit de Gilderson ! » Annabelle l'imaginait criant ces paroles, le visage enflammé par la rage, la fusillant du regard sous ses épais sourcils gris qui faisaient penser au crin d'un balai. Bien que son rival fût de dix ans son cadet, ce qui le rendait, à ses yeux, définitivement ignare et inexpérimenté en matière de transport lacustre, son père avait toujours cru que sa propre entreprise était menacée chaque fois que Gilderson tournait son attention vers l'extrémité est du lac.

Gilderson et son serviteur logeaient dans la maison vétuste au confort défectueux qu'on réservait aux invités, et qu'Annabelle, n'ayant elle-même pas de domestiques, avait préparée pour eux. Peu après son arrivée elle l'avait conduit au bureau, où elle lui avait longuement parlé de ce qui restait de l'entreprise. Plus tard, alors qu'il faisait une lente inspection de l'île, à titre personnel, elle avait préparé un ragoût de mouton pour le dîner, repas qu'ils avaient pris ensemble dans le salon pendant que le serviteur mangeait à la cuisine. Annabelle avait eu des difficultés à se concentrer sur la conversation polie à propos de Branwell et de Caroline que les circonstances semblaient imposer. Énoncée par son père, s'échafaudait dans son esprit une liste absurde de tous les trafics auxquels Gilderson s'était livré lors de ses traversées des lacs : orge, choux, girouettes, services en porcelaine, scies à métaux, cabriolets, meubles, whisky, chevaux, êtres humains. Il y a tellement de choses dans le monde, songea-t-elle, et leur nombre ne cesse d'augmenter. Oran Gilderson, comprenait-elle, était un maître dans l'art du déplacement et, à la manière dont se présentait l'affaire, c'était elle qu'on allait déplacer.

Après le dîner il demanda s'il pouvait fumer, et quand Annabelle lui assura que oui, il fit sortir une petite quantité de tabac doré d'une blague en cuir et tassa fermement les brins dans le fourneau de sa pipe.

Il écarta sa chaise de la table, la tournant vers la fenêtre, puis se pencha en avant pour frotter une allumette sur la semelle de sa botte. Bien qu'Annabelle ne sût pas encore qu'elle voudrait la conserver, cette allumette était destinée à son album, à son cahier d'éclats de bois.

Gilderson regardait par la fenêtre avec une satisfaction pensive. « Bien, dit-il enfin. Pas un seul phare en vue.

– Pourtant il y en a plusieurs dans les environs, lui apprit Annabelle. Deux de chaque côté de Kingston et un sur l'île Insignifiante. Vous ne les avez pas vus pendant votre promenade ? » Elle les avait peints tous les trois à un moment ou à un autre, toujours par temps orageux et avec un bateau, parfois deux, s'écrasant sur les rochers tout proches. « On peut les voir très distinctement de plusieurs endroits de l'île Timber, mais jamais depuis la maison. »

Pendant plusieurs minutes, Gilderson tira des bouffées de sa pipe sans faire de commentaire. « Durant ma promenade je ne regardais pas la vue, dit-il. Je cherchais du matériel. » Puis il se leva et s'approcha du feu, et commença à faire tomber le reste de cendres de sa pipe en la tapant contre la grille du foyer pendant ce qui parut un temps exagérément long à Annabelle. Il se tourna enfin vers elle et lui annonça qu'il n'achèterait pas sa propriété. Elle ne demanda pas pourquoi il avait brusquement adopté cette position, mais il le lui dit quand même : « Trop de phares dans le district et, quoi que vous pensiez, les phares sont dangereux pour mes bateaux. »

Quelle absurdité ! songea Annabelle. Puis : Il a dû vendre presque tous ses bateaux de toute manière. « Très bien », répondit-elle, ramassant les assiettes sur la table pour les rapporter à la cuisine, au milieu des couronnes de fumée que la pipe de son hôte avait laissées dans l'atmosphère. Gilderson prit congé et regagna la résidence des invités dans le crépuscule. Quand il fut parti, Annabelle saisit son tabouret pliant, son carnet de croquis et ses pinceaux, et sortit pour capter la lumière.

Donc elle ne serait pas déplacée, après tout. L'île resterait en sa possession. Les possibilités que la vente lui avait fait entrevoir – une petite maison à elle, des voyages peut-être – s'estompèrent et disparurent. Mais, au-delà des images du pont d'un navire traversant l'océan et d'un porche tout simple préservé de l'entaille de la scie à chantourner, ces projets n'avaient jamais réellement pris forme dans son esprit. Elle les laissa s'en effacer sans guère de regrets et se concentra plutôt sur les bateaux qu'elle voyait osciller dans le lointain et sur l'étrange couleur de la lumière d'où la chaleur semblait s'échapper peu à peu. Le ciel, qui avait été orangé, était maintenant violet, et le lac, très immobile, n'était pas exactement argenté mais plutôt couleur d'étain, car aucun scintillement n'éclairait sa surface.

Elle sentit sa main sur son épaule avant de prêter attention à sa voix, sans doute parce que le quai où elle était assise avait toujours, autrefois, été rempli de voix masculines, françaises et anglaises, des voix qu'elle avait appris très tôt à ignorer. Une main d'homme lui pressant l'épaule était une expérience si nouvelle que, à en juger par l'effet produit sur son organisme, il aurait pu s'agir d'une décharge de foudre.

Annabelle se raidit, examina la main qui s'était posée sur sa personne d'une manière aussi inattendue et remarqua avec soulagement que les ongles étaient propres. Elle se tourna alors sur son tabouret et leva les yeux vers le visage d'Oran Gilderson, pas vraiment repoussant, mais très poilu. Sa moustache, se rendit-elle compte, était tachée de jaune en raison de son goût pour le tabac. Deux sillons profonds descendaient de ses pommettes jusqu'au début de sa barbe opulente, soignée, mais beaucoup trop longue, des sillons qui n'avaient pu être creusés que par une sorte de tic d'expression. Une belle touffe de poils, également teintée de jaune, jaillissait de ses narines. Elle décida de se concentrer sur sa peinture.

« Cela me plaît qu'une femme se consacre à une tâche délicate, dit Gilderson, parlant sans doute de l'aquarelle sur ses genoux. Vous chantez aussi ?

– Non », répondit Annabelle. Elle était légèrement offensée qu'il décrivît son travail en ces termes. Et l'homme avait bu ; il sentait le whisky à plein nez. Mais elle percevait l'extraordinaire chaleur de sa main sur son épaule, et cela, telle une force de pesanteur inattendue, la clouait sur place.

« Un veuf est un homme bien solitaire. Un veuf dont la fille l'a quitté est plus seul encore », dit la voix derrière elle.

Annabelle n'avait absolument aucune expérience de ce genre de conversation. Son père ne réagissait ni à la présence ni à l'absence de sa mère, sinon par une vague et constante irritation. Branwell avait gardé un silence obstiné au sujet des sentiments masculins, quels qu'ils fussent, et Maurice... eh bien, Maurice était, à sa connaissance, si effrayé par sa femme, et si amoureux d'elle, que s'il avait une opinion sur le sujet, elle serait fort peu crédible. Les doigts de l'homme commençaient à explorer ses clavicules, l'autre main étant venue se placer sur l'épaule opposée.

Annabelle se leva en hâte, renversant le tabouret et laissant tomber de ses genoux le carnet de croquis. Comme elle commençait à s'éloigner en boitant, Gilderson la suivit, lui saisit le bras, puis l'étreignit et pressa sur son visage une multitude de poils et une bouche empestant le tabac et le whisky. Il faisait presque nuit. Annabelle déploya plus de forces qu'elle ne croyait en avoir pour repousser l'homme, puis retourna aussi vite que possible vers la maison. Il criait son nom et prononçait des phrases qui, elle l'aurait juré, contenaient le mot « mariage », mais elle était déterminée à ne pas y prêter attention.

Une fois qu'elle fut en sécurité derrière la porte

verrouillée, elle glissa un coup d'œil furtif par la fenêtre, juste à temps pour voir la silhouette de Gilderson retourner d'un pas incertain vers l'endroit où il passerait la nuit. Il y avait, dans la courbure de son dos et la détermination prudente avec laquelle il mesurait chaque pas, quelque chose de poignant qui attendrit Annabelle. Il devient vieux, songea-t-elle, et il va encore vieillir. À l'instant même où cette pensée lui venait à l'esprit, Gilderson trébucha, perdit l'équilibre et tomba à quatre pattes, et Annabelle se sentit vaciller et chuter avec lui. Elle porta la main à sa bouche comme pour retenir un cri. Il parut mettre un temps incroyablement long pour se relever. Il était comme un ours qu'on venait d'abattre et qui ne s'était pas encore rendu compte que ses blessures étaient mortelles : Annabelle crut presque qu'il allait renverser la tête en arrière et rugir. Il lui vint à l'esprit qu'elle devrait sortir de la maison pour s'assurer qu'il n'avait pas de fracture, mais il lui fut absolument impossible de bouger, et enfin, elle s'aperçut qu'il titubait de nouveau dans l'obscurité croissante en direction de la maison des invités. Passerait-il la nuit à tourner et se retourner, rongé par le remords et l'embarras ? se demanda-t-elle. Probablement pas, conclut-elle. Dans l'état où il était, il se mettrait à ronfler à peine la tête sur l'oreiller.

Au milieu de la nuit, Annabelle se redressa brutalement dans son lit. Avait-il vraiment prononcé le mot « mariage » et, dans ce cas, dans quel contexte l'avait-il utilisé ? Elle regrettait à présent de ne pas l'avoir écouté avec plus d'attention afin de saisir précisément ses paroles. Elle alluma la lampe – elle ne trouverait pas le sommeil cette nuit-là – et examina une de ses épaules, puis l'autre. Peut-être ne l'avait-elle pas bien entendu. Il se pouvait qu'il eût simplement posé une question sur l'équipage qui devait l'attendre le lendemain à Kingston. Mais non, c'était peu probable puisque, comme tous les constructeurs navals, il détestait les routes et les chemins de fer, et tenait à voyager par bateau, dans la mesure du possible. Elle croisa les bras sur ses seins et posa les mains sur ses épaules, essayant de déterminer ce que sentirait quelqu'un d'autre au contact de ces protubérances osseuses. L'adjectif « osseux », décida-t-elle, était le seul qu'on pût appliquer à de telles épaules, vieilles et osseuses. D'un autre côté, son cœur se comportait comme un jeune animal pris au piège, agité, tournant en rond, impatient de s'échapper.

Le lendemain matin, tout dans la maison et devant les fenêtres lui parut légèrement insolite, comme si une série de changements mineurs s'était produite pendant la nuit. Depuis sa jeunesse, Annabelle n'avait pas regardé les objets avec une telle intensité : la brosse à cheveux sur sa coiffeuse, le cuir de ses bottes, les veines de ses mains quand elle les laça, les boutons recouverts de tissu de la robe bleu pâle qu'elle prit dans l'armoire, chaque entaille et chaque fêlure de la vaisselle en terre de fer qu'elle disposa sur la table de la cuisine (deux couverts pour le petit déjeuner), l'éclat terne d'une cuillère en argent non astiquée, le jaune huileux du beurre, la teinte bleutée du lait. Attendant à la fenêtre du salon, d'où la maison des invités était visible, elle se concentra sur les pompons poussiéreux et effrangés d'un rideau de velours usé. Dans quel but avait-on cousu des pompons sur des rideaux de salon ? Les ombres des feuilles du chêne de sa mère tremblaient sur le tapis à ses pieds. À quoi servait exactement cet arbre ? Tandis qu'elle méditait ces questions, elle vit Oran Gilderson émerger de la résidence des invités avec son domestique, qui portait une valise à la main. Sans regarder en direction de la maison, Gilderson marcha d'un pas aussi vif que le lui permettait son âge jusqu'au quai où était amarrée la yole sur laquelle il était arrivé la veille. Un mélange trouble de colère et de déception envahit Annabelle à ce spectacle. Puis elle éprouva un sentiment de détresse si accablant qu'elle en fut physiquement affectée, et s'arracha à grand-peine à la fenêtre. Pour la première fois de sa vie, elle alla se recoucher dans la matinée et resta au lit jusqu'au milieu de l'après-midi.

Ce fut le début d'une succession de journées si désorganisées que par la suite Annabelle ne pourrait pas s'en souvenir précisément, à supposer qu'elle en eût le désir, ce qui serait loin d'être le cas. Elle n'allumait pas de feux, ne préparait aucun repas. Quand elle mangeait, ce qui arrivait rarement, elle prenait une pomme en passant, ou une croûte de pain, peut-être du fromage. Elle ne faisait pas de dessins et, à part fixer une allumette particulière à une page de son album, n'accomplissait aucune tâche. Des mauvaises herbes apparaissaient dans son potager, les fleurs des plates-bandes desséchées qui bordaient la maison mouraient de soif dans la chaleur sèche de l'automne. Le lit où elle se jetait à toute heure de la journée ou de la nuit restait défait.

Elle ne s'habillait ni ne se déshabillait, portant la même robe-chemisier bleue en coton qu'elle avait mise le matin du départ de Gilderson. À mesure que passaient les jours, les marques sous les bras de la robe foncèrent et les poignets se tachèrent de plus en plus. Elle ne se lavait pas ; ses ongles étaient sales et fendillés. Elle semblait avoir tout oublié de son corps et de ses fonctions, comme si son enveloppe charnelle était simplement devenue un fardeau encombrant que son esprit galopant, frappé par un mauvais sort, était obligé de traîner partout où il allait. Et dans cet esprit galopant trônait Gilderson, sinistre, pontifiant et désagréable selon son habitude, mais tenace – l'idée de lui telle une main chaude collée à son épaule tandis qu'elle allait d'un endroit à l'autre. Elle se déplaçait sans arrêt, car, en dehors des quelques heures où elle sombrait dans le délire qu'elle appelait maintenant le sommeil, elle ne pouvait pas s'arrêter de marcher.

Elle traversait toutes les pièces de la maison, arpentait les couloirs, montait et descendait les escaliers, y compris celui qui conduisait au grenier où Marie avait habité autrefois. Elle entrait dans la maison des invités et en ressortait. « Homme solitaire, homme solitaire », chuchotait-elle, regardant le creux un peu gras que sa tête avait laissé dans l'oreiller de plumes sur le lit défait. Elle fit encore et encore le tour de l'île, s'interrompant seulement pour fixer les lointains phares qu'elle avait tant aimés dans le passé. Elle se mit à jouer à des jeux de comptage : par exemple, cataloguant mentalement tous les loquets de l'île fixés aux portes des bâtiments encore debout, puis fouillant dans les décombres des édifices qui s'étaient effondrés lors des hivers précédents, pour y trouver un nombre surprenant de clenches. Elle répéta le processus avec des gonds et des poignées en porcelaine, puis avec des vitres, cassées (dans le cas de maisons abandonnées) ou non. Cet inventaire exigeait beaucoup de concentration ; ces phénomènes, après tout, avaient tous été rejetés par Gilderson, de la même façon qu'elle-même l'avait été, croyait-elle à présent. Sa table resta dressée pour le petit déjeuner : deux couteaux, deux fourchettes, deux serviettes en lin pliées, les plus belles tasses et soucoupes de sa mère.

Ce qu'il y avait de curieux, ne tarderait-elle pas à comprendre, c'était que son opinion sur l'homme n'avait pas changé le moins du monde. Elle savait exactement ce qu'il avait été et ce qu'il serait devenu sans ce revers du destin. Elle savait qu'il avait maltraité ses employés, exploité le paysage sans discernement, et s'était moqué éperdument de tous les autres humains, à l'exception, peut-être, de sa fille trop gâtée. Elle n'avait pas même songé à ce dont ils auraient pu parler s'ils avaient eu l'occasion de le faire régulièrement. Et pourtant cela ne l'empêchait pas de repasser sans cesse dans son esprit la conversation qu'ils avaient engagée pendant le seul repas qu'ils avaient partagé, cherchant une pointe d'affection dans des remarques telles que : « Sacrément bonnes pommes de terre ! », ou des questions comme : « Vous avez beaucoup de difficultés à recevoir des provisions du continent en hiver ? » Elle espérait trouver l'explication de son comportement, de ce qui l'avait poussé à franchir la porte de la maison des invités dans le but de poser la main sur son épaule. Autre détail curieux, elle était capable de penser à ces choses tout en comptant le nombre de fragments de poutres épars dans l'île, du bois qui manifestement n'intéressait pas Gilderson.

Pendant tout le temps consacré à marcher, compter et à dresser des listes, Annabelle se persuada peu à peu qu'au cours de sa vie d'adulte s'était perdue une composante de son être qui avait été retrouvée grâce à un contact masculin, et que, dans ces circonstances, elle allait devoir l'accepter d'une manière ou d'une autre. Et bien que l'élément perdu eût été retrouvé, elle ne parvint jamais à distinguer clairement ce que c'était, en dehors du fait que cette découverte survenait beaucoup trop tard. Parfois, elle en était reconnaissante. D'autres fois, elle éprouvait de la colère. Elle savait que cela avait un rapport avec les deux couverts qu'elle avait été incapable d'enlever de la table de la cuisine, et aussi avec le creux dans l'oreiller de la chambre des invités, mais son esprit ne l'entraînait pas plus loin. Ses pensées survolaient les complexités de son état et insistaient plutôt sur l'intensification du mouvement, et ce comptage absurde.

Au milieu de ses exercices de calcul, ou tandis qu'elle marchait vigoureusement d'un bout à l'autre de l'île, elle s'interrompait parfois quelques instants et regardait en direction de Kingston. Si elle voyait une yole qui approchait, elle l'examinait attentivement et, une fois qu'elle avait conclu que ce n'était pas celle qu'elle espérait, elle s'accroupissait derrière un buisson commode jusqu'au moment où le bateau arrivait à quai, déposait ce qu'il avait à bord et repartait. Souvent, il s'agissait du courrier : des petites transactions dont elle aurait dû s'occuper, mais qui, pendant cette période, ne suscitaient pas le moindre intérêt chez elle. Parfois le skiff transportait un passager qui montait jusqu'à la maison et frappait à la porte, et, troublé par son absence, finissait par repartir lui aussi, non sans avoir considéré d'un œil intrigué les lettres humides entassées dans la boîte ouverte située au bord de l'eau. Ce n'était que pendant ces moments-là qu'Annabelle prenait conscience de son apparence, du fait qu'elle ne s'était pas lavée, ni changée, n'avait pas fait le ménage, ni ramassé son courrier. Gagnée par une sorte de honte fébrile, elle se dissimulait derrière un taillis de cèdres ou un groseillier, comme si son moi d'avant avait rejoint le visiteur et jugeait son état. Alors seulement lui venait à l'esprit que si le gentleman qu'elle guettait apparaissait comme par magie, elle ne serait pas en mesure de l'accueillir, et elle devait admettre alors que l'occasion de le recevoir ne se présenterait plus jamais.

Pourtant l'idée de son arrivée, de la réception d'un invité, provoqua une nouvelle période d'activité assidue, et après avoir sorti du placard les bouteilles, les poudres, les céréales et le sucre qui n'avaient pas vu la lumière du jour depuis que Marie était partie pour l'hôtel, Annabelle se lança dans la pâtisserie. Différents petits insectes étaient morts dans la farine, la vanille était devenue une pâte caoutchouteuse et les cristaux de sucre s'étaient transformés en un bloc solide, le bicarbonate de soude avait presque disparu, mais rien de tout cela ne l'arrêta. Elle avait du beurre frais et mélangea tous les ingrédients qu'elle trouvait avec sa matière huileuse et aussi le contenu de plusieurs bocaux de conserves découverts dans la cave. Puis elle ajouta beaucoup d'eau et versa la mixture obtenue dans des moules ronds, carrés, à petits gâteaux, et enfin sur une quantité de plaques à biscuits. Tandis qu'elle rassemblait le petit bois et les bûches fendues afin d'allumer la cuisinière et de faire chauffer le four, elle se rendit compte qu'elle pleurait, à la manière d'un enfant, bruyamment, et pour produire de l'effet. Dès qu'elle s'entendit, elle se tut et se concentra sur les grilles qu'elle glissait dans le four afin de pouvoir y introduire presque tous les moules.

La température monta à l'intérieur de la pièce. Tout en sueur, Annabelle s'assit près de la fenêtre, regardant le lac.

Enfin apparut sur l'horizon un skiff qu'elle reconnut, bien que ce ne fût pas celui qu'elle attendait, et qui venait du large et non de la direction de Kingston. Elle fut irritée que Maurice arrivât à ce moment, comme s'il savait qu'elle n'était pas elle-même et se proposait sciemment d'envahir son intimité. Peut-être avait-il été envoyé pour l'espionner. Eh bien, il ne la trouverait pas, elle resterait cachée et il repartirait. Elle regarda ses avant-bras, qui étaient presque méconnaissables : rougis par le soleil, couverts de farine et sillonnés de griffures à cause des longues périodes passées au cœur des buissons. Elle se rappela les doigts de l'homme sur son épaule, l'anneau maçonnique, les poils gris et noirs qui poussaient juste au-dessus des articulations.

Ce fut l'expression du visage de Maurice approchant de la maison qui ramena instantanément Annabelle à la raison. Comme si elle avait refermé brutalement un livre qu'elle lisait – un récit imaginaire sur un pays étranger, peut-être –, comme si le monde des choses comptées qu'elle avait habité les jours précédents s'était retiré avec fracas tandis que sa vie antérieure s'ouvrait devant elle telle une cataracte. Elle oublia les clenches, les poignées de porte, les tas de poutres au rebut. Elle oublia Gilderson et sa grande main chaude, et ses propres épaules osseuses. Elle oublia toute sa pâtisserie. Elle considéra, horrifiée, ses plates-bandes et son potager abandonnés. Puis elle scruta de nouveau le visage de Maurice, et les derniers vestiges de sa transe s'envolèrent. Même à cette distance, elle pouvait voir qu'il avait pleuré, lui aussi ; le chagrin se lisait dans sa manière de se tenir, et ses mains étaient empreintes de tristesse. Annabelle se leva et cria le nom de son neveu. Elle était sûre qu'il était venu lui annoncer une terrible nouvelle. Elle comprit brusquement que Marie était morte.

Quand, au bout d'un moment, ils s'éloignèrent du quai, Annabelle se souvint de la petite silhouette sombre qu'elle avait vue arriver sur le bateau-traîneau tant d'années auparavant, et la rêverie sur Gilderson quitta définitivement son esprit. Elle se rendit compte, juste un instant, que ces derniers jours, alors qu'elle errait dans sa maison vide et son île déserte, à demi folle, presque comme si elle avait incarné la dame idiote du stupide Shallot, Marie, son autre moi, meilleur et plus beau, tremblait au bord de la mort.

Annabelle fut envahie par le chagrin et la honte, et redevint elle-même à part entière. Elle se souvint de son amie à l'orphelinat, parlant des anges sculptés qui marchaient sur la neige. Marie n'était pas du genre à mourir, avaient-elles décrété ce lointain après-midi.

Elle la ramènerait sur l'île pour l'y enterrer. Elle ferait sculpter un petit ange blanc pour sa tombe. Qu'auraient été leurs existences à tous sans la vitalité insufflée par une orpheline dans le seul monde qu'Annabelle eût jamais connu ?

Après la mort de sa femme, Branwell resta encore un an et demi au Ballagh Oisin. Seul et misérable, il réagissait seulement de temps en temps aux messages de sa sœur, qui le suppliait de revenir immédiatement dans l'île Timber. C'était une chose à laquelle il ne se résoudrait jamais car, bien que sa chère épouse y fût enterrée, il refusait d'être un gardien de tombeau. Son père, se rappelait-il, avait souvent déblatéré contre l'absurdité d'un poème irlandais intitulé *Je suis allongé sur ta tombe*, et, pour une raison ou pour une autre, l'idée de la futilité de ces gestes-là était restée ancrée dans son esprit durant toutes ces années. Marie elle-même n'eût pas approuvé qu'il se morfondît devant sa pierre tombale sous l'emprise de ce que son père eût appelé le « comportement irlandais ». Non, il laisserait l'entretien de la tombe à la pauvre Annabelle, qui lui avait confié une fois qu'elle avait toujours considéré Marie comme son autre moi, plus beau.

Au lieu de cela, Branwell passait son temps à ranger vainement les quelques affaires de son épouse : ses robes et manteaux, sa brosse à cheveux et sa glace, divers petits bijoux, des épingles à cheveux et des résilles, des casseroles et des poêles, et une variété d'autres ustensiles de cuisine, sa petite collection de moules à beurre en pin (elle tirait un orgueil touchant de l'apparence du beurre qu'elle barattait elle-même), des choses auxquelles il avait à peine prêté attention jusqu'à maintenant. Il se disait qu'il fallait faire quelque chose de tous ces objets abandonnés, mais quoi, il n'en avait pas la moindre idée et savait qu'à la fin le sable engloutirait tout.

Quand l'hiver arriva, il fut reconnaissant de l'épaisse couche de neige que la saison apportait invariablement, car du moins il n'avait plus besoin de passer tout son temps à regarder le sable et pouvait s'en protéger – la neige, au contraire du sable, ne s'infiltrait pas dans ses appartements, ses habits, sa literie, ses cheveux. Il pouvait la pelleter, la rejeter d'un côté, la disposer en tas qui restaient plus ou moins en place. Il pouvait ouvrir sa porte, aller jusqu'au lac et en revenir, et, une heure plus tard, ses pas, de petites mares bleues pleines d'ombre, étaient encore visibles. C'était étrangement consolant face à ce qui semblait être l'effacement total de tout ce pour quoi il avait travaillé et de tout ce qu'il avait aimé. Il avait de la peine à se souvenir qu'autrefois il avait adoré la plage et les dunes, la douceur du sable sous ses pieds, les ondulations du sable qu'il apercevait en marchant dans l'eau peu profonde pour se baigner. Il avait aussi oublié que la proximité de cette plage, de ces dunes, était l'un des éléments qui avaient rendu le Ballagh Oisin si populaire durant les étés passés. Le sable était l'ennemi, il avait toujours été l'ennemi. Il en était certain. Il avait l'impression de vivre dans le vase inférieur d'un sablier où, à mesure que les jours passaient, il était enterré vivant.

Pour la première fois de sa vie, il avait commencé à prier. Le soir il décrochait le chapelet de Marie du mur où il l'avait suspendu la veille et il chuchotait les mots qu'il avait appris à l'orphelinat tant d'années auparavant, à la veille de son mariage, des mots que, depuis, il n'avait jamais employés de son plein gré. Il aimait la répétition du nom « Marie », et était ému de savoir que les doigts de sa femme avaient glissé sur les grains que ses propres doigts touchaient à présent. Il sentait que c'était l'un des moyens lui permettant de parler à Marie, mais à la fin cela devint frustrant, comme toutes ses autres tentatives de l'atteindre désormais, et un soir d'hiver il laissa le rosaire accroché au mur et ne tomba pas à genoux près de leur lit. Les grains restèrent suspendus près de l'armoire jusqu'au jour où leur seule vue devint un rappel trop douloureux. Il les décrocha alors pour les ranger dans le petit coffret à bijoux en ivoire dont la présence finit par lui être si insoutenable qu'il le remisa au fond d'un tiroir de la commode.

Sa sœur lui écrivait souvent, mais il répondait rarement – parfois il ne prenait pas même la peine d'ouvrir les enveloppes. Son fils écrivait moins, et ces lettres, bien qu'elles fussent toujours ouvertes et lues, ne recevaient jamais de réponse. Branwell savait que Maurice souffrait de la perte de sa mère, mais, malgré cela, il se sentait incapable de lui adresser des mots de consolation. Il ne pourrait jamais accepter l'idée de la cupidité de son fils, de sa faiblesse, de son rôle dans le naufrage, et toute correspondance entre eux ne ferait que raviver ces souvenirs.

En fin de compte, les choses se dérouleraient exactement comme Fantôme l'avait prédit. Maurice serait élu brillamment député tory du comté de Northumberland et passerait son temps à faire des allers et retours entre ce comté et Ottawa, pendant que son épouse superviserait la construction d'une autre maison de brique encore plus grande, dominant la ville de Colborne. Quand le vieux Gilderson mourut enfin d'une crise cardiaque (peut-être provoquée par le choc de l'élection de son gendre à une fonction officielle), il laissa juste assez d'argent pour l'édification des tourelles vulgaires et des entrées voûtées que sa fille affectionnait tant. Il y aurait une salle de bal au premier étage avec un sol en verre à travers lequel transparaîtrait la lumière du belvédère. La propriété où se dresserait la maison porterait le nom de Gilderwood, en mémoire du père de Caroline qui l'avait aimée si tendrement. Après avoir reçu cette information, Branwell regarda peut-être par sa fenêtre nord, par laquelle il pouvait apercevoir au loin la première demeure construite par Maurice et Caroline, qui serait finalement vendue à perte à des estivants américains.

Autant que Branwell pût en juger, aucun retournement de fortune n'aurait jamais lieu. Les matins de printemps, d'été et d'automne, il découvrait à son réveil un nouveau tas de sable sur le porche de devant. Pendant l'automne qui suivit la mort de Marie, les dunes avaient entièrement englouti ses plates-bandes derrière la maison – ayant déjà détruit, en été, les parterres de devant. Des coussins de sable reposaient au fond des fauteuils à bascule en bois que Branwell n'avait pas pris la peine d'entreposer pour la saison comme il l'avait fait dans le passé. De toute manière, le hangar à bateaux où il rangeait ces meubles était à demi enseveli ; ouvrir ses portes était hors de question. Les trois canoës et quatre canots à rames qu'il sortait au début de chaque été avaient été rarement utilisés et avaient disparu sous une telle couche de sable qu'il ne pouvait plus être tout à fait sûr de l'endroit où il les avait vus la dernière fois. Les écuries désertes étaient désormais totalement inaccessibles, et il était forcé d'entrer par le fenil pour extraire le bois de chauffage qu'il avait empilé dans un coin du rez-de-chaussée. Le sable s'accumulait sur le rebord des fenêtres de l'hôtel et montait peu à peu contre les vitres. Chaque jour, il devenait de plus en plus difficile d'ouvrir ou de fermer la porte de devant et, de plus en plus souvent, de longs rubans de sable glissaient sous cette porte et à l'intérieur du large vestibule.

Que le puits eût tari ou non était sans importance car la pompe qui le surmontait avait entièrement disparu. Trois fois par jour, avec le sable qui formait de petites avalanches sous ses pas, Branwell était forcé de descendre tant bien que mal jusqu'au lac avec deux seaux en fer galvanisé et de remonter de la même façon, afin d'avoir de l'eau pour boire, se laver et faire à manger. Non qu'il cuisinât beaucoup, se nourrissant essentiellement, désormais, de carottes, de pommes de terre et parfois d'un œuf ou deux, le tout bouilli dans une seule casserole sur l'un des poêles du Québec. Il avait de la peine même à regarder le magnifique fourneau de Marie, le Roi de la Cuisine, toujours éteint, ses ornements et son réservoir en cuivre froids et ternis. En outre, la dernière fois qu'il avait ouvert un de ses fours, Branwell avait été épouvanté par la vue des minuscules dunes qui s'y étaient formées et par le surplus de sable qui se déversait sur le sol comme un rideau marron pâle.

La nouvelle de la mort de Marie avait apparemment été transmise d'une taverne à l'autre, d'une auberge à l'autre, en direction de l'ouest, et avait enfin atteint Baden un mois plus tard. La première lettre que Branwell reçut de Fantôme concernait surtout ce triste événement, et était remplie de ses souvenirs de la bonté de Marie, de son esprit et de sa cuisine exceptionnelle. Branwell ouvrait impatiemment chaque lettre qu'il recevait de son ami, dont le nom imprononçable, Fzrszt Shromanov, était inscrit avec soin au dos de chaque enveloppe, puis traduit entre parenthèses (« Fantôme »), comme pour préciser lequel des nombreux hommes du nom de Fzrszt que connaissait Branwell lui écrivait cette fois-là.

L'étrange particularité des lettres de Fantôme était qu'elles étaient d'une nature tout à fait méditative et se référaient à des événements qui s'étaient déjà produits plutôt qu'à ceux qui étaient sur le point d'arriver. Lorsque Branwell en demanda la raison, son ami répondit que non seulement il ne s'était jamais fié au temps futur dans l'anglais écrit plutôt que parlé, mais qu'il croyait que ça portait malheur de confier au papier tout ce qui pouvait se rapporter aux prédictions. « Le destin, écrivait-il, s'est toujours méfié de la transcription. Le destin n'a jamais apprécié ceux qui consignent par écrit ses intentions. » Au lieu de cela, il décrivait la belle taverne toute neuve de Baden et son splendide plafond en étain frappé qui n'avait pas de fissures et était couvert de volutes décoratives. Il mentionnait la santé de Spectre, qui se portait à merveille, disait-il, en compagnie des divers autres chevaux temporairement logés dans les écuries de la taverne, maintenant qu'il y avait le long de la Huron Road, et dans les rangs alentour, suffisamment de colons pour qu'un bon nombre de chevaux fût nécessaire afin de transporter les gens dans les endroits où, Dieu merci, le chemin de fer n'accédait pas.

Étant donné que tous les véhicules de livraison et la poste rurale avaient renoncé à tenter de traverser les dunes depuis des mois, Branwell devait franchir à grand-peine deux kilomètres de sable et trois de route convenable pour atteindre la bourgade de West Lake afin de faire ses achats et de prendre son courrier. Le trajet était considérablement facilité en hiver parce que le sable était lui-même enfoui sous les congères, et grâce aux raquettes dont il avait fait l'acquisition des années auparavant, après sa visite à Baden. Lors de l'une de ces expéditions, pendant son second hiver de veuvage, il parcourut le chemin de retour avec, sur sa luge, un sac de pommes de terre, plusieurs miches de pain qui gelaient rapidement, un poulet fraîchement tué qui gela tout aussi vite et deux lettres dans la poche de son manteau. Le sommet de ses oreilles était également gelé. Il n'y avait pas grand-chose à attendre de la fin de ce voyage-là – sinon la perspective de manger du poulet rôti.

Une lettre venait d'Annabelle, qui transmettait ce que Maurice lui avait raconté sur la mort de Gilderson : la date, l'endroit de son inhumation et d'autres détails sur le vieux bandit, que Branwell oublia aussitôt après les avoir lus. L'écriture de l'autre missive lui était inconnue, et le cachet de la poste indiquait Shakespeare, Ontario. Les noms attribués aux villes de ce dominion, songea-t-il, devenaient de plus en plus ridicules. Il déchira l'enveloppe, la jeta dans le feu et commença à lire les phrases écrites par Peter Fryfogel, fils de Sebastien et actuel propriétaire de l'inatteignable auberge Fryfogel. Deux charlatans, peintres de femmes nues, étaient arrivés à Baden à la demande d'un habitant par ailleurs sérieux et prospère, qui construisait un magnifique château en plein centre-ville. Cela avait rappelé à Peter que feu son père avait toujours voulu commander des peintures murales à Branwell Woodman, ce brave et honnête aubergiste, mais que, si ses souvenirs étaient exacts, les circonstances avaient empêché Mr Woodman d'atteindre l'auberge la seule fois où il s'était trouvé dans la région. Envisagerait-il une fois encore d'accepter ce travail cet hiver, alors qu'il y avait sans doute peu de clients dans son hôtel en bord de lac ? « Veuillez me tenir au courant », etc. Branwell lut le texte à deux reprises, un peu troublé que Fantôme n'eût rien prédit de cette éventuelle commande dans ses lettres, jusqu'au moment où il se rappela que toute référence aux peintures murales du Fryfogel – si cette tâche devait jamais être entreprise – eût exigé l'emploi, par écrit, du temps futur.

Branwell ouvrit le tiroir du bureau où, dans le passé, il avait assuré la gestion de l'hôtel, feuilleta rapidement une quantité de courrier rempli de sable et finit par trouver du papier vierge, hors la gravure représentant le Ballagh Oisin en des temps meilleurs. Il dévissa le capuchon d'un encrier ensablé, y trempa sa plume et commença à répondre par l'affirmative, tout à fait conscient qu'en réalisant ainsi la prédiction de Fantôme il adressait une lettre d'adieu à son hôtel bien-aimé. Une fois qu'il aurait entamé son deuxième voyage vers l'ouest, il ne reviendrait pas. Le sable avait gagné ; il abandonnerait le Ballagh Oisin à son sort.

En fait, Branwell reviendrait, mais une seule fois, et pas avant plusieurs années. Devenu beaucoup plus vieux et grincheux, Branwell insisterait pour que son fils, Maurice « Blaireau » Woodman, comme il aimait se faire appeler, chez qui il vivait très malheureux depuis quelque temps, l'accompagnât dans le cabriolet le ramenant à la pointe du Frisson. « Je veux que tu voies ça », dirait-il, n'ayant jamais tout à fait cessé de blâmer en secret son fils pour sa cupidité, pour l'orge, pour le sable, pour la mort de sa femme, et sachant parfaitement que ce qu'ils allaient voir serait infiniment pire que ce qu'il avait laissé ce fameux jour de février. Quand ils arrivèrent sur les lieux, ils durent escalader une dune pour pénétrer dans l'hôtel par la porte qui avait donné sur la véranda du haut. Ils s'avancèrent dans le couloir ensablé du premier, leurs pas crissant sur le sol, jusqu'à l'escalier central, que Branwell commença à descendre, s'arrêtant à la quatrième marche à partir du haut. Le sable avait alors presque entièrement englouti le rez-de-chaussée ; seuls les ciels turquoise de Branwell étaient visibles. Il songea à ce moment à tout ce qui était enfoui : canapés, tables, chaises, porte-parapluies, butées de portes, les marmites en cuivre de Marie, la cuisinière, et il se tourna vers son fils qui clignait des yeux sur le palier. Agitant sa canne vers lui, il cria : « Tu es un créateur de déserts ! » En revenant vers le cabriolet, alors qu'il descendait les dunes, Maurice, devenu un politicien influent, vêtu de son gilet et coiffé de son haut-de-forme, fut déstabilisé par le glissement d'une vague de sable et tomba sur les fesses.

Pendant ses derniers jours à l'hôtel, Branwell se laissa absorber par une frénésie d'activités parfaitement inutiles. Il retoucha certaines parties des peintures murales qui s'étaient abîmées et écaillées au cours des ans, nettoya les placards, et secoua le sable des couvertures et des draps rangés dans l'armoire à linge. Il mastiqua plusieurs vitres branlantes, huila des gonds enrayés et difficiles à actionner, emporta les tapis dehors pour les battre et, en un ultime geste vers Marie, astiqua le Roi de la Cuisine. Puis, après avoir empilé quelques vêtements dans une valise en cuir et entassé dans une mallette en bois tous ses pinceaux et tubes de peinture, il posa ces deux bagages au sommet d'une congère, juste devant le porche. Quand il revint dans le vestibule, il contempla un moment les panoramas qu'il avait peints. Puis il se détourna de ses paysages imaginaires et prit le balai, poussant au-dehors une quantité de sable – se nettoyant au passage – avant de planter l'objet dans la neige comme un épouvantail, ou un genre de sentinelle, montant la garde devant l'hôtel vide.

La nouvelle taverne de Baden était en brique, et non en rondins, ses fenêtres étaient ornées de moulures décoratives, et il y avait une énorme chaudière à bois dans sa profonde cave. Ces détails architecturaux étaient, autant que Branwell pût en juger, la seule différence lui permettant de dissocier son séjour actuel dans le district de celui qu'il avait enduré dix ans plus tôt. Chaque jour il écartait les rideaux de jute de sa chambre et plongeait le regard, comme autrefois, dans un océan de blancheur tourbillonnante. Tous les soirs il s'endormait au son des vents hurlants qui balayaient le village bloqué par les neiges, et chaque nuit il était réveillé par intermittence par la plainte des sifflets de train. Kelterborn était parti ; Lingelbach, le propriétaire actuel, ressemblait tellement à son prédécesseur, autant par ses manières taciturnes que par son apparence physique, qu'il ne pouvait être considéré comme un changement notable.

Fantôme, cependant, qui avait fait le tour de toutes les communes, affirmait qu'il y avait des changements. Il n'y avait pas seulement une piste, mais une prolifération de nouvelles fermes, de villages tels que New Hamburg à l'est, et maintenant que les Irlandais étaient arrivés en foule, des bourgs du nom de Dublin et de Saint Columban apparaissaient à l'ouest. « Mon père aurait été hors de lui », dit Branwell à son ami, ne cessant de penser comme autrefois : Pourquoi ces noms européens ? Presque tout le monde avait des chevaux et des buggys à présent, expliqua Fantôme, et en conséquence plusieurs ateliers de maréchaux-ferrants avaient ouvert. Le magnifique château qui se construisait de l'autre côté de la rue comprenait, à en croire la rumeur, dix cheminées en marbre, toutes fabriquées en Italie, et les deux peintres qu'avait mentionnés Fryfogel fils peignaient effectivement des femmes nues sur les murs, « des dames si réelles qu'on croyait presque pouvoir les toucher ». Il s'interrompit, ferma les yeux quelques instants, puis déclara qu'il ne voyait pas Branwell peignant des femmes nues dans le futur, et que c'était bien dommage. « Des épiceries qui vendent de tout dans chaque village, dit Fantôme, et partout des églises. Un entrepreneur de pompes funèbres. Un marbrier.

– J'imagine que je dois te croire sur parole, répondit Branwell. Je ne pourrai jamais voir autre chose que l'intérieur d'une taverne, une autre taverne bien sûr, mais tout de même une taverne très semblable aux autres. »

Fantôme leva les yeux vers le ciel, expliqua qu'aucune des autres tavernes n'avait de plafond en étain comme celle-ci. « Tu vois, pas une fissure, et il n'y en aura jamais. Même si la taverne s'écroulait, il n'y aurait pas une seule fissure dans ce plafond. »

Branwell examina le plafond que son ami aimait tant. Les volutes décoratives se limitaient aux bordures qui entouraient des panneaux plats carrés comme un cadre baroque estampé. Il s'interrogea brièvement sur l'appareil nécessaire pour fabriquer un tel plafond. Fallait-il chauffer l'étain ou était-il assez souple pour être modelé selon la forme requise ? Néanmoins, selon lui, il y avait une monotonie dans l'effet produit, exagéré par la peinture jaune pâle assez sale qui le recouvrait, ou peut-être était-ce de la peinture blanche, décolorée par la fumée de pipe qui, commençait-il à découvrir, emplissait la salle de bar jour et nuit.

Fantôme s'enquit de la situation financière de Branwell, qui, dut-il reconnaître, était au mieux précaire, mais qu'il espérait voir s'améliorer quand il serait arrivé chez Fryfogel.

Lingelbach, qui était en train d'essuyer le bar avec un chiffon humide et feignait d'être absorbé par sa tâche, se rapprocha du côté de la salle où Branwell était assis avec Fantôme. « La route a disparu », déclara-t-il.

Encore ? se demanda Branwell. Partout où il allait, inspirait-il aux particules de toute matière le désir de s'accumuler ? Que pouvait-il encore lui arriver ? Il s'attendait presque à subir dans sa vie future un fléau d'Égypte, une tempête de sciure ou de limaille de fer. Il n'aurait pas été surpris si une pluie de soufre était tombée du ciel. Lingelbach parlait de nouveau. « Vous allez devoir me payer, disait-il à Branwell. Il y a la pension. Vous devrez me payer d'une façon ou d'une autre. »

Le quatrième jour de la tempête, en descendant l'escalier de la taverne, Branwell se retrouva face à un étrange échafaudage fait de deux hauts escabeaux placés à deux mètres l'un de l'autre, avec, posées entre eux, deux larges planches de pin. Fantôme, qui avait visiblement supervisé la mise en œuvre de cet échafaudage, prit Branwell par le bras. « Je vois des images sur ce plafond », dit-il, et, inclinant la tête en direction du bar : « Lingelbach aussi. Nous te voyons tous les deux en train de peindre ces paysages à partir de ce matin. »

Branwell n'avait nul désir de peindre un plafond. Il était triste, fatigué et un peu désorienté d'être en compagnie d'autres gens après sa vie solitaire à l'hôtel. Il songea à la neige tombant sur le toit de son ancienne maison, et se demanda comment les bardeaux résisteraient si cette tempête se déplaçait vers l'est. Regardant l'échafaudage, il déclara : « Je ne suis pas Michel-Ange, tu sais, ni Tiepolo.

– Qui ? demanda Fantôme.

– Qui ? » dit en écho Lingelbach, feignant une fois de plus d'être absorbé par le nettoyage du bar. Quand Branwell poussa un soupir en guise de réponse, le patron de l'établissement ajouta avec philosophie : « Peu importe qui ils étaient, ils étaient obligés de payer leur pension. »

L'intendance, songea Branwell, était si essentielle à la vie humaine qu'il était surprenant que l'énormité de ce constat n'eût pas causé un effroyable épuisement chez ceux qui y avaient réfléchi. L'intendance. Il y avait un prix à payer pour dormir la nuit et un prix à payer pour se réveiller le matin. Il y avait un prix à payer pour se raser la barbe et se faire couper les cheveux, pour les vêtements qu'on avait sur le dos et la nourriture qu'on mangeait. Et il y avait un prix plus élevé encore à payer, à sa connaissance, pour avoir connu le bonheur. J'ai tout perdu, conclut-il.

« Tu ne m'as pas perdu, moi », dit Fantôme, lisant dans ses pensées.

Quand il n'était pas en train de manger ou de boire, Branwell passa ses derniers jours à la taverne allongé sur le dos. Comme l'avait prédit son ami plusieurs années auparavant, la peinture dégoulinait effectivement dans ses yeux, et aussi sur son visage et sa moustache. Mais il puisait une consolation dans son travail, une consolation liée au temps. Il ne peignait que des scènes en rapport avec l'été : un bief immobile au crépuscule, une ferme avec des traces de roues de buggy visibles sur la route conduisant à sa porte, quelques plans d'eau ensoleillés ponctués par la courbe d'une voile, plusieurs cascades.

« Je vois une *autre* cascade, dit Fantôme avec enthousiasme en le regardant d'en bas, une cascade beaucoup plus large que tu vas peindre plus tard. Je vois les chutes du Niagara. » Puis, dans son nouveau rôle autoproclamé de surveillant : « Alors tu peux utiliser le turquoise… alors montre-moi autre chose ! Je vois d'*autres* couleurs ! Je vois des fleurs. Peins des fleurs dans un carré sur deux ! »

Les esthètes de l'autre côté de la route firent une pause dans leurs efforts pour reproduire un trompe-l'œil et vinrent inspecter les petits paysages de Branwell, se moquèrent de son travail et repartirent. Le forgeron arriva, annonça que l'étain n'était pas un véritable métal, qu'il rouillerait en dix ans, et que toute cette peinture était donc une perte de temps, puis il s'en fut lui aussi. Branwell resta plusieurs après-midi couché sur le dos, un pinceau à la main et la tête pleine de souvenirs intempestifs de son enfance. Il se souvint d'un brise-glace traversant la baie Arrière, de la neige tombant sur un jeune chêne dans la cour, d'une fille arrivant à la mauvaise porte une fin d'hiver. Tout cela pendant qu'il continuait de peindre une saison chaude, fleur après fleur.

Après quelques jours de corps à corps avec le plafond en étain, ayant dormi tard car aucun vent ne faisait trembler les châssis de la fenêtre, Branwell fut réveillé par un rai de soleil sur son visage. Il resta immobile, attendant que le vent se levât, que la lumière s'adoucît quand la neige y pénétrerait. Mais le rai de soleil resta incrusté sur son oreiller, et l'odeur âcre, ferreuse de l'eau planait dans l'air. Lorsqu'il ouvrit les rideaux, il fut enchanté de voir que des perles d'eau scintillantes suintaient au bout des glaçons suspendus aux gouttières de la fenêtre, mais, plus excitant encore, dans tout le village retentissait un carillon qu'il n'avait jamais entendu dans le district – celui des grelots de traîneau.

Il fit aussitôt ses bagages et descendit au rez-de-chaussée, et quand Fantôme entra dans la pièce, il se tenait au milieu de l'escabeau, replaçant les tubes de peinture et les pinceaux dans la mallette en bois. « C'est le dégel de janvier en février, annonça son ami. Tu ferais mieux de disparaître avant que Lingelbach rentre du magasin. Tu ne termines pas le plafond. »

Cela semblait aller de soi à Branwell, mais il répondit à Fantôme qu'il reviendrait l'achever une fois qu'il aurait honoré sa commande chez Fryfogel. « J'en doute, répondit Fantôme. Je ne pense pas te revoir avant deux ans.

– Pourquoi ne pas venir à l'auberge ? Ce n'est qu'à quelques kilomètres.

– Le Fryfogel actuel considère que dire la bonne aventure est antichrétien, et, pour quelque raison, Spectre n'aime pas ses chevaux... peut-être qu'ils sont trop purs. D'ailleurs un dégel de janvier en février est de courte durée. N'oublie pas les chutes du Niagara, malgré tout. Je les vois peintes au-dessus d'une cheminée dans une chambre de l'étage, du côté du torrent. Et un paysage de montagne serait aussi une bonne idée, puisqu'il n'y a pas de montagnes dans cette région. Dans une autre chambre, peins une montagne au clair de lune. »

Le temps, semble-t-il, applique toujours sa patine à l'effort humain, et les peintures achevées sur les murs sont destinées à être altérées, endommagées ou effacées. Les taches s'épanouissent, les fissures apparaissent, et les hommes d'entretien arrivent avec des truelles et du plâtre. L'électricité et le chauffage central sont inventés et installés. Les prairies et les rivières, les montagnes et les ciels nocturnes sont décapés, cachés ou grattés. Les murs sont percés, les tuyaux de la plomberie intérieure sont introduits de force dans la structure, puis commencent à se détériorer ou explosent soudainement au milieu d'une période de gel intense. Une intervention supplémentaire est nécessaire. Chaque décennie revendique ses changements spécifiques.

Quelques années après que Branwell eut mis la touche finale à son *Niagara* et à sa *Nuit au clair de lune*, les Fryfogel, déjà éprouvés pour avoir tenté de rivaliser avec une réalité aussi impitoyable qu'un chemin de fer, se trouvèrent confrontés à des difficultés d'une autre nature. Peter Fryfogel mourut et fut enterré auprès de son père dans le petit terrain situé à l'ouest de l'auberge. Il y eut des conflits d'intérêt entre les divers héritiers, et une série de « précautions » furent prises pour conserver la propriété. Finalement, des parties de l'auberge furent louées à bail à des sœurs célibataires qui essayaient de gagner leur vie en servant de la cuisine familiale aux automobilistes au bord de la voie désormais pavée qui reliait Guelph à Goderich. Un cairn fut érigé dans les environs pour signaler et commémorer le marquage de la piste Huron, qui avait maintenant plus d'un siècle. Au milieu du XXe siècle, le gouvernement provincial décida d'élargir la route et expropria une bonne partie de la cour de devant. Une décennie plus tard, il y eut une tentative pour rouvrir un hôtel, mais cela ne donna pas grand-chose et la compagnie privée impliquée décida de vendre la propriété à la Société historique du comté. Différentes parties des dépendances de la ferme furent subdivisées et vendues. La Société historique demanda un droit de passage et l'obtint. Un chauffeur ivre perdit le contrôle de son véhicule et faucha les stèles du cimetière familial. Les gouvernements à tous les échelons se mirent à s'intéresser plus aux affaires qu'à l'histoire, et l'argent manqua pour l'entretien de l'auberge. Des écureuils envahirent le grenier et firent des trous dans le toit, des rats entrèrent dans les cuisines du sous-sol, des pigeons de la cinquième et de la sixième génération se perchèrent sous les combles, mais l'auberge, désormais entièrement vidée de ses meubles et de ses habitants, tenait toujours debout, les petits carreaux de ses fenêtres tremblant chaque fois qu'une semi-remorque passait en vrombissant devant sa porte d'entrée de style géorgien aux admirables proportions.

À chaque changement de propriétaire – et parfois sans cela – une nouvelle couche de tapisserie à motifs était posée sur les chutes du Niagara, dans la chambre du haut, près du torrent, et sur le paysage de montagne au fond du vestibule. Finalement, les fresques fracturées furent recouvertes par dix épaisseurs au moins de colle et de papier à fleurs, et les paysages furent définitivement oubliés. Et, à la fin, un locataire, souffrant des effets d'un hiver particulièrement rigoureux, planta un tuyau de poêle dans le mur au-dessus de la cheminée de la chambre ouest du premier, loin de se douter qu'il détruisait ainsi à jamais la lune si délicatement peinte par Branwell Woodman.

LES RESCAPÉS DU STYX

Elle entra dans l'ascenseur avec son mari et décida de ne pas parler. Elle ne répondrait pas aux questions, elle n'offrirait pas d'explications. C'était une tactique qu'elle avait souvent utilisée dans le passé, un symptôme prévisible – qui, savait-elle, rassurerait Malcolm plutôt que de l'alarmer. Quand les portes d'acier s'ouvrirent à son étage et qu'elle longea le couloir à son côté, elle continua de garder le silence. Bien qu'elle eût été incapable, si on le lui avait demandé, de dire qui était sous la garde de qui, elle eut l'impression qu'ils étaient un geôlier et un prisonnier approchant d'une cellule. Lorsqu'ils atteignirent le numéro exact, elle introduisit la clé dans la cellule, ouvrit la porte et entra dans la chambre, Malcolm la suivant de près. « Pourquoi tu as fait ça ? » demanda-t-il. Elle savait qu'il n'attendait pas de réponse.

Sans le regarder, Sylvia se déshabilla rapidement et se glissa dans le lit, roulant de son côté et fermant les yeux.

Elle savait qu'il se tenait au bout du lit et la regardait, elle savait que cela durerait un moment. Enfin, elle l'entendit ouvrir le sac qu'il avait apporté, puis se déshabiller et se préparer à dormir. « Demain », dit-il en se couchant, laissant comme toujours entre eux un espace d'une largeur respectueuse. L'inquiétude la tint éveillée un moment car, maintenant que Malcolm était arrivé, elle craignait de ne pas pouvoir récupérer les calepins verts et de ne pas obtenir une journée de plus avec Jerome. Elle voulait lui donner les feuilles où elle avait écrit ces dernières nuits – en cadeau d'adieu. Et elle voulait, même pour un seul après-midi de plus, prononcer le nom d'Andrew à voix haute. Comment pouvait-elle abandonner ce plaisir, cette souffrance ? Les images rémanentes de la rue éclairée la nuit la perturbaient aussi, planant à la lisière de sa conscience tels de petits insectes voletant près du lit, comme si elles voulaient s'attacher à son corps, à son esprit.

Quand elle se réveilla le lendemain matin, elle décida de s'adoucir quelque peu, parla lorsque Malcolm lui adressait la parole et l'autorisa à la guider en direction du rez-de-chaussée, jusqu'à un restaurant dont elle n'avait pas su qu'il faisait partie de l'hôtel.

« Nous partirons après le petit déjeuner, déclara-t-il une fois qu'ils furent assis à une table.

– Pas encore, dit-elle, attends un jour de plus.

– Très bien, répondit-il, lui cédant comme toujours quand elle se remettait à parler après une période de silence, nous serons en vacances. Nous n'en avons jamais pris, et je n'ai pas besoin d'être rentré avant demain. » Il porta à sa bouche une serviette d'un blanc étincelant, puis la plia une fois et la reposa sur ses genoux. « Il y a de bons musées dans cette ville. Tu te sens à l'aise dans les musées.

– Oui, dit Sylvia, sachant qu'elle avait obtenu un sursis, oui, je suis à l'aise dans les musées. »

Dès que Mira était rentrée de la galerie, Jerome avait commencé à lire les carnets à voix haute. Il avait été un peu perturbé par sa propre curiosité, par son impatience de découvrir ce qu'Andrew Woodman avait écrit, et avait aussi été surpris par son désir de prononcer clairement les mots écrits sur la page afin que Mira les entendît.

Au début, elle s'était montrée distraite : cherchant de la nourriture dans le réfrigérateur, lavant une pomme dans l'évier, feuilletant les enveloppes et les prospectus arrivés par la poste. Puis, pendant plusieurs minutes, elle avait marché de long en large en mangeant le fruit tandis qu'il lisait. Quand il avait levé les yeux, il l'avait vue examiner de près la peau de la pomme, essayant de ne pas mordre dans la partie talée. Mais, peu à peu, il avait senti qu'elle concentrait son attention. Finalement, elle s'était assise sur le bord du canapé et avait posé les jambes sur ses genoux. Il avait appuyé les bras sur ses cuisses et tourné les pages une à une.

Plus tard ce soir-là, ils dînèrent de spaghetti à la lueur d'une bougie plantée dans une bouteille de chianti – un artefact, dit Jerome à Mira, que Robert Smithson avait dû utiliser dans les années 1960. Tout le monde en avait, tous les beatniks, et ensuite les hippies. « Il existe sans doute des photographies, dit-il en plaisantant, des personnages majeurs de cette époque posant avec leurs bougeoirs chianti ou à côté : Ginsberg, Ferlinghetti, Jim Dine, Smithson, Robert Rauschenberg, Frank Stella, Jack Kerouac. C'était l'époque, expliqua-t-il, où les figures majeures du monde des arts étaient aussi préoccupées par leur image que par leur art, de sorte qu'elles se faisaient photographier dans toutes sortes de situations bohèmes. Tout cela a disparu aujourd'hui, poursuivit-il. L'ego n'a plus de rôle à jouer.

– Je croyais que tu disais que l'objet d'art lui-même était fini. » Mira se pencha pour se verser un autre verre de vin. Un peu de liquide rouge gicla sur la table près de sa manche, mais elle ne parut pas s'en apercevoir. Jerome remarqua qu'après le premier verre elle était devenue un peu flageolante, un terme qu'elle utilisait pour décrire l'effet de l'alcool sur son organisme. Il regarda la belle courbe de sa bouche à la lueur de la bougie, son front lisse. Il vit son visage changer quand une pensée surgit dans son esprit. « C'est curieux, tu ne trouves pas ? dit-elle enfin. Bien qu'il n'y ait plus personne là-bas, les gens ont fabriqué des objets sur cette île il y a un siècle – des aquarelles, des bateaux, des radeaux. Qu'est-il arrivé à tout cela ?

– Presque tout est parti à la dérive, je suppose. Sylvia m'a raconté que, quelquefois, plusieurs radeaux étaient enchaînés ensemble pour transporter plus de bois jusqu'à Québec. » Jerome commença à éponger le vin avec sa serviette en papier. « J'ai toujours aimé la notion de séquentialité. » Il se tourna, lança sa serviette dans la pièce, sourit quand elle atterrit dans la cuisine, puis prit une fourchette et enroula quelques pâtes dans le creux d'une cuillère, une façon de manger que Mira avait jugée amusante la première fois qu'il lui en avait fait la démonstration.

« C'est un vrai mot, "séquentialité" ? Je ne crois pas. » Elle tourna la tête de côté et ferma les yeux, comme elle le faisait souvent quand elle avait un doute. « On devrait peut-être le vérifier, ajouta-t-elle.

– Je me suis toujours intéressé à l'idée des chars, reprit Jerome, ignorant son allusion au vocabulaire. Tu sais, ceux qu'on voit dans les défilés. J'aime beaucoup l'idée de poser un genre de construction sur une plate-forme et de le traîner dans la rue. Dans ce cas l'art passe devant le spectateur, et pas l'inverse. On pourrait faire la même chose avec des radeaux, mais peut-être que les radeaux en eux-mêmes seraient visuellement si excitants qu'on n'aurait besoin de rien d'autre. Sylvia m'a dit que les rondins étaient attachés ensemble avec des branches souples : des jeunes bouleaux écrasés par un rouleau, puis tordus en une sorte de corde. Même les matériaux utilisés pour construire les radeaux étaient des arbres. Tout tournait autour des arbres… enfin, les arbres morts. » Tandis qu'il parlait, il songeait aux blocs de glace qui s'étaient approchés de l'île. Il se souvint de son excitation quand il avait cru qu'un édredon était emprisonné dans l'un d'eux. Pourquoi, se demandait-il aujourd'hui, pourquoi avait-il été incapable au début de voir ce qu'il y avait vraiment à l'intérieur ?

« Bof, dit Mira, des arbres. » Elle était farouchement urbaine, ne s'intéressait aux arbres en pleine nature que s'ils avaient un rapport avec Jerome, avec l'une de ses « pièces ». Jerome était secrètement enchanté par la façon dont certains sujets l'intriguaient simplement parce qu'ils se rattachaient spécifiquement à lui – bien qu'il fût peu probable qu'il l'admît un jour. Une fois, elle lui avait confié qu'elle ne se lasserait jamais de sa virilité, de la pâleur de sa peau, de la manière particulière dont son esprit fonctionnait.

Le chat, qui était devenu excessivement gâté, avait sauté sur la table. Mira interrompit son repas le temps de reposer l'animal par terre.

« Quand tu fais ça, dit Jerome, c'est comme si tu le déversais sur le sol, comme s'il était un très grand cruchon ou de l'eau qu'on verse d'un très grand cruchon.

– Lion est un très grand cruchon. N'est-ce pas, minou ? » Mira se pencha pour caresser la tête de l'animal.

Après le repas, ils se tinrent côte à côte devant l'évier d'aspect industriel, occupés à laver et sécher les quelques assiettes dont ils s'étaient servis. Jerome avait jeté un torchon sur son épaule, où il l'oublia jusqu'à l'heure du coucher. Même un soir où Mira et lui allaient simplement se mettre au lit était une perspective agréable : la tiédeur, et la forme de son corps près de lui, son visage à peine visible quand il se réveillait dans le noir. Elle dormait si profondément qu'elle donnait l'impression de s'appliquer à cette tâche, comme si elle avait été un petit moteur ronronnant à une cadence régulière à son côté durant toute la nuit.

« Tu sais, dit-il à Mira, maintenant j'aime bien Sylvia. Au début je n'étais pas sûr… je ne savais pas vraiment quoi en penser.

– Je pense que pour toi elle est une sorte d'avatar. » Elle marqua un temps. « Une visiteuse sacrée déguisée en quelqu'un d'autre.

– Oui, un truc comme ça. » Il se souvint de Mira lui parlant d'avatars dans le passé. Mais il n'était pas certain de ce qu'elle avait dit et ne voulait pas lui poser la question.

Plus tard, quand il la rejoignit au lit, il la trouva avec un des carnets ouverts, continuant sa lecture : ses jambes étaient allongées sous la couette, ses coudes calés sur les os de ses hanches, et ses mains tenaient l'un des journaux verts. Il aimait beaucoup l'expression absorbée, presque intriguée, qu'elle prenait toujours en lisant ; cela lui donnait un air mystérieux, distant, tandis qu'un chapelet de pensées et d'images défilait dans sa tête. Il avait l'impression que le fait de lire en privé devant quelqu'un était un signe de confiance, celle même qui devait exister pour que deux personnes dorment ensemble nuit après nuit dans le même lit. Une partie de cette confiance venait de ce que l'autre personne n'interférait pas dans l'expérience. Mais cette fois il voulait en faire partie.

Il s'installa auprès d'elle.

« On parle beaucoup de radeaux, lui dit-elle.

– Lis-le-moi alors. »

Mira revint quatre ou cinq pages en arrière et se mit à lire tout haut. Les radeaux, un long fleuve, un petit garçon, la sombre façade d'un vieil orphelinat pénétrèrent dans la pièce, accompagnés par sa voix. Jerome vit toutes ces choses tandis que le sommeil le gagnait malgré lui. Enfin, Mira se glissa hors de la couette, tira un écheveau du sac qui contenait ses laines à tricoter, cassa avec ses dents un brin rouge de huit centimètres, puis le plaça sur la page et referma le carnet. « Je ne peux pas m'empêcher de me souvenir de ce que tu as dit sur cet endroit... à propos des bâtiments désertés, en ruine. »

Jerome regarda au loin un moment, puis se tourna vers elle. « Dommage, dit-il. Dommage qu'il n'existe pas une façon de tourner une image par jour, pendant cent ans, d'une bâtisse abandonnée qui se décompose et se met ensuite à germer. C'est étrange, maintenant que j'y pense, qu'on accorde toujours autant d'attention à la construction, alors qu'en réalité le processus de désintégration est omniprésent, inévitable.

– La désintégration et le changement, dit Mira. Les gens qui vont d'un endroit à l'autre, qui laissent les choses derrière eux. »

Jerome songeait à une photo de ses parents et de lui, prise en grande cérémonie dans un studio de photographe quand il avait quatre ans environ. Ses parents étaient jeunes, souriants, vraiment très beaux. Aucun signe ne laissait pressentir ce qui allait arriver. Malgré la perfection de l'instant, on ne perdait jamais de vue que derrière le cadre planait toujours la menace d'un changement. Les gens retiraient leurs bras des épaules de leurs compagnons. Le groupe se disloquait, chacun partait dans une direction opposée.

Il était une heure du matin, et il était épuisé. La conversation était terminée pour cette nuit. Il souleva légèrement le corps, tourna le torse et tendit le bras pour éteindre la lumière. Mira roula vers lui, glissa un genou entre ses jambes, puis courba la tête sous son menton, le visage contre sa poitrine. Ils garderaient cette position, bougeant à peine, tout le long de la nuit. « Krishna », chuchota Mira. C'était une plaisanterie entre eux au sujet de Krishna, si beau que toutes les laitières étaient tombées amoureuses de lui. Jerome savait que dans cette relation, dans ce lit, il n'était pas le plus beau, et qu'il était loin d'être divin. À défaut d'autre chose, il ressemblait plus à un saint loqueteux, affamé, presque vaincu, revenant péniblement du désert.

Au milieu de l'après-midi, Sylvia regardait une miniature en bronze mesurant à peine huit centimètres. Un saint courbé, pensa-t-elle, un saint ployant sous le poids de son chagrin. *Apôtre endormi*, indiquait le carton à côté de l'objet, mais Sylvia savait que l'homme ne dormait pas. L'attitude que son minuscule corps avait prise évoquait un réveil pénible, suivi de l'accablement causé par une profonde tristesse. Sa tête reposait entre ses mains, ses genoux étaient ramenés contre sa poitrine ; l'angoisse émanait de tout son être – et même des plis de son vêtement. C'était Andrew la dernière fois qu'elle l'avait vu : Andrew recroquevillé dans un coin de la pièce. Andrew ratatiné. Andrew inaccessible.

Elle se sentait à l'aise dans ce musée, à l'aise avec cette image.

Cela n'avait pas été le cas dans le premier musée

qu'ils avaient visité, une grande bâtisse de pierre qu'on abordait par un imposant escalier, au bas duquel tourbillonnaient des foules d'enfants et toutes sortes d'hommes avec des voitures à bras, qui vendaient des ballons, des hot dogs et de la barbe à papa. À l'intérieur, elle avait éprouvé de la frayeur devant l'exposition géologique où un énorme globe mécanisé s'ouvrait, révélant une reconstitution du centre de la Terre – la reconstitution des enfers, avait-elle songé – et d'étroits passages obscurs, oppressants, bordés de rochers pas tout à fait réels. Plus loin, il y avait les ossements des dinosaures, les armures complètes, les armes, les boucliers, les momies entourées de bandelettes, et plusieurs invraisemblables dioramas dépeignant la vie à certains âges : la pierre, le bronze, l'aborigène, le pionnier. Sa propre époque, ou du moins celle qui avait renfermé sa vie, semblait ne jamais avoir été habitée, et était illustrée ici par une série de salles délimitées par une corde et contenant trop de meubles. « Salon victorien, indiquait une pancarte devant l'une d'elles. Défense d'entrer. Défense de toucher. »

Son mari avait examiné intensément chaque objet exposé et sorti ses lunettes pour lire les explications dactylographiées accrochées dans des cadres de verre sur les murs attenants, mais elle savait qu'il essayait juste de lui être agréable. Elle était tout à fait habituée à ces efforts pour paraître absorbé par ce qui, croyait-il, pouvait l'intéresser. Tel un adulte en compagnie d'un enfant à un spectacle de marionnettes, il était surtout intrigué par sa réaction à ce qu'il pouvait lui montrer. Il suivait de près ses changements d'humeur les plus imperceptibles et il ne lui fallut donc pas longtemps pour percevoir sa méfiance à l'égard du lieu qu'il avait choisi. Elle pensait à l'exiguïté, à l'innocence de son propre musée, à ses outils pionniers et à ses pointes de flèche indiennes, à son exposition « spéciale » d'étiquettes de la conserverie du comté aujourd'hui désaffectée. Julia, se souvenait-elle, lui avait une fois demandé une carte du musée, mais, au lieu de cela, elle le lui avait décrit oralement. « Première vitrine, avait-elle dit, chaise haute en pin, poêle à bois, édredon en patchwork, fer à braise, canapé Empire. » Julia avait acquiescé ; elle avait vécu avec tout cela. Même les étiquettes des conserves avaient été faciles à expliquer : « Trois tomates, deux pêches, un épi de maïs. » Il avait été plus ardu de répondre aux questions de Julia sur la raison d'exposer ces étiquettes dans un musée. « Parce qu'elles sont périmées, avait-elle enfin déclaré. Parce qu'on en a fini avec elles. »

Dans le second musée, la grande galerie d'art, Sylvia s'aperçut qu'elle avait envie de se rapprocher le plus possible des plus petits objets. Quand elle arriva à l'apôtre, elle eut le désir de glisser la main derrière la vitre et de déplier le délicat personnage, d'ouvrir les bras minuscules. Elle voulut soulever le menton, examiner le visage.

Plusieurs minutes s'écoulèrent, puis Malcolm lui toucha le bras, ce qu'il avait appris à faire des années auparavant, lorsqu'il sentait qu'elle commençait à disparaître. Le contact fut bref, sa main restant en place juste le temps d'attirer son attention.

« Tu en as assez, dit-il. Rentrons à l'hôtel. »

Sylvia ne répondit pas, mais s'écarta de l'objet et suivit son mari tandis qu'il traversait une salle après l'autre en direction de l'entrée qui serait maintenant la sortie. Elle était à la fois un peu soulagée et légèrement déroutée par l'aisance avec laquelle il évaluait son degré d'énergie, comme s'il avait constamment sur lui un appareil pour mesurer la température de ses humeurs. Quand elle émergea dans la lumière et descendit l'escalier de pierre, elle se rendit compte de deux choses : de l'écho des pas de Malcolm à son côté et de la dépendance qui emprisonnait son esprit comme une cape familière. Le vêtement était imprégné de chaleur, mais il paraissait inadapté à la saison. Elle savait qu'à partir de maintenant il y aurait des moments où elle voudrait le retirer de ses épaules.

Depuis qu'elle était arrivée à l'hôtel, quelques jours plus tôt, Sylvia n'avait allumé ni la télévision au fond de la chambre, ni la radio près du lit. Elle avait à peine prêté attention aux lueurs rouges – palpitant ou bien annonçant délibérément le passage du temps – qui semblaient souligner qu'il fallait intervenir, que le statut des objets auxquels elles étaient rattachées devait être modifié. Mais la nouveauté de l'espace loué lui avait suffi comme distraction : la sérigraphie encadrée des meules de foin et de l'eau lointaine qui évoquait la pointe du Frisson toute proche du Ballagh Oisin, les surfaces polies des meubles qu'un inconnu invisible époussetait quand elle était absente, les poils de la moquette redressés chaque jour par un aspirateur qu'elle n'avait ni vu ni entendu, la façon dont chaque trace de son passage avait été silencieusement effacée de la salle de bains – les gants de toilette mouillés et les serviettes fripées remplacés par leurs doubles identiques, la corbeille à papier vidée. Chaque fois qu'elle ouvrait la porte, elle écoutait la vibration sourde de la machine cachée qui chauffait ou rafraîchissait la pièce, un ronronnement permanent qui se mêlait à la rumeur de la circulation du dehors. Sans la carte de Julia, posée chaque soir sur le bureau à l'endroit exact où elle l'avait laissée, elle aurait eu de la peine à croire qu'elle avait passé la nuit précédente dans le lit impeccable ou s'était lavée ce matin dans la baignoire étincelante.

Tout cela la renforçait dans sa conviction que la conscience reparaissait le soir, que l'obscurité, et non la clarté, était le recommencement, l'éveil, après des heures de rêverie diurne. C'était comme une toile vide sur laquelle le même tableau pouvait être reproduit encore et encore. Son chagrin, en particulier, semblait avoir été lavé et repassé pendant la journée de telle sorte qu'il pouvait lui être présenté à nouveau chaque soir, propre comme un sou neuf, sa couleur avivée, saisissante, impossible à ignorer.

Maintenant son mari pénétrait avec elle dans ce nouvel espace, silencieux, peut-être secrètement en colère, son trench-coat ouvert, ses gants dans une main, son petit parapluie gainé dans l'autre. Il tira de sa poche le talon du parking de l'hôtel. « Trop tard pour rentrer aujourd'hui, dit-il d'un ton neutre qu'elle ne put interpréter. Nous nous mettrons en route après le petit déjeuner, très tôt demain matin. » Il s'approcha de la fenêtre, écarta le rideau, jeta un bref coup d'œil au mur de brique. « La vue n'est pas terrible, je ne m'en suis pas aperçu hier soir. Ni ce matin, si j'y pense.

– Non », dit Sylvia.

Il se tourna vers la pièce et s'avança en direction de sa femme, mais s'arrêta en voyant la carte de Julia sur la table. « Tu as travaillé à une carte tactile ! s'exclama-t-il. Je ne l'avais pas remarqué non plus. Du moins, c'est quelque chose. Je ne me souviens pas, tu m'as dit ce qu'elle représentait ?

– Non, répondit Sylvia. Non, je ne te l'ai pas dit. »

Encore debout près de la porte, elle comprit que le sursis avait expiré. Brusquement, elle ne sut plus comment évoluer dans la pièce, comment se sentir à l'aise avec les meubles, les rideaux. Elle resta près de la penderie, glissant une main dans ses cheveux, l'autre main remontant le long du bras opposé, sous le manteau, et tirant sur la manche du cardigan en lainage qu'elle portait.

Malcolm enleva son pardessus et le laissa tomber avec son écharpe sur l'un des lits. « Je me demande, dit-il, s'il y a d'autres choses dont tu ne m'as pas parlé, Syl. Cette fugue, par exemple, ce numéro de disparition, tu pourrais peut-être me dire de quoi il s'agit. »

Elle ne répondait pas, aussi il traversa la pièce et lui enleva doucement son manteau, l'accrocha dans le placard, puis retira le sien du lit. Il eut un peu de mal avec les cintres, mais les deux vêtements finirent par se retrouver suspendus côte à côte, comme deux personnes dans l'une des queues que Sylvia avait vues aux arrêts de tramway depuis qu'elle était en ville. Elle leva un bras et passa les doigts sur le tissu chair moelleux du trench-coat de son mari, se forçant à penser aux noms des couleurs. Julia lui avait raconté une fois qu'il existait une théorie selon laquelle les Grecs et les Romains « ne voyaient pas le bleu », car bien que cette couleur les environnât de toutes parts, ils ne la distinguaient pas du tout. Elle lui avait ensuite demandé de lui décrire la différence entre l'azur et le bleu clair, et Sylvia était restée sans voix, se rendant compte que la tâche était impossible. Peut-être, avait poursuivi Julia, peut-être la couleur pouvait-elle être transposée dans le domaine du toucher. N'y avait-il pas, par exemple, des couleurs chaudes et froides ? « Le bleu, avait répondu Sylvia, peut être lisse, comme une peau contre une autre. – Mais c'est une couleur froide », lui avait rappelé Julia en riant.

« Je croyais que tu avais dit que tu ne voulais jamais aller seule en ville », déclara Malcolm. Il s'était assis sur la chaise à côté du bureau, tournant et retournant dans ses mains une carte postale de l'hôtel. Il la fixait avec sur le visage une expression qu'elle ne reconnut pas. Elle se demanda s'il ressentait de la peur, si son acte d'absentéisme avait ébranlé sa foi en la prévisibilité de son état. « Allons, Syl, dit-il doucement, viens au moins t'asseoir. »

Elle alla jusqu'au lit et prit place, le dos droit, l'air cérémonieux.

« Bien, dit Malcolm, c'est mieux comme ça. »

Mieux comme quoi ? s'était souvent demandé une Sylvia beaucoup plus jeune chaque fois qu'un adulte prononçait ces mots. Comme avant, songea-t-elle, perchée au bord du lit. Cette position lui donna l'impression d'être une enfant, pas nécessairement celle qu'elle avait été, mais plutôt la fille anxieuse qu'elle avait vue une fois dans la reproduction d'un tableau d'Edvard Munch. « Ce n'était pas si terrible, répondit-elle, regardant ses mains croisées sur ses genoux. Le train, ce n'était pas si terrible. J'ai dormi pendant presque tout le trajet. »

Elle se souvint de l'homme en uniforme s'avançant dans l'allée d'un pas chancelant, criant le nom de la ville. C'était étrange de penser qu'elle ne connaissait pas Jerome alors, qu'elle lui avait révélé depuis les aspects les plus intimes de son être secret et lui avait aussi donné accès aux pages écrites de la main d'Andrew, preuve ultime de son existence.

Malcolm parlait de nouveau. « Ce n'était pas en rapport avec lui, hein ? disait-il. Ce comportement inexplicable n'avait pas de rapport avec lui, j'espère, parce que, si c'était le cas, je devrais le savoir. » Il se racla la gorge, tapotant machinalement l'angle de la carte postale sur le dessus en verre de la table. « Je croyais qu'on en avait tous fini avec tout ça, dit-il.

– On en a tous fini avec tout ça, confirma Sylvia. Complètement fini. »

Malcolm secoua la tête, puis posa la carte postale à plat sur le bureau. « Oh, Syl », prononça-t-il tout bas.

Elle considéra son mari. Il paraissait plus petit que dans le passé, diminué, comme s'il avait renoncé à certaines parties de lui-même pendant les quelques jours où elle avait été absente de sa vie. Elle se rappela à quel point il était fort et sûr de lui le soir où il l'avait trouvée assise à la table de la cuisine, très raide, le regard fixe, l'article de journal sur Andrew à la main. « Ces choses arrivent, lui avait-il dit après avoir lu le texte, ces tragédies.

– Tragédies », avait-elle répété. Et puis elle l'avait dit : « J'ai aimé cet homme.

– Non, avait-il répliqué. Non, ce n'est pas vrai. Tu es dérangée, avait-il insisté. Tu n'as jamais été capable de connaître qui que ce soit. Tu n'aurais pas été capable de…

– Je l'ai été. Il ne savait pas, tu vois. Il n'était pas au courant, pour moi. »

Malcolm était devenu très silencieux, il avait lentement rapproché une chaise de celle où elle était assise. Elle ne l'avait pas regardé, mais elle avait entendu le bruit de sa respiration.

« Tu vas tout oublier à ce sujet, avait-il dit enfin. Nous n'en parlerons pas, et avec le temps tu commenceras à oublier.

– Il a oublié, avait-elle répondu. Andrew a oublié.

– Nous n'en parlerons pas », avait répété Malcolm, lui prenant doucement le papier des mains.

« Tu ne m'as jamais crue, continuait Sylvia à présent, quand j'essayais de te le dire. Tout est allé de travers parce que tu n'avais pas entendu, tu ne croyais pas…

– Syl, intervint Malcolm très sèchement, écoute-moi, écoute-moi maintenant. » Il fit brusquement pivoter le fauteuil dans sa direction. « Nous en avons parlé et reparlé. Tu le sais, Syl, tout, tout allait à merveille. À chaque mois qui passait tu faisais tant de progrès. Et moi, j'étais heureux, j'étais fier des progrès que tu faisais. »

Les progrès, songea-t-elle, la fierté. Elle fixa le miroir qui se trouvait face au pied du lit, dans cette chambre indifférente, et vit sa bouche trembler. Quand le sentiment atteignit un point crucial, elle se leva, prit une chaise, la tourna vers le mur, s'assit et commença à se concentrer sur la texture du plâtre, étendu avec une telle négligence que son aspect lui évoqua de lointains intérieurs qu'elle ne savait pas nommer. Espagnols peut-être, ou italiens, peut-être irlandais. L'effet pointilliste était assez semblable aux crêtes boursouflées des montagnes blanches et glacées de l'une des cartes tactiles qu'elle avait faites pour Julia, une carte de la région polaire. Au lieu de cela, elle tournerait ses pensées vers son amie, qui avait aimé l'idée du froid, de la glace – quelque chose qu'elle pouvait sentir dans le paysage. Sur ce mur il y avait des éraflures et des encoches, et ici ou là une marque qui n'avait pas été effacée par le chiffon à poussière de la femme de ménage anonyme. Peut-être quelqu'un s'était-il levé si vivement de sa chaise qu'elle avait heurté le mur. Un autre client avait sans doute lancé une valise dans la pièce d'un geste si négligent qu'un minuscule monticule de plâtre était tombé par terre. Dans le passé, elle eût rejeté même cet exemple insignifiant de changement. Dans le passé, ce qui la calmait, c'était l'uniformité de toute pièce. Mais, maintenant, elle se sentait consolée par la pensée de Julia et par cette preuve de la spontanéité humaine. Comment avait-elle pu changer à ce point ?

« À quoi penses-tu ? » Elle sentait qu'il se rapprochait.

« Au mur, répondit-elle. Je pense au mur. »

Il était debout derrière elle à présent, sa main sur

le dossier de la chaise, près de son omoplate. « Viens, dit-il, touchant la laine de son chandail sans atteindre la peau, descendons au rez-de-chaussée. Allons manger quelque chose. Oublie le journal, du moins pour l'instant. Plus tard, quand tu te sentiras mieux, nous reparlerons de tout cela. »

Le mur approchait et reculait comme s'il examinait Sylvia, puis se détournait avec dégoût. Mais peu à peu sa tête se dégagea, sa vision se clarifia. Elle se leva, se retourna et fit face à son mari. « Pourquoi penses-tu que je me sentirai mieux ? dit-elle. Comment peux-tu le savoir ? »

Pour la première fois, une réelle irritation perça dans sa voix : « Qu'est-ce que tu crois que j'ai vécu tout ce temps ? J'étais fou d'inquiétude. Si un jour de plus avait passé, s'ils n'avaient pas retrouvé la trace de ta carte, j'aurais été obligé d'aller à la police, et alors où en serions-nous ?

– Je n'en sais rien, Malcolm. Je ne sais jamais où nous étions – n'est-ce pas ? –, ni où nous en sommes maintenant. Peut-être que tu devrais me le dire, peut-être que tu devrais m'expliquer tout cela. » Elle se souvint brusquement qu'elle n'avait pas encore mis le jalon « Tu es là » sur la carte à laquelle elle travaillait. Elle avait toujours utilisé une sorte particulière de bouton en nacre à cet effet, mais elle avait oublié de prendre le bocal de boutons quand elle avait quitté la maison. Souvent le bouton était placé dans un parking, mais il n'y en avait pas devant le phare. Le bout du chemin ferait l'affaire.

« Tu ne crois pas sérieusement que je ne me suis pas inquiété », disait Malcolm. Il s'était écarté d'elle et se tenait en retrait afin de voir son visage. « Tu ne t'es jamais absentée seule pour une nuit. Tu connais à peine les gens du bourg voisin, et encore moins de la ville. Tu étais disparue. J'aurais dû signaler ta disparition.

– Une bonne description, lui dit-elle, une très bonne description, tu ne trouves pas ? N'ai-je pas toujours été une personne disparue ? »

L'expression de Malcolm s'assombrit. Sylvia sut qu'elle l'avait blessé, qu'il ne tarderait pas à se défendre. « Rappelle-toi une chose, reprit-il. Je m'efforce seulement de veiller sur toi, comme je l'ai toujours fait. Je ne comprends pas ce ton dans ta voix. Je ne comprends pas ce que tu t'imagines être en train de faire. Tu n'as que moi pour s'occuper de toi.

– J'ai des amis ici, l'interrompit Sylvia. J'ai un ami ici. »

Malcolm secoua la tête. « Qui sont ces amis ? Comment pourrais-je croire à leur existence ? Tu ne te fais pas d'amis… Tu n'as jamais été capable de…

– Il y a Julia.

– Oui, Julia, dit Malcolm d'un ton vague. Mais quand je l'ai appelée, elle a été incapable de m'indiquer où tu étais. Tu étais en détresse, très probablement en danger, pourtant Julia n'était pas en mesure de m'aider à te trouver. »

Sylvia se détourna du mur, se leva de sa chaise et traversa la chambre jusqu'au porte-valise où était posé son bagage. « Oui, dit-elle, allons manger quelque chose. » Elle ouvrit son sac, défit la fermeture Éclair d'un coffret capitonné et leva un rang de perles vers son cou. D'instinct, Malcolm vint derrière elle et ajusta le fermoir sur sa nuque, toujours sans toucher sa peau. C'étaient les perles de sa mère, les perles de sa grand-mère. Peut-être avaient-elles appartenu à son arrière-arrière-grand-mère.

« Nous en reparlerons plus tard, quand tu te sentiras mieux », répéta Malcolm. Après avoir enfilé sa veste et avant d'ouvrir la porte, il se tourna dans la direction de Sylvia. « J'étais convaincu que nous avions réglé tout ça, Syl, dit-il, convaincu que tu connaissais enfin la différence entre ce qui se passe ici – il glissa les doigts vers le sommet du crâne, prenant soin de ne pas lui toucher la tête – et ce qui se passe dehors », balayant de sa main l'air qui les séparait.

Sylvia n'eut pas de réponse à cela, sachant qu'il se référait à sa propre réalité, qui, en tant que telle, n'avait aucun rapport avec elle. « Comment peux-tu être sûre, lui avait une fois demandé Julia, que ce que tu vois, c'est ce que voient d'autres voyants ? – Je n'en suis pas sûre, avait répondu Sylvia. je ne l'ai jamais été. »

Pourtant, quand ils longèrent le couloir de l'hôtel,

elle toucha le bras de son mari, voulant lui faire comprendre, par ce geste, qu'il n'y avait aucune méchanceté dans les paroles qu'elle allait prononcer. Il lui avait appris cette façon de toucher légèrement quelqu'un lorsqu'on essayait de souligner un argument. Ce mouvement vers les autres n'avait pas été facile pour elle, mais elle avait appris à le faire.

« Julia ne pouvait pas te dire où j'étais, non parce qu'elle en était incapable, mais parce qu'elle n'en savait rien, expliqua-t-elle. Pourtant, si elle l'avait su, elle ne te l'aurait sans doute pas dit de toute manière.

– Non, répondit Malcolm après un instant de silence. Non, probablement pas. »

Ils entrèrent dans l'ascenseur, dont l'arrivée avait été annoncée par une sonnerie retentissante. « Tu vois, continua Sylvia, comme toi, Julia n'est pas croyante… avec cette différence… elle ne croit pas à l'état… à mon état… elle n'y croit pas du tout. »

Elle regarda le profil de son mari, pour voir s'il réagissait à cette information. Il se tenait les mains nouées dans le dos et la tête baissée. Elle était presque certaine que son visage ne laissait paraître aucune expression, pas même le déplaisir ou la désapprobation. Il semblait ne pas avoir entendu les mots qu'elle avait prononcés, ou, tout simplement, il n'y croyait pas.

Plus tard ce soir-là, quand elle pénétra dans la salle de bains afin de se préparer pour la nuit, elle vit que les signes de la présence de son mari avaient tout envahi : sa brosse à dents, sa trousse de toilette, son rasoir, son peigne et sa brosse.

Des objets si familiers.

Allongée sur le lit après s'être déshabillée, elle se força à examiner Malcolm qui était couché le dos tourné vers elle, comme d'habitude, dormant de la manière presque déterminée d'un médecin dont le repos est souvent interrompu. À présent, la chambre palpitait à peine, éclairée par la faible clarté de la ville que les rideaux ne pouvaient pas entièrement absorber : c'était mieux. Elle commença mentalement à passer en revue les rayonnages du bureau de son mari, livre après livre, se souvenant combien les différentes couleurs du dos des ouvrages lui avaient plu, une fois qu'elle s'était accoutumée aux volumes plus neufs placés ici et là parmi les textes anciens laissés par son père. Comme une sorte de berceuse, elle fit défiler une liste de titres dans son esprit. *La Gastro-Entérologie clinique*, *Les Fondements pathologiques de la maladie*, *Un index du diagnostic différentiel*, *La Mycologie médicale*, *La Base métabolique de la maladie héréditaire*, *Les Principes de la chirurgie*. Elle s'endormit réconfortée par la pensée que quelqu'un avait pris la peine de se pencher sur une altération tragique du corps, comme pour dresser une carte de ses régions, puis explorer ses territoires.

Après le dîner, Malcolm et elles avaient pénétré dans l'allée et elle lui avait montré la porte où elle se présentait chaque jour. « Il est si jeune, lui avait-elle dit. C'est juste un enfant sous beaucoup d'aspects. »

Elle le regarda étudier les graffiti, les mots *Fragments conceptuels*. Il se taisait, mais elle sentait sa méfiance à l'égard de ce genre de choses. « Je ne comprends toujours pas, déclara-t-il. Qui sont ces gens ? Qu'ont-ils à voir avec toi ? »

Ils se trouvaient près du tuyau d'écoulement que Sylvia avait examiné à son arrivée dans la ville. Il paraissait un peu plus sombre et, avec le froid du soir, de petits glaçons s'étaient formés autour de son ouverture, comme des dents. L'écho d'un tramway et les rires d'un groupe de gens passant sur le trottoir, plus qu'un simple bruit, étaient devenus une présence physique. « Il l'a trouvé, Malcolm, il a trouvé Andrew », dit enfin Sylvia. Jerome, le jeune homme qui vit ici… il a découvert le cadavre d'Andrew dans la glace. » Elle jeta un coup d'œil vers la porte et leva une main, presque comme si elle voulait la toucher, puis elle laissa retomber son bras. « Je pense qu'il était la bonne personne, la bonne personne pour cela, chuchota-t-elle, se parlant à elle-même, sachant que c'était la vérité.

– Ah, répondit Malcolm, glissant ses mains gantées dans les poches de son trench-coat. Ah, c'est donc ça ? Je suppose que tu voulais les détails. » Il toussa, puis prit le bras de Sylvia et commença à l'entraîner en direction de l'hôtel. « Eh bien, dit-il en quittant l'allée, au moins tout cela est fini maintenant.

– Non, reprit-elle calmement. Ce n'est pas fini. Je ne laisserai pas cela inachevé. Je ne peux pas, c'est tout. J'y retourne demain. J'ai dit que je le ferais, et je tiendrai parole. » Elle cessa de marcher. « J'irai seule », ajouta-t-elle.

Il resta silencieux, mais elle sentit que l'obstination, le refus l'avaient quitté. C'est le fait que je suis partie, songea Sylvia, il sait que je peux le faire maintenant, que je peux simplement m'en aller. « Il faut que tu appelles le dispensaire, poursuivit-elle, pour leur dire de charger quelqu'un d'autre de la garde. Je quitterai l'hôtel après le déjeuner. Tu peux me prendre devant cette porte à cinq heures.

– Tout cela est très perturbant », répondit-il, mais quand ils furent de retour dans la chambre, il décrocha immédiatement son téléphone pour prendre les dispositions nécessaires pendant son absence. Puis il lui sourit d'un air affectueux, résigné et légèrement condescendant. Je fais tout cela pour toi, disait le sourire, je fais tout cela à cause de ton état.

Sa patience, décida-t-elle, était un fardeau : pas pour lui – car chez lui c'était une seconde nature –, mais pour elle. Elle voulait s'en débarrasser, en finir avec ça. Elle en avait assez, sut-elle brusquement, d'en endosser toute la responsabilité.

Les samedis matin, Jerome et Mira prenaient presque toujours un petit déjeuner tardif dans un café voisin, où ils pouvaient commander de la brioche ou des *biscotti* et lisaient les journaux du week-end laissés par les clients précédents. C'était un luxe qu'ils prolongeaient jusqu'au moment où ils avaient décidé de ce qu'ils feraient l'après-midi, choisissant d'aller dans une galerie où un ami se produisait ou exposait, de voir un film, ou simplement d'explorer certains quartiers inconnus de la ville, l'appareil photo à la main, en quête de nouvelles images. Ils rentraient rarement au studio avant le soir, désirant garder dans la semaine une journée où leurs activités étaient régies par une certaine fluidité. Parfois un groupe informel d'amis et de relations communes les entourait, s'élargissant et se resserrant tandis qu'ils allaient d'un lieu à l'autre. L'apparition des œuvres de Jerome dans certaines revues ou dans les pages « Arts » des journaux avaient fait de lui, dans ce genre d'endroits, un personnage plus recherché en société qu'il ne l'avait jamais été dans le passé, et, souvent, à peine Mira et lui étaient-ils installés à une table que d'autres jeunes gens vêtus de la tenue sombre d'usage les rejoignaient.

Il n'était pas tout à fait à l'aise dans ce genre de situations. N'étant guère loquace, il ne savait jamais très bien ce qu'on attendait de lui en matière de conversation et était reconnaissant de l'assurance de Mira, de sa curiosité et de son intérêt sincère pour les gens : pour ce qu'ils pensaient, faisaient, pour la manière dont se déroulaient les petits drames de leurs existences. En général, il la laissait prendre l'initiative, mais écoutait, intrigué par sa façon de révéler ou de cacher son intelligence, de garder pour elle ses pensées ou de les introduire dans le cours de la conversation. Cependant il se sentait souvent gauche, mal à l'aise, comme si ses jambes étaient trop longues pour se loger confortablement sous la table, sa voix trop forte ou trop basse.

Mais aujourd'hui ils étaient arrivés assez tôt au café pour qu'aucune de leurs connaissances n'eût encore émergé des studios ou des appartements bon marché mal chauffés qui leur tenaient lieu de maisons, et ils purent s'installer près d'une fenêtre en bavardant tranquillement.

« Regarde, disait Mira, tu peux voir d'ici le haut de l'hôtel de Sylvia. On devrait l'appeler, tu sais, ou passer. »

Jerome ne répondit pas.

« Elle ne connaît personne dans la ville. Qu'est-ce qu'elle va faire toute la journée ?

– La carte, rappelle-toi », dit Jerome.

Mira regardait par la fenêtre, surveillant avec inquiétude un couple de chatons errants encore jeunes qui grignotaient le pain d'un hamburger abandonné sur le trottoir.

« N'y pense même pas, lui dit Jerome. Un chat, ça suffit.

– Bien, répondit-elle, se tournant vers lui, rentrons. je pense que nous devrions finir notre lecture avant demain. Et, de toute manière, ajouta-t-elle, jetant un coup d'œil à la salle du café à moitié vide, puis à la pâtisserie entamée sur son assiette, j'en ai terminé. J'en ai assez. »

Cette phrase de Mira éveilla un écho en Jerome. C'était la voix de sa mère, prononçant ces mêmes mots – « J'en ai terminé. J'en ai assez » – tard le soir, quand son père n'était pas rentré depuis deux jours. Elle se parlait à elle-même, ou s'adressait peut-être à son mari, dont l'état d'ébriété était tel que même s'il avait été dans la pièce, et non dans un bar Dieu sait où, il n'aurait pas pu l'entendre. Le désespoir dans sa voix avait à la fois effrayé et rendu furieux Jerome ; il avait voulu la secouer, il avait voulu qu'elle oubliât son père et ses problèmes parce que, malgré ce qu'elle disait et quelle que fût la résolution annoncée, il savait qu'elle n'en avait pas eu assez. Son père rentrerait, la supplierait de lui pardonner et obtiendrait gain de cause, et le cycle tout entier recommencerait, peut-être d'ici à quelques semaines, ou pas avant un mois. Il avait quinze ans la nuit où il avait entendu sa mère prononcer ces mots, il croyait qu'il détestait son père et, bizarrement, sa mère aussi, il détestait leurs faiblesses. Il voulait qu'ils sortent de sa vie, de leurs vies réciproques, ou, à défaut, il voulait qu'ils reprennent la vie qu'ils avaient eue quand ils habitaient tous encore dans le Nord.

« À quoi tu penses ? demanda Mira, se penchant en avant pour secouer doucement son bras. Où es-tu parti ?

– Ce n'est rien, dit-il. Nulle part. » Mais il savait exactement où il était parti : dans le monde disparu de son enfance, l'endroit qu'il ne pouvait s'arrêter de revisiter. Très souvent, ces mois récents, quand il avait cherché à accomplir une tâche ordinaire, il visualisait la longue avenue obscure d'un puits d'aérage qu'il avait examiné enfant. N'étant jamais autorisé à pénétrer dans la mine même, il avait trouvé le puits à l'intérieur d'un petit bâtiment non verrouillé, juste en dehors du périmètre du site. Épouvanté et fasciné, il se glissait à l'intérieur et plongeait le regard dans les ténèbres, sentant le souffle tiède sur son visage, la force d'attraction du monde souterrain.

Son père avait dû concevoir ce puits, tous les autres puits de ventilation, ainsi que celui qui conduisait aux enfers. Les tunnels qui suivaient les filons d'or se ramifiant à travers le roc solide mais vulnérable avaient aussi dû être conçus par lui.

C'étaient les bonnes années, les années où l'alcool était un compagnon, un égal, et non un maître. Tout le monde était jeune ; la colonie du nord de l'Ontario était une aventure au fin fond du bush, la mine un miracle qui se déployait si loin des règles de la vie ordinaire qu'aucun ordre social rigoureux n'était né dans son sillage. Des mineurs et des ouvriers immigrants sans instruction se mélangeaient à la collection de professionnels nécessaires réunis par la compagnie. Les patrons arpentaient le labyrinthe souterrain avec les hommes. Un tuyauteur pouvait devenir le parrain du fils d'un comptable. Le médecin pouvait servir de témoin au mariage d'un opérateur de pompe d'assèchement. Des fêtes légendaires célébraient noces et baptêmes (le traîneau à chiens livrant le whisky conduit par le gérant de la mine en personne), ou fleurissaient des soirs où il n'y avait rien d'autre à arroser qu'un record de froid ou le fait que le courrier était enfin arrivé après une tempête de neige.

Au milieu de tout cela évoluait le père rieur et beau de Jerome, architecte du monde souterrain : chanteur, danseur, le dernier homme à danser encore à l'aube.

Jerome n'avait de cette période que des souvenirs des plus fugaces, mais sa mère avait ressorti des fragments du récit après la mort de son père. La fois où celui-ci avait insisté pour que toutes les filles du bordel assistent à la réception de Noël du gérant, la fois où il avait fait venir trois groupes de rock célèbres par une escadrille de bush, la fois où il avait proposé d'être le père Noël de l'école et était si épuisé par les festivités de la veille qu'il s'était endormi sous le sapin. C'était l'aspect insouciant, écervelé de l'alcool, un genre de gigue exécutée par la Faucheuse avant d'aiguiser sa faucille. Ç'avait rendu Jerome fou furieux que sa mère prît un plaisir aussi évident à raconter ces épisodes, comme si l'ivresse de son père avait été un accomplissement revigorant plutôt que le vent de tempête destructeur qui, se souvenait-il, avait tout dévoré sur son passage. Mais il l'aimait, et était donc aussi reconnaissant de ces brèves séances où elle ne souffrait plus. Il gardait une expression neutre, souriant et riant au moment requis. Il feignait d'écouter avec impatience.

« Qu'est-ce que tu as aujourd'hui ? demandait Mira. Tu as à peine ouvert la bouche depuis qu'on s'est levés.

– Tout va bien », répondit-il. Il chercha de la monnaie dans sa poche pour payer la note. Ces cafés, songea-t-il, ces endroits prétentieux. « Rentrons, lança-t-il à Mira. Si tu veux finir de lire ces carnets, c'est ce que nous allons faire. »

En revenant vers le studio, Jerome combattit l'image obscure du puits d'aération et s'efforça d'entrer dans l'instant, d'être un homme en compagnie d'une jeune femme un samedi matin, dans un quartier intéressant de la ville. Mais il savait que ça ne marchait pas. Quand ils pénétrèrent dans l'allée, Mira le fixait intensément, une quantité de questions muettes planaient dans l'air, et il sentait monter en lui le ressentiment. Il voulait garder son humeur pour lui. L'intuition de sa compagne et la préoccupation dont elle témoignait étaient une intrusion.

Mais une fois qu'ils furent à l'intérieur, et avant de s'installer à nouveau sur le canapé en compagnie de Mira, il s'était radouci.

« Je vais lire cette fois-ci », lui dit-il.

Mira ouvrit le carnet à la page où elle avait glissé le brin de laine la veille. Puis elle le tendit à Jerome. Il parcourut quelques lignes et dit : « Elle va sans doute s'en aller une fois que nous aurons lu les journaux. Elle n'a demandé que quelques jours, après tout. » Au sentiment qu'il éprouvait en prononçant ces mots se mêlait quelque chose d'indéfinissable. L'anxiété. La tristesse. La fatigue. La culpabilité, peut-être. Un moment, il se demanda qui quittait qui.

« Été après été, commença-t-il, derrière les fenêtres lumineuses du Ballagh Oisin... »

Jerome reposa le calepin sur la table et regarda Mira. « Je ne sais pas, dit-il. Je ne sais pas quoi faire avec elle. Je suis peut-être sur le point de la laisser tomber, d'une certaine manière. »

Elle se rapprocha de lui. Il sentait ses côtes se dilater

et se contracter doucement, et le rythme de sa respiration. « Tout va bien se passer, dit-elle. Pour l'instant, continue de lire. »

Il se pencha en avant, reprit le carnet. « Été après été », recommença-t-il.

« Andrew disait toujours que certaines personnes étaient implantées. » Sylvia était debout maintenant, parlant au dos de Jerome pendant qu'il était occupé à préparer du thé sur le plan de travail. Les carnets verts étaient posés sur la caisse qui tenait lieu de table basse, mais il n'y avait pas encore fait allusion. Ce matin, pendant le trajet de l'hôtel à l'allée, elle avait vibré d'espérance, impatiente de connaître la réaction de Jerome aux écrits d'Andrew. Mais une fois qu'elle avait pénétré dans le studio, elle n'avait pas pu se résoudre à poser la question, à mettre le livre à nu dans son esprit.

« Il semble que les personnes implantées soient fabriquées ainsi par les générations de leurs ancêtres qui sont restées dans le même village, poursuivit-elle, qui ont mangé la nourriture issue du même lopin de terre, enterrant leurs morts tout près, se transmettant des objets utiles de père en fils, de mère en fille. Il a dit que je ressemblais à ce type de personne à un point tel que j'étais presque une découverte anthropologique. Ou archéologique, peut-être ; quelque chose de plus ou moins préservé, de plus ou moins intact. J'étais si bien implantée, vous voyez, que c'était pour moi une aventure – presque un acte d'héroïsme – de quitter le comté, de faire cinquante kilomètres jusqu'à cette colline. Sans lui... sans l'attirance qu'il exerçait sur moi... je ne l'aurais jamais fait. »

Lion avait sauté sur la caisse et s'allongea langoureusement sur les carnets.

« Il m'a dit aussi que toute personne entrant dans un paysage y laisse une marque. Même si ce n'est qu'une trace – presque invisible –, elle est là pour ceux qui sont prêts à regarder avec suffisamment d'attention. Bien sûr, il l'a dit ailleurs, pas seulement à moi, il l'a dit dans des conférences et l'a écrit dans ses livres avant de se retirer, de se taire et d'être pratiquement oublié. Mais qu'en est-il de sa propre trace ? demanda soudain Sylvia, un accent de colère dans la voix. Quand il a disparu, personne ne l'a cherché, ni assez sérieusement, ni assez longtemps. Nous savions que ça finirait comme ça, par une disparition spectaculaire et définitive, après une série de disparitions mineures, voilà ce qu'ils ont dû penser.

– Peut-être qu'ils l'ont cherché, dit Jerome, peut-être qu'ils ne savaient simplement pas où chercher. Peut-être que vous étiez la seule personne à savoir où il avait pu aller.

– Et pourtant je ne savais pas, reprit Sylvia, je ne savais pas où il était parti. Mais il marchait en direction du passé, je crois. Ça vous paraît logique ?

– À présent, oui. Je... nous avons lu tous les deux ce qu'il avait écrit. » Jerome lui tendit une tasse fumante. « Parce que je m'étais retrouvé sur l'île au milieu des vestiges de ce qui avait existé dans le passé, c'était stupéfiant pour moi de voir tout cela se reconstruire, prendre vie ou reprendre vie. » Il resta au centre de la pièce, tandis que la fine volute de vapeur de sa propre tasse s'élevait vers son épaule. « Et j'étais un peu surpris. » Il s'assit sur le bord du canapé le plus proche de Sylvia et posa son thé sur la table. « J'étais surpris par l'humour. J'aurais cru qu'il était sérieux d'une manière plus constante.

– Il était sérieux, dit Sylvia, mais il aimait l'humour, il aimait le rire. J'ai toujours cru qu'Andrew se souviendrait à jamais à quel point je riais quand j'étais avec lui. Moi qui riais si rarement. Mais peut-être que pour lui j'étais une femme qui riait souvent, qui avait le cœur léger et était facile à connaître. »

Jerome sourit. « Nous avons aimé l'histoire, dit-il, mais ça m'a donné l'impression que tout dans le monde n'est qu'un mirage, une illusion, qui vous échappe avant même que vous l'ayez saisi. Je pense que je le savais déjà, qu'une partie de moi le savait déjà, la partie qui évite – il chercha le mot juste – la stase, la stabilité, l'implantation dont vous parliez à l'instant. La stabilité me semble quelquefois être simplement une autre façon de dire la fin.

– La stabilité, c'est ce que j'ai toujours voulu, dit Sylvia. Plus que vous ne l'imaginez.

– Peut-être. Mais vous… vous avez perdu quelqu'un. Et je me fais du souci. » Il se racla la gorge. « Je me fais du souci pour ça. » Il marqua un temps. « Pour vous.

– Oh, il ne faut pas, dit doucement Sylvia. Vous êtes si jeune. Et tout cela… c'est bien… » Pour la première fois il lui vint à l'esprit qu'elle avait pu perturber le jeune homme. « Vous oublierez.

– Non. Non, sûrement pas. » Jerome parut un moment solennel, puis la regarda et sourit. « Je ne veux pas oublier. Ni l'histoire. Ni les choses dont nous avons parlé. » Il regagna le canapé et s'assit lentement. « Et la vérité, c'est que je veux savoir, je suppose que j'ai toujours voulu savoir ce qui lui était arrivé. Et maintenant je veux savoir pour vous. Vous dites sans arrêt que vous l'avez perdu deux fois.

– Oui, deux fois. » Sylvia s'assit sur la chaise et posa sa tasse sur la table. « C'est une vérité miraculeuse, dit-elle à Jerome, que le même homme qui m'a fait découvrir le chagrin en me quittant ait aussi été celui qui des années plus tard m'a fait découvrir la rédemption simplement en faisant demi-tour pour revenir vers moi. C'était vraiment comme une résurrection… du moins, je l'ai cru. »

Sylvia regarda Jerome. Une moitié de son visage était éclairée par le soleil de la fenêtre. Ses cils projetaient une légère ombre sur sa joue.

« Le porche latéral de la maison où j'habite a été vitré il y a longtemps, dit-elle, sans doute à la fin du XIXe siècle. Pendant les années intermédiaires, il a servi d'abord de véranda, puis de vestiaire pour les chaussures mouillées et les caoutchoucs appartenant aux patients de mon père en hiver. Il y a aujourd'hui quelque chose qui s'appelle un dispensaire, où mon mari partage avec un autre médecin un cabinet et des salles d'examens, aussi il n'y a plus de caoutchoucs, plus de patients, rien que moi, qui reste seule tous les jours et erre dans les pièces.

« J'ai commencé à me servir du porche vitré pour faire pousser des géraniums, la seule plante avec laquelle j'aie obtenu le moindre succès. » Elle rit. « Malgré mon absence de talent botanique, ils continuent d'y fleurir pendant trois saisons. L'hiver, bien sûr, on les rentre – bien que Malcolm soit dégoûté par ce qu'il appelle leur parfum de moisi. Moi, je pense que ces plantes ne sentent rien du tout. J'entre dans la maison et je la quitte par le porche vitré, passant devant cette odeur inaperçue chaque fois que je sors, et chaque fois que je rentre de là où je suis allée. »

Elle avait toujours aimé la façon dont les tiges vieillissantes d'un géranium se détachaient si aisément, si doucement du reste de la plante. Pas de coupure, ni de cassure : elles se laissaient éliminer avec grâce, acceptant l'idée que le plant sur lequel elles s'étaient épanouies ne conserverait aucune trace de la part qu'elles avaient eue dans sa composition. Elle se souvint que le matin de printemps où elle avait entendu le téléphone sonner au cœur de la maison, elle avait quitté la véranda une feuille de géranium entre le pouce et l'index de sa main droite, et avait commencé à traverser les pièces intérieures, passant devant tous les meubles de famille, en direction du son.

Dans le silence qui avait suivi la conversation, elle s'était détournée du mur où était fixé le téléphone et avait regardé, par la fenêtre nord, le buisson de lilas au milieu de la cour. L'arbre était sur le point de fleurir et elle se souvenait d'avoir pensé qu'il était étrange que les squelettes compacts et rigides des fleurs de l'année précédente, restés sur la branche, eussent ressemblé aux bouquets sur le point d'éclore. Les rares feuilles mortes avaient une teinte gris poussiéreux, comme s'il s'était agi de vieux bouts de tissu défraîchi laissé sans protection dans un grenier. Elle se souvint de la poussière qui avait recouvert les fleurs en plastique sur la table la dernière fois qu'elle avait vu Andrew, il y avait longtemps. Elle se souvint de certains des mots qu'il avait prononcés : « Arrête… ça… ne peux pas. » Comment avait-elle pu passer à côté de mots comme ceux-là ?

« Un seul coup de téléphone, dit-elle à Jerome, et Andrew et moi avons recommencé à nous voir après des années de silence, et pourtant, en tant qu'arrière-arrière-petit-fils de l'empire de l'île Timber, il aurait dû comprendre que ces retrouvailles étaient une tentative pour ramener le radeau de bois jusqu'à l'île, pour remonter le fleuve à contre-courant et à grand-peine. » Elle s'interrompit, inclinant la tête de côté. « Avions-nous tort dans notre désir ? Je n'ai pas de réponse à cette question. Mais une fois que nous avons commencé à nous revoir, je crois que nous savions tous les deux que nous devrions conduire cet amour jusqu'à l'endroit d'où le courant nous ramènerait séparément au bas du fleuve, si loin l'un de l'autre que nous ne pourrions plus crier ni agiter les bras.

– Pourquoi ? demanda Jerome. Pourquoi devait-il en être ainsi ?

– Le temps, dit Sylvia. Sept années avaient passé. Quand je suis allée le retrouver au cottage, je me suis rendu compte que personne ne s'en était approché depuis très, très longtemps. Dans le passé, vous voyez, la table aurait été jonchée de papiers couverts de son écriture, et sur le sol près du bureau il y aurait eu de petits tas irréguliers de livres et de revues. Le temps avait passé. Les choses avaient changé.

– Oui, dit Jerome. Il devait…

– J'étais terriblement nerveuse et je me suis mise à parler et à parler. Je lui ai parlé du musée, je lui ai raconté que maintenant que les dernières familles les plus anciennes quittaient le comté, nous recevions tant de dons que nous allions devoir louer un espace d'entreposage. En l'état actuel des choses, le sous-sol du bâtiment se remplissait de parasols, de poussettes, de hautes bottes boutonnées et de services à thé en argent, d'ouvrages au crochet, de lampes à pétrole et d'étranges outils pionniers : rabots, pinces, tours, toutes les choses que les bateaux de Gilderson avaient dû apporter au comté. Il me regardait attentivement pendant que je parlais et je me suis sentie embarrassée, incapable de terminer les phrases que je commençais avec tant de sérieux.

« "C'est ce qui me rend heureux, a-t-il dit. *Ça* me rend vraiment heureux."

« J'aurais dû demander : "Qu'est-ce qui te rend si heureux ? Que nous soyons réunis de nouveau ? Le fait que je me prépare à cataloguer des objets ? Que tu ne travailles plus ? Que tu regardes mon visage ?" Mais au lieu de cela je me suis détournée, j'ai commencé à observer par la fenêtre un arbre qui semblait lutter contre le vent. Et il est parti, puis il est revenu, et il m'a pris la main. La pression la plus légère, le contact le plus fugace – sa manche frôlant mon bras quand il passait devant moi dans la chambre – suffisait à m'inonder d'une sorte de chagrin, comme la pluie, je le prenais dans mes bras et mon être tout entier s'ouvrait à lui. »

Andrew était resté si silencieux pendant cette rencontre, bien qu'il eût prononcé son nom pendant qu'ils faisaient l'amour.

« Il m'a embrassée avec une telle aisance, avec tant de naturel, dit-elle à Jerome, que, d'une certaine manière, le temps s'est évaporé. Aucun de nous n'a évoqué le mot "changement", comme le font si souvent les gens dans ce genre de situation. Le changement nous paraissait hors de propos. Ce qui comptait, c'était le passé enfoui, les peintures murales des couloirs obscurs de l'hôtel sous les dunes, les épaves qui jonchaient le fond des Grands Lacs, ce que j'avais appris sur les charpentes affaissées, la vieille paille grisâtre des granges de mon comté, de plus en plus souvent abandonnées. Ses ancêtres. Les miens.

« Mais dans les mois qui ont suivi, j'aurais dû tendre le bras au-dessus des fleurs mortes de la saison précédente et toucher son visage vieilli. J'aurais dû prononcer son nom. J'aurais dû dire au moins : "Où étais-tu, où étais-tu, mon amour ?" J'aurais dû demander : "Pourquoi, pourquoi m'as-tu quittée ?" J'aurais dû demander : "Pourquoi, pourquoi as-tu quitté la jeune femme que j'étais alors ? Et pourquoi as-tu fait venir la femme mûre que je suis aujourd'hui, et pourquoi a-t-elle réagi aussi spontanément à ta demande ?" Mais je n'ai pas pu le faire. Je n'ai pas perçu de sa part le moindre signe m'autorisant à poser ces questions. Ni de la mienne. »

Quelle raison l'avait poussée à recommencer ces trajets, loin de son arrière-cour et de sa cuisine, loin des motifs familiers de sa vaisselle, des draps et des serviettes qui touchaient son corps en temps normal, loin de la cadence fluide d'une vie quotidienne partagée, pour retrouver la tension, le mensonge et la certitude croissante de la perte inévitable ? Elle avait appelé cela de l'amour, bien sûr, mais peut-être était-ce sa façon de déguiser quelque chose de plus profond, de plus obscur, un désir de mettre en danger tout ce qui était solide et respectable. Andrew avait toujours été moins réfléchi, et donc, supposait-elle, plus honnête… plus honnête car il résistait à toute tentative d'interprétation et refusait de donner le moindre nom à leur relation.

« Non, dit-elle brusquement. Je crois… je suis certaine que je l'aimais, ou, du moins, j'aimais la version de lui qu'il m'offrait, j'aimais le fragment de lui qu'il m'offrait. De temps à autre seulement, nous parlions de notre relation, et presque toujours en nous querellant. Quand je le sentais partir loin de mon rivage, ce qui arrivait souvent, je voulais un genre de déclaration, une sorte d'explication. Il résistait toujours, souvent avec cruauté. Mais il y avait beaucoup de tendresse aussi. Oui, il y avait de la tendresse. Et quand nous parlions de l'histoire, du passé, des générations de sa famille, et de la mienne, des paysages perdus et de l'architecture envolée, il y avait… je le crois encore… beaucoup de joie. »

Sylvia se souvenait de la texture râpeuse du visage mal rasé d'Andrew contre sa paume ou éraflant la peau de son ventre, ou le tranchant de ses mains s'enfonçant dans les muscles de ses reins. Avait-il seulement su son nom la dernière fois qu'ils s'étaient agrippés ainsi ? Les manifestations de sa passion avaient-elles été motivées par un besoin d'échange ou étaient-elles des cris de panique devant un acte qu'il ne reconnaissait pas et ne se rappellerait pas, un acte d'amour perdu pour toujours à la minute où il s'achevait, ou peut-être même pendant qu'il était accompli ? Pour la première fois, elle tenta d'échapper aux pensées angoissées semblables à celles qu'avaient portées leurs bras assombris. Elle voulait retourner dans cette pièce, auprès du jeune homme à qui elle avait parlé, et désirait même saluer les tubes agressifs de lumière artificielle qui scintillaient au-dessus de sa tête. Mais quand elle leva les yeux, Jerome avait disparu.

Son absence était cependant temporaire. Il revint de la pièce intérieure et aligna avec soin sur le sol, à ses pieds, six cartes postales en noir et blanc. « C'est tout ce que j'ai gardé de ma petite enfance, dit-il. Tout ce qui me reste. »

Sylvia fit attention à ne pas prendre les cartes, à ne pas changer le motif, la séquence qu'il avait choisie. Elle se pencha d'un côté et chercha ses lunettes dans son sac à main, puis se courba en avant pour regarder. Le chevalement et les dépendances d'une mine, une maison en rondins située sur une pointe de terre qui s'avançait dans le lac, un village minier en partie construit avec une nouvelle église et les fumées d'un feu de forêt s'épanouissant sur l'horizon, plusieurs hommes debout à côté d'un attelage de chiens avec le message « Un mètre vingt de neige, trente-huit degrés au-dessous de zéro !!! » inscrit dessous, un trio de mineurs posant dans une ébauche de tunnel souterrain, un homme versant de l'or liquide d'un fourneau, le village minier maintenant achevé avec une pharmacie, une buvette, un petit hôtel en bois.

« Aujourd'hui il n'y a plus rien, dit Jerome. La mine a fermé et tout a disparu. Elle avait à peine ouvert et c'était fini. Il ne reste plus rien, plus rien du tout. » Il demeura un moment silencieux. « Ils ont dit qu'il n'y avait plus d'or. Mais la vérité, c'est que mon père avait commis une erreur. Son erreur a tout fait capoter. »

Jerome était accroupi tout près d'elle. Elle voyait qu'il y avait un trou de mite dans l'épaule de son chandail et que son blue-jean était usé aux genoux. Les mères, savait-elle, s'occupaient parfois de choses qui avaient besoin d'être raccommodées.

« L'erreur », dit Sylvia. Malcolm lui avait appris qu'on n'a pas toujours besoin d'utiliser la forme interrogative. Parfois, une répétition est un encouragement suffisant, et elle s'aperçut qu'elle voulait savoir.

Jerome indiqua un homme sur la quatrième carte. « Vous voyez ce mineur ? dit-il. C'est celui qui est mort au cinquième niveau, un niveau trop bas. Il s'appelait Thorvaldson. » Il retourna la carte pour vérifier la liste de noms au dos. « Oui, d'Islande. Les hommes venaient de toute l'Europe du Nord, vous savez, et de Cornouailles et du pays de Galles. Un rocher a explosé. Tous les autres – y compris mon père – sont sortis.

– Je suis désolée, mais je ne sais rien des mines... Votre père était mineur ?

– Non, il était l'ingénieur, alors il aurait dû être au courant, il l'était probablement. Les filons... les filons d'or devenaient plus larges vers le fond, mais tout était moins stable. Après ça la mine a fermé, la communauté s'est désintégrée.

– À cause du mineur qui était mort ?

– Parce que les patrons de la compagnie ont fini par comprendre – à la suite de l'explosion – qu'ils ne pourraient plus extraire d'or de ce sol-là. »

Jerome se leva et commença à marcher de long en large sur le sol en béton. « Mon père a brisé la vitre du cadre de son diplôme. Il a déchiré son diplôme et l'a jeté au feu. Je m'en souviens. Il était ivre, bien sûr, en rage. Ma mère et moi étions terrifiés. Il ne s'est plus jamais approché d'une mine – de toute façon, personne ne l'aurait engagé. Nous sommes partis habiter en ville ou, du moins, à la lisière de la ville. Pendant quelque temps, il a fait des cartes géologiques pour une entreprise métallurgique, puis, quand ses mains se sont mises à trop trembler, il a travaillé comme gardien pour la même entreprise, et, enfin, il n'a plus travaillé du tout. »

Le mot « alcoolisme » se glissa dans l'esprit de Sylvia. Comme tant d'autres choses qui peuvent mal tourner, songea-t-elle, le mot commençait par la lettre *a*.

« Je suis désolée, dit-elle à Jerome.

– Il n'y a pas de quoi être désolé, répliqua-t-il. C'est lui qui a commis cette erreur. » Sa colère était si visible que Sylvia, qui avait rarement éprouvé ce sentiment, perçut qu'il frémissait dans ses propres veines. Sa peur des tubes fluorescents revint peu à peu. Elle s'interrogea sur l'éclairage de la mine, et se souvint d'avoir vu une photo d'hommes avec des lampes, ou était-ce des bougies, dans leurs casques. « Les gens font ce qu'ils ont à faire », dit-elle, une phrase de Branwell qu'elle se souvenait d'avoir lue sous la plume d'Andrew. « Et, ajouta-t-elle, se rappelant l'histoire du bois, de l'orge, du sable, et presque toujours ils vont trop loin. »

Jerome se pencha et d'un geste vif ramassa les photos sur le sol, comme s'il avait été un joueur s'emparant d'une couleur de cartes. « Il avait besoin de boire au point que l'alcool suintait jour et nuit par tous ses pores ? demanda-t-il. Il avait besoin de nous entraîner tous dans sa chute ?

– Oui, répondit Sylvia. Il le fallait sans doute.

– Fallait-il qu'il tue ma mère ? Toute l'histoire, l'alcool, l'humiliation, les appartements minables, sa mort sordide, tout ça l'a tuée… et pas d'un seul coup… ça l'a tuée à petit feu. Elle n'a pas duré deux ans après sa mort.

– Non, dit Sylvia d'un ton incertain. Il n'avait pas à le faire. Mais elle, sans doute, elle devait mourir pour lui. »

Jerome était debout, les cartes postales à la main, fixant Sylvia, et elle se força à lui rendre son regard. L'air était lourd d'anticipation, comme si n'importe quoi pouvait arriver, et elle se rendit compte, l'espace d'un instant, des risques que prenaient les gens simplement en restant seuls ensemble dans une pièce. Le meurtre, l'amour, la collision, la caresse ne faisaient-ils pas tous partie de la même famille ?

Jerome se détourna. « Je vais les ranger, dit-il en considérant les cartes postales qu'il tenait. Je vais les mettre de côté. »

Quand Jerome revint dans la pièce, son expression était neutre, lointaine. Il s'assit dans le canapé et croisa les bras sur sa poitrine. « Mon enfance, dit-il. Je ne sais pas pourquoi je l'ai mise sur le tapis. C'est du passé de toute manière. C'est fini. Je n'aurais pas dû vous ennuyer avec ça.

– Je vous en prie, répondit Sylvia, se penchant en avant. Ça ne m'a pas ennuyée. Je suis heureuse que vous m'en ayez parlé. » Elle sourit. « Maintenant je vais pouvoir me souvenir que je vous ai connu », ajouta-t-elle, puis elle détourna les yeux, intimidée.

« En fin de compte, nous en savons si peu sur une autre personne. »

Jerome haussa les sourcils à cette phrase et acquiesça. « Mais tout de même, reprit-il, reconsidérant la question, après avoir lu les journaux d'Andrew, je pense que peut-être le paysage – le lieu – rend les gens plus connaissables. Ou bien c'était vrai autrefois. Il semble qu'il n'en reste plus grand-chose maintenant. Tout le monde bouge et le paysage, eh bien, le paysage disparaît.

– Ai-je mentionné que pour s'approcher du vieux cottage il fallait traverser un bosquet ? demanda Sylvia. Ils avaient été plantés un siècle auparavant, pour border l'allée qui serpentait vers la merveilleuse entrée de la vieille demeure de Maurice Woodman. Andrew et moi devions passer devant ses fondations carbonisées par la foudre pour nous retrouver. »

Les premiers jours, elle avait souvent dû se faufiler au milieu d'un troupeau de vaches ébahies tandis qu'elle avançait contre le flanc de la colline. Une douce brise soufflait toujours, un écho des vents qui avaient touché la rive du lac préhistorique, et elle s'arrêtait chaque fois pour contempler le paysage, qui comprenait le village au-dessous, les champs vallonnés et les exploitations forestières à l'ouest, la surface enchanteresse du lac de toutes parts, et le bras de son comté péninsulaire se courbant autour de l'eau sur l'horizon est. Puis, après avoir traversé le verger mourant et marché encore, elle commençait à percevoir un changement de la terre sous ses pas, tandis qu'elle dépassait les pierres éparpillées et, en certains endroits, les vestiges des murs et du mortier émietté qui étaient les dernières ruines de la fondation de la grande maison incendiée, les bassins herbeux de ses caves et de ses cuisines. Andrew avait fait des fouilles dans ces bassins et avait trouvé quelques billes en céramique, avec lesquelles, était-il persuadé, son propre père, T. J. Woodman, avait dû jouer enfant, et une tasse et une soucoupe en porcelaine, miraculeusement intactes. Mais plus excitants pour elle étaient les grands fragments lisses de verre fondu aux formes bizarres qu'il avait découverts, preuve que la rumeur sur le sol en verre de la salle de bal était vraie.

« C'était *vrai* ? s'exclama Jerome quand elle lui raconta tout cela. L'artiste Robert Smithson aurait été fasciné. Je pense sans arrêt à une de ses pièces. Elle était intitulée *Map of Glass*, “Carte de verre”. Je n'ai jamais su s'il voulait parler d'une carte des propriétés du verre ou s'il se référait à une carte de verre, qui aurait été, par conséquent, cassable. Mais même lui... je ne pense pas qu'il ait jamais songé au verre fondu. Une salle de bal avec un sol en verre, qui brûle et fond ensuite. C'est magnifique ! »

Sylvia rit de la réaction de Jerome. « Andrew m'a dit que la foudre qui tombe sur le sable peut le transformer spontanément en verre. Je l'ignorais, et vous ?

– Moi aussi, répondit Jerome. Oui, je n'en savais rien.

– Une fois, vers la fin de ce dernier été, Andrew a dit qu'il voulait que je pense aux grandes villes de la Terre, que j'imagine qu'elles n'étaient plus là, qu'elles n'avaient jamais été là : les forêts de l'île de Manhattan, les rives intactes de la Seine ou de la Tamise, l'eau limpide coulant à travers les roseaux près du rivage, les vallées préservées qui existaient avant que l'agriculture, l'architecture et l'industrie les aient changées. »

Pendant qu'il parlait, ils avaient regardé la forêt par les fenêtres de la cabane, et parfois des cerfs passaient, le poil soyeux, gris avec une touche de marron, entre les hauts troncs des arbres. Andrew avait un jour fait remarquer que les couleurs de terre de leur robe rappelaient une plaque d'herbe sèche jaunie, ou un rondin gris pâle, une écorce marron, ou la teinte rouille des aiguilles de pin sur le sol.

Quand il le lui avait dit, tout son être avait été ému par sa voix. Il y avait eu la chaleur de sa peau contre la sienne, et les syllabes qui s'égrenaient le long des après-midi ensoleillés. Plus tard, quand les pluies venaient, le bruit de l'eau qui s'écoulait par les trous du toit dans les casseroles disposées ici et là sur le sol était comme une ponctuation rythmant ses paroles.

« Vous, Jerome, ne saurez peut-être jamais ce que c'est que d'entrer dans une autre sorte de relation, d'accepter ce qu'on vous donne dans ces circonstances.

D'une certaine manière, aucune des deux personnes ne laisse d'empreinte, ne projette d'ombre. Nous n'étions répertoriés nulle part, nous n'existions pas. »

« Toi, lui avait dit une fois Andrew, cognant son épaule contre la sienne en manière de jeu, tu viens sans cesse ici, tu gravis cette colline, simplement parce que je suis là. – Je ne veux pas te quitter, avait-elle dit. – Mais il le faut, avait-il répondu. Tu dois me quitter afin de revenir à nouveau. »

Il avait commencé à paraître plus vieux, le corps et l'esprit amollis, parfois distrait, et donc plus gentil. Ses humeurs ne survenaient plus avec la même fulgurance pour se dissiper aussitôt, et son amour pour elle – si c'était bien de l'amour – ne s'accompagnait d'aucune urgence troublante. Oui, il était plus doux, et elle, de son côté, éprouvait pour lui une tendresse infinie qui parfois la submergeait presque. Cette tendresse qu'elle ressentait était comme une longue bannière de soie ou une colonne de fumée poussée par un vent chaud, quelque chose qui planait au-dessus d'eux et transformait l'air. Les mois avaient passé, l'automne était arrivé et, quand il avait commencé à être perdu, la situation entre eux était devenue confuse, douloureuse. Une fois où elle s'en allait, elle s'était retournée pour le saluer de la main et l'avait vu debout, dans l'embrasure de la porte du cottage. Il se tenait immobile sur le seuil, aussi exposé qu'elle l'avait été tant d'années auparavant, lorsqu'ils s'étaient rencontrés au bord de la chaussée. Il avait levé un bras : un geste de bienvenue, de mise en garde et d'adieu. Le soleil était sorti en fin d'après-midi et une lumière crue éclairait le paysage. Ses yeux étaient presque fermés. Aveuglé par la clarté, il grimaçait.

« Il y avait de la chaleur, dit Sylvia, et l'impression que pendant que nous nous étreignions, nous étions à notre tour étreints par les rochers et les arbres que nous voyions des fenêtres, et par les ruisseaux et les sources que nous entendions parfois couler dans la vallée. Et puis il y avait la vue depuis la colline, l'eau et les rivages lointains, et quelques villages disposés comme des jouets autour de la baie. »

Un instant, il lui vint à l'esprit qu'elle aurait pu mourir, qu'Andrew et elle auraient pu d'une façon ou d'une autre mourir ensemble, et que la narration de ces faits et de ces légendes à Jerome – ajoutée à sa vie à l'hôtel – était le matériau d'une vie après la mort qui se poursuivrait ainsi, jour après jour, pour l'éternité. Puis elle se souvint de Malcolm, qui avait à présent pénétré dans cette vie éternelle.

Elle posa par terre la tasse de thé que lui avait donnée Jerome. « Au début de l'automne il a commencé à dire de drôles de choses dont il n'avait jamais parlé avant, j'en étais sûre ; du moins, pas à moi. Il s'est mis à évoquer des gens que je ne connaissais pas comme si je les avais rencontrés. Quelquefois il était passionnément en colère contre un tel ou un tel, et il s'épanchait à ce sujet sans expliquer qui était la personne, ni même quelle avait été la situation responsable de sa fureur. J'écoutais ; j'écoutais sans poser de questions parce que je ne supportais pas d'interrompre d'une manière quelconque cette franchise miraculeuse : j'étais si avide de toute information qui pouvait approfondir ma connaissance de lui. Mais à mesure que l'automne avançait, sa colère s'élargissait, et en novembre j'en devins moi aussi la cible. Pourtant elle se dissipait aussitôt qu'elle était apparue. Il s'arrêtait au milieu d'une phrase et m'embrassait. Une ou deux fois il a pleuré à ce moment-là. Et… » Elle marqua un temps, hésitant à mentionner ce détail, mais voulant l'énoncer pour qu'il devînt un fait réel, établi. « Souvent, ces derniers mois, il pleurait quand nous faisions l'amour. »

Jerome fixait le mur, manifestement embarrassé. Elle lui était toujours apparue comme une femme beaucoup plus âgée, qui n'avait aucun droit dans le territoire de l'amour sexuel. Elle devait s'en souvenir.

« Ce n'est qu'à ce moment-là, lui dit Sylvia, que je me suis vraiment rendu compte que non seulement l'intérieur du cottage s'était détérioré, mais que le portail que je me souvenais d'avoir vu en haut de l'allée avait entièrement disparu, ainsi que les vaches. Le pâturage d'autrefois était envahi par les broussailles, presque infranchissable, à l'exception d'un étroit chemin sinueux. Les arbres du verger qui avaient survécu étaient tordus et étouffaient, et la vue n'était visible que de certains endroits dégagés. Je savais à peine où j'étais. Je ne me rappelais plus le vent qui secouait les arbres ; mes souvenirs de cette forêt avaient un rapport avec la couleur saisonnière, jamais avec le mouvement. » Le vert vif du printemps, le blanc meurtri de l'hiver, songea-t-elle, se demandant d'où était extrait ce vers. Autrefois, elle avait cru que les arbres étaient entièrement immobiles, tel un décor de théâtre figé dans le temps.

Un matin de novembre, en arrivant, elle avait retiré son manteau, l'avait posé sur le dossier d'une chaise en osier grise de poussière. La pièce était froide et une légère odeur de souris flottait dans l'air, noyée par l'âcreté de la fumée de feu de bois. « Retombée » fut le mot qui se glissa dans son esprit ; les fenêtres étaient opaques, des flocons de poussière s'étaient accumulés sous les meubles. Des toiles d'araignée oscillaient sous les poutres. C'était le territoire des retombées.

Le tableau d'Annabelle était de travers sur le mur. Elle avait traversé la pièce pour le redresser.

« Le tableau d'Annabelle », avait-elle dit.

Il n'avait pas répondu, mais, au lieu de cela, s'était lentement avancé vers elle – comme il l'avait toujours fait par le passé.

« Au début, Jerome, il y avait cette différence entre nous : je croyais que tout ce que je m'autorisais à vivre continuerait d'arriver… éternellement. Lui, qui était pleinement engagé dans la vie des humains, croyait, je suppose, que lorsque quelque chose cessait d'arriver, c'était fini. Non que cela ne se reproduirait plus, mais juste que cette séance particulière était terminée, que quelque chose d'autre allait arriver, qui serait tout aussi digne de son attention. Sa vision de l'existence était séquentielle, symphonique. Mais je voyais que ce point de vue avait changé. »

Vers la toute fin, avant qu'il eût cessé de parler définitivement, Andrew s'était cantonné au sujet des meubles. C'étaient les seuls substantifs qui semblaient l'intéresser. Au début, Sylvia avait cru qu'il s'exprimait par métaphores, ce qu'il avait souvent fait dans le passé. « Regarde la… table, disait-il quand ils se tenaient près de la fenêtre, contemplant le lac, regarde le miroir. » Une table se déployait devant eux. Le miroir du ciel. Cela avait un certain sens à ses yeux. Elle ne le contestait pas, et ne mettait pas non plus en doute les paroles d'Andrew, ni le fait qu'il n'avait pas dit que le lac ressemblait à un miroir, à une table sous le ciel.

« Comment l'avez-vous perdu ? » demandait Jerome.

Sylvia était tout à fait immobile, détournant le visage. « Comment puis-je vous décrire ces dernières rencontres, Jerome ? Moi qui avais passé des années à tenter d'interpréter son geste le plus infime, son changement d'humeur le plus subtil, je le trouvais terriblement transformé : pas rasé, pas lavé, quelquefois il m'attendait encore même après mon arrivée, et d'autres fois pas, mais dans tous les cas il n'était absolument pas préparé à ma venue. Une fois, quand j'ai franchi le seuil, il m'a dit : "Que désirez-vous ?" avec une sorte de courtoisie glaciale, comme si j'avais été un représentant ou un démarcheur. D'autres fois il me regardait avec nostalgie pendant des minutes d'affilée, puis se détournait, dégoûté, ou se ruait de l'autre côté de la pièce, grognant presque de colère contre moi, réfutant chacune de mes paroles. Chaque phrase commençait par la négative. "Ne me parle pas des arbres, disait-il. Tu n'y connais rien", ou : "Ce n'est pas ton lac, n'en parle pas." Il disait souvent : "On ne peut pas continuer avec ça." Son ton me remplissait d'angoisse, mais la référence à "ça" m'inspirait un soulagement temporaire. "Ça" faisait référence à notre relation, à notre communion. "Ça" signifiait que nous n'en avions pas fini. Pas encore.

« Je lui rappelais les histoires qu'il m'avait racontées, j'essayais de faire revivre nos belles conversations dans ces murs, mais il niait me les avoir jamais racontées : "Tu les as inventées", disait-il, se référant plutôt à des problèmes qu'il avait eus avec des gens dont je n'avais jamais entendu parler. Ils avaient volé son portefeuille, sa vie, son âme. Ils l'avaient abandonné dans des allées ou sur des bancs de parc, laissé partir à la dérive sur un navire en détresse, privé d'eau et de nourriture.

« Il tournait en rond dans la pièce comme un fauve en cage, puis m'examinait avec une grande suspicion.

“Je veux, disait-il, résoudre ça, tout de suite, mais… Quoi ? suppliait-il. De quoi s’agit-il ?

« – Parle-moi d’Annabelle, répondais-je, de Branwell.” Je voulais l’histoire de la famille ou, à défaut, ses descriptions des formations géologiques, des strates.

« “On va s’arrêter, disait-il. On va s’arrêter.”

« Puis il traversait la pièce, enfouissait son visage dans mon cou, s’écartait, et je voyais ses traits déformés par le chagrin. » Sylvia hésita, presque incapable de continuer. « C’est alors que j’ai su qu’il m’habitait entièrement, que désormais son chagrin serait le mien, son histoire la mienne, ses énormes vagues d’émotion mon émotion. Avant lui, je n’avais presque rien éprouvé, mais je porterais en moi toute la rage, la terreur et l’angoisse qu’il laisserait derrière lui, qu’il oublierait. Et peu après que je l’eus compris, il a posé ces questions terrifiantes : “Pourriez-vous me dire votre nom, votre date de naissance ? Pourriez-vous me dire qui vous êtes, ce que vous faites ici ?” »

Elle avait su alors que ses chevaux étaient définitivement fracassés, que tous les objets de la maison où elle avait demeuré étaient tombés en poussière. Les mots étaient désormais inutiles. Tous les mots.

« Quelquefois, avant, dit-elle à Jerome, pendant notre première longue saison, Andrew et moi nous rencontrions par hasard à un coin de rue ou dans un magasin. Il était encore occupé à dresser la carte du comté, à recenser les maisons abandonnées ou celles qu'avait enlaidies une volonté de modernisation. Souvent, il cherchait des choses qui avaient entièrement disparu : un cimetière en rapport avec un pionnier, un bateau sabordé, un hôtel éclipsé par une dune de sable mouvant. Ces quêtes le conduisaient à Picton, dans le bureau d'état civil ou dans la bibliothèque avec ses archives en fouillis, et une ou deux fois par an nous nous rencontrions subitement, sans y être préparés.

« Je réagissais toujours à son apparition par la panique, croyant que j'étais la victime d'une terrible erreur, que j'étais une épave. Et pourtant j'arrivais à parler, à échanger des salutations, et à me comporter, à mon grand chagrin, conformément aux conseils que m'avait donnés Malcolm pour affronter tous les étrangers dont les chemins croisaient mes journées et mes soirées, malgré ma terreur et la certitude que tout avait mal tourné, que tout était perdu, irréparable, qu'il n'y avait plus que l'inconnu et la peur. Après, pendant des jours, j'étais sûre que cette rencontre, cette distance et cette maladresse correspondaient à la vérité, et que nous n'étions rien de plus l'un pour l'autre : des civilités échangées dans le tumulte de la circulation, des êtres indifférents, lointains, se méfiant du moindre geste. Il n'y avait pas de doux secret entre nous, pas de complicité ; rien ne nous appartenait – ni le présent, ni même le passé. Il est devenu un homme qui me quittait. Il est devenu un homme que je n'avais jamais connu. Ce mois de novembre, en me remémorant cette époque, elle m'est apparue comme une terrible prémonition de la manière dont les choses finiraient entre nous, avec cette différence : je suis devenue une femme dont il ne pouvait se souvenir. Une femme qu'il n'avait jamais connue. »

Sylvia était assise très droite sur sa chaise quand elle prononça ces paroles. Jerome fixait le mur. « C'est terrifiant, dit-il.

– Oui. J'ai commencé à avoir peur, peur que nous n'existions pas. » Elle marqua une pause. « Que nous n'ayons peut-être jamais existé. Et puis, l'an dernier, début décembre, sur la route qui longe le lac j'ai bravé l'une des premières grosses chutes de neige de la saison pour accéder à la colline, pour l'atteindre, lui. Quand je suis arrivée, le temps était si mauvais que j'y voyais à peine ; j'avais l'impression que le paysage lui-même était en train de disparaître. Je me souviens d'avoir pensé, en luttant contre le vent pour gravir la pente, que c'était la première fois que je n'avais pas pu contempler la vue avant de pénétrer à l'intérieur, avant de me trouver dans ses bras, et pourtant, à ce moment-là, je n'étais plus sûre que l'intérieur ou ses bras existent encore. Depuis quelque temps j'avais pris toute la responsabilité, fixant les dates de nos rendez-vous, évoluant dans la relation comme j'avais appris à le faire les derniers mois, m'efforçant d'ignorer son absence de participation. Je transportais un sac de nourriture parce que je savais qu'il n'y aurait rien à manger. J'avais pensé à plusieurs choses, des choses que je voulais lui dire pour essayer de le ramener vers moi, car je savais désormais qu'il s'en allait, et je craignais alors qu'il fût parti. En passant devant les fondations, j'ai vu que les dentelures qui délimitaient les anciennes caves et cuisines se remplissaient de neige, comme si les derniers vestiges de la vieille maison étaient finalement enfouis dans la blancheur du paysage. La porte du cottage était entrouverte. Aucune fumée ne montait de la cheminée. Je n'ai pas trouvé une seule trace de lui – ni de nous. » Sylvia s'interrompit et baissa la tête.

« Mais j'ai tout de même attendu, ainsi que je l'avais toujours fait. Je me suis assise sur la chaise au siège paillé déchiré, et je me suis souvenue de nos vêtements jetés dessus par des bras beaucoup plus jeunes que ceux qui reposaient, inutiles, sur mes genoux. J'ai repassé encore et encore les histoires ancestrales dans mon esprit. J'ai vu alors l'album d'Annabelle posé sur la table à côté de deux carnets en cuir vert. J'ai ouvert la couverture de velours et j'ai lu les légendes qu'elle avait écrites pour décrire les fragments qu'elle y avait collés. Un morceau de parchemin d'une carte des marais, la dentelle du col de la première vraie robe que Marie avait reçue enfant, un ticket d'entrée au Louvre trouvé dans le tiroir du bureau de Branwell, la dernière rose de l'été 1899, l'allumette fatidique utilisée par Gilderson pour sa pipe, des éclats délavés par le lac, volés à la coque de plusieurs cargos de bois, l'écorce du cèdre fraîchement abattu que les hommes plantaient toujours au milieu d'un radeau comme porte-bonheur, la semelle d'une chaussure échouée dans la baie des Épaves – appartenant sans doute à un matelot noyé –, et il ne venait toujours pas. Oui, ce sont les choses que j'ai regardées pendant que la certitude de son absence permanente grandissait en moi, que l'intérieur du cottage s'assombrissait et que la lumière du ciel déclinait.

« J'ai refermé l'album et je l'ai glissé dans le sac que j'avais apporté. Ensuite j'ai ouvert l'un des carnets et j'ai vu l'écriture. C'est l'encre sur la page qui m'a donné envie de les emporter, cette dernière trace du mouvement de sa main. Dehors, la tempête s'était déplacée vers une autre partie de la province, ou avait traversé le lac pour gagner le pays situé de l'autre côté. Le temps s'était levé et il restait encore le reflet d'un coucher de soleil rougeoyant à l'ouest, mais le lac gris d'hiver n'en portait aucune trace. Comme la première fois où j'avais gravi cette colline tant d'années auparavant, la neige profonde s'est glissée dans mes bottes et m'a brûlé les jambes tandis que je regagnais ma voiture. La tempête avait laissé un vent glacial dans son sillage, et la neige fraîche commençait à former une série de congères. Mes empreintes n'ont pas dû tenir plus d'une demi-heure. Si Andrew était arrivé le lendemain, aucun signe ne lui aurait indiqué que j'étais venue, puis repartie. Mais je savais que jamais plus il ne traverserait le verger, n'entrerait dans le cottage, n'allumerait le feu. Je savais qu'il s'en était allé. »

Pour la première fois, Sylvia se leva de sa chaise et se mit à marcher de long en large dans la pièce tout en parlant. Jerome la regarda se déplacer d'un endroit à l'autre. « Je me demande ce qu'aurait pensé de nous quelqu'un qui nous aurait observés depuis la coulisse : un homme, une femme seuls ensemble dans un cottage délabré ? » Il y avait eu les regards, les longs silences, les échanges de paroles entre eux, les gestes inconscients : lui se penchant vers elle, elle lui touchant le poignet, posant la main contre sa joue. Ils se blottissaient ensemble sur le lit, dormant pendant des heures. Ils se touchaient souvent, parfois nonchalamment, parfois avec passion. Ils s'approchaient l'un de l'autre, s'écartaient et se séparaient enfin, laissant entre eux routes de concession, champs de céréales, bourgades et étendues d'eau. Des formations d'oiseaux migrateurs émergeaient dans le ciel telles des phrases obscures, tandis que les saisons changeaient, que les années passaient et que le lac se transformait avec les variations de la lumière. Et enfin, à la toute fin, ils oublieraient ; ils oublieraient, ou seraient eux-mêmes oubliés.

Sylvia se trouvait à présent dans la partie de la pièce où Mira travaillait si souvent à ses œuvres de performance. Il y avait encore un petit tas de sable sur le sol, et chaque fois qu'elle faisait un pas en avant ou en arrière, il crissait doucement sous ses pieds.

« Je me demande fréquemment de quelle rivière, de quel lac, de quel torrent est venu le bloc de glace. Pour quelque raison, je suis désireuse de retrouver cette pièce du puzzle, bien que ça ne change absolument rien au dénouement ni à l'explication, j'en suis certaine. J'ai étudié les cartes, vous voyez. » Sylvia, tout à fait immobile, visualisait chaque détour de la côte, chaque rivière se jetant dans le Grand Lac, les lacs jaillis du cours enchevêtré d'un affluent du nord, tels les grains d'un chapelet, la ligne de partage des eaux tout entière. « Je veux savoir combien de temps le trajet a duré, dit-elle à Jerome. Je veux pouvoir marquer le point d'arrivée, le port d'embarquement. Je veux pouvoir ajouter une information au long message triste du silence d'Andrew.

« Pauvre Jerome, ai-je pensé, lisant votre nom, apprenant votre âge, et le fait qu'on vous avait offert la voilerie comme studio pour y fabriquer votre art. Pauvre Jerome si jeune. Il a lâché le pinceau, le crayon ou l'instrument qu'il tenait dans sa main et il a descendu les marches de la voilerie, puis il a marché dans la neige mouillée de la fin du printemps, en direction du dock.

« La glace devait être bleu foncé avec une touche grise… je me trompe ? Elle était hérissée de neige sur les bords, une frise gelée, presque décorative, qui diminuait légèrement à cause de l'eau qui la rongeait comme un animal. Interrompue à jamais au milieu d'un acte de résurrection, la forme incrustée dans le bloc paraissait figée dans l'attitude d'une personne sur le point de se lever de son lit ou de sa tombe. Les bras étaient tendus, je crois, comme pour recevoir une bénédiction, une vision, les stigmates, ou peut-être simplement une amante. »

Sylvia fit une pause et détourna les yeux de Jerome, fixant le mur. « Simplement une amante, répéta-t-elle.

« Je l'ai vu ainsi, vous savez, poursuivit-elle, toujours sans le regarder. Je l'ai vu le matin, à la lumière de l'après-midi, se levant à demi d'un lit les bras tendus, le bas de son torse enfoui dans les draps, l'expression tendre, bienveillante, tandis que je marchais vers lui, vers son être exposé tout entier. J'avais vu tout cela en lui, et il avait vu tout cela en moi, et pourtant chaque fois arrivait le moment où nous nous rhabillions, rassemblant les quelques affaires que nous avions apportées, et où nous nous préparions à partir. »

Sylvia retourna s'asseoir sur sa chaise, comme si sa performance était achevée.

« Jamais, pas même à ses moments de grande faiblesse, il ne m'a demandé de rester, mais une fois, je m'en souviens, une fois il a dit : "Ne pars pas encore, pas tout de suite." » Sa voix se brisa. « Je garderai toujours, toujours, ce souvenir. »

Jerome avait quitté le canapé sans bruit, d'un mouvement rapide, et il était assis sur la table, juste devant Sylvia. Là, il put se pencher vers elle, tout près d'elle. Il prit ses mains dans les siennes et les étreignit.

Une heure plus tard, Sylvia et Jerome étaient côte à côte devant une table d'architecte, passant en revue lentement, délibérément, les photos que Jerome avait prises sur l'île. « J'ai enfin commencé à les développer, lui dit-il, juste cette semaine. » Il glissa une photo vers le rebord de la table. « Le matin, ajouta-t-il, avant votre arrivée. »

À l'instant où il venait de montrer à Sylvia quelques-unes des « Fouilles » qui serviraient à ses *Neuf Révélations de la navigation*, et de puiser en lui-même le courage d'indiquer l'endroit où il avait trouvé le corps, ils entendirent la porte d'entrée s'ouvrir et, quelques secondes plus tard, Malcolm et Mira entrèrent dans le studio. « Je mettais la clé dans la serrure quand il est arrivé derrière moi », dit Mira. Elle paraissait sérieuse, préoccupée. « Il dit qu'il est votre mari.

– Oui, répondit Sylvia, c'est vrai. » Elle se mit sur le côté et recula pour voir toutes les photos étalées sur la table, et pour permettre à Jerome de les montrer et d'expliquer à Mira ce qu'elles représentaient. Elle éprouvait un calme qui, se rendit-elle compte, s'opposait à la tension qui s'était engouffrée dans la pièce avec Malcolm. « Il s'appelle Malcolm. Malcolm, voici Mira et – elle se tourna vers le jeune homme – Jerome. »

Jerome se tourna lentement, une photo de la cosse de laiteron encore à la main. Puis il reposa la photographie avec soin et, sans croiser le regard du visiteur, traversa la pièce pour lui tendre la main, une main que Sylvia connaissait bien à présent, l'ayant tenue, puis vue glisser d'un paysage en noir et blanc à l'autre. Malcolm le salua et dit ensuite que Sylvia lui avait appris que c'était un atelier d'artiste. Il regarda dans la pièce, cherchant manifestement des tableaux.

« L'art est différent de ce que tu pourrais croire, lui dit Sylvia. Jerome prend des photos et fabrique des choses en extérieur. » Elle indiqua du geste la collection sur la table, puis regarda Mira, qui retirait un caban gris et l'accrochait à un clou à côté de la porte. « Mira exécute une sorte de danse… une performance mystérieuse.

– C'est l'île, expliqua Jerome à Mira qui s'était approchée de la table. C'est ce que j'ai fait sur l'île. »

La fille se pencha pour examiner plus attentivement les photos. « Oui, dit-elle, oui… c'est bien. »

Une fois qu'ils eurent pénétré dans l'espace de vie, comme l'appelait Mira, les deux femmes s'assirent sur le canapé tandis que Malcolm restait debout à côté de la porte. Jerome alla vers la caisse, prit les journaux, les mit entre les mains de Sylvia. « Ne les oubliez pas, dit-il.

– Nous les avons adorées, dit Mira, posant la main sur la manche de Sylvia, ces histoires. Mais qu'est-il arrivé à Branwell… et à Fantôme ?

– Quelles histoires ? demanda Malcolm avant que Sylvia pût répondre.

– Juste des notes, dit-elle, que j'ai trouvées quelque part. C'est tout… rien de plus. Je les lisais le soir, quand tu étais de garde ou quand tu dormais, aussi tu… euh… tu n'étais pas au courant. » Elle vit son mari tressaillir à ces paroles. « Je ne veux pas dire que je te le cachais exactement, non, ce n'était pas ça. C'était juste quelque chose de privé, que j'étais seule à connaître.

– Et que connaissent désormais ces deux étrangers.

– Ce ne sont plus des étrangers. Plus maintenant.

– Non, je suppose que non. » Il jeta un coup d'œil à Jerome qui, comme lui, était resté debout. « J'espère que ça n'a pas été trop perturbant pour vous.

– Perturbant ? répéta Jerome. Non, pas du tout.

– C'était bien, intervint Mira. C'était très bien. On

a parlé, c'est tout… et c'était intéressant. » Sa main était toujours posée sur le bras de la femme. « Qu'est-ce que vous allez faire maintenant ? Qu'est-ce que vous voulez faire ?

– Je vais rentrer, je suppose », répondit Sylvia. Elle tendit la main et toucha les cheveux de Mira. « Ils sont vraiment magnifiques. »

La jeune femme se mit debout, prit la main de Sylvia et l'aida à se lever du canapé. « Venez dans la chambre, dit-elle. Je vais vous montrer le nouveau tissu que j'ai acheté. Et j'ai des bordures, des bouts d'étoffe en fait, qui seraient utiles, à mon avis, pour les cartes tactiles que vous fabriquez.

– Attends une minute, intervint Malcolm, on ne devrait pas y aller ?

– Je ne pense pas, dit doucement Sylvia, pas encore, pas tout de suite. »

Jerome perçut l'irritation de Malcolm quand Mira entraîna Sylvia hors de la pièce. L'homme examina un instant l'espace, puis se tourna vers lui. Jerome s'appuyait contre le mur le plus éloigné de l'endroit où se tenait le médecin. Celui-ci n'avait pas défait son manteau, ni dénoué son écharpe, et Jerome voyait qu'il désirait partir, que ce n'était pas le genre d'intérieur où il se sentait à l'aise. Dès la seconde où il avait pénétré dans la pièce, il avait regardé avec répugnance les néons et le sol en béton. Jerome imaginait qu'il se demandait comment sa femme avait pu passer tout ce temps dans un cadre aussi dépouillé.

« Alors c'est vous qui avez trouvé le patient Alzheimer, celui qui était encastré dans la glace, dit-il au jeune homme. Ils s'égarent fréquemment de cette façon et finissent mal. C'est toujours une tragédie… mais qu'y faire ? »

Jerome resta silencieux.

« Je me suis souvent demandé s'ils pensent qu'ils savent où ils vont quand ils errent sans but, s'ils ont une destination en tête, puis oublient tout de leur intention d'origine. Mais à ce stade il est presque impossible de déterminer ce qu'il y a dans leur esprit. Ç'a dû être un choc pour vous de le trouver comme ça.

– Oui, répondit Jerome. J'étais là-bas tout seul… mais, heureusement, j'avais mon portable sur moi. Je suis allé… » Il s'interrompit. Pourquoi révélait-il cette information insignifiante ? Il n'aimait pas la direction que prenait la conversation, mais ne savait pas comment aborder un autre sujet.

« Je suppose qu'elle… je suppose que Sylvia vous a dit qu'elle connaissait ce… cet Andrew… » Malcolm s'interrompit, essayant de retrouver le nom de famille.

« Andrew Woodman, compléta Jerome. Il s'appelait Andrew Woodman.

– C'est juste, Andrew Woodman. Je suppose qu'elle

vous a dit qu'elle était sa maîtresse, qu'elle l'avait été pendant quelque temps.

– Je ne crois pas que nous devrions en parler, observa Jerome, plissant les yeux. Ce que m'a raconté Sylvia, elle l'a fait… en privé.

– Eh bien, c'est faux, poursuivit Malcolm, il n'était pas son amant. Il ne l'a jamais connue, il ne l'a jamais rencontrée. L'an dernier, elle a lu l'article sur lui, sur la découverte du cadavre, et elle a appris votre existence à cette occasion. La même chose s'était déjà produite : elle s'était cognée à quelqu'un dans la rue, et lui aussi était son amant, bien qu'elle prétende qu'il s'agissait du même homme – un amant qu'elle aurait rencontré plusieurs fois. »

Jerome se détourna de Malcolm, puis le regarda du coin de l'œil, l'air soupçonneux. Il n'avait absolument aucune confiance en cet homme, persuadé de sentir la colère qui bouillonnait en lui, bien que son attitude fût polie, amicale. Il entendait le son de la voix de Mira dans l'autre pièce, et regretta qu'elle ne fût pas ici avec lui.

« C'est son état, continua Malcolm. Il se manifeste quelquefois de cette façon, par un genre de vision hallucinatoire. C'est très rare, mais cela arrive. La manière dont les symptômes apparaissent habituellement se trouve inversée. Pour cette raison, le cas de Sylvia est particulièrement intéressant. Et, vous voyez, elle est et a toujours été une si grande lectrice qu'elle a de la difficulté à séparer la réalité de ce qui se passe dans les livres. À cause de cela, nous évitons le cinéma. » Il sourit. « Ce n'est pas qu'il y ait beaucoup de films à éviter là où nous habitons. »

Jerome sentit que son cœur avait commencé à battre à un rythme inquiétant. Plus que tout, il désirait s'écarter de cet homme et des choses qu'il lui disait. « Voulez-vous vous asseoir ? » proposa-t-il, indiquant la chaise. La chaise de Sylvia, songea-t-il.

« Non, non… merci. Nous devons y aller. Il faut deux heures pour rentrer au comté. Et nous voulons arriver tôt. Sylvia va être très fatiguée – Malcolm lança un regard circulaire dans le studio avec ce que Jerome interpréta comme de la désapprobation – après tout cela. »

Pendant le silence qui suivit, le médecin fit le tour de la pièce, inspectant les diverses images punaisées au mur. Il s'arrêta devant la reproduction du tableau flamand. « C'est de vous ? » demanda-t-il.

Jerome ne bougea pas de l'endroit où il se tenait. « Non, dit-il, c'est une reproduction d'un tableau du XVIe siècle, un Patinir, *Saint Jérôme dans un paysage*, ça ne pourrait certainement pas être de moi. » Il y avait un soupçon de mépris dans sa voix. Ce type ne sait rien, songea-t-il, et l'espace d'un instant il se rappela les paysages lointains de Branwell.

« Je m'y connais si peu en art, ajouta Malcolm, comme s'il avait perçu le tour pris par les pensées de Jerome, mais avec Sylvia et mon métier je n'ai pas le temps d'explorer grand-chose d'autre. »

Cet homme en trench-coat impeccable, avec son foulard en soie coûteux, ses caoutchoucs ridicules, ne croyait tout de même pas éveiller sa sympathie. Cette seule idée faisait grincer des dents Jerome ; il n'avait pas de temps du tout pour les types qui recherchaient la sympathie. Il se souvenait des gémissements de son père, de ses supplications, de son étrange capacité à faire croire à sa mère que tout était de sa faute – l'alcool, l'argent qui disparaissait, les absences inexpliquées, les brusques accès de violence – et par association, à cause du simple fait qu'il était son fils, de la sienne aussi. Sa mère l'avait dressé depuis longtemps, si longtemps qu'il n'avait aucun souvenir du dressage, à éviter soigneusement son père quand il était d'une certaine humeur et dans un état d'ébriété avancé. Enfant, il avait redouté tout cela. Adolescent, il l'avait détesté. Il revit soudain son père tourmentant sa mère à table, devant le dîner qu'elle avait préparé pour lui plaire, et se souvint que, incapable de supporter une minute de plus ce scénario, il s'était levé d'un bond, prêt, s'il le fallait, à le rouer de coups pour sa faiblesse et sa cruauté. Mais sa mère était intervenue, prenant le parti de son père, et lorsque Jerome avait quitté l'appartement en furie, elle tenait dans ses bras l'homme brisé en sanglots que son mari était devenu, s'excusant pour le comportement de son fils. « Ton fils », précisait toujours son père quand il formulait un grief, négligeant, semblait-il à Jerome, le fait qu'il était aussi le sien.

Il se rendit compte que Malcolm avait recommencé à parler : « Elle m'a avoué sa vie imaginaire après avoir lu l'entrefilet du journal, après avoir découvert votre existence – il s'interrompit, se racla la gorge – et la sienne. Elle ne pouvait plus s'arrêter de parler, en réalité elle ne pouvait s'empêcher d'avouer ; elle était à ce point paniquée. Le fait que ça n'est pas arrivé ne veut pas dire que cela ne lui semble pas réel à certains moments… » Pour la première fois, Malcolm laissa paraître de l'émotion, sa voix trahit un tremblement. « Elle a beaucoup souffert.

– Oui », dit Jerome. Il se tenait le plus loin possible de l'homme, la tête baissée, les bras croisés sur ses côtes inférieures en guise de bouclier. Depuis l'adolescence, il n'avait jamais montré sa mauvaise humeur de manière aussi visible, il s'en rendait vaguement compte et en était curieusement gêné. De la sensibilité, pensa-t-il, oui, son père avait aussi été capable d'en exprimer quand ça l'arrangeait, quand il avait quelque chose à y gagner. Face au moindre soupçon de larmes chez un homme adulte, Jerome se refermait complètement ; ces démonstrations ne lui inspiraient aucune confiance. Seules les larmes de Mira pouvaient l'émouvoir, mais même alors, même avec elle, il sentait ses entrailles se nouer dès leur apparition. Il sentait qu'il voulait s'échapper.

Il décida de parler. « Il me semble, prononça-t-il avec froideur, que vous suggérez qu'elle, que Sylvia ment.

– Oh non, répondit Malcolm, levant une main en signe de protestation, elle croit quelquefois que ces épisodes ont eu lieu. Mais c'est impossible. » Il rougit légèrement. « Vous devez comprendre, reprit-il, qu'elle n'a pas, que nous n'avons pas de véritables rapports physiques. Ce n'est simplement pas possible, pas dans son état. Je l'ai accepté quand je l'ai épousée. » Il regarda Jerome comme pour juger s'il pouvait continuer.

Jerome voulait bien être pendu s'il se voyait forcé de poursuivre cette conversation, de poser des questions sur leur vie sexuelle ou d'exiger que le docteur expliquât l'état ridicule auquel il avait fait allusion.

« Je l'aime, vous voyez, disait Malcolm, et cela implique d'accepter tout ce qu'elle est. Tous ses problèmes.

– Je ne crois pas qu'elle ait le moindre problème, déclara Jerome. Je n'en crois pas un mot. Rien de tout cela n'est de sa faute. » Il tourna les talons et alla dans l'autre pièce, où il trouva Mira penchée sur un sac plastique plein à craquer et Sylvia assise sur le futon, les genoux couverts de rubans et de bouts de tissu colorés.

Les deux femmes levèrent les yeux quand il entra, Mira tenant au bout de ses doigts délicats un morceau de galon étincelant, comme si on l'avait surprise en train d'inventer la foudre.

Ils étaient sur le point de partir. Malcolm se trouvait près de la porte, agrippant le sac plastique rempli de tissu comme un gros ventre qui lui aurait poussé en quelques minutes. Jerome refusait toujours de le regarder.

Sylvia se penchait sur le sac à main où elle avait mis les journaux. Le milieu du front plissé par la concentration, elle cherchait quelque chose. Lion se frottait contre ses jambes sans qu'elle lui prêtât attention. « Oh, la voici », dit-elle, saisissant une épaisse enveloppe.

Jerome s'approcha d'elle alors, lui prit le bras et l'entraîna à l'autre bout de la pièce, où les dessins qu'elle avait remarqués étaient punaisés au mur. Depuis, il en avait ajouté deux ou trois, et sur un banc, au-dessous, étaient posées certaines des photographies qu'il avait prises sur l'île – développées ce matin à peine, avant l'arrivée de Sylvia. « Vous n'avez pas encore vu celles-ci, dit-il. C'est à ça que ressemblait le sol de l'île de près, sous toute cette neige, lui expliqua-t-il.

– Qu'est-ce que c'est ? demanda-t-elle, scrutant l'image, puis indiquant les plumes et le sang.

– Juste un oiseau. Lion en a mangé la plus grande partie. » Le rouge-gorge lui revint à l'esprit. « C'est Lion qui l'a tué, pas un moineau. »

Sylvia sourit, et à cet instant Jerome se pencha et chuchota : « Ne retournez pas avec lui. Restez ici, n'importe où, mais n'y retournez pas. Il... il se trompe complètement sur vous.

– Vraiment ? demanda Sylvia.

– Il ne vous croit pas. Il pense que vous avez tout inventé.

– Oh, ça, répondit Sylvia, souriant de nouveau. Oui, c'est comme ça. Rien de grave, c'est comme ça, c'est tout.

– Vous pourriez rester en ville, persista Jerome. Si l'argent est un problème, vous pourriez sans doute en gagner avec ces cartes.

– Ça ne serait pas grand-chose, reprit Sylvia, souriant toujours. C'est surtout du bénévolat. Non, non, je dois rentrer.

– Pourquoi ? demanda Jerome. Pourquoi ? » En arrière-plan il entendait Mira rire de quelque chose que Malcolm avait dit. Elle ne se doutait de rien, songea-t-il. Il voulait protéger cette femme de tout son être.

« Parce que les gens font ce qu'ils ont à faire.

– Dites-moi juste une chose, demanda Jerome, des picotements dans les yeux, juste une chose.

– Oui ?

– Cet état a-t-il jamais existé ?

– Oh, Jerome, répondit-elle doucement, avec tristesse, il y a toujours, toujours un état. » Elle se détourna lentement de lui et traversa la pièce pour rejoindre son mari à la porte.

Juste avant de franchir le seuil, Sylvia tendit l'enveloppe qu'elle tenait à Jerome. « La réponse à ce qui est arrivé à Branwell et Fantôme se trouve à l'intérieur. Ou, du moins, celle que j'imagine. Ce n'est pas long, mais un genre d'épilogue tout de même, je suppose. »

Ils quittèrent la ville au plus fort de l'heure de pointe, roulant avec une lenteur insoutenable, dans un silence qui semblait être une troisième présence, étrangement bienveillante. Une fois, alors qu'ils se trouvaient bloqués par un bouchon dans une rue principale, Malcolm indiqua un camion d'éboueurs qui avançait peu à peu dans le sens inverse, s'arrêtant tous les six mètres environ pour vider les poubelles. « Qu'est-ce qui leur prend de ramasser les ordures à ce moment de la journée ? » demanda-t-il d'un ton énervé, sans attendre de réponse.

Sylvia jeta un coup d'œil par-dessus son épaule pour regarder un spectacle aussi ordinaire qu'une benne, bien que son esprit fût encore occupé par Andrew, par la reconstruction de sa bouche, de la courbe de ses sourcils qu'elle avait réussi à achever quelques minutes plus tôt, un processus qui lui avait paru harmonieux et inévitable, comme de se souvenir avec plaisir d'un air de piano ou d'un vieux poème appris par cœur dans l'enfance. Elle était sur le point de laisser sa pensée se glisser dans l'étreinte d'Andrew quand une scène attira son attention. Un jeune homme, se retenant d'une main à une barre d'acier, était posté à l'arrière du véhicule et, à chaque arrêt, il s'élançait sur la chaussée, attrapait un sac en plastique d'un geste large et le projetait par-dessus sa tête au fond de la benne, un mouvement si fluide et empreint d'une telle grâce qu'il était aussi parfait qu'une danse. Sylvia put observer ce jeune homme, ce geste reproduit, pendant trois ou quatre minutes avant que le camion ne disparût de sa vision périphérique. Il lui vint à l'esprit que si Andrew et elle avaient eu un fils autrefois, il aurait environ cet âge. En se retournant sur son siège, elle aurait pu voir encore cette danse, mais la circulation avait repris, le feu avait changé.

La jeunesse, songea-t-elle tandis que la voiture l'emmenait, c'est si beau.

Mira tenait dans ses bras Jerome qui sanglotait, tremblant de tout son corps comme l'enfant qu'il ne s'était jamais autorisé à être. Ses yeux étaient pleins de larmes, mais elle n'entrerait pas de plain-pied dans son chagrin. C'était son territoire à lui, son arène ; il avait ouvert la porte pour le lui montrer, mais il ne voulait pas qu'elle pénétrât dans ces espaces obscurs et elle le savait, et l'aimait d'autant plus pour cela.

Après le départ de Sylvia, il avait donné un coup de pied dans un carton, le projetant à travers la pièce, et avait martelé du poing la cloison provisoire qui délimitait l'espace de la chambre. « Je veux qu'elle le quitte ! avait-il hurlé à Mira stupéfaite. Je veux qu'elle s'en libère enfin ! » Mira, les yeux écarquillés, la bouche entrouverte, était restée figée sur place, comme si elle devait demeurer rivée à l'instant où un jeune homme qu'elle croyait connaître avait martelé le mur de ses poings.

« Jerome, ce n'était pas ta mère, avait-elle dit tranquillement.

– Tu ne sais *rien* de ma mère », avait-il crié, et ensuite, prenant conscience de son expression choquée, il avait ajouté avec plus de douceur : « Mais, putain, elle, j'aurais pu l'aider. »

Il avait alors parlé à Mira des nuits passées à écouter son père rôder dans l'appartement comme un animal nocturne en furie, des bruits de casse des bouteilles, de son père s'effondrant sur le carrelage froid de la salle de bains, de l'odeur d'urine et de vomi. Il lui avait parlé des longues absences, des emplois perdus, des menaces, des promesses, de certaines apparitions humiliantes aux réunions de l'école. Il lui avait parlé du repli de sa mère sur elle-même, il lui avait raconté qu'après l'âge de onze ou douze ans il n'avait plus jamais réussi à l'atteindre, même quand elle était assise à côté de lui dans la pièce.

« Le passé n'a jamais compté pour elle, avait-il dit. Le passé était entièrement dévoré par l'alcoolisme de mon père, qui occupait une part si énorme de sa vie que tout le reste pâlissait en comparaison. Elle ne m'a jamais parlé de la ferme où elle avait grandi, elle ne m'a jamais dit qui étaient ses parents, d'où ils avaient émigré, pourquoi ils étaient catholiques, pourquoi elle m'avait appelé Jerome. Il y avait des assiettes anciennes à la maison, elle disait que ça venait de sa grand-mère, mais il les a détruites… il a fait exprès de les détruire. Je pense qu'il les a cassées pour éliminer son passé, pour briser tout ce qui ne se rapportait pas spécifiquement à lui. Il n'y avait pas d'albums de photos, absolument aucune image. »

Il lui avait raconté que, du haut du balcon, il avait regardé la forme tordue, démolie de sa bicyclette dans la neige sale, puis, tous les jours après l'école, cette même forme dans l'herbe morte du printemps, jusqu'au jour où il s'était aperçu qu'elle avait disparu. Ce fut après avoir parlé de son vélo qu'il s'était mis à pleurer.

Ébranlée par ses larmes, Mira était allée vers lui et l'avait pris dans ses bras pendant qu'il sanglotait par à-coups, le corps secoué de longs soubresauts. « Qui a jeté ta bicyclette du haut du balcon ? avait-elle demandé. Qui l'a jetée dans la neige ? C'était ton père ?

– Oui, avait chuchoté Jerome, oui. » Il s'était dégagé de son étreinte et s'était pris la tête dans les mains. « J'essayais de la démolir, j'essayais juste de la démolir. Il est sorti sur le balcon… ivre, horriblement, extraordinairement ivre. Il me l'a arrachée des mains et l'a jetée en bas. C'est à ce moment-là qu'il est tombé. » Mira sentait les larmes sur son visage, elle entendait la panique dans sa voix tandis qu'il prononçait ces mots : « Il a perdu l'équilibre, et il est tombé par-dessus la balustrade. »

Mira parvint à grand-peine à revenir dans ses bras

et se cramponna à lui avec une force qu'elle n'aurait jamais imaginée auparavant, s'agrippant à lui pendant qu'il pleurait comme un enfant désespéré.

Quand ce fut fini, ils s'endormirent tous les deux assis sur le canapé, leurs têtes l'une contre l'autre. Lion, qui s'était caché derrière le réfrigérateur lorsqu'il avait vu que Jerome était en colère, les rejoignit une fois qu'il fut certain que le danger était passé, tourna trois fois sur les genoux de son maître, puis se coucha et s'assoupit lui aussi.

Mira se réveilla la première et se pencha doucement en avant pour récupérer les pages repliées qu'elle avait posées sur la caisse, à l'endroit exact où les journaux s'étaient trouvés. Jerome roula la tête contre le revêtement du canapé, puis se redressa et se massa la nuque.

« Ça va maintenant ? » Mira avait posé la main sur son cou.

« Ça va.

– Tu veux sortir et manger quelque chose, ou tu préfères que je lise ça d'abord, dit-elle en levant la liasse de feuilles, et qu'on sorte ensuite ?

– Lis-les, répondit-il. On sortira plus tard. »

Lion sauta à terre plus bruyamment que d'habitude. S'ils ne continuaient pas à dormir, il ne resterait pas.

Mira commença :

Branwell méprisait presque tout dans la demeure prétentieuse que l'épouse de son fils avait construite sur la colline. Il détestait ses poignées de porte en cuivre estampé et ses noyaux en chêne sculpté, il détestait ses plafonds décoratifs en plâtre et ses faux lustres vénitiens, il détestait ses tapis à motifs et ses meubles ornés massifs, il détestait le plafond en verre opaque qui était aussi un sol de salle de bal, et il détestait presque tous ceux qui dansaient sur cette piste. Il ne méprisait pas la propriété car, comme je le découvrirais plus tard à chacune de mes visites à Andrew, la propriété était d'une indéniable beauté. Il ne détestait pas la vue de la colline parce que, sous certains éclairages, il croyait presque qu'il pouvait voir le Ballagh Oisin émerger du sable au bout de la péninsule, à l'extrémité est de l'horizon, et parce que la vue était aussi d'une beauté indéniable. Et, par-dessus tout, il ne méprisait pas son petit-fils, T. J., qui avait hérité de l'obsession de son père pour les grands-pères et, en conséquence, commençait à manifester de l'intérêt pour les couleurs et les formes.

Andrew m'a dit que Maurice – le Blaireau – avait sans doute été contraint de prendre le vieil homme chez lui à Gilderwood, à son retour du sud-ouest de l'Ontario. Ensuite, peu de temps après, il avait probablement commandé à son père une série de peintures murales pour le grand vestibule du rez-de-chaussée. Peut-être n'avait-il pas vraiment voulu ces peintures, mais il avait espéré que la mélancolie de son père diminuerait s'il le chargeait d'une occupation utile.

La mélancolie de Branwell n'avait cependant pas

diminué, et on en voyait l'expression sur les fresques qui ornaient les murs du vestibule central de la maison. Les villes européennes sombres et fortifiées, ou du moins quelques-unes d'entre elles, y étaient représentées, ainsi que les péchés du fils de l'artiste, dans un horrible déploiement de couleurs. Une variété d'animaux parés des mêmes atours que Maurice lui-même, dans l'habituel costume parlementaire composé d'une redingote et d'un haut-de-forme, se tordait de douleur dans les flammes de l'enfer en punition de leurs péchés. Un cheval bien habillé, par exemple, subissait le supplice de la roue, une énorme grenouille jaune coiffée d'un haut-de-forme était plongée par un démon dans un chaudron d'huile bouillante, et un grand ours rouge avec un gilet orné d'une montre de gousset était démembré vivant. Il n'y avait absolument aucune trace des paysages bleus lointains de ses premières œuvres, dont certaines sont encore visibles dans une ou deux maisons du comté.

Quand Branwell commença son *Allégorie du mauvais gouvernement* (une parodie du nom d'une fresque siennoise qu'il avait découverte dans ses lectures), T. J., enchanté par les différents animaux de l'œuvre, avait été autorisé à l'aider, et avait passé quelques journées à peindre un gilet ou un haut-de-forme. Le ministre Blaireau Woodman, désormais connu sous ce nom, s'était apparemment interrogé sur le sujet de la peinture murale qu'exécutait son père dans le vestibule de devant, mais, ayant un esprit littéral, avait été totalement incapable d'interpréter le symbolisme que Branwell s'efforçait de transmettre avec tant de zèle.

Caroline, mis à part ses commentaires sur la nature appropriée ou non des couleurs, accordait à peine un regard à la fresque. Les sujets autres qu'elle-même ne l'intéressaient pas.

Branwell n'avait pas eu de nouvelles de Fantôme depuis plus de deux ans. C'était la fin d'un siècle effroyable et le début d'un autre, mais en contemplant la vue sereine de cette colline, il eût été presque impossible de croire que des écosystèmes avaient été entièrement éliminés pour ne jamais reparaître, et qu'en Europe, où se trouvaient toutes les villes fortifiées prêtes à l'attaque qui avaient tant perturbé Branwell des années auparavant, divers chefs d'État se préparaient à s'engager dans une série de guerres plus horrifiantes que tout ce que le jeune Branwell avait pu imaginer dans le grenier des Invalides, et, en fait, plus horrifiantes que tout ce qu'il avait pu imaginer pendant qu'il se tenait sur la colline, dont le panorama ressemblait plus que tout autre au splendide paysage turquoise qu'il avait gardé en mémoire durant presque toute sa vie d'adulte.

Août est le mois de la foudre sur le grand lac Ontario et les rives qui l'entourent. Souvent, on peut voir depuis le rivage un rideau de foudre s'avancer au fil de l'horizon, là où l'eau touche le ciel, comme une splendide et lointaine guerre. Mais c'est d'une autre sorte de foudre que je parle, de celle qui est créée par la chaleur et l'humidité, et qui accompagne l'orage. Sous certains aspects, cette foudre-là ressemble à l'approche d'un être important dans votre vie, un ami, un amant, un ennemi. Vous voyez la foudre, et puis vous comptez les pulsations pour évaluer la distance, jusqu'à ce que le tonnerre éclate. Julia dit que l'intervalle entre le tonnerre et l'éclair est le seul instant où elle parvient presque à voir le temps. Quand il se referme, la rencontre a lieu et la foudre frappe.

Dans la grande maison, personne n'entendait le tonnerre ni n'écoutait les intervalles, car tous dormaient profondément. Cependant Fantôme, galopant sur son cheval blanc le long de la route du Roi, en direction du village situé au-dessous de Gilderwood, évaluait d'une part la distance qui le séparait de l'orage, et de l'autre la distance qu'il devait parcourir. Il savait ce qui allait se produire. Il espérait arriver à temps.

Quand il parvint au sommet de la colline, la foudre avait déjà frappé, l'incendie s'était déclaré et les flammes jaillissaient des fenêtres du grenier. À la lueur de ces flammes, il vit que deux ou trois personnes en tenue de nuit étaient debout sur la pelouse – sans doute des domestiques, qui, habitant le grenier, avaient vu la foudre approcher et fui la maison. Dans leur fuite, ils avaient laissé ouverte la magnifique porte d'entrée.

Cherchant Branwell, et aussi un de ses proches, Fantôme ne mit pas pied à terre, mais franchit le seuil sur son cheval blanc, longea le couloir, devant l'*Allégorie du mauvais gouvernement*, et gravit le large escalier. Dans la chambre de Branwell, Fantôme se pencha et hissa son ami hors du lit en le tirant par sa chemise de nuit. « Monte sur le cheval ! cria-t-il. Mais il y a quelqu'un d'autre. C'est qui ? Où est-il ? »

Branwell était convaincu de rêver, et la fumée qui s'épanouissait dans la partie haute de la pièce ne dissipa en rien cette certitude. Mais il connaissait la réponse à la question de Fantôme : « T. J., dit-il. Dans la chambre voisine. »

L'enfant qui devait devenir le père d'Andrew fut donc emporté sain et sauf hors de la maison en feu par deux hommes à cheveux blancs galopant à travers le paysage sur un cheval immaculé se détachant sur un fond de flammes rouges et orangées. Et Andrew – l'avenir – galopait aussi sur ce cheval blanc, avec sa vie et ce que sa vie ferait à la mienne et à toutes les autres vies qu'elle toucherait.

Andrew m'a dit que si on interrogeait aujourd'hui les habitants du village sous la colline à propos de cette maison, ils parlaient de la foudre, de l'incendie, des vies perdues et du sol en verre de la salle de bal. Ils parlaient des vestibules peints, et évoquaient une rumeur selon laquelle un homme avait gravi l'escalier central sur un cheval blanc. Ils avaient entièrement oublié le sujet des fresques, ils avaient oublié le sauvetage, ils avaient oublié le garçon élevé par deux vieillards dans un cottage resté debout dans la propriété.

Jerome, la vie tout entière n'est peut-être qu'un exercice d'oubli. Songez à notre enfance, qui s'efface quand nous arrivons à l'âge adulte, qui recule et diminue comme la vue d'un littoral depuis le pont d'un paquebot. Les petits détails disparaissent d'abord, puis les particularités des espaces bâtis, et ensuite les collines disparaissent l'une après l'autre sous l'horizon. Les traits des personnes dont nous avons été proches, et qui meurent, s'estompent un à un dans notre esprit jusqu'au moment où il n'en reste qu'un fragment, un regard, l'éclat de leur chevelure, quelques épisodes, parfois tendres, parfois traumatisants. Jerome, je n'ai pas été proche de beaucoup de gens, mais je sais qu'une fois qu'ils nous ont quittés, ils perdent leur substance, et malgré nos efforts nous ne pouvons les retenir, nous ne pouvons reconstruire. Les morts ne répondent pas quand nous les appelons. Les morts ne sont pas nos amis.

Tout cela est terrible, impensable. Mais ce n'est pas aussi terrible que d'être oubliée par l'homme qu'on aime alors qu'il respire le même air, qu'il se tient dans la même pièce. Il vous a oubliée et pourtant une partie de lui se souvient qu'il devrait vous toucher, et il le fait, mais tandis qu'il se presse contre vous, il ne prononce plus votre nom en plongeant ses mains dans vos cheveux, parce qu'il a oublié votre nom. Quand il vous déshabille il paraît étonné que votre chair soit flétrie. Il a oublié votre âge. Il a oublié les nombreuses années qui se sont écoulées depuis la première fois où il vous a désirée, et la souffrance, pendant ces années, qui a changé votre visage, la texture de votre peau, la courbe de votre dos. Les absences accumulées, les distances accumulées – il les a toutes oubliées. Il pense que c'était hier à peine que vous vous êtes heurtés près du feu rouge d'une ville dont il ne sait plus le nom. Il pense que les jambes lisses qui vous ont conduite jusqu'aux dunes au-dessus d'un hôtel enseveli sont les mêmes qui vous ont ramenée, des années plus tard, au lieu de rendez-vous, dans la chambre où vous êtes tombés encore et encore sur un lit dont les ressorts sont aujourd'hui rouillés, dont le matelas est rempli de poussière. Il a oublié l'amour. Son corps sait ce qu'il faut faire, mais son esprit a oublié, son cœur a été réduit au silence.

J'ai sondé ma mémoire comme un glacier à travers la carapace de mon esprit, avec toute la froide rationalité qu'une personne comme moi est capable de puiser en elle, essayant de déterminer, de me souvenir quand chaque histoire m'a été racontée. Qu'y avait-il devant la fenêtre lorsque Andrew me parlait d'Annabelle ? Il y a une étincelle de blancheur, mais est-ce le blanc des trilles sur le tapis de la forêt ou le blanc de la neige flottant entre les pins, je ne peux le dire. Peut-être est-ce le blanc continu des draps en coton qui reste dans mon souvenir car, pendant les heures que nous passions ensemble, nous nous cramponnions à ce lit comme s'il avait été une île, et nous les seuls survivants de l'une des catastrophes marines d'Annabelle. Et quel âge avions-nous en telle ou telle circonstance ? Quelle raison le poussait-elle à décider que nous avions besoin d'un récit particulier un jour particulier ou au cours d'une année particulière ? Ses cheveux étaient-ils bruns, ou gris, ou blancs quand il prononçait ces paroles ? C'est sans importance, finalement, et si j'ai cru qu'il était revenu parce que – par miracle – il avait voulu recommencer, alors qu'en réalité il avait oublié que nous avions jamais arrêté, c'est aussi sans importance. Ce qui compte, c'est le miracle de la rencontre qui nous a réunis, le miracle de la vie que je n'aurais jamais vécue sans l'idée de lui, et le bras de cette idée reposant sur mon épaule.

Tout le temps où je vous ai parlé, j'écoutais le son de la voix d'Andrew, car ce sont ses histoires à lui, ces choses qu'il m'a dites. Mais maintenant je dois admettre que je l'ai écouté de la façon dont j'avais écouté le stéthoscope qui appartenait à mon père. Quand j'étais petite, je le prenais si souvent dans son cabinet qu'en guise de plaisanterie, je suppose, on avait fini par m'en offrir un pour Noël. J'aimais les écouteurs en caoutchouc qui m'isolaient du bruit du monde. Mais plus encore, j'aimais la petite clochette argentée au bout du double tube, une clochette que je pouvais poser contre ma poitrine pour écouter la musique cadencée, le martèlement de mon propre cœur fascinant et compliqué.

Jerome resta silencieux lorsque Mira replia les feuilles et les posa sur le bras du canapé. Il essayait de se souvenir de la dernière fois où on lui avait lu une histoire, et de la personne qui avait lu. Cela avait dû se passer pendant son enfance, mais le sentiment associé à ce souvenir fugace était plein de douceur et de chaleur. Un bras l'entourait, cela devait donc dater d'une période antérieure – de sa petite enfance. On lui avait lu quelquefois des histoires, de la poésie, se rappela-t-il brusquement.

« Mon Dieu, dit Mira. C'est si triste, si terriblement, terriblement triste. Tu crois que nous la reverrons un jour ?

– "Quand tout le monde eut fui, sauf lui, articula tout bas Jerome, le garçon resta sur le pont en feu."

– Jerome ?…

– Attends, dit-il sans la regarder, puis se tournant lentement, les yeux écarquillés. Je pense que c'était lui. »

Mira scrutait son visage.

« Je pense que c'était lui. » Il ferma les yeux, les rouvrit et saisit le bras de Mira. « C'était mon père », prononça-t-il avec stupéfaction, contraint de se ressaisir à cause du choc provoqué par ce qui ressemblait à de la douleur, ou peut-être de la joie. « Il me faisait la lecture ! s'exclama-t-il, la voix pleine d'émerveillement. C'était mon père qui me faisait la lecture. »

Il s'adossa pour permettre au souvenir de prendre forme, et il entendit le son de la voix paternelle lisant une histoire sur un canoë miniature mis à l'eau à l'extrémité du lac Supérieur, tout près de là où ils avaient vécu dans le Nord. La petite embarcation avait été emportée par les courants loin de son lieu de naissance. Traversant un Grand Lac après l'autre, dépassant les fermes et les villes en compagnie des cargos et des bateaux de plaisance, dégringolant dans les chutes du Niagara, tournoyant dans les tourbillons, longeant peut-être l'île Timber, atteignant le fleuve Saint-Laurent, flottant sous les ponts de Montréal et de Québec, elle avait gardé constamment présente la certitude que la mer salée, au bout du trajet, était la destination désirée. Qu'était-il arrivé alors ? Qu'était-il arrivé une fois que ce minuscule objet avait atteint sa destination rêvée ?

Il avait sûrement été submergé, décida Jerome, englouti – détruit, en fait – par l'énormité de ses propres souhaits.

REMERCIEMENTS

Durant les quatre années qui se sont écoulées tandis que j'écrivais ce roman, bon nombre de gens m'ont aidée et encouragée, à la fois sur les plans personnel et professionnel. Je voudrais en particulier remercier Mieke Bevelander, Pat Bremmer, Anne Burnett, Liz Calder, Adrienne Clarckson, Ellen Levine, Allan Mackay, Ciara Phillips, Emily Urquhart et Tony Urquhart. Des fragments de précieuses informations, ou des idées inspirantes, m'ont été procurés par Mamta Mishra, Rasha Mourtada et Alison Thompson, ainsi que par les archivistes de la Bibliothèque et Archives Canada et du musée marin des Grands Lacs de Kingston, dans l'Ontario. Sans Pat Le Conte je n'aurais pas pu terminer le roman dans un environnement confortable. Sans la chance que m'a apportée un certain multiple de trois, ma joie aurait été bien moindre.

Plusieurs publications ont aussi été très importantes pour moi, spécialement les essais de John K. Grande sur la sculpture de la terre et les deux merveilleux volumes décrivant l'entreprise de bois Calvin sur l'île Garden : *A Corner of Empire* par T. R. Glover et D. D. Calvin, et *A Saga of the St Lawrence* par D. D. Calvin. L'empire du bois décrit dans la partie du milieu des *Rescapés du Styx* s'inspire librement de l'entreprise Calvin, mais tous les personnages et les événements sont purement imaginaires. Un autre livre, *Great Lakes Saga*, de A. G. Young, m'a été très utile. La phrase « La plus vilaine espèce d'embarcation qu'on ait jamais inventée pour diversifier un paysage marin ! », citée p. 204, est tirée de ce volume.

Je souhaite aussi remercier l'Institut national canadien pour les aveugles (INCA) pour les informations concernant les cartes tactiles, et la Fondation historique du comté de Perth pour les informations sur l'auberge Fryfogel.

Je suis très reconnaissante à Heather Sangster pour son attention minutieuse aux détails.

Je voudrais remercier mon père tant aimé, feu Walter (Nick) Carter, qui fut un ingénieur des mines et un prospecteur bienveillant, prudent et hautement respecté, et dont l'affection pour sa profession a été la source de mes connaissances, certes limitées, du monde minier.

Enfin, un grand merci à mon éditrice, mon amie et ma meilleure conseillère, Ellen Seligman.

TABLE

DANS LA MÊME COLLECTION

Rupa Bajwa
Le Vendeur de saris

John Fowles
L'Arbre

Alexandra Fuller
L'Afrique au cœur

Julia Glass
Jours de juin

Kazuo Ishiguro
Auprès de moi toujours

Kate Jennings
Hasard des maux
Un silence brûlant

Richard McCann
La Mère des chagrins

Patrick McGrath
Port Mungo

James Salter
Bangkok
L'Homme des hautes solitudes

Meir Shalev
La Meilleure Façon de grandir

Siddharth Dhanvant Shanghvi
La Fille qui marchait sur l'eau

Lee Stringer
Vanille ou Chocolat

Jane Urquhart
Les Amants de pierre

Brad Watson
Le Paradis perdu de Mercury

RÉALISATION : IGS-CP À L'ISLE -D'ESPAGNAC
ACHEVÉ D'IMPRIMER PAR NORMANDIE ROTO S.A.S. À LONRAI
DÉPÔT LÉGAL : AVRIL 2007. N° 040-4
N° D'IMPRIMEUR 07-0741
Imprimé en France